rororo

Andreas Winkelmann, geboren im Dezember 1968, entdeckte schon in jungen Jahren seine Leidenschaft für unheimliche Geschichten. Mit «Blinder Instinkt» und «Bleicher Tod» eroberte er die Bestsellerlisten. Zuletzt erschien sein Thriller «Wassermanns Zorn». Andreas Winkelmann lebt mit seiner Familie in einem einsamen Haus am Waldesrand bei Bremen.

Erfahren Sie mehr über Andreas Winkelmann auf www.facebook.com/andreas.winkelmann.schriftsteller oder im Internet: www.andreaswinkelmann.com

«Andreas Winkelmann treibt die Handlung mit einer Konsequenz voran, die man sonst nur von angelsächsischen Thrillern gewohnt ist.» *Die Welt*

«Andreas Winkelmann sorgt bei seinen Lesern für Gänsehaut.» *Neue Presse*

Andreas Winkelmann

DER GESANG DES BLUTES

THRILLER

Rowohlt Taschenbuch Verlag

Veröffentlicht im Rowohlt Taschenbuch Verlag,
Reinbek bei Hamburg, Oktober 2013
Der vorliegende Roman erschien erstmals 2007
unter dem Titel «Der Gesang des Scherenschleifers»
bei Neuer Europa Verlag Leipzig GmbH

Umschlaggestaltung any.way, Barbara Hanke/
Cordula Schmidt
(Umschlagabbildung: neuebildanstalt/Jaeckel;
thinkstockphotos.de)
Gesamtherstellung CPI – Clausen & Bosse, Leck
Printed in Germany
ISBN 978 3 499 26666 9

FSC www.fsc.org
MIX
Papier aus verantwortungsvollen Quellen
FSC® C006701

Das für dieses Buch verwendete FSC®-zertifizierte Papier
Holmen Book Cream liefert Holmen, Schweden.

Dieses Buch ist meiner Frau Stefanie gewidmet. Durch ihre Liebe und ihren Glauben ist das Unmögliche möglich geworden.

PROLOG

> Bringt heraus Messer und Scher,
> so sie schneiden wieder schwer.
> Ich schleif sie euch, schnell und gut,
> und führ sie vor an meinem Blut.

Wie ein Totenglöckchen wehte der helle Klang durch das offene Küchenfenster, untermalt von einem zugleich erregt und monoton klingenden Sprechgesang, den der Wind oder die Entfernung verschluckten. Aber da hatte sie schon das Knirschen der Räder auf dem Kiesweg gehört und einen Blick durch das Fenster geworfen. Sie sah einen großen bärtigen Mann, der einen Handkarren hinter sich herzog. Sein tief in die Stirn gezogener speckiger Filzhut verschattete sein Gesicht in der Mittagssonne gänzlich. Er trug Lumpen, und all das ließ ihn geradewegs als Finsterling erscheinen.

«Der schwarze Mann!», flüsterte sie und krampfte ihre Finger in die Schürze.

Aber es war der Scherenschleifer, nur der Scherenschleifer. Vor ihm brauchte sie keine Angst zu haben, dass wusste sie. Trotzdem trat sie rasch einen Schritt zurück. Allerdings zu spät, denn er hatte sie längst entdeckt.

Sie sah ihn erstaunt an, als die letzte Zeile seines Gesangs wie ein Traumfetzen an ihr vorüberzog. Er blickte ihr direkt ins Gesicht. Und dann lächelte er.

... und führ sie vor an eurem Blut ...

VOR DEM TOD

1

«Es gibt keine gruseligen Keller! Es gibt überhaupt keine gruseligen oder unheimlichen Räume! Ein Keller ist ein Keller, ist ein Keller! Egal wie dunkel und feucht er ist. Keller! Verstehst du? Alles andere spielt sich in deinem Kopf ab, nirgends sonst», sagte Tom und warf ihr einen zweifelnden Blick zu, der von seinem typischen spöttischen Lächeln begleitet wurde, das immer dann auftauchte, wenn er sich um Längen überlegen fühlte. Dabei hatte sie sich damals in sein Lächeln verliebt. Allerdings in ein anderes. Sie bereute schon, überhaupt etwas gesagt zu haben. Aber was konnte sie schließlich für ihre Gefühle?

Das Haus war eigentlich genau der Traum, dem sie schon so viele Monate hinterherliefen. Ein bisschen weitab vom Schuss, aber man musste halt Abstriche machen. Das hatte schon ihr Makler gesagt. Doch für dieses Haus würde Tom sicher eine Stunde Fahrt zur Arbeit auf sich nehmen, das spürte sie. Was also war ihr Problem? Dieses Kellerloch beunruhigte sie. Es war wie eine schwärende Wunde.

Sie wich Toms Blick aus, richtete ihre Augen noch einmal auf den großen rechtwinkligen Raum und erschauerte erneut. Es war nicht einzig die Dunkelheit, der Geruch oder die feuchten Wände. Wenn jemand sie aufgefordert hätte, in klaren Worten zu beschreiben, was sie an diesem Keller so ängstigte, hätte sie versagt.

Streng genommen war es gar kein richtiger Keller, sondern eines dieser Löcher, wie sie vor hundert Jahren unter die Häuser gegraben wurden. Ein einziger großer Raum mit Wänden aus Bruchstein und einer niedrigen Decke, die Tom zwang, sich zu bücken. Man musste eine gefährlich schmale, steile Betontreppe hinunter, bis man endlich auf dem feuchten, modrigen Lehmboden stand, der bei jedem Tritt nachzugeben schien und einen zu verschlingen drohte.

In der Mitte des Bodens zeigte sich eine deutliche rechteckige Vertiefung, als habe vor Jahren jemand eine Sickergrube angelegt.

Tom irrte sich, oh ja! Es gab sehr wohl gruselige Räume. Dieser hier war einer, und zwar nicht nur in ihren Augen. Kristin wusste selbst, dass sie seit jeher empfänglich für solche Sachen war. Ihre Kindheit war vollgestopft mit abscheulichen Schrankgespenstern und heimtückischen Waldtrollen. Aber das war damals, damals, als ihre Phantasie noch um einiges lebendiger war. Heute brauchte es ein bisschen mehr, um sie einzuschüchtern. Und dieses bisschen Mehr war dieser Keller!

«Was ist, gefällt dir das Haus etwa nicht?»

Kristin sah ihn nicht an. Ihr Blick war an der rechteckigen Vertiefung im Lehmboden hängengeblieben. Er wusste nur zu gut, wie sehr ihr das Haus sonst gefiel, und vor allem das riesige Grundstück, das endlich ihren Traum vom eigenen Pferd zu erfüllen versprach.

«Doch, es gefällt mir sehr, aber ...»

«Aber? Was gibt es hier für ein Aber? Kristin, ich bitte

dich, genau das haben wir uns immer vorgestellt. Wenn ich den Preis drücken kann, und ich *weiß*, dass ich diesen Armleuchter von Makler um mindestens Zwanzigtausend drücken kann, ist es mehr als ideal für uns. Schatz, denk mal rational.»

Architekten dachten immer rational, das hatte Kristin inzwischen gelernt. Toms Leben war ausgefüllt mit Zahlen, Zahlen kannten keine Trolle und Schrankgespenster. Er würde nie begreifen, was sie empfand. Zahlen kannten keine Gefühle. Andererseits hatten ihr ihre Gefühle bis jetzt auch die Beklemmungen, die der Keller in ihr ausgelöst hatte, nicht erklären können.

Nur schwer konnte sie den Blick von der Vertiefung lösen, um Tom anzuschauen.

Er hatte den Ausdruck des unschuldigen kleinen Jungen aufgesetzt, mit dem er bei ihr alles durchsetzen konnte. Selbst das, fürchtete sie, war seiner rationalen Strategie geschuldet. Aber darüber wollte sie lieber nicht nachdenken.

«Ach Tom, es ist wirklich ein Traum, und wenn dir die Entfernung nichts ausmacht ...», sagte sie und ließ die Schultern fallen. «Etwas Besseres werden wir kaum finden.»

Er eilte auf sie zu und nahm sie in die Arme. Kristin meinte, den Boden unter seinen Füßen schmatzen zu hören. Immerhin wog er fünfzig Kilo mehr als sie. Es konnte doch durchaus möglich sein, dass der Kellerraum ihn zu verschlingen trachtete, nicht sie. Für einen winzigen Moment fühlte sie sich in seinen Armen gefangen.

«Ich wusste, dass du vernünftig bist. Wir müssen den Keller ja nicht nutzen, oder? Das Haus ist ja groß genug. Und? Haben wir noch Gerümpel? Nein, oder? Und dann haben wir ja immer noch den großen Speicher, meinst du nicht?»

Er warf einen Blick auf die Vertiefung und kratzte sich am Kopf.

«Der Keller ist wirklich ein Dreckloch. Aber Wohnfläche, Zuschnitt und Grundstück müssen stimmen. Und das tun sie allerdings, oder?»

Was blieb ihr anderes übrig, als zu nicken? Ja, ja, er hatte recht.

Er warf ihr einen gönnerhaften Blick zu. Ja, ja, sie würden den Keller nicht nutzen, niemals, außer für ein paar alte Sachen vielleicht, die sie hier runterschaffen könnten. Selbst das war zu überlegen, wegen der Feuchtigkeit, aber mein Gott, sollten sie deswegen etwa ...? Tom hatte recht: Wohnfläche, Zuschnitt und Grundstück. Und die stimmten weiß Gott!

Sie nickte schließlich und ließ sich von Tom küssen, zuerst auf die Stirn, dann auf den Mund.

Plötzlich fühlte sich auch das rational an, und zum ersten Mal, seitdem er sie vor dem Altar geküsst hatte, war sie nicht bei der Sache.

«Komm, Mäuschen, wir gehen noch mal nach oben. Ich will den Ausblick aus dem Schlafzimmer noch mal sehen, bevor ich von Rahden auf die Füße trete.»

Ohne auf sie zu warten, stieg er die steile Treppe hoch. Sie konnte die Sohlen seiner Schuhe auf dem Beton schaben hören. Unwillkürlich zog sie die Schultern zusammen. Rückwärts, den Raum nicht aus den Augen lassend, tastete sie sich zur Treppe. Warum stand hier kein Gerümpel? Warum stand, von einem halb vergammelten Holzregal abgesehen, absolut nichts in diesem Keller? In den letzten sechs Monaten hatten sie vier alte Häuser besichtigt, deren Keller voll mit altem Gerümpel standen. Aber dieser

Keller, so leer, so tot ... Nicht mal Spinnen gab es hier unten.

Als sie den Mauerdurchbruch erreichte, der den Raum vom Treppenaufgang trennte, blieb sie stehen und tastete links nach dem altmodischen Lichtschalter. Bevor sie das Licht löschte, sah sie noch einmal hinunter. Für einen winzigen Augenblick hatte sie den Eindruck, als wollte eine unendliche Tiefe sie hinuntersaugen. Quatsch, das ist nichts anderes als eine Delle im Lehmboden, eine Delle. Wahrscheinlich hat das Grundwasser da gestanden, und der Boden ist später abgesackt, verstehst du? So wird es gewesen sein, du Dummerchen, komm, bleib bitte rational.

Entschlossen drehte sie den Lichtschalter, worauf die Glühbirne gehorsam erlosch, und stürmte die Treppe hinauf. Auf halber Höhe rutschte sie auf der schmalen Stufe ab. Instinktiv streckte sie beide Arme aus und stützte sich mit den Händen an den Wänden ab. Es gab keinen Handlauf! Tom musste unbedingt einen Handlauf anbringen, sonst geschah auf dieser Treppe noch ein Unglück. Aber wozu, wenn sie den Keller ja doch nicht nutzen wollten?

Ihr Herz schlug schnell und heftig, als sie die Tür hinter sich zuschlug.

«Ich bin hier!», hörte sie Tom von irgendwoher rufen.

2

Herbert von Rahden, ihr Makler auf der langen Suche nach dem Objekt ihrer Begierde, konnte ihnen nicht viel über das Haus erzählen. Dieser überaus fette Mann, der ständig zu schwitzen schien und seinen Mund nie länger halten konnte, als es dauerte, sich eine Zigarre anzuzünden, war auffallend schweigsam, was das Haus betraf. Er kannte Daten und Fakten, aber keine Namen und schon gar keine Geschichte. Das Haus war vor fast genau hundert Jahren erbaut worden. Nicht dieses, ein anderes, aber dieses war nach dem Ende des Krieges aus den Resten des anderen entstanden. Das genaue Alter war also schleierhaft. Der Keller hielt wohl den Rekord, jene Wand stammte vielleicht ebenfalls aus Gründerzeiten, genauso wie das Fachwerk des vorderen Giebels, wohingegen das Dach jüngeren Datums sein dürfte.

Nachdem sie sich am Tag der Besichtigung per Handschlag einig geworden waren (Tom hatte von Rahden sogar um dreißigtausend Euro drücken können), hatte es noch zwei weitere Treffen mit dem Makler gegeben. Bei jedem war er Kristins Fragen ausgewichen: «Nein, haha, wie kommen Sie nur darauf? Warum sollte das Haus eine interessante Geschichte haben? Es stand so lange leer, weil es eben so weit draußen liegt und renovierungsbedürftig ist. Oh Gott, nein, davon weiß ich nichts. Vielleicht ist mal jemand darin gestorben, aber woher soll ich das wissen, großer Gott!»

Sie kauften es, betranken sich einen Abend sinnlos vor Freude und begannen mit der Renovierung. Um die Kosten zu senken, machten sie das meiste selbst. Vor seinem Studium hatte Tom Maurer gelernt und er war geschickt. Unter seinen Händen verwandelte sich das alte Haus nach und nach in ein Schmuckstück. Kristin mochte es von Anfang an – bis auf den Keller –, und je mehr sie an ihm herumwerkelten, umso tiefere Zuneigung, vielleicht sogar Liebe empfand sie für ihr Haus. Es entwickelte ein Gesicht, Charakter, und es gab ihr eine Menge Zuversicht für die Zukunft ihrer kleinen Familie.

Die Fragen aber blieben offen. Kristin hätte gern etwas über die Geschichte des Hauses erfahren. Ein so altes Haus musste einfach eine Geschichte haben. Doch es gab niemanden, den sie hätte fragen können. Da sie während der Renovierungsphase noch in Hamburg lebten und nur für die Arbeiten herauskamen, war noch kein Kontakt zu den Nachbarn zustande gekommen. Wenn sie in dem kleinen Edeka-Laden in der Dorfmitte einkaufen ging, verhielten die Einheimischen sich so, wie Städter es von Landmenschen erwarteten: zurückhaltend, wortkarg, reserviert. Also behielt das Haus seine Geschichte und seine Geheimnisse zunächst für sich. Bis zum Nachmittag des 16. August, an dem Kristin den Anbau entrümpelte. Was sie dort fand, erregte ihr Interesse, doch kurz darauf kam der Tod und veränderte alles.

Kristin war mit der Absicht in den Schuppen gekommen, ihn so weit aufzuräumen, dass sie wenigstens ihre Fahrräder und Lisas Kinderwagen hier unterstellen konnten. Offensichtlich hatte der Schuppen den früheren Bewohnern des Hauses als Lagerplatz für Brennholz gedient. Er war furztrocken, wie Tom es genannt hatte, und damit seiner Meinung nach zu gefährlich als Lagerplatz für brennbare Materialien. Man musste dem Feuer ja nicht noch zusätzliche Nahrung verschaffen. Später würden sie auch einen Kamin haben, doch Tom wollte das Brennholz auf einer freien Fläche hinter dem Haus stapeln, wo der Wind es trocknen würde. Also konnte dieser Teil des Schuppens, der zwischen Garage und Werkstatt lag, als Fahrradraum dienen. Wenn er aufgeräumt war!

Kristin betrachtete den Holzberg mit in die Hüften gestemmten Fäusten. Durch das von Spinnenweben überzogene kleine Fenster drang nur milchiges Licht herein, in dem der von ihr aufgewirbelte Staub einen kosmischen Tanz aufführte. Alles Mögliche konnte unter diesem undurchdringlichen Haufen leben: Ratten, Mäuse, Spinnen, Kleinstlebewesen, von denen sie noch nie etwas gehört hatte und die es in der Stadt auch nicht gab. Aber wofür hatte sie Arbeitshandschuhe? Als sie den ersten anziehen wollte, fiel er zu Boden. Kristin bückte sich, hob ihn auf und streifte ihn in hockender Stellung über. Bevor sie sich wieder aufrichtete, fiel ihr etwas auf. Der Haufen füllte bis auf einen schmalen Streifen bei der Tür den gesamten Raum aus. Und irgendwo in dieser Tiefe sah sie ein Rad. Ein hölzernes Rad. Durch einen schmalen Tunnel in dem Gewirr aus Brettern, Kanthölzern, Pfählen und Teilen von alten Möbeln konnte sie es erkennen. Jedenfalls einen kleinen Ausschnitt davon.

Im Haus hatten sie rein gar nichts Altes gefunden. Darüber war Kristin enttäuscht. Sie hatte sich darauf gefreut, zwischen altem Gerümpel auf Entdeckungsreise zu gehen und dabei vielleicht ein klein wenig in die Vergangenheit anderer Leute zu tauchen. Deshalb hatte sie auch bereitwillig die Entrümpelung des Stalles übernommen.

Und wenn hinter dem Brennholzhaufen etwas mit Rädern stand, wenn dort etwas versteckt war? ... Wer konnte schon sagen, was sie alles finden würde?

Kristin streifte auch den anderen Handschuh über und machte sich an die Arbeit. Ein Stück nach dem anderen schaffte sie nach draußen, wo sie es auf einen Haufen warf, der später aufgebrannt werden sollte. Nach einer halben Stunde war sie ihrem Ziel noch nicht viel näher gekommen.

Der Raum schien tiefer zu sein, als es den Anschein hatte, und was immer mit Rädern in dem Haufen verborgen war, stand ganz weit hinten. Sie brauchte Hilfe. Toms Hilfe. Aber der war in der Küche damit beschäftigt, Fliesen zu verlegen. Er hatte bestimmt keine Lust, seine Arbeit für die Neugierde seiner Frau zu unterbrechen. Wenn er sich in eine bestimmte Sachen vertiefte, war er kaum davon loszubekommen.

Kristin seufzte, pustete sich die widerspenstige Haarsträhne zum wiederholten Male aus dem Gesicht und machte weiter. Eine halbe Stunde später hatte sie zwar genug Platz für die Fahrräder und den Kinderwagen geschaffen, das Ding mit den Rädern aber noch immer nicht freigelegt. Sie war erschöpft und hatte keine Lust mehr. Sie nahm sich vor, am nächsten Wochenende weiterzumachen. Dass das Schicksal andere Pläne bereithielt, konnte sie freilich nicht wissen.

3

Ihr Hals war voller Blut!

Mit dem roten Schal darum sah es so aus, als sei er voller Blut. Hanna Wittmershaus beugte sich vor und blickte in den großen Ankleidespiegel im unteren Flur. Einmal mehr sah sie, was die Schlaflosigkeit aus ihrem Gesicht gemacht hatte. Tief lagen ihre Augen in den Höhlen, und das schlechte Licht der matten Glühbirne verstärkte die blauen Schatten darunter noch. Ebenfalls tief eingegraben zogen sich Runzeln von der Nase und den Augen über die Wangen zum Hals. Mit den Fingerspitzen fuhr sie über die beiden

Falten rechts und links der Mundwinkel. Diese Falten hasste sie am allermeisten; sie verliehen ihr einen bitteren Zug und hatten nichts mit ihrem Alter zu tun. Hanna wusste nur allzu gut, wie sie entstanden waren.

Seit damals, als sie Gerd neben der Kloschüssel gefunden hatte, erstickt an seinem eigenen Erbrochenen, hatten sie sich Jahr für Jahr tiefer eingegraben. Gegen diese Art Falten halfen keine Cremes, dagegen gab es keine Wundermittel – außer vielleicht ausreichend Schlaf, doch den bekam sie nicht. Sie wandte sich von ihrem Spiegelbild ab und wickelte sich den Schal vollends um.

All die Jahre, die vergangen waren, und nun mussten sie sich wieder mit dem Haus beschäftigen. Seit die Merbolds es gekauft und mit der Renovierung begonnen hatten, schien der Vorhang, der sich mit der Zeit langsam, viel zu langsam, aber glücklicherweise dann doch vor ihre Erinnerungen geschoben hatte, fortgerissen zu sein. Die Schlaflosigkeit hatte sich verschärft, und in den langen Nächten tauchten Bilder in ihrem Kopf auf, die sie längst vergessen geglaubt hatte. Letzte Nacht war besonders schlimm gewesen. Im schummrigen Licht der Notbeleuchtung hatte sie Ware ins Regal sortiert (die Deckenbeleuchtung hatte sie nicht einschalten wollen, denn dann hätte jeder auf der Straße sie sehen können), und jetzt, um Viertel vor acht am Abend, war sie völlig übermüdet, spürte aber, dass sie trotzdem nicht würde einschlafen können. Zum einen lag das an der Verabredung mit Johann und Maria, zum anderen aber auch an der Kanne Kaffee, die sie am Nachmittag getrunken hatte. Jetzt bereute sie es. Das Koffein war nicht gut für sie, es schadete ihren Knochen und Gelenken. Doch ohne hätte sie den Tag nicht überstanden.

Hanna warf sich ihren Mantel über und nahm den Schlüsselbund vom Haken. Sie hatte die Haustür schon geöffnet, da erinnerte sie sich an den Tabak, um den Johann am Telefon gebeten hatte. Sie ging in den Laden, nahm zwei Packungen Pfeifentabak aus dem Ständer an der Kasse und verließ das Haus durch den Hintereingang.

Johann hatte am Telefon kein Wort darüber verloren, warum sie sich treffen sollten. Aber das war auch nicht nötig. Seit zwei Monaten befand sich das Haus im Besitz der Merbolds. Bislang hatten sie den Kopf in den Sand gesteckt, hatten so getan, als wäre alles in bester Ordnung. War das dumm? Vielleicht sogar feige? Andererseits, warum sollten sie sich um anderer Leute Dinge kümmern?

Weil wir als Einzige die Wahrheit kennen! Weil diese junge Familie vielleicht ins Unglück rennt!

Ja, vielleicht. Vielleicht aber auch nicht. Wer konnte das schon sagen?

Hanna stieg in ihren alten Opel Astra und fuhr los. Kaum drei Minuten brauchte sie für den Weg zur Baumschule der Möncks. Johann erwartete sie in der offenen Haustür. Seine große Gestalt füllte das helle Rechteck aus.

«Komm rein, Hanna», rief er. «Ziemlich kalt heute, was?»

Sie drückte sich an ihm vorbei in den Hausflur. Wie immer verströmte er den süßlich-herben Geruch seines Pfeifentabaks.

«Das kannst du laut sagen. Vielleicht bekommen wir dieses Jahr mal wieder Schnee?»

Johann half ihr aus dem Mantel. «Ich würd nicht unbedingt meinen Besitz drauf verwetten, aber mein Gefühl sagt mir, dieses Jahr kriegen wir sogar 'ne weiße Weihnacht.»

«Hat dich dein Gefühl letztes Jahr nicht auch schon getäuscht? In der Manteltasche ist übrigens dein Tabak.» Während Johann den Mantel an die Garderobe hängte und seinen Tabak aus der Tasche nahm, ging Hanna in die Küche.

Marias Küche war der zentrale Ort in dem großen Haus. Dort kam die Familie zusammen – und immer wenn Hanna sie betrat, fühlte sie sich zugehörig. Der Raum war groß und hatte ein breites Fenster auf die Einfahrt und einen Teil der Pflanzungen. Maria Mönck saß am Kopfende des langen Tisches. Im hellen Licht der tief hängenden Lampe wirkte ihr Gesicht unverschämt jung. Tatsächlich war Maria dreiundfünfzig, und damit nur zwei Jahre jünger als sie selbst, doch im direkten Vergleich schnitt sie um mindestens zehn Jahre besser ab. Sie hat nicht gesehen, was du gesehen hast, sagte sich Hanna, doch die vielen Jahre hatten diesen Worten den Trost genommen.

Sie umarmten sich zur Begrüßung. Dann schob Maria sie ein Stück von sich, sah sie an und sagte: «Du hast nicht gut geschlafen, oder?»

Hanna zuckte mit den Schultern. «War mal wieder eine jener Nächte.»

«Setz dich», forderte Maria sie auf. «Ich habe Tee aufgebrüht. Du möchtest doch sicher eine Tasse.»

«Gern.»

Auf dem Flur schloss Johann die Haustür ab, löschte das Licht, betrat ebenfalls die Küche, zog auch diese Tür hinter sich zu und setzte sich Hanna gegenüber auf die Bank. Während Maria drei große Tassen auf den Tisch stellte und den dampfenden Tee eingoss, begann Johann in aller Ruhe seine Pfeife zu stopfen. Mit der Routine vieler Jahre gingen seine Finger zu Werke. Hanna bemerkte die dunklen Schatten unter seinen Nägeln. Sie konnte sich nicht erinnern, ihn je mit sauberen Fingernägeln gesehen zu haben.

Erst als Maria sich setzte, sah Johann zu ihr auf.

«Alles klar im Laden?»

«Wie immer. Was soll sich auch ändern? Solange wir hier keine Bevölkerungsexplosion haben, ändert sich auch mein Umsatz nicht.»

Johann nickte. Noch immer mit seiner Pfeife beschäftigt, sagte er dann: «Du machst dir auch Sorgen, nicht wahr?»

«Ja.» Hanna nippte an ihrem Tee und sah über den Rand der Tasse die beiden Möncks an. «Sieht man mir das so deutlich an?»

«Ich will dich ja nicht beleidigen, aber du siehst mehr tot als lebendig aus. Du schläfst nicht gut, oder?»

Hanna schwieg einen Moment.

«Seit die Merbolds eingezogen sind, ist es wieder schlimmer geworden.»

Johann erwiderte ihren Blick von unten herauf. «Und, was sollen wir tun? Hast du einen Vorschlag?»

«Einen Vorschlag?» Hanna lachte hölzern. «Woher soll ich den nehmen? Ich kann es immer noch nicht fassen, dass wieder jemand dort wohnt.»

Maria nickte und schmiegte ihre Hände um die Teetasse. «Wer hätte nach all den Jahren auch gedacht, dass sich je wieder ein Käufer findet, hier draußen?»

«Wir waren dumm. Wir hätten es besser wissen müssen. Man liest es doch überall. Die Städter zieht es aufs Land.» Johann schloss den Tabaksbeutel und klopfte mit der Pfeife auf den Tisch.

Hanna trank einen großen Schluck von dem schwarzen Tee mit Zitrone. Wärmend breitete er sich in ihrem Magen aus. Sie ahnte, dass der Tee nicht unbedingt gut für die vor ihr liegende Nacht war, doch im Augenblick war er bestens geeignet, ihre innere Kälte zu vertreiben. Außerdem konnten sich ihre Hände mit der Tasse beschäftigen.

«Wir sollten keine voreiligen Schlüsse ziehen. Noch ist nichts, aber auch rein gar nichts geschehen.»

Johann nickte. «Ganz meine Meinung, aber Maria sieht das anders.»

«Ja, allerdings, das tue ich. Wir können sie doch unmöglich ins Verderben laufen lassen.»

«Wenn es überhaupt eines gibt.»

«Eben das wissen wir nicht genau. Aber selbst auf die leiseste Gefahr hin, dass es wieder geschehen könnte, müssen wir etwas unternehmen.»

Sie schwiegen, sahen sich nicht einmal an.

Maria schüttelte den Kopf. «Wir können doch gar nicht anders! Oder wollt ihr später damit leben müssen, nichts unternommen zu haben?»

Johann hatte seine Pfeife noch immer nicht angezündet. Er spielte damit, drehte sie hin und her, betrachtete sie und strich mit dem Daumen über das glatte Kirschbaumholz.

«Keiner von uns will, dass den dreien etwas geschieht, und das weißt du auch. Aber wir müssen genau überlegen, was wir tun.» Seine Stimme klang versöhnlich und beruhigend, so als spreche er zu einem kleinen, trotzigen Kind.

«Das streite ich auch nicht ab, aber ich weiß nicht, ob wir so viel Zeit haben. Bei Gott, ich hoffe wirklich, wir haben so viel Zeit!»

«Wir müssen es ihnen nach und nach beibringen, in kleinen Schritten, eins nach dem anderen», sagte Johann. Er legte seine Hand auf den Unterarm seiner Frau. «Und vor allem muss einer rübergehen. Jemand muss nach dem Rechten sehen.»

«Ich mach das», sagte Hanna.

«Und was willst du sagen?»

«Nun ... ich nehme eine Blume mit und heiße sie willkommen. Wird sowieso mal Zeit.»

Maria schüttelte den Kopf. «Das meine ich nicht. Was willst du ihnen *darüber* sagen?»

Hanna zögerte und dachte einen kurzen Moment über die Frage nach.

«Ich erzähle ihnen von damals, nur von damals. Für sie wird es wie ein Märchen klingen. Und ich werde dafür sorgen, dass sie den Eindruck haben, die einsame Frau Wittmershaus hat nichts Besseres zu tun, als sich selbst zum Kaffee einzuladen und solche Geschichten zu erzählen.»

«Und dann?», fragte Maria und zog damit die Blicke auf sich.

«Dann warten wir ab», sagte Hanna. «Und beten.»

4

«Zwanzig- oder dreißigtausend, mehr brauchen wir doch gar nicht. Wenn ich nicht so viel selbst gemacht hätte, hätten wir die schon längst ausgegeben.»

«Aber damit liegen wir weit über dem, was wir uns als Grenze gesetzt hatten. Erinnerst du dich noch?»

Tom ging zum Fenster, sah einen Moment in den dunklen Garten hinaus und drehte sich zu ihr um. «Natürlich erinnere ich mich. Aber bei einer Renovierung kann man nie genau sagen, wie teuer es wird. Dreißigtausend, was ist das schon?»

«Eine Menge Geld! Und wer weiß ... vielleicht gewährt Barnickel uns keinen zusätzlichen Kredit mehr? Können wir nicht bis zum nächsten Jahr warten?»

Er schüttelte den Kopf und kam zurück zur Couch.

«Das ändert doch nichts. Nächstes Jahr haben wir auch nicht mehr Geld. Wenn wir die Fenster nicht vor dem Winter auswechseln lassen, blasen wir das Heizöl praktisch zum Fenster hinaus. Nein, es ergibt nur Sinn, wenn wir es jetzt gleich machen. Und was Barnickel angeht ... den lass mal meine Sorge sein. Ich kann ganz gut mit ihm, da sehe ich keine Probleme. Immerhin habe ich einen unbefristeten Job im besten Architekturbüro der Stadt.»

Tom stand mit Händen in den Taschen vor der Couch und sah sie an. Im schummrigen Licht der kleinen Kaminlampe waren seine Züge weich und mit tiefen Schatten untermalt. Während der Umbauphase hatte er sechs Kilo abgenommen; das stand ihm gut, er wirkte jugendlicher denn je. Außerdem hatte er wieder sein Kleine-Jungen-Gesicht aufgesetzt. Jetzt glaubte Kristin nicht, dass er diesen Ausdruck mit Berechnung einsetzte. Er bekam ihn einfach, wenn er etwas wollte, es aber so aussah, als würde er es nicht bekommen. Tom hatte sich nie mit dem ersten Nein zufriedengegeben, er war jemand, der für seine Vorstellungen kämpfte. Ohne sein Durchsetzungsvermögen würde ihr eigenes Haus noch in weiter Zukunft liegen, das wusste sie. Ihr Vater war ganz anders gewesen; er war stets den Weg des geringsten Widerstandes gegangen. Sie hatten nie ein eigenes Haus besessen, und nie hatten sie mit solchen Summen jongliert.

Kristin war nicht wohl dabei, aber sie vertraute Tom. Und dieses Gesicht liebte sie.

Sie klopfte mit der flachen Hand auf die Sitzfläche des Sessels. Als Tom nicht gleich reagierte, klopfte sie noch einmal. Schließlich kam er zu ihr. Sie drückte ihn in den Ledersessel und setzte sich auf seinen Schoß.

«Und du bist dir sicher?», fragte sie.

Tom nickte.

«Dann lass es uns machen. Ich vertraue dir.»

«Nur wenn du es auch willst.»

«Ich wollte schon immer das, was du willst. Deshalb passen wir doch so gut zueinander.»

«Vorhin warst du anderer Meinung.»

«Wegen dem Geld. Diese großen Summen bin ich nicht gewöhnt. Sie machen mir immer noch Angst. Dieses Haus verschlingt so viel.»

«Aber es ist schön geworden, nicht wahr?»

Kristin schlang ihre Arme um seinen Nacken und gab ihm einen Kuss. «Mehr als das. Es ist die Erfüllung unseres Traumes.»

Er fuhr mit seinen Händen unter ihr T-Shirt und streichelte ihren Rücken. «Und, bist du glücklich?»

Kristin schloss die Augen. Seine Berührung verursachte eine Gänsehaut bei ihr. «Das weißt du doch.»

«Sag es mir trotzdem.»

Sie legte ihre Hände an sein Gesicht, presste ihre Lippen auf seine und küsste ihn. Als ihre Zungen sich fanden, spürte sie seine Erregung an ihrem Oberschenkel. Vorsichtig ließ sie ihr Becken kreisen.

«Reicht dir das als Antwort?»

«Nein.»

«Was möchtest du noch?»

«Alles.» Seine Hände glitten nach vorn und über ihre Brüste. Kristin seufzte und vergrub ihr Kinn an seinem Hals. Der letzte Hauch seines am Morgen aufgetragenen Rasierwassers stieg ihr in die Nase.

«Versprichst du mir was?», flüsterte sie ihm ins Ohr.

«Was du willst.»

«Du darfst Lisa und mich nie verlassen.»

«Spätestens morgen früh muss ich zur Arbeit.»

Sie ließ ihre Hand zwischen seine Beine gleiten und drückte sanft zu. «Nie!»

Mehr als ein gepresstes «Nie» bekam Tom nicht mehr heraus. Für die nächste halbe Stunde sprach keiner von beiden. Damit gab Tom ein Versprechen, das er nicht halten konnte – und auch nicht halten würde.

NACH DEM TOD

1

«Ich bin wieder hier,
in meinem Revier,
war nie wirklich weg,
hab mich nur versteckt.»

Kristin Merbold stand mit fleckiger, blau karierter Schürze am Herd und summte den Refrain des Liedes mit. Warmes Oktoberlicht flutete durch das alte, trüb gewordene Fensterglas in die Küche und ließ die aufsteigenden Dampfschwaden bläulich erscheinen. Die raue Stimme des Sängers trieb ihr einen Schauer über den Rücken. In Gedanken kehrte sie in die Vergangenheit zurück: zu jener warmen Juninacht, als sie an Tom gelehnt dieses Lied in der dunklen, nur von Feuerzeugen erhellten Arena eines Fußballstadions gehört hatte.

Plötzlich unterbrach der Radiosprecher das Lied für eine Verkehrsmeldung. Ihr Wachtraum zerplatzte. Kristin machte sich daran, das Omelett zu wenden. Die Unterseite hatte genau die richtige, goldbraune Farbe, und nun kam der entscheidende Moment, den sie noch immer fürchtete. Tom konnte von ihren spanischen Omeletts nicht genug bekommen; kaum eine Woche verging, in der er nicht quasi darum bettelte. Wie viele dieser Dinger sie schon gebraten hatte, wusste Kristin nicht, aber noch immer war das Wenden ein kritischer Moment, der oft genug im Spülbecken endete. Diesmal jedoch tat das Acht-Eier-Omelett, was von ihm erwartet wurde. Nach einem geschickten Wurf landete es in einem Stück in der Pfanne.

Als sie einen Wagen auf dem Schotter ihrer Zufahrt hinabrollen hörte, verharrte Kristin. Noch immer missfiel ihr dieses Mahlen und Knirschen der Steine unter den Autoreifen. Es klang, als würde sich etwas von tief unter der Erde nach oben wühlen. Schnell stellte sie die Pfanne auf dem heißen Ceranfeld ab und reinigte ihre Hände an der Schürze. Tom brachte Lisa vom Kindergarten mit, und um keinen Preis wollte Kristin den Anblick verpassen, wenn die beiden aus dem Wagen stiegen. Der Umzug, die langen Fahrten in die Stadt, die vielen Überstunden des Geldes wegen – all das hatte dazu geführt, dass Lisa wenig von ihrem Vater hatte und solche Momente selten waren. Doch noch bevor sie zum Fenster ging, runzelte Kristin die Stirn.

Da stimmte was nicht.

Im vergangenen Jahr hatten sie bei einer Nikolauslotterie den Jeep Cherokee gewonnen. Einen Fünfunddreißigtausend-Euro-Wagen, mit einem Los, das nicht einmal fünf Euro gekostet hatte. In dem kleinen Lottogeschäft unten an der Durchgangsstraße, in dem Kristin jede Woche die Fernsehzeitung gekauft hatte, hatte Lisa nervtötend lange in der Lostrommel herumgewühlt und sich schließlich für das eine besondere Los entschieden. Seitdem war es ihr «Jeepi».

Kristin hatte ein gutes Gehör dafür entwickelt, ob es ihr Jeepi war, der die Zufahrt hinunterkam, oder nicht. Sie mochte dessen zuverlässiges, satt brummendes Geräusch. Der Motor da draußen klang anders. Fremd.

Mit zwei Schritten war sie am Fenster. Ein dunkelgrüner Ford Kombi hielt auf ihrem Hof. Der Staub des blaugrauen Schotters waberte an den Reifen empor. Sonnenlicht reflektierte in der getönten Windschutzscheibe, sodass sie nicht erkennen konnte, wer am Steuer saß.

Der Motor erstarb. Die Tür der Fahrerseite wurde geöffnet, und ein rundlicher Mann quälte sich aus dem Sitz empor. Ihm folgte auf der anderen Seite eine große, hagere Frau. Beide trugen dunkle, offiziell wirkende Kleidung, die für einen solch sonnigen Spätsommertag entschieden zu warm war. Sie verharrten in den geöffneten Türen und blickten zum Haus.

Bevor sie Kristin am Küchenfenster entdecken konnten, trat sie rasch einen Schritt zurück. Ihr Herz schlug dumpf. Obwohl ihr Kopf plötzlich leer war und sie kaum noch denken konnte, stellte sie die Herdplatte ab. Dann legte sie die Schürze beiseite und ging auf die Diele. Dort war es dunkel und kühl; es gab kein Fenster, durch das sie gesehen werden konnte. Draußen wurden die Türen des fremden Wagens zugeschlagen – zwei dumpfe Geräusche –, dann scharrten Schritte auf dem Rotsteinpflaster des kurzen Weges, der vom Hof zum Haus führte.

Vielleicht gehen sie ja wieder, wenn ich mich nicht zeige, dachte Kristin. Vielleicht haben sie sich nur in der Adresse geirrt und machen auf dem Absatz kehrt, sobald sie unseren Namen auf der Klingel gelesen haben.

Ihre Hoffnungen wurden nicht erfüllt – es schellte. In der angespannten Stille des Hauses kam ihr der melodische Gong unerträglich laut vor. Sie zog den Pferdeschwanz straff, mit dem sie ihr langes Haar wie jeden Tag gebändigt hatte, strich ihre Bluse glatt und öffnete die Tür. Im Gegenlicht der Sonne wirkten die beiden Fremden ungleich dunkler und größer, als sie es wirklich waren.

Schwarze Männer ... sie sehen aus wie schwarze Männer.

«Frau Merbold?», sprach der Mann sie an. Sein rundliches Gesicht war gerötet. Schweißperlen glänzten auf seiner hohen Stirn. Kristin sah zu ihm hinab, dann zu der Frau hoch, die genauso groß war wie sie. «Ja.»

«Was kann ich für Sie tun?», hatte sie noch fragen wollen, doch es blieb ihr im Halse stecken. Sie glaubte einen unterschwelligen Geruch wahrnehmen zu können: den Geruch der Angst! Die beiden Fremden hatten ihr etwas zu sagen, und sie fürchteten sich davor.

«Können wir für einen Moment hereinkommen, Frau Merbold?», fragte die Frau. Sie sprach leise, vorsichtig.

«Nun ... ich weiß nicht ...» Noch immer hielt Kristin die Tür nur schulterbreit geöffnet. Dabei kam ihr das alte, offenporige Holz wie eine letzte Bastion gegen etwas vor, das sie lieber nicht im Haus haben wollte. Wie oft hatte Vater ihr verboten, Fremden die Tür zu öffnen?

«Oh, entschuldigen Sie bitte.» Der Mann griff in sein dunkles Jackett und holte ein braunes Lederetui hervor. Er klappte es auseinander und zeigte ihr einen Ausweis mit Lichtbild. Ebenso gut hätte er Kristin auch den schwarzen Peter aus einem Kartenspiel zeigen können, so wenig nahm sie den Ausweis wahr, obwohl sie ihn anstarrte.

«Mein Name ist Felix Leitmann ... das ist meine Kollegin Natascha Hensen. Wir sind von der Kripo Hamburg.»

Als würde das alles erklären, steckte Leitmann seinen Ausweis wieder ein. Und in der Tat reichte es Kristin, seinen

Beruf zu kennen, um ihre dunkle Vorahnung bestätigt zu wissen. Etwas war geschehen. Etwas Schlimmes.

Tom war wegen der Krediterweiterung für die neuen Fenster am frühen Morgen nach Hamburg zur Bank gefahren. Vorher hatte er Lisa beim Kindergarten abgesetzt. Wie stolz sie zu ihm in den Cherokee gestiegen war ...

Kristin blinzelte, um die Erinnerung loszuwerden. Eigentlich hätten die beiden jetzt auf den Hof rollen müssen. Jetzt, genau in diesem Moment. Der Kindergarten ging bis drei viertel zwölf. Immer! Doch so sehr Kristin sich auch Jeepis sattes Brummen herbeisehnte – es blieb still.

«Es geht um Ihren Mann.» Die Frau trat einen Schritt vor, sodass Kristin ihr Gesicht sehen konnte. Für einen Moment glaubte sie ihrem Spiegelbild zu begegnen: langes, dunkelblondes Haar, zu einem Pferdeschwanz gebändigt, schmales Gesicht, grünblaue Augen. Einzig die Nase der Frau war länger und knochiger. Nur ganz kurz begegneten sich ihre Augen.

«Dürfen wir hereinkommen, Frau Merbold?»

Kristin nickte und öffnete die Tür vollends. Dann ging sie voraus und führte die beiden durch die Diele ins Wohnzimmer. Durch die große Terrassentür fiel warmes, dunstiges Licht herein. Kristin meinte durch einen Traum zu wandeln. Gewiss, ein böser Traum, aber eben nur einer jener Zustände, die durch kräftiges Kneifen beendet werden konnten. Wortlos sah sie die beiden Polizisten an.

«Wollen wir uns setzen, Frau Merbold?», fragte abermals die Frau.

Kristin versuchte sich an ihren Namen zu erinnern, aber er war weg. Das Innere ihres Kopfes glich einem verwaisten Fußballfeld. Eine riesige, gähnende Leere, die darauf wartete, von irgendjemandem oder irgendetwas gefüllt zu werden. Gehorsam ließ sie sich auf die vorderste Kante von Toms schwarzem Ledersessel sinken. Das Leder knarzte erschreckend laut.

«Wo ist Ihre Tochter, Frau Merbold?»

«Mein Mann, Tom ... kommt gleich mit ihr nach Hause. Er bringt sie aus dem Kindergarten mit.»

Der Beamte warf seiner asketischen Kollegin einen hilfesuchenden Blick zu und rutschte auf der Couch nach vorn. «Frau Merbold ... wir müssen Ihnen leider eine schlechte Nachricht überbringen. Ihr Mann ist heute gegen zehn Uhr verstorben.»

Nein, das ist ein Irrtum. Sie irren sich. Tom ist zur Bank gefahren, wegen dem Geld für die Fenster und die Haustür. Er kommt gleich mit Lisa zurück. Heute gibt's spanisches Omelett, sein Lieblingsgericht. Er hat mir doch versprochen, mich nie zu verlassen. Sie irren sich!

Kristin meinte zu sprechen. Sie hörte ihre Worte, spürte sie über ihre Lippen fließen, und doch verließ kein einziges ihren Mund. Erst als der Beamte sie ansprach, setzte der Ton wieder ein. Wie bei einem Fernseher, der vorübergehend stumm geschaltet war.

«Hab ich das Omelett von der Herdplatte genommen?», fragte Kristin.

Die Beamten sahen sich an. Die Frau legte ihre Hand auf Kristins Unterarm. «Frau Merbold ... haben Sie verstanden, was mein Kollege Ihnen mitgeteilt hat?»

Kristin sah auf die fremde Hand hinab, die sie berührte.

«Sie irren sich.» Worte wie aus Watte geformt, weich und ohne Nachdruck. Ein kümmerliches Aufbegehren gegen das Begreifen.

«Frau Merbold, es tut uns leid ... wirklich leid. Ihr Mann ist in der SA-WestBank in einen Überfall geraten und getötet worden. Er wurde erschossen.»

Kristins Augen füllten sich nicht mit Tränen, und es tat sich auch keine bodenlose Leere auf, sie zu verschlingen. Sie fiel nicht in tiefe Bewusstlosigkeit und wurde auch nicht von Krämpfen geschüttelt. Sie saß einfach nur da und starrte die Frau an.

«Aber ich hab doch Omelett gemacht.»

2

Robert Stolz kauerte in schwarzer Kleidung in der überdachten Eingangsnische eines kleines Lottogeschäftes, das laut des verblichenen Schildes über der Tür Eduard Pawzella gehörte. Dort war er vor dem orangen Licht der Bogenlampen geschützt und verschmolz geradezu mit der Dunkelheit. Feiner kalter Nieselregen zog einen geisterhaften Vorhang durch das Streulicht der Lampen.

Er warf einen Blick auf seine Timex am Handgelenk: zweiundzwanzig Uhr vorbei. Trotz des starken Kaffees, den er vorhin getrunken hatte, machte sich die Müdigkeit bemerkbar. Außerdem knurrte sein Magen. Er holte ein Snickers aus der Innentasche seiner Lederjacke, riss es auf und biss hinein. Von seiner Körperwärme aufgeweicht schmeckte es süßer als sonst.

Er kaute und fror. Der kühle Wind ging durch bis auf die Knochen. Im Wagen zu warten wäre bequemer gewesen, doch dann hätte er in der Nähe des Red Fox parken müssen.

Das war zu auffällig. Ein Auto ließ sich schlecht verstecken, und diese Leute waren auf der Hut. Sie würden sich an einen Wagen erinnern, in dem jemand länger als gewöhnlich am Straßenrand gewartet hatte.

Die Fassade des gegenüberliegenden Gebäudes weckte Erinnerungen. Mit fünfzehn, als er zu begreifen begonnen hatte, womit sein Vater Geld verdiente, hatte er ihn beobachtet und oft in den Red Fox gehen sehen. Robert hatte den schäbigen Laden längst vergessen, und dabei wäre es auch geblieben, wäre ihm Kalle vor drei Monaten nicht über den Weg gelaufen. Karl-Heinz Stolz, Kalle für seine Kumpel, hatte ihn nicht gesehen, und wie damals, vor achtzehn Jahren, war er durch die Tür dort drüben verschwunden. Also gab er noch immer Geld für Stoff und Huren aus, das seiner Frau für Lebensmittel und Kleidung fehlte.

Als Robert dem Verlangen nach einer Zigarette kaum noch standhalten konnte und sich seine mit Kaffee gefüllte Blase bemerkbar machte, rollte ein schwarzer Sportwagen von der Hofeinfahrt des Red Fox auf die Straße. Im Licht der Bogenlampen konnte Robert für einen kurzen Moment Brian Cox am Steuer und seinen bulligen Leibwächter daneben erkennen.

Er sah dem auffälligen Wagen nach, bis er an der nächsten Ecke verschwand, dann löste er sich aus dem Schatten der Nische. Die Hände tief in den Taschen seiner schwarzen Lederjacke, den Rücken gebeugt, die Schultern nach vorn gezogen schlenderte er langsam zu seinem Wagen. Beeilen brauchte er sich nicht. Er wusste, wohin Cox fuhr.

Nachdem er eingestiegen war, zündete er sich eine West an, nahm einen tiefen Zug und warf einen Blick in den Innenspiegel. Seine Augen waren rot gerändert, dunkle Schatten lagen darunter. In den letzten Nächten hatte er schlecht geschlafen. Obwohl es nicht der erste Job dieser Art war, machte ihm die Aufregung zu schaffen. Wahrscheinlich lag es an dem familiären Zusammenhang. Die Sache wurde dadurch riskant. Jemand könnte eine Verbindung herstellen. Er sah seinem Vater ähnlich: die gleichen braunen Augen und Haare, das gleiche kantige Gesicht, die große Statur mit den breiten Schultern.

Robert wandte den Blick ab, startete den Motor und fuhr los.

Fünfzehn Minuten später parkte er den BMW zwei Straßen von dem Haus entfernt, das Cox und sein Leibwächter gerade betraten. Als er es nach einem kurzen Fußmarsch erreichte, war niemand zu sehen. Der Wagen des Iren stand in der Auffahrt des Grundstücks. Wie immer, wenn einer dieser Geschäftsmänner einen Kunden erwartete, war das Haus hell erleuchtet, die Hunde weggesperrt und die Zufahrt offen. Sie waren sich ihrer Sache sicher.

Als wäre er offiziell eingeladen, betrat Robert mit langen Schritten das Grundstück über die Zufahrt, achtete aber darauf, nicht in das Sichtfeld der Videokameras zu geraten. Er wusste genau, wo sie angebracht waren. Rasch ging er bis an die verschlossene Haustür, stellte sich daneben in den Schatten des überstehenden Daches und zog eine schwarze Skimaske über. Sie kratzte auf der Haut, und die feinen Fäden kitzelten in der Nase, aber er brauchte das Ding. Für Robert gab es nichts Abstoßenderes als einen Gauner, der sich einen Damenstrumpf übers Gesicht zog.

«Schwule Pisser!», hatte sein Vater immer gesagt. «Alles schwule Pisser!»

Nachdem er die Maske übergezogen hatte, stieg sein

Adrenalinspiegel spürbar an. Robert mochte diese innere Spannung, die für eine solche Aktion notwendig war. Die Ruhe vor dem Sturm. Das intensive Konzentrieren auf nur eine einzige Sache, die damit gleichsam zum Nabel seines Universums wurde.

Er zog die klobige Waffe aus dem Schulterholster und wartete. Jedes noch so kleine Geräusch hinter der Haustür würde ihn alarmieren. Alles andere – die Geräusche von der Straße, das leise Hundegebell irgendwo weit entfernt, die Sirene eines Einsatzfahrzeuges –, all das erreichte zwar seine Ohren, doch er nahm es nicht wirklich wahr. Er achtete auf seine rechte Hand. Sie war ruhig, nicht das kleinste Zittern. In Extremsituationen konnte er sich auf seine Nerven und Reflexe verlassen. Seine gesamte Kindheit und Jugend hatte aus Extremsituationen bestanden.

Plötzlich hörte er Stimmen hinter der Tür. Sie kamen! Fünfzehn Minuten mochten vergangen sein, seit Cox das Haus betreten hatte. Die übliche Zeit, um ein solches Geschäft abzuschließen.

Drei Stufen führten zur Haustür hinauf. Robert postierte sich mit gezogener Waffe auf der obersten. Das Geschäft der Männer da drinnen war erledigt, alle waren gelöst und freundlich, mit nichts rechneten sie in diesem Augenblick weniger als mit einem direkten Angriff. Der Vorteil der Überraschung war auf seiner Seite.

Jemand schloss auf, die Tür wurde nach innen gezogen – allerdings sehr langsam. Robert half nach. So wuchtig er konnte trat er mit dem rechten Fuß dagegen. Nur kurz spürte er einen leichten Widerstand. Die Tür schlug auf, er stürmte in die Vorhalle und erfasste mit einem Blick die Situation.

Cox befand sich rechts von ihm, der Leibwächter direkt dahinter. Der Hausherr hatte seinen Kunden die Tür öffnen wollen und lag nun am Boden. Sein Gesicht war vom Schmerz verzerrt, er hielt seine rechte Hand umklammert. Keiner von ihnen griff zur Waffe, zu groß war die Überraschung.

Robert zielte auf Cox.

Dessen Augen weiteten sich. Hinter ihm bewegte sich sein Leibwächter, seine Hand tastete zur Jacke. Robert handelte schnell. Die Luftdruckpistole gab ein leises «Plopp» von sich, und der zwei Zentimeter kurze, goldfarbene Betäubungspfeil bohrte sich in den Oberschenkel des Iren. Es war wichtig, dass die Injektion von einer größeren Muskelpartie aufgenommen wurde, sonst konnte er daran sterben. Cox griff reflexartig nach dem Pfeil, konnte ihn aber nicht entfernen. Viel zu schnell wirkte das Azepromazin. Binnen zwei Sekunden verdrehte er die Augen und sank seufzend zu Boden. Damit machte er die Schusslinie auf seinen Leibwächter frei. Der bullige Kerl mit dem kurz rasierten Haar sah zu seinem Boss hinab und verstand wohl nicht recht, was vor sich ging. Bevor er eins und eins zusammenzählen konnten, lähmte Robert auch ihn mit einem Pfeil in den Oberschenkel. Dann schwenkte er die Waffe auf den Hausherrn.

Bis dahin war noch kein Wort gefallen. Kaum fünf Sekunden hatte es gedauert, zwei Dealer außer Gefecht zu setzen. Der am Boden liegende Mann in dem teuer aussehenden Anzug hob abwehrend seine Hände vors Gesicht.

«Hee, was soll das ... nein, nicht!», rief er laut genug, damit seine Karate-Krieger im Büro es hören konnten.

Robert ließ ihn nicht lange zappeln. Kaum hatte er den Pfeil abgefeuert, rannte er los. Während des vergangenen

Monats hatte er das Haus mit einem Richtmikrophon belauscht und wusste daher recht genau, wo sich das Büro befand. An der Tür kam ihm einer der Freunde des Hausherrn mit vorgehaltener Waffe entgegen. Robert prallte gegen ihn und warf ihn zurück. Der Junge, der wohl erst seit einem Jahr seinen Führerschein hatte und an dessen Kinn noch Pupertätspickel leuchteten, schrie auf und ging zu Boden.

Den anderen sah Robert sofort.

Er stand rechts des großen Schreibtisches und beugte sich über die Platte, um an den Revolver zu kommen, der neben dem geschlossenen Koffer lag. Robert zielte auf ihn. Bevor der Kerl auch nur eine Silbe von sich geben konnte, ging er mit einem Pfeil im Hintern zu Boden. Blieb noch einer übrig.

Robert drehte sich um – und erstarrte. Der Junge lag zwischen zwei verchromten Stühlen auf dem Rücken und hielt seine Waffe im Anschlag. Das dunkle Loch der Mündung war auf Robert gerichtet.

«Lass fallen», sagte er.

Würde er schießen?

Seine Hände zitterten, der Ausdruck in seinen Augen war nicht der eines abgebrühten Killers. Trotzdem, er wähnte sich in Lebensgefahr, das machte ihn unberechenbar. Robert wartete eine Sekunde zu lange. Der Jungmafiosi krümmte den Zeigefinger und zog den Abzug durch.

Roberts Herzschlag setzte aus, in seinem Inneren schien irgendwas mit großer Kraft nach unten zu sacken. Er erwartete den Einschlag des Projektils in seinen Körper, machte sich für den Schmerz bereit – doch es geschah nichts. Er konnte es kaum glauben. Der Typ hatte schlicht und ergreifend vergessen, seine Waffe zu entsichern.

Robert dachte nicht weiter über das Glück nach, das ihm zuteilgeworden war – er trat dem überraschten Jüngelchen die Waffe aus der Hand. Als die Spitze seines festen Schuhs dessen Handgelenk traf, hörte er die Knochen splittern. Die Waffe flog gegen ein Bücherregal und plumpste zu Boden. Wie von Sinnen schrie der Junge im Sportanzug auf, presste seine Hand an den Bauch, zog die Knie an und krümmte sich zusammen.

«Mann ... verdammte Scheiße ... du, du hast mir die Hand gebrochen. Hey, was soll das? Nimm das Ding weg!»

Dem Pickeligen stand die Panik ins Gesicht geschrieben. Robert konnte ihn verstehen. In das Auge eines Pistolenlaufes zu blicken konnte einen wirklich fertigmachen. Er hatte sich ja selbst eben beinahe in die Hosen geschissen. Aber Mitleid war hier fehl am Platze. Robert zielte auf den Oberschenkel und zog den Abzug durch. Der Betäubungspfeil bohrte sich in den Muskel. Der Junge griff mit der unverletzten Hand danach, im selben Moment fiel sein Kopf schlaff auf die Seite.

Sechs Betäubungspfeile passten ins Magazin der klobigen Waffe. Sie funktionierten wie eine Spritze. Beim Aufprall öffnete sich ein winziges Ventil, und die geringe Menge Azepromazin strömte in den Blutkreislauf des Körpers. Robert füllte die Kapseln der Pfeile selbst, daher wusste er, was er tat. Eine Winzigkeit mehr der weißlichen Flüssigkeit, und die Getroffenen würden den Rest ihres Lebens als sabbernde Krüppel im Rollstuhl verbringen. Ihr Gehirn, wertvoll oder nicht, würde paralysiert werden.

Robert stieg über die Betäubten hinweg zum Schreibtisch. Der Koffer war zwar geschlossen, die Kombinationsschlösser aber noch nicht eingeschnappt. Er hob den Deckel an.

Gebündelte Geldscheine, denen man ansah, dass sie schon in vielen Hosentaschen gesteckt hatten, lagen ordentlich aufgereiht darin. Zehner, Zwanziger, Fünfziger, selten ein Hunderter. Robert nahm ein Bündel heraus und starrte es an. Einige dieser zerknitterten Scheine könnten seinem Vater gehört haben. Jetzt nahm er sich das Taschengeld, das er in seiner Kindheit nie bekommen hatte.

Robert legte das Bündel zurück, schlug den Deckel zu, stellte die Zahlenreihen auf null und verriegelte den Koffer. Während er das Haus verließ, nahm er die Skimütze ab, entfernte die Pfeile aus den betäubten Bewohnern und steckte sie in die Taschen seiner Jacke. Den Koffer mit den Drogen ließ er bei Cox liegen. Er hatte keine Verwendung dafür.

Wenig mehr als fünf Minuten war er drinnen gewesen. Fünf Minuten Arbeit, ungefähr zweihunderttausend Euro Lohn.

Seine Beine zitterten, als er die Auffahrt hinunterging.

3

Eine Reise durchs Land der Trauer, lange Aufenthalte in Städten voller Tränen, voller Leid, Schmerzen und bitteren Vorwürfen. Das Gepäck bestehend aus Erinnerungen und Wünschen; die Nahrung nur Zweifel am Sinn der Zukunft. Jeder Schritt kostet mehr Kraft als der vorherige, jeder Blick verzerrt die Wirklichkeit. Und das Grauen schleicht hintendrein. Man kann es nicht hören und nicht sehen, aber seine Anwesenheit ist intensiver spürbar als die eigenen Schmerzen. Warum ist es da? Warum mischt es sich ein und macht alles noch schlimmer?

Kristin wusste es nicht. Als sie ihre Augen aufschlug, verschwanden die Gedanken, mit denen sie sich Stunden schlaflos auf dem Laken gewälzt hatte. Nur eines blieb: das Grauen. Es war mit ihr in diesem dunklen Schlafzimmer, das ihr fortan allein gehörte, hockte in irgendeiner Ecke, vielleicht auch in allen. Es füllte die Finsternis aus, machte sie erdrückend. Kristin wagte nicht, sich zu bewegen. Die Decke bis zum Kinn gezogen, verharrte sie flach atmend und lauschte. Mit Blicken so intensiv, dass ihr die Augen schmerzten, versuchte sie die Dunkelheit zu durchdringen.

Was waren das für Geräusche? Das Haus. Ja, es war nur das Haus. Das alte Gebälk, das noch ältere Fundament ... Tom hatte ihr gesagt, dass ein altes Haus immer Geräusche macht. Zu hören waren sie aber nur in den stillen Stunden der Nacht. Das machte sie unheimlich, aber sie waren es nicht. Es gab keine unheimlichen Häuser, nur Geräusche, nur altes Holz, das sich dehnt und nachgibt. Kristin spürte das Bedürfnis aufzustehen, in das Zimmer nebenan zu gehen und nach Lisa zu sehen. Sie wollte unbedingt, aber noch gehorchten ihre Beine ihr nicht. Aus Angst vor der Dunkelheit blieb sie still liegen; aus Angst vor dem Grauen, das lebendig geworden ihren Gedanken entstiegen war und nun im Zimmer hockte.

Irgendwann war der Mut stark genug. Sie streckte einen Arm aus und knipste die Nachttischlampe an. Das Licht war Segen und Rettung zugleich. Mit der Dunkelheit vertrieb es auch das Grauen. Wo immer es auch gesteckt haben mochte, es verschwand so schlagartig, wie es gekommen war. Das Zimmer war wieder nur ein Zimmer, nicht mehr. Trotzdem blieb sie noch einen Moment liegen und wartete. Worauf, wusste sie nicht, sie wartete einfach. Schließlich schlug sie die Decke zurück und stand auf. Barfuß und im Pyjama verließ sie das Zimmer, schlich eine Tür weiter und trat im sanften Licht der Steckdosenleuchte ans Kinderbett. Lisa lag auf der Seite, den Mund geöffnet, das Haar verschwitzt und zerzaust. Sie schwitzte immer im Schlaf. Jeden Morgen dauerte es ewig, ihr langes Haar in Ordnung zu bringen.

Als Kristin die Decke über ihrer Tochter zurechtziehen wollte, hörte sie plötzlich das Geräusch. Ein reales Geräusch, keine Einbildung, kein Überbleibsel schmerzhafter Gedanken im Halbschlaf. Sie erstarrte.

Es war nicht das Haus, da war sie sicher. Nein, derart laute Geräusche machte das Haus nicht. Aus dem Erdgeschoss war es gekommen. Die Gänsehaut, die sich über ihren ganzen Körper ausbreitete, war beinahe schmerzhaft. Ihre Kopfhaut zog sich zusammen. Sie schlich zur Tür hinaus auf den dunklen Flur. An der obersten Treppenstufe blieb sie stehen und lauschte. Unten lag die unbeleuchtete Diele, tiefschwarz, aber dank fehlender Möbel ohne Verstecke. Kristin drückte auf den Schalter an der Wand und tauchte sie in warmes Licht.

Da war nichts.

Nachdem sie eine Weile gelauscht hatte, das Geräusch sich aber nicht wiederholte, stieg sie die Treppe hinunter. Ihre Fußgelenke knackten leise, das alte Holz knarrte an manchen Stellen. Als sie ihren nackten Fuß auf die kalten Fliesen setzte, war sich Kristin plötzlich seiner Anwesenheit bewusst. Sie war sich so sicher, dass er doch noch nach Hause gekommen war, dass sie seinen Namen rief.

«Tom?»

Das eine Wort hallte in der unmöblierten Diele. Noch ehe es ganz verschwunden war, hörte Kristin die Antwort.

«… bin wieder hier …»

Das Arbeitszimmer, es kam aus dem Arbeitszimmer! Ihre Füße flogen über die Fliesen auf die angelehnte Tür zu. Oh Gott, sie hatte es doch gewusst, sie hatte doch recht behalten! Die Polizisten hatten sich geirrt. Irgendjemanden hatte es in der Bank erwischt, irgendjemanden hatte man in der Schalterhalle das Gesicht weggeschossen, aber nicht Tom. Nicht ihrem Tom. Er war wieder da. Und nichts daran war ungewöhnlich, oder? So oft war es in den letzten Wochen spät geworden im Büro, so oft war er mehr nachts als abends heimgekehrt. Dann brachte er stets erst seine Sachen ins Arbeitszimmer, immer erst ins Arbeitszimmer. Er wollte seine beiden Mädels nicht wecken. Er nahm immer Rücksicht auf seine beiden Mädels.

Kristin drückte die Tür auf, gleichzeitig fand sie den Lichtschalter und machte Licht.

«Tom, großer Gott, Tom, ich …»

Da war so vieles, was sie noch hatte sagen wollen. Sie wollte ihm von ihrem Albtraum erzählen. Davon, dass in ihrem Traum zwei Polizisten gekommen waren und von seinem Tod berichtet hatten. Von dem Psychologen, der zwei Stunden später eingetroffen war; davon, dass man sie nicht in den Kindergarten bringen wollte und Lisa erst Stunden später von einer Erzieherin nach Haus gebracht worden war. All diese schrecklichen Dinge, die sich nur in Albträumen ereignen konnten, wollte sie ihm erzählen.

Doch der Schreibtisch war verwaist.

Tom saß nicht daran. Trotzdem bewegte sich der Bürostuhl. Eine halbe Drehung, so als sei gerade jemand davon aufgestanden, dann stand er still. Alles stand still. Die Luft, ihr Herz, ihr Verstand. Minuten vergingen, ehe Kristin den nächsten Atemzug tat. Minuten, in denen sich ein Bild immer wiederholte: Licht, das den Raum erhellt, der Schreibtischstuhl, der eine halbe Drehung macht und dann stehen bleibt.

Er war doch nicht nach Haus gekommen. Allem Wunschdenken zum Trotz ließ das Leben sich nicht hintergehen. Es schickte niemanden zurück, nur weil er so dringend gebraucht wurde. Beinahe jeder wurde von irgendjemanden dringend gebraucht, was verschaffte ihr eine Sonderstellung?

Aber sie hatte ihn doch gespürt, seine Antwort aus dem Büro gehört. Hatte sie ihn sich so sehr gewünscht, dass der Schreibtischstuhl eine halbe Drehung gemacht hatte? Telepathie, oder wie nannte man so etwas?

Nein, so etwas nannte man Einbildung. So etwas passierte, wenn man aus dem Schlaf aufschreckte und die Geräusche eines alten Hauses hörte. So etwas passierte, wenn man mit zweiunddreißig zur Witwe wurde und die Welt plötzlich eine nie gekannte Dimension erhielt: die Leere.

Es kostete sie immens viel Kraft, trotzdem trat Kristin einen Schritt ins Arbeitszimmer. Danach ging es leichter. Der Raum war kühl, die Luft mit einem Gefühl der Leblosigkeit behaftet. Aber da war noch etwas anderes. Je näher sie dem Schreibtisch kam, desto mehr spürte sie eine Art Kribbeln, ein leichtes Vibrieren. Nicht auf der Haut, sondern in ihrem Kopf und ihrem Herzen – als pflanze sich aus der Luft eine feine Schallwelle fort. Sie drang durch Ohren, Nase und Mund in ihren Körper und spielte dort auf den feinen Saiten ihrer Empfindungen. Kristin kam am

Schreibtisch an, stützte sich mit den Händen an der Platte ab und umrundete ihn. Sie ließ sich in den Sessel fallen. Jetzt gewann das Gefühl an Deutlichkeit. Es war vorhanden wie das Licht, spürbar wie die Kälte ... es war der übermächtige Eindruck, nicht allein im Zimmer zu sein. Diesen Eindruck hatte sie oben auch schon gehabt, doch dort war es das Grauen ihrer Gedanken gewesen, das in die Realität herübergekrochen war. Hier im Büro war es etwas anderes.

Kristin drehte sich mit dem Stuhl und sah sich um. Alles war wie immer. Toms Büro war noch nicht fertig eingerichtet. Regale fehlten. Bücher, lose gesammelte Unterlagen stapelten sich auf dem Boden, eine Unzahl von Planrollen war in die Ecken gelehnt. Ein geordnetes Chaos, das Tom in den nächsten Wochen ohne Frage beseitigt hätte. Er hasste Unordnung.

Als Kristin eine Drehung mit dem Stuhl vollendete und wieder den Schreibtisch vor sich hatte, fiel ihr ein brauner Umschlag auf, der ein Stück weit aus den anderen Unterlagen herausragte, die sich in dem Turm aus vier übereinandergestapelten Ablagen befanden. Er fiel ihr auf, weil die Klappe des Umschlags von einer weißen Kante offen gehalten wurde, die von dem harten Karton einer Fotografie stammte.

Kristin zog den Umschlag aus dem Stapel hervor und entnahm den Inhalt. Fünf Fotografien befanden sich darin. Ohne sie ansehen zu müssen, wusste sie, was darauf zu sehen war: ihr Haus. Diese Bilder hatte der Makler ihnen eine Woche vor der Besichtigung geschickt. Sie hatten lange Abende darüber verbracht, hatten sie beim Frühstück und Abendessen wieder und wieder angesehen. Davon zeugten noch immer die fettigen Fingerabdrücke und Kaffeeflecken. Über diesen Bildern waren sie ins Träumen und Schwärmen geraten, wegen dieser Bilder hatten sie schlaflose Nächte verbracht, hatten gehofft, dass sie die Realität abbildeten und nicht irgendeinen geschönten Ausschnitt.

Jetzt war es ihr Haus. Jetzt saß sie in ihrem Wunschtraum. Und nichts wünschte sie sich in diesem Moment mehr, als noch einmal wählen zu können. Wählen zwischen der Erfüllung ihrer Träume und dem Mann, den sie liebte.

Aber diese Wahl hatte sie nicht.

4

Irgendwas stimmte nicht. Es war nichts Handfestes, nichts Greifbares, aber seit gestern, als der verpickelte Jungmafiosi mit der Waffe auf ihn gezielt hatte, war Robert die leise köchelnde Ahnung nicht losgeworden. An irgendeiner unbekannten Stelle seines Lebens braute sich etwas zusammen. Auf seinen siebten Sinn hatte er sich noch immer verlassen können. Deswegen hatte ihn Sven Brünings Anruf auch nicht überrascht. Er war die logische Konsequenz seiner Vorahnungen.

Sven, alles andere als ein Geheimniskrämer, hatte nicht viele Worte gemacht und um ein Treffen gebeten. Seine Frage, ob er es schon wüsste, klang Robert noch in den Ohren. Was auch immer es zu wissen gab, er würde es gleich erfahren. Sie trafen sich zum Essen in Königs Bistro. Das war zwar keine erste Adresse, aber es war sauber und die Mahlzeiten groß. Außerdem lag es weit genug außerhalb.

Robert parkte seinen Wagen auf dem Parkstreifen gegenüber des Bistros. Fünfzehn Minuten blieben ihm noch bis zum vereinbarten Treffen. Also blieb er sitzen und beobachtete das Lokal. Auf Sven hatte er sich bisher immer verlassen können, letztendlich schadete es aber nicht, vorsichtig zu sein. Vor allem nach der Geschichte letzte Nacht. Für die richtige Summe war auch Sven käuflich, da machte Robert sich nichts vor. Freunde gab es in diesem Gewerbe nicht, jedenfalls nicht für ihn.

Ein Taxi hielt im strömenden Regen auf der anderen Straßenseite. Der Fahrer hastete mit hochgezogenen Schultern zum Kofferraum, holte eine Reisetasche heraus und übergab sie der alten Frau, die mittlerweile ausgestiegen war.

Die Szene erinnerte Robert an die Zeit, als er selbst Taxifahrer war. Das lag einige Jahre zurück, und mit dem, was er jetzt auf dem Konto hatte, würde er wohl nie wieder andere Leute durch die Gegend kutschieren müssen.

Das Taxi rauschte ab, die Frau verschwand im Regen. Ein paar Minuten danach verließ Robert den Wagen und lief durch den heftigen Schauer auf das Lokal zu.

Einer der Vorzüge, die Robert an Königs Bistro schätzte, war, dass man den Raum von der Theke aus nicht vollständig überblicken konnte. Zum einen lag das an dem L-förmigen Grundriss, zum anderen an den hohen Holztrennwänden, von denen allerlei Grünzeug herunter rankte. Robert bestellte am Tresen eine Cola, zog die nasse Lederjacke aus und rutschte auf die Bank an einem Tisch weit hinten im Lokal. Die dunkle Tischplatte war abgewetzt von zahllosen Unterarmen, die auf ihr gerieben hatten, und sie hatte weiße Ringe von zu heißen Gegenständen, die auf ihr abgestellt worden waren.

Sven verspätete sich um fünf Minuten. Als er kam, fiel Robert sofort auf, wie müde er wirkte. Ansonsten sah er aus wie immer: dürr und drahtig, mit gelockten blonden Haaren, um die ihn viele Frauen beneideten. Sven wirkte schwul, war es aber nicht. Anfangs hatte es Robert irritiert, wenn Sven sich tuntig gab, um dem Klischee zu entsprechen, doch es war nur eine Masche, nur ein Tick.

Sie begrüßten sich mit Handschlag.

«Wie geht es dir?», fragte Robert, nachdem sie sich gesetzt hatten.

«Ich könnte klagen, dass dir nach zwei Minuten die Ohren vom Schädel fallen, aber das lasse ich lieber, weil es ein paar Dinge gibt, die du dir noch anhören musst. Die beschissene Nachtarbeit geht mir gewaltig auf den Senkel, aber ich muss noch mindestens drei Monate durchhalten, damit ich danach wieder Arbeitslosengeld kassieren kann. Mann, es gibt vier Millionen Menschen ohne Job, aber ausgerechnet für mich finden die Scheißer vom Arbeitsamt immer wieder was. Die können mich nicht mal für ein Jahr in Ruhe lassen, es ist wie verhext. Andere hocken Jahrzehnte zu Hause und tun nicht mehr, als ihre Alte zu verprügeln, die Batterie der Fernbedienung zu wechseln und regelmäßig ihren Scheck vom Sozialamt abzuholen. Es gibt einfach keine Gerechtigkeit mehr auf dieser Welt.»

Sven hatte schnell und ohne Pausen gesprochen, so wie er es immer tat. Ohne seine blonden Locken, und mit brauner Schuhcreme im Gesicht, hätte er eine gute Parodie auf Eddie Murphy abgegeben.

«Freut mich, dass es dir gutgeht», sagte Robert grinsend. «Ich hatte schon befürchtet, sie haben dich richtig an die Arbeit gekriegt.»

«Da kannst du Gift drauf nehmen, mein Freund. Du glaubst ja nicht, wie viele Leute sich nachts Pakete liefern lassen. Ich meine ... wo sind wir denn? Kann man diesen Scheiß nicht am Tage erledigen? Mann, ich krieg nicht mal mehr mit, was läuft. Kannst du dir das vorstellen?»

Robert zog an seiner Zigarette und blies den Rauch in Richtung des Ganges.

«Nein, kann ich mir nicht vorstellen.»

«Na ja, stimmt auch nicht so ganz.» Er machte eine Pause. «Und, wie geht's dir so, alter Haudegen?»

«Danke, zurzeit ist es sehr ruhig.»

Ungewöhnlich ernst sah Sven ihn an. «Du weißt es also wirklich nicht, oder?»

Bevor Robert etwas erwidern konnte, trat der Wirt mit gezücktem Notizblock an ihren Tisch. «Was darf ich den Herren bringen?»

Robert hatte nicht in die Karte geschaut. Er wusste ohnehin, was er wollte. «Bestell deiner Frau einen schönen Gruß von mir und sag ihr, sie soll mein Steak ruhig ein bisschen bluten lassen. Ich hätte es gern mit Pommes, einem kleinen Salat und einem großen Bier.»

Paul nickte, notierte und sah dann Sven an.

«Ich nehme das Gleiche.»

Beide warteten, bis er außer Hörweite war.

«Was weiß ich nicht?»

Sven lehnte sich nach hinten und sah Robert lange an. «Das ist das erste Mal, dass ich jemanden so etwas sagen muss. Ich würd's nicht tun, wenn ich nicht wüsste, wie sehr du ihn gehasst hast.»

«Wen?»

Sven sagte nichts, starrte ihn einfach nur an. Es gab nicht

viele Menschen, die Robert mit Hass in Verbindung brachte. Einen Namen spuckte sein Verstand aber sofort aus.

«Eric?»

Jetzt nickte Sven und beugte sich vor. «Er ist tot.»

Während ihres Schweigens hörten sie Pauls Frau in der Küche die Steaks klopfen.

«Wiederhol das bitte noch mal», verlangte Robert.

«Eric ist tot. Er hat mit einem Kumpel zusammen 'ne Bank gemacht. Die Bullen waren so schnell wie selten, haben die beiden draußen abgefangen. War 'ne echt wilde Sache. Wenn du Zeitung lesen würdest, wüsstest du davon.»

In Roberts Kopf tobte es, und es dauerte ein Weilchen, ehe sich alle Informationen zu einem Bild zusammenfügen ließen.

«Eric hat eine Bank überfallen und wurde erschossen? Ist es das, was du mir sagen willst?»

Sven nickte.

«Wann?»

«Gestern Vormittag. Die Schalterhalle hatte gerade geöffnet. Nach allem, was man so hört, müssen die beiden zugekifft gewesen sein. Haben von Anfang an um sich geschossen. In der Bank hat es einen Kunden erwischt. Mann, ich verstehe das nicht. Alle Sender haben den ganzen Tag darüber berichtet. Was hast du gestern gemacht? Geschlafen?»

Robert starrte in den Dunst seiner Zigarette. Was hatte er gestern gemacht? Geschlafen sicher nicht, aber er war auch nicht wirklich in dieser Welt gewesen. Wenn er sich auf einen Coup vorbereitete, blendete er alles um sich herum aus. So war es auch gestern wieder gewesen. Dem Tag, an dem sein Bruder gestorben war. Außerirdische hätten auf der Erde landen können, und er hätte es nicht mitbekommen.

Sein Leben für meins, schoss es Robert durch den Kopf. Er wusste nicht, was er mit dem Gedanken anfangen sollte. Für einen Moment wusste er nicht mal, was er sagen sollte. Eric war tot. Die Welt würde ihn nicht vermissen – und er sicher auch nicht.

Er hatte Eric nie verstanden. Schon damals nicht, als sie noch Kinder waren. Manchmal hatte Eric Dinge getan, auf die ein normal denkender Mensch in tausend Jahren nicht kommen würde. Einmal waren sie im Spätsommer zusammen im Park gewesen, dort, wo es die ausgedehnten Feuchtwiesen und Seen gab. Wie alt mochten sie damals gewesen sein? Zehn, höchstens zwölf. Eric hatte drei Strohhalme aus dem Bund seiner Hose gezogen, schief gegrinst und «Frösche aufblasen» gesagt. Dann war er mit einer Plastiktüte auf die Jagd gegangen und hatte tatsächlich eine hässliche, glitschige Kröte gefangen. Mit seinen bloßen Händen hielt er sie fest, das eine Ende des Strohhalms schob er irgendwo hinten rein. Er blies die Kröte auf, bis sie aussah wie ein grüner Luftballon, und setzte sie auf dem Boden ab. Sie konnte nicht davonhüpfen, so angeschwollen war ihr Leib. Eric tanzte wie Rumpelstilzchen ums Feuer ein paarmal um sie herum, dann trat er wuchtig drauf. Mit einem lauten «Puff» zerplatzte die Kröte, ihre Gedärme spritzten mehrere Meter weit. So etwas hatte Eric andauernd getan: sinnloses, bescheuertes Zeug.

«Bist du in Ordnung, Mann?»

Robert drückte den Rest seiner Zigarette aus und nickte. «Natürlich. Ich musste nur an die Vergangenheit denken. An unsere Jugend.»

«Tut mir leid, ich dachte ...»

«Nein nein, schon in Ordnung. Ich hab immer damit gerechnet, dass es ihn auf diese Art erwischt. Er war eigentlich zu blöd für solche Jobs.»

Der Wirt kam an ihren Tisch und servierte die Biere. Robert fragte ihn nach der Zeitung von gestern. Der Wirt sagte, dass er nachsehen würde, und verschwand. Keine zwei Minuten später kam er mit einer ordentlich zusammengelegten Abendzeitung. Robert faltete sie auseinander. Suchen musste er nicht. Der Bericht war Aufmacher der ersten Seite. Die großen roten Buchstaben trieften förmlich vor Blut.

Zwei Täter hatten am frühen Morgen des gestrigen Tages die SA-WestBank überfallen, einen Angestellten verletzt und einen Kunden getötet. In einem Feuergefecht mit der Polizei war einer der Täter umgekommen, der andere befand sich mit dem gestohlenen Geld auf der Flucht. Von ihm kannte man nicht mal die Identität.

In der oberen linken Ecke war ein Foto des getöteten Kunden und seiner Familie abgedruckt. Eine sympathisch lachende Familie. Laut Bildunterschrift Tom, Kristin und Lisa Merbold. Eine junge Frau mit langem Haar hielt einen kleinen Blondschopf an ihrer Seite, dahinter stand der Mann. Mit diesem Foto bewies die Zeitung wenig Geschmack. Die Familie hatte keinen Grund zu lachen. Eine Witwe und eine Halbwaise, und sein Bruder war schuld.

Früher hatte Robert geglaubt, Eric sei einfach nur dämlich, doch das stimmte nicht. Er war gewiss keine Leuchte, konnte aber durchaus berechnend sein. Nein, Eric war einfach nur wie ihr Vater. Mit den Jahren war für Robert immer deutlicher geworden, wie sehr die beiden sich ähnelten. Keineswegs äußerlich, das war sein Part, aber Eric hatte den Charakter ihres Vaters übernommen, war praktisch eine Blaupause von ihm. Der Charakter ihres Vaters war angefüllt von Hass, Neid und animalischen Trieben. Niemand konnte es ihm recht machen, und alle, die erfolgreicher waren als er (und das waren viele) oder nicht in sein simples Weltbild passten, bekamen seinen Hass zu spüren. Seine Welt war voll schwuler Pisser, idiotischer Arschlöcher, scheiß Kanacken und weiß der Teufel noch was. In der Welt ihres Vaters existierte ein langer Bambusstock, der, solange er nicht gebraucht wurde, auf dem Heizkörper in der Küche lag. Und in der Familie Stolz war er oft gebraucht worden.

Robert lehnte sich zurück und rieb sich mit beiden Händen in den Augen. Sein Leben für meins, schoss es ihm erneut durch den Kopf, und plötzlich wurde ihm die Parallelität bewusst. Am gestrigen Tag war sowohl auf ihn als auch auf seinen Bruder eine Waffe gerichtet worden. Er hatte überlebt, Eric nicht. Und warum hatte er überlebt? Wegen eines Fehlers, der so nur in Hollywoodfilmen vorkam, wenn es darum ging, den Helden noch ein Weilchen leben zu lassen. Niemand, der seine Waffe beherrschte, vergaß das Entsichern. Und doch war es so geschehen. Er verdankte sein Leben einem seltenen Zufall.

Er nahm sich eine weitere Zigarette aus der Schachtel und zündete sie an. Sven bot er keine an, er rauchte nicht.

«Schlimme Geschichte.»

Sven nickte. «Nicht sehr professionell. Aber so war er ja immer. Wie lange hast du ihn nicht mehr gesehen?»

Robert musste nachdenken. Er musste sogar sehr weit in die Vergangenheit gehen, um darauf eine Antwort zu finden. Mit sechzehn war er von seinem Vater rausgeschmissen worden, jetzt war er dreiunddreißig. Eric hatte er in diesem

Zeitraum vielleicht zweimal gesehen. Immer nur von weitem und ohne richtigen Kontakt. Das zählte wohl nicht.

«Fast siebzehn Jahre. Und du kannst mir glauben, ich habe ihn nicht einen einzigen Tag vermisst.»

«Tja, für seinen Bruder kann man nichts.»

«Das ist wahr.»

Sven trank von seinem Bier. Über den Rand des Glases hinweg beobachtete er Robert, dessen Augen nochmals den Titel der Zeitung überflogen.

«Ist dir was aufgefallen?», fragte er, nachdem er das Glas abgesetzt hatte.

«Was meinst du?»

«Es hat nur Eric erwischt. Der andere ist mit der Kohle unterwegs.»

Robert nickte. «So steht es hier. Wenn er genauso blöd ist wie mein Bruder, erwischen sie ihn auch bald.»

«Das glaube ich nicht.»

Robert blickte von der Zeitung hoch und sah Sven an. Etwas in dessen Stimme hatte ihn aufmerksam werden lassen. Es war der Tonfall, hinter dem sich immer Neuigkeiten verbargen.

«Kennst du den Typ?»

«Und ob. Und ich weiß auch, wohin er mit dem Geld ist. Aber mit dem Kerl ist nicht zu spaßen, das ist einer von der wirklich bösen Sorte.» Sven vergewisserte sich, dass sie allein waren, und beugte sich über den Tisch.

«Aber wir beide, wir könnten ihm das Geld abnehmen. Mann, zweihunderttausend Euro, das macht hundert für jeden. Ich hab die Informationen, du das Knowhow. Das wird wie in alten Zeiten.»

«Du weißt, wer es ist, und kennst sein Versteck?»

Sven nickte eifrig.

«Und, was sagst du? Bist du dabei? Das ist doch genau deine Kragenweite. Den bösen Jungs ihr Geld klauen.»

Robert warf einen weiteren Blick auf die Zeitung. Von der ersten Seite strahlten ihm der kleine Blondschopf und die junge Frau entgegen. Ohne Sven anzusehen sagte er:

«Ich bin dabei.»

5

Sie hörte sein lautes «Ich bin wieder hier»; hörte ihn zur Haustür hereinkommen und sprang auf, obwohl sie wusste, dass es nur Wunschdenken war. Viermal passierte ihr das in den wenigen Tagen bis zur Beerdigung.

Lisa hatte nicht wirklich verstanden, was es bedeutete, dass ihr Vater nicht mehr lebte, und Kristin fühlte, dass auch sie noch weit davon entfernt war. Tom war nicht mehr da. Mit ihm waren viele Kleinigkeiten verschwunden, von denen Kristin bisher nicht einmal bemerkt hatte, dass es sie gab. Sein lautes Lachen im Hintergrund, wenn er mit Lisa spielte. Der leichte Druck seiner Finger in ihrem Nacken, wenn er sie küsste. Der Duft seines Rasierwassers im Bad, wenn er sich morgens fertig gemacht hatte. All das war fort. Und trotzdem erwartete sie, ihn jeden Moment zur Haustür hereinkommen zu hören. Erst als der Polizeibeamte, der zwei Tage vor der Beerdigung den Cherokee überführte, ihr Toms Sachen in einer braunen Papiertüte übergab, wurde Kristin etwas klar.

Viel war nicht in der Tüte. Seine Armbanduhr, Brieftasche und Geldbörse – und sein Ehering. Ein schlichter goldener Ring, wie auch sie ihn trug. Kristin steckte ihn sich an den Mittelfinger der rechten Hand, gleich neben den ihren. Er rutschte fast ohne Widerstand über den Knöchel, und während sie ihn sacht hin und her bewegte, verstand Kristin, warum sie Toms Tod nicht akzeptieren konnte.

Sie hatte ihn zuletzt lebendig gesehen, und die Beamten hatten ihr davon abgeraten, den Leichnam anzuschauen. Eine Kugel hatte ihn ins Gesicht getroffen, und sie waren der Meinung, es wäre besser, sie behielte ihn so in Erinnerung, wie er ausgesehen hatte, als er mit Lisa zum Kindergarten aufgebrochen war. Das konnte sie. Sie konnte sich sein Gesicht auf immer und ewig einprägen, aber sie konnte sich nicht einfach damit abfinden, dass sein Sessel im Wohnzimmer auf immer und ewig leer bleiben würde. Konnte das überhaupt jemand? Abschied nehmen, ohne sich verabschiedet zu haben?

Vielleicht, aber sie nicht.

Ganz egal, wie Toms Gesicht auch aussehen mochte, ganz egal, was die Beamten ihr rieten, sie musste ihn noch einmal sehen.

Am Tag vor der Beerdigung wurde der Leichnam aus der Hamburger Gerichtsmedizin nach Althausen überführt. Es war auch der Tag, an dem Kristins Mutter nach Althausen kam. Als sie sich an der Haustür in die Arme fielen, waren die Differenzen der vergangenen Jahre vergessen. Kristin war dankbar für ihre Hilfe. Sie überhörte sogar den Unterton in Ilse Stimme, als sie fragte, warum Lisa und sie so dünn seien? Ob es in diesem Haus nicht genug zu essen geben würde?

Entgegen Ilses Rat, die es für keine gute Idee hielt, fuhr

Kristin am Nachmittag zum Waldfriedhof am Rand des Dorfes. Als sie auf dem schmalen Parkstreifen vor der Kapelle den Motor abstellte, meinte sie, es nicht zu schaffen. Weil ihr aber die Küsterin entgegenkam, mit der sie sich zuvor telefonisch verabredet hatte, blieb ihr keine Wahl. Widerstrebend verließ sie den sicheren und vertrauten Wagen.

Die Küsterin erwartete sie mit ausgestreckter Hand an der Pforte. Ihr blumiger Rock spannte sich zwischen ihren stämmigen Beinen wie das Segel einer Fregatte.

«Frau Merbold!», Kristins Hand verschwand in der ihren, und sie wurde herzhaft gedrückt. «Es tut mir ja so furchtbar leid für Sie und Ihre kleine Tochter. In was für einer Welt leben wir nur?» Gudrun Schwarz blickte zum Himmel.

Kristin brachte ein «Danke» hervor und war froh, aus der Umarmung entlassen zu werden. Ihre Hand blieb jedoch noch in Gefangenschaft.

«Ich weiß, Sie sind noch nicht lange bei uns, Frau Merbold, aber wenn Sie mit jemandem sprechen möchten, kommen Sie doch einfach montags um drei viertel acht ins Gemeindehaus. Da haben wir immer Frauengesprächskreis.»

«Danke ... vielleicht mache ich das.» Kristin wusste, dass sie von diesem Angebot niemals Gebrauch machen würde. Familienprobleme gehörten in die Familie und nicht in irgendwelche Gesprächskreise.

«Sie müssen jetzt furchtbar einsam sein ... da draußen, in dem alten Sasslingerhaus.»

Sasslingerhaus? Dieses Wort hatte Kristin noch nie gehört. Und was war das für eine Betonung, mit der die Küsterin es aussprach? Wollte sie tratschen oder einfach nur freundlich sein? Es war Kristin egal, sie hatte keinerlei Interesse an einer Unterhaltung. Vor einer Woche noch hätte sie der im Dorf gebräuchliche Name ihres Hauses brennend interessiert. Jetzt nicht mehr.

«Manchmal», sagte sie tonlos. Entweder spürte die Küsterin, dass Kristin nicht reden wollte, oder aber der Schatten der Kapelle, in den sie nun traten, ließ sie verstummen. Die letzten Meter legten sie schweigend zurück.

Kristin nahm die Geräusche ihrer Umgebung überdeutlich wahr. Lauer Wind wiegte sanft die oberen Äste der Kiefern, Vögel zwitscherten, ein Hund bellte, irgendwo im Wald summte eine Kettensäge. Das Leben ging tatsächlich weiter, als sei nichts passiert. Unglaublich. Aber was hatte sie erwartet? Dass das Universum den Atem anhielt, nur weil ein einziger Mensch gestorben war? In ihrem eigenen kleinen Universum mochte das so sein, doch die große weite Welt nahm keine Notiz von ihrem Leid. Im Fernsehen liefen weiter Comedy-Shows, der Moderator im Frühstücksradio verbreitete weiterhin gnadenlos gute Laune, Geschäfte wurden abgeschlossen, Kriege geführt, Kinder geboren ...

Die Geräusche wurden abgeschnitten als die schwere Kapellentür hinter ihnen ins Schloss fiel. Kristin erschrak und sah sich um. Im rückwärtigen Bereich gab es einen winzigen, klimatisierten Raum, in dem nicht mehr als zwei Särge gleichzeitig aufbewahrt werden konnten. Heute war es nur einer. Die Küsterin nickte ihr schweigend zu und ließ sie allein.

Kristin betrat den Raum und schloss die Tür. Mit beiden Handflächen an das kühle Metall der Tür gelehnt, stand sie flach atmend da und verschloss die Augen vor dem, was sie doch so unbedingt sehen wollte. Sie zitterte am ganzen Körper, wollte sich nicht umdrehen, wollte lieber wieder nach

Hause fahren und Lisa in den Arm nehmen – die lebendige, vitale Lisa! Doch um jetzt noch kehrtzumachen, war sie schon einen Schritt zu weit gegangen. Zwei, vielleicht drei Minuten stand sie so da, dann drehte sie sich um.

Der Deckel des Sarges stand aufrecht an die Wand gelehnt. Kristin ging bis an die Stirnseite vor, hielt den Blick aber zu Boden gerichtet. Erst als die Kante des dunkelbraunen Eichenholzes vor ihren Augen erschien, blinzelte sie, atmete ein – und sah Tom an.

Er trug den dunkelblauen Anzug, den sie dem Polizisten mitgegeben hatte, doch das registrierte Kristin nur am Rande. Tom sah weder friedlich noch entspannt aus, sondern einfach nur tot. Das Einschussloch in seinem Gesicht war mit viel Schminke verdeckt worden. Das war nicht Tom. Das war nicht der Mann, den sie vor zwei Jahren geheiratet hatte. Vor ihr lag nur noch eine leblose Hülle.

Kristin berührte ihn nicht. Sie sprach auch nicht. Sie starrte den Leichnam einige Sekunden an, machte auf dem Absatz kehrt und verließ die Kapelle. Im Wagen brach sie in Tränen aus.

Am Tag der Beerdigung weinte sie nicht.

Einige ihrer Freunde aus Hamburg kamen – wenn auch längst nicht alle –, der klägliche Rest von Toms Verwandtschaft (seine Eltern waren vor zwölf Jahren bei einem Autounfall unten in Darmstadt ums Leben gekommen) sowie sein einziger Bruder, Frank Merbold. Er sah Tom ähnlich, war aber wortkarg und verschlossen. Toms Kollegen waren unter Führung ihres Chefs ebenfalls zugegen. Der nahm Kristin während des Leichenschmauses beiseite, um ihr wortreich zu erklären, dass sie ihn jederzeit anrufen und um Hilfe bitten könne. Das sei er Tom einfach schuldig. Während er das sagte, lag seine rechte Hand an ihrer Taille. Kristin fielen die Zuckerkristalle des Butterkuchens auf, die sich im Ziegenbärtchen des Stararchitekten verfangen hatten. Sie wusste, dass sie auch von diesem Angebot niemals Gebrauch machen würde.

Lisa hielt die ganze Zeit tapfer durch, und Kristin hielt tapfer durch, weil sie ihrer Kleinen ein Vorbild sein wollte. Als Lisa eine rote Rose in das Grab warf, biss Kristin sich die Zunge blutig, um nicht laut aufzuschreien.

Obwohl sie sich am Abend dem Tod näher als dem Leben fühlte, konnte Kristin nicht schlafen. Nachdem sie beinahe eine Stunde krampfhaft die Lider zusammengepresst und Toms Ehering an ihrem Finger gedreht hatte, stand sie wieder auf und schlich ins Erdgeschoss hinunter. Ilse und Lisa schliefen längst. Es war still im Haus. Der Geruch von Ilses Parfüm, das sie vor der Beerdigung viel zu dick aufgetragen hatte, lag in der Luft.

Barfuß und im leichten Pyjama huschte Kristin ins noch leidlich warme Wohnzimmer, blieb einen Augenblick unentschlossen auf der Schwelle stehen und knipste dann die kleine Lampe auf dem Beistelltisch an. Sie spendete warmes, gelbes Licht. Kristin nahm ihre alte, verschlissene Patchworkdecke, mit der ihre Mutter sie schon zugedeckt hatte, als sie zehn gewesen war, und setzte sich in Toms schwarzen Ledersessel.

Er knarzte. Das hatte er schon immer getan. Kristin erinnerte sich, wie oft Tom behauptet hatte, sein Sessel würde auf diese Art mit ihm sprechen. Dieses sperrige Ding, das überhaupt nicht zur restlichen Einrichtung passte, hatte er aus seiner Studentenbude mitgebracht und sich immer geweigert, es auszumustern. Sprechende Sessel wirft man nicht auf den Sperrmüll. Irgendjemand könnte ihn sich holen und bekäme dann erzählt, was sich alles in dem Sessel abgespielt hatte.

Sie saß darin versunken, streichelte mit den Händen über das weiche, kalte Leder. Der Sessel war noch da, er würde noch sehr lange da sein – aber Tom war fort. Kristin starrte auf den backsteinernen Kamin, den er eigenhändig gemauert hatte, und begriff zum ersten Mal wirklich, dass sie nun allein war – und es vielleicht für immer bleiben würde. Sie zog die Beine an, umklammerte ihre Knie, rollte sich wie ein Fötus in den Sessel ein und glitt nach einer Weile in einen unruhigen Schlaf.

Eine Flut von wirren, kaum zusammenhängenden Bildern stürzte im Traum über sie herein. Allmählich kristallisierte sich ein Reim daraus hervor. Er kam ihr bekannt vor. Die Worte wurden von einer männlichen, samtig tragenden Stimme gesungen: «Ich bin wieder hier, in meinem Revier, war nie wirklich weg, hab mich nur versteckt ... bin wieder hier, in meinem Revier, war nie wirklich weg, hab mich nur versteckt.»

Schlagartig erwachte Kristin.

Sie setzte sich auf, blinzelte, begriff nur sehr langsam, dass sie in dem engen Sessel eingeschlafen war. Die Patchworkdecke lag auf dem Boden. Sie fror. Während sie sich die Decke um die Schultern wickelte, hörte sie die Stimme in ihrem Kopf. Nein, nicht wirklich, eher war es ein Nachhall, ähnlich einem Echo in einer weitläufigen Höhle.

Es war der Refrain des Songs, den sie im Radio gehört hatte, kurz bevor die schwarzen Männer mit der Nachricht von

Toms Tod an ihrer Tür geklingelt hatten. Kristin kannte das Lied genau. Sie wusste, dass die Stimme, die sie im Traum gehört hatte, nicht dem Sänger gehörte, dem sie damals mit Tom im Stadion zugejubelt hatte. Der Reim stammte fraglos aus dem Lied, doch sie hatte keine Musik geträumt, nur die Worte, gesungen von einer betörenden, einfangenden Stimme, aus deren Tiefen man erfahren konnte, dass sie viel mehr wollte als nur einen Reim zum Besten geben.

War sie deshalb aus dem Traum geschreckt? Hatte sie sich von der Stimme bedroht gefühlt? Kristin stand auf und löschte das Licht. Mit der Decke um die Schultern schlich sie zur Treppe. Auf der zweiten Stufe blieb sie abrupt stehen.

«Nur mein Blut an der Klinge.» Flüsternd sprach sie den Satz aus. Die Worte hatten sich ihr aufgedrängt, waren in ihrem Kopf aufgetaucht wie der Reim des Liedes.

Verstört zog Kristin die Decke enger und ging hinauf.

6

«Dann nahm er das Messer und schnitt ihr an jedem Fuß zwei Zehen ab. Vier Zehen für vier Freier, deren Geld sie sich in die eigene Tasche gesteckt hatte.»

Sven verstummte. Das gleichmäßige, in den letzten drei Stunden zu einer Art Vertrauten gewordene Motorgeräusch des BMW untermalte ihr Schweigen. Seit zehn Minuten fuhren sie die gewundenen Straßen hinauf. Rechts und links erhoben sich dicht bewaldete Hügel, verschmolzen mit der Nacht zu einem bedrohlichen Gebilde, das sie gefangen zu halten schien. Die Scheinwerfer des Wagens schnitten Lichttunnel aus der Schwärze, in denen ab und an Wild über die Straße wechselte.

Robert schüttelte nachdenklich den Kopf.

«Das passt», sagte er.

Sven blickte zu ihm hinüber. «Was meinst du?»

«Eric. Es passt, dass er sich mit so einem wie Radduk eingelassen hat. Sein Charakter war ähnlich. Und so wie du mir Radduk beschrieben hast, hat Eric in ihm wohl eine Art Lehrmeister gefunden.»

Sven lachte kurz auf. «Lehrmeister ist gut. Ein Lehrmeister der Grausamkeit. Mann, diesem Radduk möchte ich nicht allein im Dunkeln begegnen. Der tötet aus Langeweile. Mir läuft es jetzt schon kalt den Rücken hinunter, wenn ich mir vorstelle, dass er da oben in der Hütte hockt und sich, bis wir kommen, schon ganz schön gelangweilt hat.»

«Wir können noch umkehren», unterbrach Robert ihn mit schneidender Stimme.

«So hab ich das nicht gemeint. Nein nein, lass es uns durchziehen. Wenn er das Geld aus dem Überfall noch hat, kann ich mit meinem Anteil den scheiß Job beim Paketdienst kündigen. Das ist es mir wert. Außerdem hab ich ja dich dabei.»

Robert erwiderte nichts. Die Straße machte einer Serpentine gleich einen scharfen Knick und führte dann steil bergan weiter. Im Gegensatz zur Autobahn erforderte die Fahrt durch den Harz Konzentration. Einen Teil seiner Gedanken verwendete Robert dennoch auf die vor ihm liegende Aufgabe. Sven verließ sich auf ihn. Sollte es dort oben in der Hütte zu einer brenzligen Situation kommen, waren seine Instinkte und Reflexe gefragt. Auf Sven konnte er nicht bauen. Er taugte als Informant und Handlanger, zu mehr aber nicht. Ihn mitzuschleppen war ein Risiko, das Robert normalerweise nicht einging. Aber es war Svens Idee, er wusste, wo die Hütte lag, also hatte er ein Recht, dabei zu sein.

Sven schaltete das Deckenlicht ein und beugte sich über die Karte. «Wir sind gleich da.»

«Bist du sicher?»

«Absolut. Am Ende dieser Steigung muss ein Parkplatz liegen. Von dort aus müssen wir zu Fuß weiter.»

«Wann bist du das letzte Mal hier gewesen?»

«Keine Ahnung, liegt schon einige Jahre zurück. Ich hab aber alles im Kopf. Und Eric hat mir erst vor zwei Monaten gesagt, dass sie die Hütte immer noch als Unterschlupf nutzen.»

Sie erreichten die Kuppe des Berges. Der Wald zog sich von der Straße zurück und gab den Blick nach oben frei. Am klaren Nachthimmel glitzerten Milliarden Sterne.

«Da, da ist der Parkplatz!»

Robert war einen Augenblick von dem berauschenden Anblick über sich abgelenkt gewesen. Er trat auf die Bremse und zog das Lenkrad herum. Die Reifen des BMW verließen den Asphalt und zogen eine Spur in den Schotter des Parkplatzes. Er ließ den Wagen vor einem niedrigen Zaun ausrollen und stellte den Motor ab. Mit ihm erloschen die Scheinwerfer und die Beleuchtung der Armaturen. Sie warteten, bis ihre Augen sich an die völlige Dunkelheit gewöhnt hatten.

Als sie den Wald in den wenigen Einzelheiten erkennen konnten, die die Nacht bereit war ihnen zu zeigen, stiegen sie aus. Robert drückte die Tür leise zu, drehte sich um und blinzelte in die Finsternis. Sie befanden sich auf beinahe neunhundert Meter über dem Meer; ein stetiger, kühler Wind rauschte durch die Wipfel der Tannen. Die Welt hier oben war voller fremder Geräusche. Es knackte und scharrte, heulte und ziepte, flatterte und rauschte. Mit einem Griff unter seine schwarze Jacke überzeugte Robert sich davon, dass die Waffen noch da waren. Dann ging er auf dem knirschenden Schotter des Parkplatzes ein paar Schritte auf den Wald zu und entleerte seine Blase. Der Waldrand bewegte sich im Wind. Vor ihm rumorte etwas im Unterholz. Robert beeilte sich. Auf dem Rückweg zum Wagen drehte er sich zweimal um, weil er glaubte, das Etwas aus dem Unterholz würde ihm folgen.

«Nervös?», fragte Sven. Das Sternenlicht reichte aus, seine Gesichtszüge zu erkennen. Sie waren angespannt und weit weniger feminin als sonst.

«Ich bin immer nervös vor solchen Sachen.»

«Vielleicht liegt es auch an Radduk!»

Robert zuckte mit den Schultern und öffnete den Kofferraum. Das matte Licht der kleinen Glühbirne fiel auf zwei silberne Metallkoffer, wie sie Fotografen, Piloten oder Killer in Hollywoodfilmen benutzten. Robert klappte den ersten Koffer auf.

«Was ist das?», fragte Sven.

«Ein Richtmikrophon.» Robert nahm das Gerät aus den ausgeschäumten Lagerflächen und legte es in einen schwarzen Rucksack.

«Wow», machte Sven. «Du bist ja erstklassig ausgestattet. Fehlt nur noch ein Nachtsichtgerät.»

Robert klappte den zweiten Koffer auf, und Sven pfiff leise durch die Zähne. «Sieht aus wie Armeebestand.»

«Ist es auch. Aber von den Amerikanern. Ein Star-Tron.

Ist wesentlich besser ausgestattet als die deutschen Geräte. Mit diesem Teil lässt sich das Restlicht fünfundachtzigtausendfach verstärken.»

«Du magst keine Überraschungen, was?»

«So ist es.»

Robert packte auch das Star-Tron in den Rucksack, schulterte ihn und schlug den Kofferraum zu. Dann ging er noch einmal zur Fahrertür und kramte aus dem Seitenfach zwei Snickers. Eines warf es Sven zu, dann schloss er den Wagen ab und legte den Schlüssel in die Innenseite des Vorderreifens.

Kauend gingen sie nebeneinander auf den schwarz aufragenden Wald zu. Immer noch knackte und scharrte es im Unterholz.

Der Weg führte über einige Anhöhen in ein schmales Tal und endete an einer Holzschranke. Als Robert seine Hände darauf legte, konnte er fühlen, wie alt, feucht und modrig der unbehandelte Stamm war. Für ein paar Sekunden standen sie einfach da und lauschten. Robert war verschwitzt und außer Atem.

«Ist sie hier?», fragte er schließlich und deutete mit dem Kinn nach vorn. Auf der anderen Seite der Schranke verlor sich der Weg im Dunkel.

«Ja, ganz sicher. Diese Schranke kenne ich.» Sven sprach stockend. Auch ihn hatte der schnelle Marsch erschöpft.

Robert packte das Star-Tron aus. Man konnte es mittels verstellbarer Gummibänder fest vor dem Gesicht tragen, doch Robert hielt es sich nur vor die Augen und schaltete es ein. Sofort gab es ein anschwellendes, leises Fiepen von sich, mit dem das Sichtfeld langsam heller wurde. Zwar machte selbst dieses hochentwickelte Gerät die Nacht nicht zum Tag, doch reichte es aus, alles einigermaßen, wenn auch nur in Grüntönen, erkennen zu können. Robert schwenkte langsam von rechts nach links, konnte die Hütte jedoch nicht finden. Aber in dem langen Gras hinter der Schranke sah er eine Spur; ganz so, als sei vor nicht allzu langer Zeit dort ein Auto gefahren. Er schaltete das Gerät ab und ließ es um seinen Hals baumeln.

«Da vorn sind Reifenspuren. Vielleicht sollten wir denen einfach folgen. Radduk wird kaum zu Fuß hier heraufgekommen sein.»

Sven erwiderte nichts, er folgte ihm einfach. Schon während des Marsches war sein sonst nicht enden wollender Wortschwall wie abgeschnitten gewesen.

Die Spur führte auf einem stetig schmaler werdenden Weg weiter in das langgestreckte Tal. Sven erklärte, dass es eine Sackgasse sei, und wenn ihn seine Erinnerung nicht täusche, befände sich die Hütte am Ende dieser Sackgasse. Bald standen die Kiefern so dicht, dass sie einen stockfinsteren Tunnel bildeten, durch dessen Kuppel nicht ein Stern zu sehen war. Sie folgten dem Tunnel. Nachdem er mehrere Wendungen genommen hatte, öffnete er sich und gab den Blick frei auf eine kleine Lichtung.

Da war sie – die Hütte.

Robert sah sie sofort, weil aus dem vorderen Fenster Licht schien. Wortlos verließen sie den Weg, hockten sich an den Rand des Waldes, und Robert hielt erneut das Nachtsichtgerät vor seine Augen.

Die Lichtung war nicht sehr groß, vielleicht zwanzig mal zwanzig Meter. In der Mitte, etwas schräg und mit der rechten Längsseite zum Weg, stand die Holzhütte. Die Vorderfront war unterbrochen durch eine Holzbohlentür und jenes blau durchschimmerte Fenster; eine grobe Bank stand rechts der Tür, daneben ein Tisch und keinen Meter entfernt ein Hackklotz. An der ihm zugewandten Längsseite der Hütte war gespaltenes Feuerholz bis unter das weit überstehende Dach gestapelt. Wie ein drohender Finger ragte aus der linken Dachhälfte ein Natursteinkamin, aus dem weißlicher Rauch quoll. Robert prägte sich die Gegebenheiten genau ein. Er vermisste etwas. Das Auto.

Radduk war sicher mit einem Auto hier, und die Spuren im Gras hinter der Schranke sprachen dafür, dass er hin und wieder sein Versteck verließ. Wahrscheinlich, um Proviant und Zeitungen aus einem Dorf in der Nähe zu holen. Robert nahm das Star-Tron ab und beugte sich zu Sven hinüber. Sie flüsterten jetzt.

«Wir müssen den Wagen finden.»

«Warum?»

«Um ihn außer Gefecht zu setzen, damit uns Radduk nicht verfolgen kann, falls was schiefgeht.»

Sven nickte. Gebückt arbeiteten sie sich dicht am Waldrand vor. Nach wenigen Schritten stießen sie auf eine in die Lichtung ragende Barriere aus Büschen und Ästen. Dahinter war der Wagen versteckt. Ein zweitüriger Mitsubishi Pajero mit engem Radstand, dicken Reifen, mächtigem Kuhfänger und Hamburger Kennzeichen. Robert schlich zur Fahrerseite und spähte ins Innere. Scheinbar gab es keine Alarmanlage, nirgendwo glomm eine Leuchtdiode. Robert gab Sven das Star-Tron. «Behalt die Hütte im Auge.»

Dann ließ er sich vor dem Kühlergrill zu Boden, drehte sich auf den Rücken, stemmte die Hacken in den Boden und schob sich unter den Motor. Unter dem Pajero war es stockdunkel, er musste sich auf seinen Tastsinn verlassen. Es dauerte eine Weile, bis er gefunden hatte, wonach er suchte: den Verteiler.

Robert kannte sich mit Motoren nicht besonders gut aus, wusste aber aus Erfahrung, wie leicht sie lahmzulegen waren. Mit seinem ersten eigenen Wagen, einem 82er Golf, hatte er in einer verregneten Nacht als Achtzehnjähriger ein Reh angefahren. Die Wucht des Aufpralls hatte den Kühler so weit nach innen gedrückt, dass der Verteilerdeckel zersplittert und der Verteilerfinger gebrochen war. Der Typ in der Werkstatt hatte ihm später erklärt, der Verteiler sei dafür zuständig, im richtigen Rhythmus über die Zündkabel den Zündfunken der Zündkerzen auszulösen. Ohne das Ding funktionierte nichts. Als er nun die fünf eng beieinanderstehenden Kabel zwischen seinen Fingern spürte, hielt er sie fest, zog sie ein Stück weit mit hinunter und legte sich auf den Rücken. Mit der rechten Hand holte er sein Messer aus der Scheide am Gürtel, zog sich an den Kabeln erneut hoch und schnitt sie durch. Schweiß brannte in seinen Augen, als er unter dem Pajero hervorkroch.

«Alles klar?»

Sven nickte. Mit dem Star-Tron vor Augen wirkte er wie ein Humanoid aus einem billigen Science-Fiction-Streifen. Robert nahm das Richtmikrophon aus dem Rucksack. Wie den Lauf eines Gewehres richtete er den hochsensiblen Empfänger auf die Hütte, stülpte sich den Kopfhörer über und schaltete das Gerät ein. Zunächst hört er gar nichts. Erst als er gefühlvoll an dem Rädchen für die Lautstärke drehte, wurde aus dem statischen Rauschen ein geheimnisvolles Wispern, das direkt aus dem Jenseits zu kommen schien. Schließlich drang eine Vielzahl von Geräuschen an seine

Ohren: Gesprächsfetzen, Musik, anderes, das er nicht identifizieren konnte. Robert lauschte einige Minuten. Bei den Geräuschen konnte es sich um ein Radio oder einen Fernseher handeln. Letzterer würde das fahlblaue, flackernde Licht erklären. Allerdings war es ihm dank dieser Kakophonie nicht möglich, zweifelsfrei zu klären, ob sich mehr als eine Person in der Hütte aufhielt. Das war nicht gut, ließ sich aber nicht ändern.

Er nahm den Kopfhörer ab und bedeutete Sven mit einer ruhigen Bewegung seiner Hand, hinter dem Pajero in Deckung zu gehen. Sie hockten sich neben den Hinterreifen.

«Hast du was gehört?»

«Wahrscheinlich läuft drinnen ein Fernseher, aber ich weiß es nicht genau. Möglich, dass mehr als nur eine Person in der Hütte ist. Wir müssen das Risiko eingehen.»

«Und wie kommen wir hinein? Anklopfen?» Sven kicherte hysterisch.

Robert schüttelte den Kopf. «Wir werden ihn rauslocken. Du bleibst dicht hinter mir und tust genau, was ich dir sage. Verstanden?»

«Verstanden.»

«Gut, dann die Masken auf.»

Beide zogen sich schwarze, gestrickte Skimützen über den Kopf und verließen ihr Versteck. Keine zehn Meter entfernt, und auch ohne Nachtsichtgerät zu erkennen, befand sich der Hackklotz und das sauber aufgestapelte Brennholz. Robert ging vor, nahm einen Holzscheit von einem niedrigen Stapel und wog ihn in der Hand. Dann legte er drei davon in die Beuge seines Armes und schlich von Sven gefolgt zum Waldrand zurück. Dort nahm er einen Holzscheit in die rechte Hand, schätzte die Entfernung, holte weit aus und warf.

Mit einem in der nächtlichen Stille ohrenbetäubend hallenden Krachen knallte der Scheit gegen den Schornstein, schlug auf den Tonpfannen des Daches auf, polterte die Schräge herunter und fiel dumpf ins Gras. Schnell nahm Robert einen weiteren und warf ihn hinterher. Dieser schlug direkt auf dem Dach auf, was noch lauter war. Eine Minute verging, zwei ...

Robert schwitzte unter der Maske. Er bückte sich nach dem nächsten Scheit, als er plötzlich ein metallisches Scharren hörte. Vorsichtig zogen die beiden sich ins Dickicht zurück. Es vergingen noch einmal zwei Minuten, ehe sich etwas tat. Langsam, äußerst langsam wurde die Tür geöffnet. Das Licht in der Hütte war zuvor gelöscht worden. Nur dank seines Nachtsichtgerätes konnte Robert sehen, wie die Holzbohlentür nach innen gezogen wurde und sich eine Gestalt aus dem Schatten löste. Der Mann musste den Kopf einziehen, seine Schultern füllten den Rahmen aus. Er war gut und gern zwei Meter groß und wog sicherlich weit über hundert Kilo. Die Beschreibung, die Robert von Sven hatte, passte. Sven hatte recht gehabt: Radduk nutzte die Hütte immer noch als Unterschlupf, wenn das Pflaster in der Stadt zu heiß geworden war.

Radduk hielt eine Waffe in der rechten Hand. Den Umrissen zufolge handelte es sich um einen Trommelrevolver. Robert versuchte sich vorzustellen, was Radduk sah. Es war stockdunkel, er hatte keine Taschenlampe – was konnte er schon sehen? Nichts. Nur den Schatten des Waldes. Um die Ursache der Geräusche herauszufinden, musste er die Hütte verlassen. Genau das tat er auch. Den Revolver am langen

Arm trat er vor, blickte sich suchend um und tat genau das, was Robert sich erhofft hatte: Er ging nach rechts, dorthin, wo der Pajero versteckt war.

Als Radduk hinter der Hütte verschwand, stieß Robert Sven an und spurtete los. Zehn, vielleicht fünfzehn Meter, mehr waren es nicht. Sie erreichten die offene Tür und liefen hinein. Ein einziger großer Raum, kaum Möbel, keine Möglichkeit, sich zu verstecken. Wo war die Toilette, das Bad? Sie hatten keine Zeit, danach zu suchen. Schnell drückten sie sich in das Dreieck hinter der nach innen geöffneten Tür. Robert zog die Betäubungspistole aus dem Schulterholster. Gerade noch rechtzeitig fiel ihm ein, dass Radduk das Licht einschalten würde, sobald er die Hütte betrat. Er riss sich das Star-Tron vom Kopf. Kaum fertig, vernahm er scharrende Schritte vor der Tür. Radduk hatte seinen Rundgang beendet. Vielleicht war er auch nur bis zum Wagen gegangen und hatte die Holzscheite im Gras nicht mal gesehen. Robert konnte kaum glauben, dass der Kerl auf einen der dümmsten Tricks hereingefallen war und sich aus der Hütte hatte locken lassen. Aber noch war er nicht überwältigt.

Wie erwartet machte Radduk Licht, noch bevor er die Tür schloss. Eine nackte Glühbirne an einem kurzen Kabel über dem Tisch in der Mitte des Raumes flammte auf. Obwohl es funzlig-gelbes Licht war, schmerzte es in den Augen. Scheinbar geblendet tastete Radduk mit der linken Hand hinter sich, ergriff die Tür und zog sie zu. Robert zielte auf dessen breiten Rücken.

«Waffe fallen lassen!», befahl er laut.

Radduk erstarrte. Sein Arm mit dem Revolver hing lang an seiner rechten Körperseite herunter. Zwei, drei Sekunden rührte er sich nicht.

«Waffe fallen lassen, sonst schieß ich dir in den Hinterkopf!» Robert hatte nicht vor, Radduk schon jetzt zu betäuben, denn dann würden sie das Geld suchen müssen, und wenn es irgendwo draußen vergraben war, würden sie es niemals finden. Sie mussten schon das Risiko eingehen, ihn zu fragen.

Radduk schien zu dämmern, wie einfach er sich hatte übertölpeln lassen. Die Finger seiner Hand öffneten sich, und die schwere Waffe polterte zu Boden. «Wer bist du?», fragte er.

«Das spielt keine Rolle. Wenn du genau tust, was ich dir sage, überlebst du das hier.»

«Hier gibt es nichts zu klauen.»

«Setz dich an den Tisch.»

«Was willst du von mir?»

«Das erkläre ich dir, wenn du dich an den Tisch gesetzt hast. Und ich möchte, dass du dabei deine Hände in die Taschen steckst, richtig tief rein. Meinetwegen kannst du mit deinen Eiern spielen.»

Radduk bewegte sich wie ein Holzklotz, tat aber, was ihm befohlen wurde. Robert folgte ihm mit dem Lauf der Waffe. Als der große Mann mit den Händen in den Taschen seiner engen Jeans am Tisch saß, konnte Robert zum ersten Mal dessen Gesicht sehen. Er war sich sofort und überwältigend sicher, dass er diesen Moment, diesen Anblick niemals vergessen würde.

Radduks Gesicht war das eines menschlichen Bären, eines verwucherten, schwarzen Mannes, eines Urviehs, in der Entwicklung irgendwo kurz nach den Neandertalern stehen geblieben. Ein gewaltiges Kinn schob sich über dem kurzen Hals hervor, wurde aber verdeckt von einem dichten und dunklen Vollbart, der vom Gesicht wenig mehr übrig ließ als die Augenpartie. Die unglaubliche Breite seines Kinns ließ den Rest des Kopfes zum Scheitel hin zusammenschmelzen; ein Effekt, der durch den Bart noch verstärkt und von einem Nasenbein vollendet wurde, das beinahe so breit war wie der Handrücken einer zierlichen Frau und die Augen zur Mitte zog, wo sie in einem leicht asiatischen Winkel zueinander standen, überdacht von Augenbrauen, die sich nahtlos dem Wirrwarr aus Bart und Haar anschlossen. Das Verwirrendste am ihm waren jedoch seine Augen. In einem solchen Pelz hätte Robert große, tumb blickende Knöpfe erwartet, die keine nennenswerte Intelligenz ahnen ließen. Radduks Augen jedoch waren schmal, gerade am oberen Lid und durchgebogen am unteren. Sie hatten etwas schlangenartig Verschlagenes.

Robert konnte ihn nicht lange ansehen. Diese Augen verunsicherten ihn. Er schwitzte, hätte sich gern die elendige Maske vom Gesicht gerissen, widerstand jedoch der Versuchung. Sein Gesicht musste sein Geheimnis bleiben.

«Was seid ihr denn für Gestalten?»

Erst als Radduk das sagte, erinnerte Robert sich wieder an Sven, der die ganze Zeit geräuschlos in seinem Rücken gestanden hatte.

«Nimm seine Waffe und behalt ihn im Auge», befahl er ihm. Dabei hoffte er, dass Sven sich an seine Anweisung halten würde. Keine Toten! Egal, was Radduk auch auf dem Kerbholz hatte, Robert wollte sich nicht mit ihm auf eine Stufe stellen und zum Mörder werden. Letztlich war es nur noch dieser kleine Schritt, der ihn vom Rest seiner Familie und der Szene, aus der sie stammte, trennte.

Sven nahm den schweren Trommelrevolver auf. Allein

an der Art, wie er ihn hielt, musste Radduk erkennen, dass Sven kein großer Meister im Umgang damit war. Robert registrierte das. Sollte Radduk aktiv werden, würde er sich zuerst auf Sven stürzen.

Auf dem Tisch standen zwei zerknitterte Bierdosen, ein Aschenbecher war gefüllt mit Kippen, eine Schachtel Marlboros lag daneben. Erst jetzt fiel Robert der schweißige Geruch auf, der sogar den des Feuers in dem alten gusseisernen Ofen überdeckte. Er passte zu dem fleckigen, weißen T-Shirt, das Radduk trug. Robert ging zwei Schritte auf den Tisch zu. Als er in das Licht der Glühbirne geriet, wurden Radduks Augen noch schmaler. Deutlich war ihm anzusehen, wie er sein Gedächtnis nach einer Erinnerung durchforstete. Obwohl eine Waffe auf ihn gerichtet war, schien er keine Angst zu haben.

«Wer schickt euch?», fragte er.

«Niemand. Ich will das Geld abholen.»

«Welches Geld?»

«Pass auf, ich habe nicht vor, mich lange mit dir zu unterhalten. Du kannst die Sache hier lebend überstehen, wenn du mir sofort sagst, wo das Geld ist. Andernfalls ...»

Mit einem Kopfnicken deutete Robert auf die klobige Betäubungspistole.

«Wenn ihr mich erschießt, kriegt ihr das Geld erst recht nicht.»

«Da magst du recht haben, obwohl wir für zweihunderttausend Euro lange suchen würden. Aber ich glaube nicht, dass wir das müssen. Ein Schuss in den Fuß oder ins Knie hat noch jeden zum Reden gebracht.»

Radduk zeigte keine Reaktion. Wegen seines Vollbartes war es allerdings schwierig, seine Mimik zu lesen.

«Ihr erschießt mich doch sowieso.»

«Warum sollten wir?»

«Ganz einfach ... wenn ihr mich leben lasst, werde ich nicht ruhen, bis ich mein Geld wiederhabe und ihr unter der Erde liegt. Ich werde eure Familie und eure Freunde auslöschen und zuletzt euch Arschlöcher.»

Für einen winzigen Moment ging Robert die bildliche Vorstellung durch den Kopf, Radduk zwei oder drei Betäubungspfeile ins Fleisch zu schießen. Das Gift würde ihn töten. Was ihn davon abhielt, war die Maske auf seinem Kopf. Radduk wusste nicht, nach wem er suchen sollte, also bestand keine Notwendigkeit, ihn zu töten. Wäre es nicht so gewesen, hätte die Drohung des Riesen ausgereicht, Robert seinen festen Grundsatz, bei seinen Raubzügen nicht zu töten, überdenken zu lassen.

«Das ist dein gutes Recht», sagte er, und versuchte sich in Gleichgültigkeit. «Ich würde es genauso machen. Aber jetzt ist Schluss mit der Laberei. Ich will wissen, wo das Geld ist.»

Radduk starrte ihn an. «Leck mich», sagt er und spuckte auf den Boden.

Robert senkte seine Waffe und zielte auf Radduks Fuß. «Das kann eine lange Nacht werden.»

Radduk zog den Fuß unter den Tisch. «Lass das ...», er zögerte, schien über seine Chancen nachzudenken.

«Also?»

«Erst will ich wissen, wer mich verpfiffen hat.»

«Niemand.»

«Erzähl mir keine Scheiße, nur ich kenne diese Hütte.»

«Du würdest dich wundern, wer alles diese Hütte kennt. Die ist als Versteck genauso gut geeignet wie das Polizeipräsidium. Und jetzt sag mir, wo das Geld ist.»

Radduk starrte ihn an. Eine, vielleicht zwei Minuten. Roberts Zeigefinger hatte längst den Druckpunkt des Abzuges gefunden. Eine winzige Bewegung, und der erste Giftpfeil würde abgeschossen. «Da drüben», presste Radduk schließlich zwischen seinen Lippen hervor und wies mit dem Kopf auf eine große Holztruhe, die an der Wand links der Eingangstür stand.

«Pass auf», befahl Robert Sven, der sich zwei Schritt seitlich von ihm postiert hatte. Rückwärts, ohne Radduk aus den Augen zu lassen, bewegte Robert sich auf die Truhe zu. Mit der freien linken Hand klappte er den Deckel auf und warf einen raschen Blick hinein. Ein weißer Stoffbeutel lag darin. Er nahm ihn heraus, wog ihn kurz in der Hand und brachte ihn zum Tisch.

«Nimm die Hände aus den Taschen, schütt es aus und zähl es vor», befahl Robert.

Radduk nahm seine Hände aus den Taschen – und explodierte.

Aus der Bewegung schleuderte er den Tisch auf Robert zu und stürzte sich selbst auf Sven. Robert wurde von der Schnelligkeit des Riesen völlig überrascht. Zudem befand er sich zu nahe am Tisch und kam nicht rechtzeitig weg. Die Platte traf ihn am Bauch und brachte ihn zu Fall. Als er sich von dem Tisch befreit hatte, rangen Sven und Radduk um die Waffe. Der Riese schlug sie dem mageren Sven aus der Hand. Robert schoss, ohne zu zielen. Der Pfeil bohrte sich in Radduks rechten Oberarm. Radduk rammte Sven sein Knie in den Bauch, nahm die Waffe an sich und drehte sich um. Robert dachte nicht nach, er schoss einfach. Der zweite Pfeil bohrte sich in Radduks Bauch. Radduk brachte den Revolver in Anschlag. Und endlich entfaltete das Gift seine Wirkung – nach einer doppelt so großen Zeitspanne wie üblich.

Radduk erstarrte und gab einen merkwürdigen Grunzlaut von sich. Noch nie hatte Robert jemanden derart gegen das Gift kämpfen sehen. Letztlich war das Azepromazin aber doch stärker. Radduk geriet ins Straucheln. Er tat einen Schritt nach vorn, stolperte über Svens Beine und fiel. Mit dem Gesicht voran gegen den heißen Ofen. Ohne sich abzustützen, rutschte er mit der Wange daran hinab. Sofort zischte und brutzelte es, und ein abartiger Gestank erfüllte die Hütte. Schließlich schlug er auf dem Boden auf.

Stille. Roberts Herz raste, sein Atem ging stoßweise. Er saß mit dem Rücken gegen die Tür gelehnt, hielt die Betäubungspistole auf den reglos daliegenden Radduk gerichtet und zitterte. Zitterte am ganzen Körper. Auch innerlich, wie es ihm schien. Erst als Sven mühsam auf die Beine kam, erwachte Robert aus der Starre. Er sah, wie Sven den Revolver aufnahm und auf Radduks Kopf zielte.

«Du ... du blöde Sau.»

«Sven!»

Er sah ihn an. Tränen der Schmerzen standen in seinen Augen.

«Lass es. Er stirbt ohnehin. Niemand überlebt die zweifache Dosis.»

Svens Augen wanderten ein paarmal zwischen Robert und Radduk hin und her, dann ließ er den Revolver fallen. Er umklammerte seine Hand und lehnte sich gegen die Holzwand der Hütte. «Du blöde Sau», sagte er wieder. Es klang gequält.

7

Kristin verließ das Haus und zog den Reißverschluss ihrer Jacke bis unters Kinn zu. Die Nacht war kühl gewesen, deutlich unter zehn Grad, und noch am Mittag lag ein dünner, fein glitzernder Film aus unzähligen winzigen Wasserperlen auf Blättern, Halmen und Zweigen. In den Wetternachrichten hatten sie für die kommenden Tage den ersten Frost angekündigt. Die bleierngraue Wolkendecke war den ganzen Vormittag nicht aufgerissen; es herrschte ein merkwürdiges, bedrückendes Zwielicht, in dem Kristin sich wie in Watte verpackt fühlte. Ein Gefühl, das sie in den letzten vierzehn Tagen seit Toms Beerdigung ständig umgab und von dem sie instinktiv wusste, dass sie es nur aus eigener Kraft würde abschütteln können. Diese Kraft hatte sie jedoch nicht. Außerdem hielt dieses Gefühl den Alltag fern. Alles um sie herum schien in einer anderen Welt zu geschehen, wofür sie mitunter sogar dankbar war.

Sie stand auf dem Hof und sog die kühle Luft tief ein. Es war still. Eine Stille, die es in der Stadt nicht mal nachts gegeben hatte. Zum ersten Mal seit der Beerdigung war sie allein. Ilse, die sich entschieden hatte, für ein oder zwei Monate bei ihr zu bleiben, «bis sich alles eingerenkt hat» (als ob man Toms Tod wieder einrenken könnte wie ein ausgekugeltes Schultergelenk), war mit Lisa nach Barsenbrück gefahren. Sie wollten ein Geburtstagsgeschenk kaufen. Am kommenden Sonntag war ihr Ehrentag, und Kristin befürchtete, dass es der traurigste ihres Lebens werden würde.

Sie ging an der gewaltigen, beinahe kahlen Kastanie vorbei in den hinteren Teil des Gartens. Dort grenzte ihr Grundstück an einen wild verwucherten Wald, um den sich offenbar seit Jahren niemand mehr gekümmert hatte. Als Kristin den Waldrand fast erreicht hatte, hörte sie es. Dieses Geräusch. Dieses mahlende Geräusch des Schotters unter Autoreifen. Bis in den letzten Winkel des Hauses vermochte sie es zu hören, gleichwohl drang es bis in den letzten Winkel ihres Körpers. Es klang, als fletsche ein unglaublich großes, unglaublich hässliches Tier die Zähne. Ohne dass sie etwas dagegen tun konnte, begann ein Räderwerk in Kristins Kopf zu rattern.

Ilse und Lisa sind mit dem Cherokee unterwegs ... mit dem Wagen ... ein Unfall, es hat einen Unfall gegeben, ich weiß es ...

Kristin rannte nach vorn. Ihr Herz pochte wild und hart, der Weg bis vors Haus kam ihr unendlich lang vor. Wie in einem Traum, in dem sie rennen will, ihre Füße aber in etwas Zähem stecken bleiben, hatte sie den Eindruck, nicht vorwärtszukommen. Schließlich erreichte sie aber doch die Hausecke und stoppte abrupt. Ein blauer Opel Astra parkte vor der Garage. Daneben stand die Frau, die sie aus dem Edeka-Laden im Dorf kannte. Sie winkte ihr zu.

«Frau Merbold, schön dass ... Geht es Ihnen nicht gut? Stimmt was nicht?»

Kristin atmete hechelnd, und wenngleich die Anspannung ebenso schnell von ihr abfiel, wie sie sich aufgebaut hatte, sah sie vermutlich zu Tode erschrocken aus. Bei Gott, sie war zu Tode erschrocken! Ihr Herz schlug Kapriolen, die einen älteren Menschen umgebracht hätten. Mühsam versuchte sie sich in einem Was-soll-schon-sein-Lächeln und ging auf die Frau zu.

«Nein nein ... alles in Ordnung, wirklich, ich ... ich war eben im Garten und bin gelaufen, als ich den Wagen hörte.»

Kristin versuchte sich an den Namen der Frau zu erinnern. Sie hatte eine Beileidskarte von ihr bekommen, und eigentlich hätte ihr der Name geläufig sein müssen. Trotzdem kam sie nicht drauf.

«Habe ich Sie erschreckt?»

«Nein, wirklich nicht. Alles in Ordnung.»

«Ich hoffe, ich überfalle Sie nicht allzu sehr?»

Kristin ergriff ihre Hand. «Ach, gar nicht.» Plötzlich war der Name da. Sie hieß Hanna Wittmershaus. Vor ihrem geistigen Auge sah Kristin den Schriftzug auf der Leuchtreklame über dem Eingang des Edeka. «Was führt Sie zu mir?»

«Na ja ...», machte Hanna Wittmershaus und streckte einen in Klarsichtfolie verpackten Topf mit einer Pflanze nach vorn. «Ich hab Ihnen noch nicht zum Einzug gratuliert, und ich denke, jetzt ist der richtige Zeitpunkt gekommen, es nachzuholen. Willkommen in Althausen.»

Kristin starrte die Pflanze an. Einige Leute aus dem Dorf, darunter auch Hanna Wittmershaus, hatten zu Toms Beerdigung kondoliert, doch so etwas wie eine herzliche Begrüßung zum Einzug hatte es nicht gegeben. Tom und sie hatten auch nicht damit gerechnet. Auf dem Lande, so sagt man, sind die Menschen zurückhaltend, mitunter sogar störrisch, und bevor aus Hinzugezogenen Einheimische werden, können einige Jahre vergehen. Auf dem Lande brauchte man als Fremder eine große Familie oder ein dickes Fell. Kristin hatte weder das eine noch das andere, und diese Geste rührte sie.

«Ich weiß gar nicht, was ich sagen soll. Vielen Dank.» Sie nahm den Topf entgegen.

«Das ist eine Indische Azalee, die braucht besondere Pflege. Ich hab sie bei Johann Mönck gekauft, und er hat mir mindestens fünfmal gesagt, ich soll Ihnen ausrichten, Sie mögen zu ihm kommen und um Rat fragen. Ich musste ihm das sogar versprechen, sonst hätte er mir das gute Stück nicht verkauft. Der alte Zausel stellt sich immer an, als müsste er sich von einem Kind trennen.»

«Das werde ich auf jeden Fall tun. Danke, Frau Wittmershaus.»

Kristin war, als müsse sie noch mehr sagen, viel mehr. Ein einfaches Danke schien ihr nicht angemessen für das Gefühl in ihrem Bauch. Sie war sich auch sicher, dass da noch Worte in ihr waren, aber mehr als ein Schlucken brachte sie nicht zustande.

«Möchten Sie auf eine Tasse Kaffee hereinkommen?», fragte sie schnell, um die peinliche Lücke zu überbrücken.

«Gern, sehr gern. Ehrlich gesagt, ich bin neugierig darauf, wie Sie das Haus hergerichtet haben.»

Kristin ging voran und schloss die Haustür auf. Sie stellte die Pflanze auf dem Küchentisch ab und führte ihren Gast herum. Als sie an der Kellertür vorbeikamen, blieb Hanna Wittmershaus stehen und klopfte gegen das Holz.

«Benutzen Sie den Keller eigentlich?»

«Nein, warum?»

«Ach, nur so. Ist wahrscheinlich auch besser. Ich kann mich erinnern, dass es ein ziemliches Loch ist, mit einer gefährlich steilen Treppe.»

«Sie waren schon einmal hier?» Kristin war erstaunt. Sie hatte geglaubt, jemandem ihr Haus zeigen zu können, dem es bisher völlig fremd war. Dabei lag es eigentlich auf der Hand. Das Haus war annähernd hundert Jahre alt. Hanna Wittmershaus musste den einen oder anderen Bewohner gekannt haben.

«Ja, aber es ist schon eine ganze Weile her. Fünfzehn Jahre, glaube ich. Damals haben die Nussmanns hier gewohnt. Sehr liebe Leute. Sind dann leider im Altenheim gelandet.»

Hanna Wittmershaus starrte die Kellertür einen Augenblick wortlos an. Kristin meinte einen Ausdruck in ihren Augen sehen zu können, für den sie im Moment sehr empfänglich war: Trauer. Außerdem tauchten kurz zwei tief eingegrabene Falten neben ihren Mundwinkeln auf. Es war ein völlig anderes Gesicht als das, welches sich ihr Sekunden später lächelnd zuwandte.

Sie setzten den Rundgang fort. Wenig später bot Kristin ihrem Gast Platz im Wohnzimmer an und ging selbst in die Küche, um Kaffee zu kochen.

Während der routinierten Handgriffe erinnerte sie sich an jenen Tag, als sie hinter Tom in den Keller hinabgestiegen war. Jetzt, nachdem ein paar Monate vergangen waren, wusste sie selbst nicht mehr, was genau sie damals so geängstigt hatte. Es war ein sehr starker Eindruck gewesen, daran erinnerte sie sich, aber er war längst verblasst und kaum noch fassbar. Hanna Wittmershaus' sonderbares Interesse am Keller kitzelte an dieser Erinnerung, konnte sie aber nicht wieder lebendig machen. Als Kristin mit dem beladenen Tablett ins Wohnzimmer kam, stand ihr Gast vor dem Regal mit Pokalen und versuchte, die winzigen Inschriften auf den vergoldeten Plättchen zu lesen.

«Sind das Ihre? Was steht dort? Ohne meine Brille kann ich es nicht entziffern.»

Kristin stellte das Tablett auf dem Tisch ab. «Die habe ich beim Voltigieren gewonnen. Den großen für den dritten Preis bei der Deutschen Meisterschaft, die beiden kleineren für erste Plätze bei lokalen Wettbewerben.»

«Voltigieren? Ich weiß nicht mal, was man da macht.»

«Um es ganz einfach auszudrücken: Turnübungen an einem galoppierenden Pferd.»

«Und das haben Sie gemacht?»

Sie setzten sich auf die Couch. «Ja, vom siebten bis zum sechzehnten Lebensjahr. Dann zogen wir in die Stadt, und ich habe aufgehört.»

«Schade. Ein dritter Preis bei der Deutschen Meisterschaft ist doch eine tolle Leistung.»

«Ja, schon ...» Kristin zuckte mit den Schultern und hielt einen Moment inne. «Das war auch ein Grund, warum wir hierhergezogen sind. Das Grundstück ist groß genug für ein paar Pferde.»

Und der Traum ist nun ausgeträumt. Kristin wusste nicht, ob sich das jemals ändern würde, doch im Moment hatte alles seinen Sinn verloren – ohne Tom. Ihr Wunsch, eigene Pferde zu halten, den Garten zu gestalten, eine Koppel anzulegen ... und ein bisschen auch das Haus selbst.

Kristin gab sich einen Ruck, hörte auf, Toms Ehering an ihrem Finger zu drehen, griff zur Thermoskanne und schenkte Kaffee ein. Sie setzten sich und tranken.

«Wir können uns übrigens gerne duzen», sagte Hanna, «schließlich sind wir Nachbarn.»

Kristin war überrascht. «Natürlich, gern, ich bin Kristin!»

«Und ich heiße Hanna ... das Anstoßen geht auch mal mit Kaffee, oder?» Sie prosteten sich zu und tranken. Dann stellte Hanna ihre Tasse ab und sah sich noch einmal im Wohnzimmer um.

«Ihr habt das Haus sehr schön hergerichtet, wirklich, gefällt mir gut. Vor allem der Kamin ist eine Augenweide.»

«Den hat mein Mann selbst entworfen und gemauert.»

«Er war Architekt, nicht wahr? Er muss sehr talentiert gewesen sein.»

«Ja, das war er.»

Hanna räusperte sich. «Ich hoffe, es ist nicht zu indiskret, aber ... wirst du hierbleiben?»

«Ja, ich denke schon», sagte Kristin, und der Nachdruck in ihrer Stimme war mehr für sie selbst bestimmt denn für Hanna. Sie liebte das Haus, immer noch, aber ohne Tom war es nicht mehr dasselbe.

«Schön, das freut mich. Wenn du Hilfe brauchst, sag einfach Bescheid. Ich kenne jeden im Dorf, sind alles hilfsbereite Menschen. Man muss sie nur zu nehmen wissen.»

«Lebst du schon immer in Althausen?»

«Oh ja», sagte Hanna und stellte ihre Tasse auf dem Tisch ab. «Ich bin hier geboren und aufgewachsen. Unsere Familie lässt sich bis zu den ersten Wittmershaus zurückverfolgen. So um 1880 haben meine Urahnen hier einen Krämerladen gegründet. Wenn man es nicht so genau nimmt, besteht der Laden schon an die hundertzwanzig Jahre. Er war nicht immer an dem Platz, wo er jetzt ist, und während des Zweiten Weltkrieges gab es ihn ein paar Jahre gar nicht, aber bisher war er nicht tot zu kriegen ...», Hanna zögerte kurz. «Leider habe ich keine Kinder, also werden sich die Wittmershaus in absehbarer Zeit aus Althausen zurückziehen.»

Kristin lag die Frage nach ihrem Mann auf der Zunge, doch sie stellte sie nicht. Wahrscheinlich war er tot, und Kristin hatte keine Lust, über zu früh verstorbene Ehemänner zu sprechen.

«Dann kennst du Land und Leute wohl in- und auswendig?»

«Nun, ich will es mal so sagen: Wenn du über Althausen

etwas wissen willst, frag mich. Von diesem kleinen Fliegenschiss auf der Landkarte kenne ich alle Geschichten.»

Kristin sah von ihrer Tasse auf. «Hat dieses Haus auch eine Geschichte?»

Hanna sah sie an. Und da waren sie wieder, diese tiefen Falten neben ihren Mundwinkeln.

«Es hat dir noch niemand davon erzählt, oder?»

«Wovon?»

Hanna zögerte.

«Vielleicht ist es ganz gut, wenn ich dir die Geschichte erzähle. Je länger du hier wohnst, umso größer ist nämlich die Gefahr, dass du irgendwelche Gerüchte hörst, die vom Hörensagen und Weitererzählen über die Jahre verwaschen wurden.»

«Gerüchte? Es gibt Gerüchte über dieses Haus? Du machst mich wirklich neugierig.»

«Kann ich erst noch etwas Kaffee bekommen?»

«Oh, natürlich, entschuldige bitte.» Hanna streckte ihr die Tasse entgegen, und Kristin füllte sie. Bevor sie zu erzählen begann, trank sie einen langen Schluck.

«Weißt du, was ein Scherenschleifer ist?»

«Scherenschleifer ...? Sind die nicht früher übers Land gezogen und haben Messer und Scheren geschliffen?»

Hanna nickte. «Ganz genau. Die gab es bis vor vierzig Jahren sogar noch. Heute sind Messer billig, und keiner schleift sie mehr nach, aber als der junge Sasslinger dieses Haus erbaute, waren Scherenschleifer weit verbreitet. Jeder hatte sein Revier, und sie kamen in regelmäßigen Abständen in die Dörfer. Ich erinnere mich, dass ich als Kind Angst vor ihnen hatte. Das waren oft verlumpte und vierschrötige Kerle.»

Hanna hielt inne und schien nachzudenken.

«Hoffentlich bekomme ich es noch zusammen ... mein Vater erzählte mir von einem Reim, den die Scherenschleifer riefen, wenn sie in die Dörfer kamen. Er ging ungefähr so:

‹Bringt heraus Messer und Scher, so sie schneiden wieder schwer. Ich schleif sie euch, schnell und gut, und führ sie vor, an meinem Blut.›

«An meinem Blut ...? Das klingt ja grässlich! Was soll das bedeuten?»

Hanna, die gerade von ihrem Kaffee trank, winkte ab und stellte die Tasse wieder auf den Tisch. «Ach, nur so eine Redewendung, mit der die Kerle angeben wollten. Sie meinten damit, dass sie ein von ihnen geschliffenes Messer über die Kuppe ihres Daumens ziehen würden, um dessen Schärfe zu demonstrieren. Vielleicht hat der eine oder andere es wirklich getan – mit genügend Alkohol im Kopf natürlich.»

Kristin bekam eine Gänsehaut. Sie betrachtete die Kuppe ihres Daumens und meinte, eine Art Phantomschmerz spüren zu können, wie er bei einem solchen Schnitt entstehen würde.

«Nimm das bloß nicht ernst», sagte Hanna. «Wahrscheinlich ist es ohnehin nur Humbug. Oder kannst du dir vorstellen, dass so ein Scherenschleifer sich bei jedem Kunden den Daumen aufritzt?»

«Klingt unwahrscheinlich», sagte Kristin, obwohl sie ein dazu passendes Bild bereits vor ihrem geistigen Auge sah. Da war sie wieder, die Phantasie ihrer Kindheit, die ihr so oft eine Heidenangst eingejagt hatte. An Toms Seite war sie verschwunden – nein, nicht verschwunden, nur in die Versenkung ihres Unterbewusstseins abgetaucht. In Toms Leben hatte Phantasie keine große Rolle gespielt, und irgendwie hatte das auf sie abgefärbt. Aber jetzt sah sie ein Messer aufblitzen und Fleisch in zwei Hälften teilen, sah Blut fließen und hörte den merkwürdigen Reim. Und irgendwas daran war bedeutsam. Kristin ahnte das, kam aber nicht drauf, was es sein könnte.

«Na ja, wie auch immer», fuhr Hanna fort, «jedenfalls kam eines Tages so ein Scherenschleifer nach Althausen. Heinrich Sasslinger hatte damals gerade erst ein Mädchen aus dem Dorf geheiratet. Einundzwanzig und bildhübsch soll sie gewesen sein. Als der Scherenschleifer kam, war der Sasslinger draußen auf den Feldern. Niemand weiß, was genau passierte, aber als der junge Sasslinger zum Mittagessen nach Haus kam, lag seine Frau mit durchschnittener Kehle auf der Diele.»

«Oh Gott!» Kristin presste sich eine Hand vor den Mund.

Hanna sah sie prüfend an, bevor sie weitererzählte. «Der Scherenschleifer kann nicht besonders schlau gewesen sein, denn die Spuren seines Wagens ließen sich problemlos verfolgen. Vielleicht war er auch betrunken, wer weiß? Jedenfalls fanden sie ihn unweit des Dorfes und schleppten ihn zurück zum Tatort. Er soll immer wieder beteuert haben, er sei unschuldig, doch niemand schenkte ihm Glauben. Sie erhängten ihn kurzerhand an der Kastanie neben dem Haus. Wenig später soll der Sasslinger verrückt geworden sein. Nicht lange, nachdem er seine Frau unter die Erde gebracht hatte, setzte er seinem Leben ein Ende, indem er das Haus anzündete und darin verbrannte.»

Hanna zögerte kurz und blickte Kristin an. Die Falten in ihren Mundwinkeln schienen tiefer geworden zu sein.

«Das Haus brannte völlig nieder. Nur der Keller blieb erhalten.»

Der Dezember war nicht mehr weit entfernt, und an diesem Abend las Kristin ihrer Tochter die erste Weihnachtsgeschichte des Jahres vor. Sie las wie immer, hoffte jedenfalls, dass es für Lisa wie immer klang, war aber nicht wirklich bei der Sache. Schon beim Abendessen, als Lisa von ihrem Einkaufsbummel berichtet hatte, hatte sie ihr kaum zugehört. Seit Hanna Wittmershaus die Geschichte vom Scherenschleifer erzählt hatte, war Kristin nicht mehr davon losgekommen. Da war irgendwas. Irgendwas Wichtiges, das sich ihr förmlich aufdrängte.

«... und als es dann endlich zu schneien begann, liefen alle Kinder hinaus und bestaunten die wunderschönen bunten Lichter an dem großen Weihnachtsbaum vor der Kirche. Ende.»

Lisa gähnte. Ihre Augen waren zwar groß, die Pupillen aber ganz klein. Es kostete sie Mühe, sich wach zu halten. Sie kämpfte gegen den Schlaf.

«Haben wir zu Weihnacht auch einen großen Baum draußen. So einen wie in Hamburg? Der war toll.»

Kristin klappte das Buch zu und legte es zur Seite. «Ich weiß nicht. Vielleicht.»

«Ohne Papa schaffen wir es nicht.»

Kristin erstarrte in der Bewegung. Alle Gedanken an die Geschichte vom Scherenschleifer waren plötzlich verschwunden. Hatte sie das eben richtig verstanden?

«Wie kommst du denn darauf, Träumerchen?»

Lisa sah sie aus ihren grünblauen Augen an. Eine Mischung aus Toms und ihren, die je nach Lichteinfall mehr grün oder blau erschienen. «Na, wegen der so schwer ist.»

Kristin versuchte sich zu konzentrieren. Sie verstand nicht, was Lisa sagen wollte. «Was meinst du?»

«Der Baum. Ohne Papa können wir keinen Weihnachtsbaum aufstellen. Der ist doch viel zu schwer!»

Kristin beugte sich über ihre Tochter und drückte ihr einen langen Kuss auf die Stirn. Sie wollte nicht, dass die Kleine die Tränen in ihren Augen sah.

«Das schaffen wir schon, wir holen uns Hilfe. Mach dir keine Sorgen, Träumerchen, wir schaffen das ganz bestimmt.»

Worte wurden nicht glaubhafter, je öfter man sie wiederholte. Das hatte Kristin seit Toms Tod gelernt. Für Lisa mochten sie wohl überzeugend klingen, aber Lisa war ein Kind. In ihren eigenen Ohren klangen diese Worte wie ein Farce, und eben war sich Kristin sicher gewesen, dass ihre Kleine sie durchschaut und die Wahrheit erkannt hatte. Sie würden es ohne Tom nicht schaffen, nichts von dem, was sie sich vorgenommen hatten. Doch Lisa hatte nur den Weihnachtsbaum gemeint, nur den Baum.

«Und jetzt schlaf ganz schnell ein, mein Schatz.»

Kristin küsste Lisa noch einmal, löschte das Licht und verließ das Zimmer. Normalerweise dauerte diese Prozedur länger, und sie wäre danach ins Wohnzimmer hinuntergegangen, um sich mit Ilse zu unterhalten, die vor dem Fernseher saß. Aber was war noch normal in ihrem Leben?

Kristin ging in ihr Zimmer, wickelte sich auf ihrem Bett in eine Decke ein und weinte.

Als die Tränen irgendwann versiegten, kehrten die Gedanken zurück. Kristin wollte sich nicht mit ihnen beschäftigen, wollte nichts wissen von traurigen Mordgeschichten aus alten Zeiten, wollte eigentlich überhaupt nicht nachdenken. Doch sie konnte sich nicht dagegen wehren. Die Daunendecke hochgezogen bis zum Kinn, lag sie da und lauschte, versuchte sich auf die Geräusche des Hauses zu konzentrieren, um die Gedanken zu vertreiben. Denn still war das Haus nur, wenn man nicht genau hinhörte. Tom hatte sie über solche Geräusche aufgeklärt; sie wusste, dass Fundamente sich setzen konnten, dass Holzbalken an Holzbalken rieben und die Dachpfannen sich bewegten, wenn es draußen abkühlte. Trotzdem glaubte Kristin manchmal, unter all diesem Geknarre und Geknarze und all diesem Reißen, Schieben und Schütteln Stimmen zu hören. Schließlich konnten sich reibende Balken kaum «Ich bin wieder hier» rufen, oder?

Die Geschichte vom Scherenschleifer. Warum hatte Hanna Wittmershaus ihr überhaupt davon erzählt? Sie musste sich doch vorstellen können, dass sie abends allein im Bett lag und ...

Plötzlich stellte Kristin eine Verbindung her, die ihr am Nachmittag nicht aufgefallen war. Diese diffuse, bedeutsame Stelle in Hannas Erzählung. Dieses Festhalten ihrer Gedanken an einem bestimmten Punkt, den sie bisher nicht erkannt hatte. Jetzt ergab es einen Sinn.

Die Scherenschleifer. Sie waren mit Handwagen unterwegs. Mit Handwagen oder Pferdegespannen. Und die Spur seiner Räder hatte man damals leicht verfolgen können.

8

Dietmar Spiedowski, von seinen Truckerkumpels am anderen Ende des CB-Funks schlicht und ergreifend «Speedi» genannt, hatte in einundzwanzig Jahren auf dem Bock einiges gesehen, noch mehr gehört, und auf vieles hätte er gern verzichtet. Auf diesen Tag auch, aber das wusste er noch nicht, als er gegen sechs in der Früh seinen Vierzig-Tonner über die kurvigen Straßen des Harzes lenkte.

Irgendwo am Horizont hatte es vielleicht schon zu dämmern begonnen. Die schmalen Straßen zwischen den Bergen waren jedoch noch in schwarze, feuchte Dunkelheit getaucht. Ein Mistwetter. Schon seit Tagen. Nachts sternenklarer Himmel, sobald sich der Tag näherte, Regen. Das schlug einem auf die Laune. Nicht dass Speedi sich besonders darüber aufregte, aber es kotzte ihn schon an. In der großen Tasse vorn auf der Ablage schwappte schwarzer Kaffee. Sein Gefährte auf langen Fahrten durch die Nacht, sein Schutz vor tödlichem Sekundenschlaf. Speedi litt unter Bluthochdruck. Eigentlich durfte er keinen Kaffee trinken, höchstens den ohne Koffein. Aber mal ehrlich: Was nützt einem eine Waffe ohne Munition? Und was wussten schon die Ärzte, die nachts gemütlich in ihren Betten ratzten? Speedi konnte es sich aussuchen: entweder starken Kaffee und irgendwann am Herzinfarkt sterben, oder Mineralwasser und ganz sicher demnächst einen strammen Eichenbaum küssen. Scheiß drauf! Er trank Kaffee, seit Jahr und Tag, und dabei blieb es auch.

Als nach einer haarigen Kurve eine längere Grade folgte, beugte er sich vor und ergriff den Becher. Der erste Schluck schmeckte bitter, der Kaffee war nicht mehr ganz heiß. Der zweite war schon besser. Als er die Tasse wieder in den Halter stellen wollte, warf er dabei einen flüchtigen Blick durch die Windschutzscheibe.

«Verdammte Scheiße!»

Speedi ließ den Becher fallen. Kaffee spritzte übers Cockpit und ihm auf die Hose. Gleichzeitig klammerte er sich ans Lenkrad und trat mit aller Kraft aufs Bremspedal. Seine rechte Hand flog zum Schalthebel und kuppelte aus. Hinter ihm schoben zwanzig Tonnen Weißzucker und wollten nichts von Verzögerung oder Hindernissen auf der Fahrbahn wissen.

Da stand jemand!

Verfluchte Scheiße und halleluja! Da stand jemand winkend auf der Straße. Eine dunkel gekleidete Gestalt auf einer noch dunkleren Fahrbahn. Konnte der Kerl sich nicht denken, dass man ihn erst im allerletzten Moment sah? Erst dann, wenn die Scheinwerfer ihn erfassten? Und ein solches Wetter wie an diesem Morgen fraß das Licht praktisch auf.

Mit der Kraft der Verzweiflung hielt Speedi das Lenkrad fest und steuerte gegen den Willen des Aufliegers, nach links auszuscheren. Die Straße war gerade breit genug für zwei Autos, und links lauerte ein Abgrund, dessen Tiefe Speedi nur erahnen konnte. Zwar war er mit einer Leitplanke gesichert, aber hey, das war ein Witz, oder? Fast dreißig Tonnen Stahl und Zucker ließen sich von einer blöden Leitplanke nicht aufhalten.

Speedis Glück (oder Pech?) war an diesem Morgen, dass er nach der scharfen Kurve kaum Geschwindigkeit aufgenommen hatte. Der Auflieger mit Zucker schob zwar, und er hörte die Paletten gegen die vordere Ladewand krachen, doch er bekam seinen Truck unter Kontrolle. Die hintere Stoßstange touchierte ganz leicht die Leitplanke. Es stoben ein paar Funken, eine Begrenzungsleuchte riss ab – dann stand er. Die ganze Straße blockierend, und mit einem Fahrer hinter dem Steuer, dem die Augen vor Wut aus den Höhlen quollen.

Verdammter Irrer! Verdammter gehirnamputierter Irrer!

Speedi riss die Fahrertür auf und sprang auf die Fahrbahn hinunter. Die Gestalt stand noch an der gleichen Stelle mitten auf der Fahrbahn. Sie war groß und dunkel, das war aber auch schon alles, was Speedi aus einer Entfernung von fünf bis acht Metern erkennen konnte.

Vor zwei Sekunden hatte Speedi vorgehabt, dem Typen seine Fressleiste zu polieren. Und zwar mit Schmackes! Nach einer Tasse Kaffee war das genau die richtige Therapie zum Abreagieren. Als er jetzt aber neben dem mächtigen Kühlergrill seines Trucks stand, war er sich nicht mehr so sicher. Irgendwas stimmte mit dem Kerl nicht. Gut, okay, wer um sechs in der Früh auf einer abgelegenen Straße stand, mit dem musste zwangsläufig etwas nicht stimmen. Aber das, was Speedi spürte, ging weit darüber hinaus. Da war Gefahr. Und zwar für ihn.

Speedi bewegte sich nicht. Er kniff die Augen zusammen und versuchte etwas zu erkennen. Plötzlich wusste er, dass es ein Fehler war, den Typen anzurufen. Halt den Mund, dachte Speedi, halt einmal in deinem Leben den Mund und mach dich vom Acker. Ja, das hatte er vor, beim Grab seiner Mutter, einfach einsteigen, die Türen verriegeln und Gas geben. Scheiß auf die Figur da vorn. Aber Speedis Mund machte wieder mal, was er wollte.

«Mann, was soll die Scheiße? Ich hätte dich fast platt gemacht.»

Als sei das der erwartete Startschuss, bewegte sich die Gestalt plötzlich. Deren Schritte schienen mühselig und qualvoll, so als trüge sie eine schwere Last. Beide Arme baumelten wie nutzlos an den Seiten. Und als sie in das Licht der

Scheinwerfer trat, erkannte Speedi, was da in der Hand des rechten Arms baumelte.

«Scheiße», flüsterte er und tat einen Schritt rückwärts. Im Rücken spürte er den warmen Kühlergrill seines MAN. Es war zu spät. Er würde es nicht mehr schaffen. Und was nützte es auch, sich im Führerhaus zu verschanzen? Die Windschutzscheibe bestand nicht aus Panzerglas. Da ging eine Kugel durch, als wäre es ein Blatt Löschpapier.

Die Gestalt war schnell heran. Jetzt hob sich der Arm mit der Waffe am Ende und zielte auf Speedi. Er presste sich so dicht an den Kühlergrill wie möglich, wäre beinahe darin verschwunden.

«Hey, Mann, ich ...» Obwohl ihm nichts Derartiges befohlen wurde, hob Speedi beide Hände in Gesichtshöhe.

«Schn... Schn... Schnau...ße halten!»

Der Revolver zeigte auf sein Gesicht. Die Hand des großen Mannes zitterte stark, trotzdem hatte Speedi keinen Zweifel, dass eine abgefeuerte Kugel ihn treffen würde.

«I... i... ich ahr... it.»

Der Mann trat noch einen Schritt vor. Speedi bekam dessen Gesicht zu sehen, und plötzlich war die Waffe nicht mehr so wichtig. «Großer Gott», stammelte er und pisste sich in die Hose. Dass es feucht und warm wurde in seinem Schritt, bemerkte er nicht mal. Wie gebannt starrte er auf das, was irgendwann mal ein Gesicht gewesen war. In dieser Sekunde, bevor der Mann erneut sprach, wurde Speedi mehr als deutlich klar, dass er den Tag nicht überleben würde. Diese Erkenntnis fraß sich tief in seine Eingeweide und öffnete alle Schleusen.

«Steig ein», sagte der große Mann, und es klang wie «eig ei». Mit seinen Lippen stimmte was nicht. Sie wirkten merkwürdig verschoben und aufgequollen. Dennoch lag genug Schärfe in der Stimme, um Speedi gehorchen zu lassen. Er löste sich vom Kühlergrill. Ohne den Fremden aus den Augen zu lassen, stieg er die Stufen zur Kabine hoch.

Es folgte ein Moment, der bei allem, was später noch passieren sollte, einmalig blieb: die einzige und letzte Chance für Speedi, sich aus dem Staub zu machen. Während er schon hinter dem Steuer saß (und der Motor dröhnte noch im Leerlauf), quälte der Fremde sich mit ungelenken Bewegungen zur Beifahrertür hinauf. Speedi hätte nur Gas geben müssen. Doch das tat er nicht. Er registrierte nicht mal, welche Möglichkeit ihm durch die Lappen ging. Und warum auch? Ein Blick in dieses «Gesicht» hatte ihn ja längst mit seinem Leben abschließen lassen.

Als der Fremde sich auf den Beifahrersitz fallen ließ, war es zu spät. Die monströs wirkende Waffe wurde erneut auf ihn gerichtet.

«Nach hangurg.»

«Was?»

«ahr nach hangurg, du löde Sau.» Während er noch sprach, holte der Fremde aus und schlug Speedi die Waffe ins Gesicht. Der harte Stahl traf ihn am Wangenknochen. Die Haut platzte auf, Blut schoss hervor. Sein Kopf schleuderte gegen die Seitenscheibe. Speedi heulte auf wie eine Sirene.

Der Fremde spannte deutlich hörbar den Hahn. «Los.»

Speedi versuchte die Schmerzen in seinem Gesicht zu vergessen. Trotz der merkwürdigen Aussprache hatte er jetzt verstanden, wohin der Mann wollte: Hamburg, er sollte ihn nach Hamburg fahren.

Also kuppelte er, legte den Gang ein, trat aufs Gaspedal und begann seine letzte Fahrt.

9

Die Erinnerung war präsent, sobald sie die Tür zum ehemaligen Stall öffnete. Die einzige Spur einer Geschichte, das einzige Relikt aus einer Zeit, in der andere Menschen dieses Haus bewohnt hatten. Viele Male hatte sie den Kinderwagen und die Fahrräder hinein und hinaus geschoben, an die gerade noch zu erkennende Form eines Rades hinter dem Holzhaufen hatte sie aber nicht mehr gedacht. Toms Tod hatte alles andere in den Hintergrund gedrängt, und das wäre auch noch eine ganze Weile so geblieben, hätte Hanna mit ihrer Geschichte die Erinnerung nicht erneut geweckt. Seit sie von dem Scherenschleifer wusste, konnte Kristin an nichts anderes mehr denken. Mochte Ilse doch scheel gucken, na und? Wenn sie in ihrem Stall aufräumen wollte, dann wollte sie in ihrem Stall aufräumen. Basta!

Kristin musste trotz des frühen Morgens Licht einschalten. Der Himmel war von grauen Wolken lückenlos überzogen. Sie schienen das Licht gestohlen zu haben. Alles, was sie der Erde ließen, war ein trübsinniges, schmutziges Etwas, mehr dunkel als hell. Mit einem Blick auf das beleuchtete Küchenfenster, hinter dem Ilse die Spülmaschine einräumte, zog Kristin die Stalltür hinter sich zu. Da lag er. Der Holzberg. Seit dem letzten Mal schien er noch gewachsen zu sein. Sie nahm die Handschuhe aus den Hosentaschen und begann. Als sie den ersten Stapel Bretter in den Armen hielt, fiel ihr ein, dass sie nicht wusste, wohin damit. Wenn sie es nach draußen schaffte, würde Ilse sie bei jedem Gang vom Küchenfenster her beobachten. Aber hier drinnen war zu wenig Platz. Kristin seufzte und drückte die Tür mit dem Fuß auf. Der kühle Wind riss sie fort und drückte sie gegen die Wand. Es knallte. Sie brachte das Holz zu dem Haufen, der eigentlich schon längst hätte aufgebrannt werden sollen. Als sie sich umwandte, sah sie Ilses Gesicht hinter dem Küchenfenster verschwinden.

Eine Stunde später war sie völlig verschwitzt und ihrem Ziel sehr nahe. Einige wenige Bretter eines alten Schrankes lehnten noch an dem, was da auf vier Holzrädern im Stall stand. Die Bretter waren aus Eichenholz und verdammt schwer. Kristin konnte immer nur eines tragen. Als sie zum vielleicht hundertsten Mal an diesem Vormittag aus der Tür trat, stand Ilse davor. Ohne Jacke, mit um den Leib geschlungenen Armen stand sie vor Kälte zitternd da.

«Was machst du da eigentlich?» Ihre Stimme klang hoch, fast schon schrill.

Kristin drängte sich mit dem Brett an ihr vorbei. «Aufräumen, das siehst du doch.»

«Jetzt?»

Darauf gab sie ihr keine Antwort, denn es war im eigentlichen Sinne keine Frage. Dieses «Jetzt» bedeutete vielmehr «Was für eine absurde Idee! Hast du nichts Besseres zu tun? Komm ins Haus und hilf mir bei der Wäsche». Das «Jetzt» war genau in dem Tonfall gesprochen, wegen dem Kristin sich die letzten Jahre zu Hause nicht mit Ilse verstanden hatte. Dieser Tonfall, der andere zu Kindern und Dummköpfen degradierte. Oh ja, dieses Art Rhetorik beherrschte Ilse.

Kristin warf das Brett auf den beträchtlich angewachsenen Haufen. Sie hörte Ilse hinter sich.

«Und was hast du mit dem ganzen Holz vor?»

«Ich weiß noch nicht, vielleicht aufbrennen.»

Ilse schüttelte den Kopf. «Warum diese Plackerei? Du

hättest es ebenso gut im Stall lassen können. Hier draußen wird es doch nass!»

Kristin atmete hörbar ein. «Mama ... das weiß ich. Ich bringe es raus, weil ich im Stall etwas suche.»

«So? Was denn?»

«Komm mit, ich zeig es dir.»

Kristin drehte sich um und ging zurück in den Stall. Sie wäre zwar lieber allein gewesen, wusste aber, dass sie vor Ilse kaum etwas verheimlichen konnte. Das war schon so gewesen, als sie noch zu Schule ging. Manchmal hatte Ilse einen Blick, der alles durchdrang und die Wahrheit ans Tageslicht brachte. Natürlich immer nur die unangenehme Wahrheit.

Nur noch drei Bretter standen vor dem Gegenstand, und als Kristin ihn jetzt betrachtete, wusste sie, dass es genau das war, was sie erwartet hatte. Dieser Gedanke verursachte eine Gänsehaut, die ihr von den Schulterblättern bis zum Steißbein hinunterlief.

«Was ist das?», fragte Ilse.

Kristin ging vor, packte ein Brett nach dem anderen und stellte es zur Seite. «Das werden wir gleich wissen.»

Und dann stand er vor ihr: der Handwagen! Das Holz wurmstichig und verwittert, die Naben und Beschläge der Räder bis über den Verfall hinaus verrostet. Eine Achse musste gebrochen sein, denn hinten links sackte er ab. Eine dicke Schicht Staub bedeckte ihn, ließ ihn grau und unwirklich erscheinen. Überall zerrissene Spinnennetze, allerorten Wurmlöcher, die Kristin mit bloßem Auge erkennen konnte. Ein Windstoß, so schien es, könnte dieses Relikt in Sägespäne verwandeln.

«Was ist das?», wiederholte Ilse ihre Frage.

Kristin trat einen Schritt zurück. «Das ist der Handwagen

eines Scherenschleifers.» Warum sie flüsterte, vermochte sie selbst nicht zu sagen.

«Eines Scherenschleifers? Wie kommst du denn darauf?»

Ilse trat vor und klopfte mit dem Knöchel gegen das Holz. Kristins Herz blieb für einen Moment stehen. Irgendetwas erwartete sie, doch es geschah nichts. Das Klopfen klang, als poche man gegen etwas Lebendiges.

«Sieht uralt aus.»

«Ist er auch.» Kristin trat vorsichtig näher, zog einen Handschuh aus und wedelte damit über die obere Abdeckung. Der dicke Staub wallte auf und davon. Darunter kam offenes Holz zum Vorschein. An den meisten Stellen war es dunkel verfärbt, so als sei eine Flüssigkeit dort eingedrungen. An der ihnen zugewandten Seite befanden sich mehrere Schubladen. Einige waren ohne Griff. Die ersten beiden Laden ließen sich nicht öffnen; das Holz war verquollen. Erst an der dritten hatte Kristin Glück. Sie ging auf, als hätte jemand sie über all die Jahre hinweg gepflegt und geschmiert.

Kristin traute sich kaum, über den Rand der Lade zu schauen. Sie fühlte sich an damals erinnert, als sie sich dem Sarg mit Tom darin genähert hatte. Vorsichtig, als würde eine Gefahr darin lauern, spähte sie dennoch hinein.

In der tiefen Lade lag ein Messer.

Kristin strich sich eine verschwitzte Haarsträhne aus dem Gesicht und nahm es heraus. Sie verstand genauso wenig von Messern wie die meisten anderen Menschen, aber dass es sich bei diesem um ein besonderes handeln musste, erkannte sie. Es war bestimmt keines der Dinger für Neunfünfundneunzig, die man in jedem Supermarkt bekommen konnte. Nirgendwo war der Aufdruck oder die Prägung des

Herstellers zu erkennen. Es sah nach Handarbeit aus. Einer Handarbeit, die für die Ewigkeit gemacht war.

Wie lange mochte es hier gelegen haben? Fünf Jahre, oder vielleicht sogar fünfzig? Wie viel Zeit es auch immer gewesen war, sie war beinahe spurlos am Stahl der Klinge vorübergegangen. Nicht der kleinste Hauch von Rost war zu sehen. Der Schaft bestand aus einer Holzart, die Kristin nicht kannte. Auch dieses Holz war dunkel eingefärbt, als ob sich die Poren mit einer Flüssigkeit vollgesogen hätten.

Plötzlich bereitete es Kristin Unwohlsein, das Messer in der Hand zu halten. In der sechsten Klasse hatte ihr Biologielehrer eine Vogelspinne mit in den Unterricht gebracht. Jeder durfte sie einmal auf der Handfläche halten. Kristin hatte sich nur getraut, weil ihre Freundin sich getraut hatte, und weil der Lehrer ihnen versichert hatte, dass der Spinne die Giftdrüsen entfernt worden waren. Das große haarige Tier hatte nur dagesessen, und obwohl Kristin gewusst hatte, dass es ihr nichts tun konnte, war ihr ein unangenehmes Kribbeln von der Hand bis in die Schulter gestiegen. Genauso war es jetzt mit dem Messer.

Rasch legte sie es in die Lade zurück und betrachtete ihre Hände. Sie waren sauber. Was hatte sie erwartet?

10

«Du hättest mich ihn erschießen lassen sollen. Verdammte Scheiße. Jetzt haben wie dieses Tier am Hacken!»

Sven Brüning warf die Zeitung auf den Küchentisch. Ruhelos lief er zum Fenster und warf einen Blick auf die fünf Stockwerke tiefer liegende Stadt, die gerade erst erwachte.

«Jetzt beruhige dich erst mal.» Robert rieb sich die Augen. Zehn Minuten waren seit Svens Anruf vergangen, so richtig wach geworden war er in dieser Zeit nicht.

«Wie soll ich mich beruhigen? Mann, weißt du eigentlich, was das bedeutet?»

«Ich weiß gar nichts», gab Robert scharf zurück. Svens nervöses Getue und seine vorwurfsvolle Art nervten ihn. Zu nachtschlafender Zeit konnte er weder das eine noch das andere ertragen. «Woher hast du überhaupt die Information?»

«Lies die Zeitung. Seite vier. Lies einfach die Zeitung.» Sven deutete träge auf die druckfrische Morgenzeitung, die er aus einem Packen vor einem Kiosk gestohlen hatte. Seine Stirn lehnte am kühlen Glas des Fensters.

Robert schlug die besagte Seite auf. Sie war von kleineren Artikeln übersät, und im ersten Moment fiel ihm nichts auf, was Svens Nervosität erklärt hätte. Dann blieb er jedoch an einem Wort hängen: Harz. Unten rechts gab es einen Artikel über einen unter mysteriösen Umständen ums Leben gekommenen Fernfahrer. Man hatte seinen LKW im Containerhafen aufgefunden. Dort hätte er nicht stehen dürfen, und der Fahrer hätte nicht mit einem Kopfdurchschuss darin sitzen sollen. Seine Tour hatte vor drei Tagen in Braunlage im Harz begonnen. Sie hätte ihn nach Hannover und zurück führen sollen, dort war er jedoch nicht angekommen. Die Polizei tappte im Dunkeln.

Vor drei Tagen!

Robert schob die Zeitung von sich.

«Das muss nichts bedeuten», sagte er laut.

Sven kicherte und drehte sich vom Fenster weg. «So was

sagen die Ärzte immer, wenn man unter seiner eigenen Achsel ein Geschwür entdeckt. Du solltest dich mal hören.»

«Für diese Sache kann es hundert Erklärungen geben. Ich verstehe deine Aufregung nicht.»

«Kann es, ja, aber solche Zufälle gibt es nicht, und das weißt du auch.»

Robert seufzte und stand auf. «Gar nichts weiß ich. Möchtest du einen Kaffee?»

«Den kann ich jetzt gut gebrauchen.»

Während Robert die Kaffeemaschine füllte, beugte Sven sich noch mal über die Zeitung. Er las und schüttelte den Kopf. «Einen Tag, nachdem wir ihm das Geld abgenommen haben. Das kann nur er gewesen sein. Verdammt, du hättest mich abdrücken lassen sollen.»

«Vergiss es, Sven, Radduk ist tot. Niemand überlebt eine doppelte Dosis.»

«Das kannst du nicht sicher wissen.»

«Doch, das kann ich. Die Menge wirkt auf jeden Fall tödlich.» Vor seinem geistigen Auge sah Robert, wie Radduk gegen die Injektion aus dem ersten Giftpfeil angekämpft hatte. Er hatte schon einige große Männer mit Azepromazin außer Gefecht gesetzt. Länger als zwei Sekunden war keiner von ihnen auf den Beinen geblieben. Er schüttelte den Gedanken ab.

«Außerdem war zwischen uns beiden immer klar, dass bei meinen Aktionen niemand getötet wird. Dass es bei Radduk so weit gekommen ist, ist schlimm genug.»

«Du mit deinem Idealismus.»

Robert fuhr herum. «Willst du lieber zum Mörder werden? Willst du dich auf eine Stufe mit Typen wie diesem Radduk oder meinem Bruder stellen? Tu doch nicht so, als hättest du wirklich abgedrückt. Ich kenne dich, das hättest du nicht gebracht.»

Sven sah ihn einen Augenblick schweigend an. Dann ließ er sich auf den Küchenstuhl fallen. «Vielleicht irrst du dich? Vielleicht hätte ich es bei diesem Monstrum getan.»

«Nein, ich irre mich nicht.»

Wortlos lauschten sie dem heiseren Röcheln der Kaffeemaschine. Als sie fertig war, füllte Robert zwei große Tassen und stellte sie auf den Tisch. Er setzte sich Sven gegenüber. Dessen Augen waren klein und müde, tiefe Schatten lagen darunter. Er hatte wieder die ganze Nacht Pakete ausgefahren. Gut, wenigstens das hatte er kapiert. Ihn davon abzuhalten, seinen Job sofort hinzuschmeißen und sich mit den Hunderttausend ein schönes Leben zu machen, war Schwerstarbeit gewesen. Robert ahnte, dass ein ähnlicher Gewaltakt jetzt wieder vor ihm lag.

Sie tranken.

«Jetzt besser?», fragte Robert.

Sven zuckte mit den Schultern. «Ich hab 'ne scheiß Angst.»

«Also gut, tun wir mal einen Moment so, als habe Radduk überlebt – kann er zwar nicht, aber wir nehmen es mal an. Was wird er tun?»

«Uns den Arsch aufreißen.»

«Nein, er sucht sein Geld. Uns kann er nicht suchen, weil er nicht weiß, wer wir sind. Wir haben Masken aufgehabt, du erinnerst dich? Also, solange wir mit dem Geld nicht auffällig werden, kann uns nichts passieren. Und wir hatten ja ohnehin abgesprochen, es mindestens ein halbes Jahr ruhen zu lassen.»

«Dieses verdammte Geld! Zwei Menschen mussten schon

dran glauben. Vielleicht bringt es Unglück, und wir sollten es verschenken?»

«Ja, vielleicht sollten wir das, aber auch damit müssten wir warten. Keine auffälligen Aktionen, dann merkt auch niemand was.»

Sven antwortete nicht, er starrte nur auf die Zeitung.

«Sind wir uns noch einig?», fragte Robert ihn mit Nachdruck.

Sein Partner nickte. Aber es war ein zaghaftes Nicken; eines, das Robert nicht zufriedenstellte. Wer so nickte, der leistete auch einen Schwur mit überkreuzten Fingern. Sven war einer Panik nahe. Mehr als deutlich stand in seinen Augen zu lesen, wie sehr ihn die Angst vor Radduk beschäftigte. Sven war labil, schon immer, und jetzt bereute Robert, ihn in diese Sache hineingezogen zu haben. Aber nein, das war nicht richtig. Eigentlich hatte Sven ihn hineingezogen. Nur das Geld im Auge, hatte er sich auf etwas eingelassen, das er nicht überblicken konnte.

«Aber ich bin immer noch davon überzeugt, dass Radduk oben in der Hütte vergammelt. Glaub mir, der macht uns keinen Ärger. Weiß der Teufel, wer den Fernfahrer umgebracht hat. Vielleicht hat der geschmuggelt?»

Sven blickte von der Zeitung hoch. «Ich möchte abhauen.»

«Wohin?»

«Ich weiß nicht. Irgendwohin. In Urlaub. Alle möglichen Leute machen Urlaub.»

«Aber keine Arbeitslosen, die gerade erst einen schlecht bezahlten Job als Auslieferungsfahrer bekommen haben. Warte noch etwas. Sagen wir einen Monat. In einem Monat kannst du nach Mallorca fliegen und dein Geld ausgeben.»

«In einem Monat kann es zu spät sein.»

«Red keinen Quatsch.» Robert streckte seine Hand über den Tisch. «In einem Monat. Vielleicht komme ich sogar mit. Abgemacht?»

Es dauerte einen Moment, bis Sven einschlug. Sein Händedruck war genauso entschlossen wie eben sein Nicken. Und Robert dachte, dass er recht haben könnte. Vielleicht war es in einem Monat zu spät. Wenn Radduk noch lebte und sein Gehirn noch funktionierte, dann würde er eins und eins zusammenzählen. Wie viele Leute wussten von der Hütte im Harz? Drei, vier? Lange würde es nicht dauern, sie zu überprüfen.

Aber nein, das konnte nicht sein. Niemand überlebte die doppelte Dosis. Eine solche Menge Sedativum würde ein Wildschwein töten.

11

«Du hast *was* gefunden!?»

Hanna Wittmershaus starrte ihre Kundin an; vergessen waren der angezeigte Betrag in dem elektronischen Display, vergessen war das Wechselgeld.

Kristin, die ihr Portemonnaie geöffnet in der Hand hielt, war von dem schrillen Klang der Frage etwas erschrocken. Sie zögerte einen Moment, bevor sie wiederholte, was sie der netten Frau aus dem Edeka-Laden soeben erzählt hatte.

«Einen Handwagen, ziemlich groß. Und sehr alt. In einer Schublade lag sogar ein altes Messer. Könnte der Wagen nicht etwas mit der Geschichte vom Scherenschleifer zu tun haben? Du hast doch einen Handwagen erwähnt, oder nicht?»

Hanna starrte sie noch immer an. Nur langsam wandelte sich ihr Gesichtsausdruck von purem Entsetzen hin zu einem aufgesetzten Lächeln.

«Der Scherenschleifer? ... Nein, nein, das glaube ich nicht. Das ist doch schon so lange her. Vielleicht gehörte der Wagen den Vorbesitzern des Hauses? Ganz bestimmt sogar.»

Hanna drückte auf eine Taste, und die Kassenlade öffnete sich mit einem leisen «Pling». Während all der Jahre, die sie im Laden verbracht hatte, war es ihr noch niemals dermaßen laut vorgekommen. «Das macht zwölf fünfundneunzig.»

Kristin begann in ihrem Portemonnaie zu suchen. «Es war ja auch nur eine Vermutung. Nach dem, was du mir erzählt hast, hätte es ja sein können. Und der Wagen sieht wirklich so aus, als stünde er schon seit hundert Jahren dort im Stall.» Sie gab Hanna das Geld.

Die legte es in die Kasse und reichte ihr fünf Cent. «Das kann ich mir einfach nicht vorstellen. Nach einer so langen Zeit müsste der längst vergammelt sein.»

Hanna spürte, wie unecht ihr Lächeln auf Kristin wirken musste, doch ein anderes bekam sie nicht zustande. Die Worte der jungen Frau waren heftig wie Messerstiche gewesen. Noch immer schien ihr Magen ein kleiner, fester Klumpen zu sein. Ihre Finger klammerten sich an die Kassenlade, die sie längst hätte schließen können. Sie beobachtete Kristin Merbold beim Einpacken ihrer Einkäufe, suchte verzweifelt nach Worten, die die Situation entspannen würden.

«Ist denn sonst alles in Ordnung bei dir?», fragte sie

schließlich, als Kristin die letzte Packung Milch in die Stofftüte drückte.

«So weit ja. Wir kommen zurecht. Danke.»

«Schön, das freut mich. Johann hat mir erzählt, dass deine Kleine jetzt mit dem Toni spielt.»

«Ja, die beiden verstehen sich wirklich toll. Sogar nach dem Kindergarten verbringen sie Zeit miteinander. In der letzten Woche hab ich sie dreimal zu den Möncks gebracht.»

«Das freut mich. Wir sollten uns auch mal zusammensetzen. Maria, Johann, du und ich ... und deine Mutter natürlich auch. Schließlich sind wir doch Nachbarn.»

«Gern, jederzeit.»

«Ich red mal mit Maria, und dann rufe ich dich an.»

Hanna verließ ihren Platz hinter der Kasse und begleitete Kristin bis vor die Tür. Kaum war der Cherokee vom Hof gerollt, schloss sie die Ladentür ab und lief in ihre Wohnung. Am Telefon im Flur wählte sie Johanns Nummer. Es war Mittagszeit, er ging selbst an den Apparat.

«Ja, Hanna hier. Du musst sofort vorbeikommen ... nein ... das Haus, schon wieder das verfluchte Haus ... ach, hör doch auf damit, ich bin nicht hysterisch, aber dieses Haus bringt mich noch ins Grab.»

12

«Heut ist dein Geburtstag, darum feiern wir, alle, die dich lieben, feiern heut mit dir ... wie schön, dass du geboren bist, wir hätten dich sonst sehr vermisst, wir gratulieren dir, Geburtstagskind!»

Lisas Stimme klang hell und klar wie das Bimmeln einer kleinen metallenen Glocke. Als Kristin im Pyjama und mit verschlafenen Augen die Küche betrat, stand ihre Tochter in dem hübschen blauen Kleid, das Tom gekauft hatte, vor dem Küchentisch und brachte ihr mit Ilses Unterstützung ein Geburtstagsständchen. In ihren Händen hielt sie einen Blumenstrauß, dessen zarte Stängel sie vor Aufregung fast zerquetschte.

Die Küche duftete nach aufgebackenen Brötchen und den vor kurzem angezündeten Kerzen. Das Rollo war heruntergelassen, damit die vielen Teelichte auf dem Tisch ihre Wirkung entfalten konnten. Kristin zählte sie nicht, sie verschwammen vor ihren Augen zu einem einzigen Lichtermeer. Wahrscheinlich waren es dreiunddreißig, entsprechend ihrem Alter. Seit ehedem war es eine Angewohnheit ihrer Mutter, Teelichte zu diesem Zweck zu missbrauchen. Der Duft nach Kaffee und Brötchen, das warme und lebendig flackernde Licht der Kerzen, aber vor allem das Leuchten in den Augen ihrer Tochter ließ sich ihren Magen zusammenziehen. Kristin spürte Tränen aufsteigen und konnte sie nur mit Mühe unterdrücken.

Ilse hatte Lisas schulterlangen Haare nach hinten gekämmt, sie mit einer blauen Spange gebändigt und eine weiße Schleife darin befestigt. Lisas nackte Beinchen lugten ein Stück unter dem Spitzensaum des Kleides hervor, ihre Füße steckten in weißen Leinenschuhen, die Kristin noch nicht kannte. Wahrscheinlich eine Errungenschaft des Einkaufsbummels mit ihrer Mutter. Da das Kleid für den Sommer gedacht war und keine Ärmel hatte, sondern mit üppigem Rüschenbesatz an den Schultern endete, waren Lisas nackte Arme zu sehen. Die einzige Stelle an ihrem Körper, an der noch etwas von dem Babyspeck übrig geblieben war, den Kristin so liebte.

Kaum hatte sie das Lied beendet, kam Lisa auf sie zugelaufen. Kristin ging in die Knie. Ohne Rücksicht auf die Blumen stürzte Lisa sich in ihre offenen Arme.

«Allen herrlichen Glückwunsch zum Geburtstag!», sprudelte es aus ihr heraus, und das «Glück» klang so bezaubernd, dass Kristin nicht anders konnte, als ihre Kleine noch ein bisschen mehr zu drücken. Sie vergrub ihr Gesicht an ihrem Hals, genoss diesen besonderen Duft, den sie nicht beschreiben konnte und den nur Kinder verströmten.

«Vielen vielen Dank, mein kleiner Schatz.» Zum Abschluss drückte sie ihr einen dicken Kuss auf die Wange. Dann richtete sie sich auf und umarmte auch ihre Mutter.

«Danke, Mama», flüsterte sie und gab auch ihr einen Kuss. Ilse hatte Tränen in den Augen, das Licht der Kerzen verriet es deutlich. «Dreiunddreißig Jahre ... mein Gott, ich kann es kaum fassen. Es ging alles so schnell ...!»

Sie umarmten sich noch einmal. Der Schwermut, den Ilse an diesem Morgen zeigte, gefiel Kristin gar nicht. Wenn ihre Mutter in einer solchen Stimmung war, wühlte sie meist tief in der Vergangenheit, und die war nicht immer schön gewesen. Nachdem sie sich voneinander gelöst hatten, sagte Ilse:

«Du musst viel Zeit mit deiner Tochter verbringen, sonst heiratet sie, ehe du sie richtig kennengelernt hast. Glaub mir, mein Kind.»

Kristin registrierte den versteckten Vorwurf, der wahrscheinlich nicht einmal beabsichtigt war. Gestern hatte ihre Periode eingesetzt, und in dieser Zeit war sie weder gewillt noch in der Lage, solche Andeutungen zu überhören.

Zwar widmete sie sich wieder Lisa, abgespeichert waren die Worte aber allemal.

«Mama, Mama, schau doch nur mal, da sind deine Geschenke, die sind alle deine!» Lisa erklomm in Windeseile einen Stuhl und grapschte ein kleines Päckchen vom Tisch, das in rotes Geschenkpapier eingeschlagen war. «Das ist von mir, das schenk ich zum Geburtstag!» In ihrer Aufregung geriet sie beunruhigend nahe an die vordere Kante des Stuhls. Schnell legte Kristin den lädierten Blumenstrauß auf die Spüle, stellte sich vor Lisa und nahm ihr das Päckchen ab. Es war ungefähr so groß wie ein Karton für Kinderschuhe und recht leicht.

«Das ist von dir, Träumerchen?»

«Ja», sagte Lisa. «Das hab ich selber verkauft.»

«Gekauft», korrigierte Ilse sie.

«Du musst es aufmachen, Mama, jetzt gleich.»

«Noch vor dem Frühstück?»

«Ja ja ja!» Lisa sprang auf dem Stuhl herum.

«Lisa!», ermahnte Ilse sie laut. «Mach nicht so ein Theater, sonst fällst du noch runter.»

«Ist schon gut, ich hab sie ja.» Kristin nahm ihre Kleine und setzte sich mit ihr auf dem Schoß auf den Stuhl. «Dann wollen wir mal sehen, was da wohl drin ist. Was kann das nur sein?» Sie schüttelte das Päckchen neben ihrem Ohr und machte ein rätselhaftes Gesicht. Lisa hielt den Atem an.

Im Inneren des Kartons klapperte etwas. Es hörte sich nach einem einzelnen, festen Gegenstand an, aber Kristin hatte nicht die leiseste Ahnung, um was es sich handeln könnte. Vorsichtig begann sie auszupacken – was sich als schwierig erwies. Denn dass Lisa das Geschenk höchstselbst verpackt hatte, verrieten viele Stücke Tesafilm, mit dem es über und über zugepflastert war. Lisa liebte Tesafilm, beinahe jeden Zentimeter Papier hatte sie damit verziert. Es war Kristin einfach nicht möglich, das Geschenk auszupacken, ohne das schöne Papier zu beschädigen, und da Lisa immer zappeliger wurde, riss sie es schließlich auseinander. Zum Vorschein kam jener Schuhkarton, in dem Lisas neuen Leinenschuhe gelegen hatten. Bedächtig und mindestens ebenso gespannt wie ihre Tochter öffnete Kristin den Deckel.

Darin lag eine Gartenhacke. Eines dieser kleinen Handgeräte, die dazu gedacht waren, die Blumenerde in den Töpfen der Zimmerpflanzen aufzulockern. Sie hatte auf einer Seite eine Harke, und auf der anderen eine Hacke, war verzinkt und am Schaft mit grünem Kunststoff ummantelt. Zunächst war Kristin sprachlos und konnte sich nicht erklären, weshalb Lisa ihr so etwas schenkte, doch dann fiel es ihr ein: In ihrer Hamburger Wohnung hatte sie eine ähnliche Hacke gehabt und damit unter Lisas Beobachtung ab und an die Erde in den großen Blumentöpfen aufgelockert. Nach dem Umzug war diese Hacke verschwunden, und Kristin hatte ein- oder zweimal eine Gabel zum Auflockern benutzt. Sie erinnerte sich an Lisas Frage nach der Hacke und ihre Entrüstung darüber, dass sie einfach verschwunden war.

«Die hast du ganz allein ausgesucht?», fragte sie.

Lisa nickte. «Ja. Oma hat mich hingefahren, und ich hab die Hacke verkauft.»

«Ich konnte sie nicht davon abbringen», tönte es von irgendwo aus der Küche, doch niemand beachtete Ilse.

«Ich freue mich ganz doll, wirklich!» Behutsam, als handele es sich um feinstes Kristall, legte Kristin die Handhacke in den Karton zurück. Dabei fiel ihr auf, dass er mit weißer

Watte ausgelegt war, und plötzlich wusste sie auch, wohin ihre Kosmetikwatte verschwunden war, die sie seit zwei Tagen vermisste. Sie nahm Lisa noch einmal in den Arm und küsste sie. Als sie schließlich auf ihren Stühlen saßen, reichte Ilse ein flaches, ebenfalls in rotes Papier eingeschlagenes Geschenk über den Tisch.

«Ich hab hier auch noch eine Kleinigkeit für dich.»

Kristin nahm es entgegen. Sie erkannte sofort, dass es sich um ein Bild handelte. Es war ungefähr dreißig mal vierzig Zentimeter groß, flach, und unter dem Papier fühlte sie den Absatz des Rahmens.

«Was ist es denn?»

«Mach es auf, Mama, mach es auf. Da wirst du dich ganz schrecklich doll freuen!», platzte es Lisa heraus.

«Oh, du weißt also schon, was es ist?»

Lisa nickte mit geschlossenen Augen und tat geheimnisvoll. Kristin wickelte das Geschenk aus. Es war jenes Bild ihres Hauses, das sie sich damals in ihrer kleinen Stadtwohnung so oft mit Tom zusammen angeschaut hatte. Jenes Bild, über dem sie ins Schwärmen geraten waren und wegen dem sie die Hausbesichtigung kaum noch hatten abwarten können.

«Woher wusstest du das?», fragte Kristin leise, ohne den Blick von der Fotografie zu nehmen.

«Woher wusste ich was?»

«Dieses Bild ... ich wollte es schon immer vergrößern lassen und in der Diele aufhängen.»

Ilse schenkte sich Kaffee ein. «Nun, davon wusste ich nichts, woher auch. Ich hab es beim Aufräumen im Büro gefunden. Es lag auf dem Schreibtisch. Ich dachte, du würdest dich darüber freuen.»

«Ich freue mich, wirklich», sagte Kristin, ohne von dem Bild aufzusehen. «Aber ich hatte es schon völlig vergessen.»

Einen Moment noch starrte sie es an, dann stand sie auf, ging zu ihrer Mutter hinüber und küsste sie auf die Wange. «Ich freue mich, vielen Dank.» Doch noch während sie sich hinsetzte und Lisa dabei half, ihr Brötchen zu beschmieren, wechselte ihre Stimmung.

Dieses Bild war der Beginn eines Traumes gewesen, und auch wenn sich mittlerweile ein Albtraum daraus entwickelt hatte, hatte Ilse in diesen Erinnerungen nicht das Geringste zu suchen. Ebenso wenig, wie sie an Toms Schreibtisch etwas zu suchen hatte. Kristin weigerte sich zu glauben, das Foto habe einfach so auf dem Schreibtisch gelegen. Sie war sich sogar sicher, es wieder in den Umschlag zurückgesteckt zu haben. Folglich musste Ilse ihn geöffnet haben.

Da war es wieder, dieses Benehmen von damals. Ilse hatte sich in den zehn Jahren seit ihrem Auszug nicht geändert. Wahrscheinlich wollte sie das gar nicht! Ohne einen Funken Respekt vor Dingen, die sie nichts angingen, schlich sie sich in jeden Winkel ihres Lebens, musste alles wissen, überall ihre mütterlichen Finger drin haben. Kristin spürte etwas in ihrem Bauch aufsteigen, schluckte es aber hinunter. Um Lisas willen schwieg Kristin. Und obwohl sie während des Frühstücks die Glückliche spielte, verschwand der Ärger nicht. Jedes Mal, wenn sie aus den Augenwinkeln zum Bild hinüberblickte, sah sie es nicht wirklich, sondern eine Szene, in der Ilse auf Toms Schreibtisch herumwühlte. Was hatte sie dort gesucht?

Als Lisa schließlich nach dem Frühstück in ihr Zimmer ging, um zu spielen, war es Kristin egal, dass sie Geburtstag hatte und es eigentlich ein Tag zum Feiern sein sollte. Sie musste das jetzt klären.

«Mama», sagte sie, während sie das Geschirr abräumte, «ich möchte nicht, dass du in Toms Büro aufräumst. Da gibt es Dinge, die nur ihn und mich etwas angehen.»

Abrupt blieb Ilse mit zwei Tellern in Händen stehen, blickte ihre Tochter an und holte tief Luft. «Ich hab's doch gewusst, gleich als du das Bild ausgepackt hattest, hab ich es gewusst. Kann man dir überhaupt noch etwas recht machen?»

Kristin drehte sich um. «Was hat das jetzt damit zu tun? Ich will einfach nicht, dass du in Sachen herumwühlst, die dich nichts angehen.»

Heftig stellte Ilse die Teller auf der Arbeitsplatte ab; die Messer klapperten auf dem Porzellan.

«Du wirfst mir vor, ich würde hier herumwühlen? Das kann doch wohl nicht dein Ernst sein! Ist dir eigentlich schon mal aufgefallen, wer hier seit dem Tod deines Mannes sauber macht, kleines Fräulein? Erst kommst du kaum aus dem Bett, dann treibst du dich im Wald herum oder räumst im Stall auf ... alles andere ist dir doch völlig egal, du öffnest ja nicht einmal die Post. Also wirf mir bitte nicht vor, ich würde herumwühlen. Wir würden im Staub ersticken, wenn ich nicht das eine oder andere in die Hand nehmen würde.»

Kristin wollte die Teekanne vom Tisch nehmen, verschüttete dabei den Rest und stellte sie nahe der Kante wieder ab. Ihre Hände zitterten.

«Das ist ja wieder typisch für dich. Du ziehst irgendwelche Sachen heran, um deine eigenen Fehler zu vertuschen. Ich sag es noch einmal: Ich will nicht, dass du in unseren

Sachen herumwühlst. Und außerdem bin ich kein kleines Fräulein.»

«Dann benimm dich bitte nicht so. Und wo wir gerade dabei sind, vielleicht fängst du ja langsam mal an, dich zusammenzureißen. Was glaubst du eigentlich, wie lange du dich vor der Wahrheit verstecken kannst?»

«Was soll denn das jetzt heißen?»

Kristin stand neben dem Tisch, ihre Hände öffneten und schlossen sich krampfartig. Sie fühlte ohnmächtige, kaum zu kontrollierende Wut in sich aufsteigen, und ein inneres Warnsignal riet ihr, die Küche zu verlassen. Doch dafür war es zu spät. Ohne es gemerkt zu haben, befand sie sich plötzlich auf einem Schlachtfeld, und sie ahnte, dass sie gegen Ilse nicht gewinnen konnte. Aber mit diesem Streit, den sie so leichtfertig vom Zaun gebrochen hatte, kamen Erinnerungen aus der Zeit an die Oberfläche, als sie noch bei ihren Eltern wohnte. Schon damals hatte sie jeden Disput verloren und sich fügen müssen. Jetzt befanden sie sich in ihrem Haus, sie konnte nicht einfach aufhören und zurückstecken. Außerdem war da schon wieder dieser altkluge, überhebliche Ausdruck in Ilses Gesicht, den sie so hasste. Du hast eine eigene Meinung, kleines Fräulein? Nun gut, wie du meinst, aber merke dir, in diesem Haus gilt nur die meinige.

«Was das heißen soll, kann ich dir genau sagen. Stell dich, verdammt noch eins, endlich wieder deinem Leben und hör auf, dich zu verstecken. Tom ist tot, und er wird es auch ganz bestimmt bleiben, aber du bist noch lebendig. Wenn ich schon sehe, wie du den ganzen Tag an seinem Ehering herumdrehst ... Ihn überhaupt zu tragen, ist töricht, naiv und selbstzerstörerisch. Mein Gott, Mädchen, wach endlich auf!»

Sie hatte fast geschrien, und jedes Wort traf Kristin tief. Schon wieder brachte sie Tom ins Spiel. Sie wusste genau, dass er immer noch ein wunder Punkt war. Es war ja so einfach, in offenen Wunden herumzustochern. Kristin konnte nicht mehr klar denken, ihr Kopf war voll Wut und Schmerz. Was sie dann sagte, wollte sie nicht sagen, doch sie konnte es nicht verhindern.

«Wenn du Papa so geliebt hättest wie ich Tom, dann hättest du auch länger als drei Tage getrauert. Für mich endet nicht alles mit dem Tod.»

Mit diesen Worten wollte Kristin sich umdrehen und davonlaufen. Dabei stieß sie mit der rechten Hand die Teekanne vom Tisch. Sie zerplatzte krachend auf dem Fliesenboden, Scherben schossen in alle Richtungen.

Kristin sprang erschrocken zur Seite.

«Siehst du, das ist alles nur deine Schuld!», schrie sie. Dann stürzte sie aus der Küche, rannte die Treppe hinauf und schmetterte die Tür ihres Schlafzimmers hinter sich zu. Dabei übersah sie Lisa, die weinend und mit einer Faust im Mund in der Diele stand.

Einen Augenblick blieb die Zeit stehen in dem alten Haus. Nicht sehr lange, nur kurz. Doch als seien hundert Jahre vergangen, bückte Ilse sich mit der Schwerfälligkeit einer steinalten Frau und begann wie in Trance die Scherben der bauchigen, braunen Teekanne aufzusammeln, die sie Kristin am Tage ihres Auszuges geschenkt hatte. Das hatte sie nicht gewollt ... nein, das nicht.

Lisa erschien mit dicken Tränen auf den roten Wangen in der Tür. «Oma ... was ist denn mit Mama ... warum ist sie so böse?»

Ilse legte die Scherben so behutsam auf den Tisch, als

könnten sie noch gut sein für irgendetwas, und nahm die Kleine in ihre Arme. Sie zitterte am ganzen Leib.

«Ist nicht so schlimm», flüsterte Ilse, «mach dir keine Sorgen, Träumerchen. Alles wird wieder gut.»

13

Pat Benatar röhrte «We belong». Sven Brüning beugte sich zum Radio und drehte es lauter. Er mochte den Song. Es war halb fünf; vor wenigen Minuten hatte er das letzte Paket dieser Nacht ausgeliefert, jetzt konnte er sich entspannen, brauchte die Zeit nicht mehr im Auge behalten.

Als er sich wieder aufrichtete, bemerkte er den dunklen Geländewagen auf der Abbiegerspur neben sich. Der Beifahrer saß auf seiner Höhe und grinste ihn auf eine Art an, die Sven nicht gefiel. Ein bis auf einen Schatten kahl geschorener Typ mit kantigem Schädel und einem Ding von Nase, das offensichtlich schon mehrmals gebrochen worden war. Schnell blickte Sven zur Ampel hoch.

Pat Benatar war vergessen. Während er auf Grün wartete, meinte er zu spüren, wie der kahl Geschorene ihn anstarrte. Und obwohl er überzeugt war, das schwarze Loch einer großkalibrigen Waffe glotze ihn an, widerstand Sven dem Drang hinüberzusehen. Was wollte dieser Kerl von ihm? Warum glotzte er so blöd?

Endlich sprang die Ampel auf Gelb und dann Grün. Sven gab Gas. Sein Kopf war plötzlich heiß. Verdammt, er hatte schon auf den Knall des Schusses gewartet. Dieser Godzilla hatte ihn doch nicht grundlos so angesehen. Sven warf einen Blick in den Seitenspiegel und erschrak. Da! Da hatte er den Salat!

An der Ampel hatte sich der Geländewagen auf der Abbiegerspur neben ihm befunden, doch er war nicht abgebogen, sondern fuhr jetzt hinter ihm. Gerade scherte er kurz aus, nur um schnell wieder im toten Winkel zu verschwinden. Der Transporter besaß keinen Rückspiegel, es machte Sven nervös, den Wagen nicht mehr sehen zu können.

Da war doch irgendwas im Gange. So benahm sich niemand, der einfach nur durch die Gegend fuhr. Unwillkürlich musste Sven an die zwei Wochen denken. Genau zwölf Tage noch, dann trat seine Abmachung mit Robert in Kraft. Zwölf Tage, und ab ging es in den Süden. Wenn nicht ...

Was konnte er tun? Die nächste Polizeistation ansteuern? Vielleicht war es auch besser, einfach weiterzufahren, nicht stehen zu bleiben. Er befand sich nahe der Innenstadt. Um diese Zeit war nicht viel los, doch Polizeistreifen gab es mehr als genug. Jede Nacht sah er sie durch die Straßen patrouillieren.

Ja, das war es. Er brauchte nichts weiter zu tun als unterwegs zu bleiben. Scheiß auf die Zeit! Dann würde er eben Überstunden machen. Die wurden zwar nicht bezahlt, waren aber immer noch attraktiver als ein Loch in der Stirn. Vielleicht begegnete er ja sogar einer Streife. Dann könnte er sich an deren Stoßstange heften, und der Geländewagen wäre in null Komma nichts verschwunden.

Als Sven darüber nachdachte, kam er sich ein bisschen kindisch vor. Eigentlich gab es ja keinen Anhaltspunkt, der auf Radduk schließen ließ – mal abgesehen von dem Blick des kahl rasierten Typen auf dem Beifahrersitz. Aber musste das was bedeuten? Manche Menschen konnten eben nicht anders als blöde zu gucken. Seine Gedanken brachen jäh ab, als er in fünfhundert Metern Entfernung die nächste Ampel sah. Sie schaltete von Gelb auf Rot.

«Scheiße, Scheiße, Scheiße!», fluchte Sven laut. Plötzlich kam er sich überhaupt nicht mehr kindisch vor. Ganz im Gegenteil.

Er versuchte so zu fahren, dass die Ampel umspringen musste, bevor er sie erreichte. Zwei Fahrzeuge bogen von der Kreuzung in seine Richtung, dann war die Straße wieder verwaist. War der Wagen noch hinter ihm? Sehen konnte er ihn nicht. Da die Ampel immer noch rot war, wollte Sven gerade den Fuß vom Gaspedal nehmen, als der Geländewagen ausscherte, überholte, sich vor ihn setzte und ihn ausbremste.

Restlos überrascht von dieser Aktion brachte Sven den Transporter zum Stehen. Sein starrer Blick haftete an dem Heck des Off-Roaders; wummernd leistete sein Herz Schwerstarbeit, seine Hände begannen zu zittern. Er hätte noch immer den Rückwärtsgang einlegen und verschwinden können, doch eine aus Angst geborene Lähmung hinderte ihn daran. Nicht nur, dass er sich nicht bewegen konnte, auch in seinem Kopf war plötzlich Funkstille: Keine hektischen Gedanken mehr, keine Suche nach einem Ausweg – er saß einfach nur da, umklammerte das Lenkrad und glotzte auf die grellroten Rücklichter des Pajero.

Der Beifahrer stieg aus und kam auf ihn zu. Ein bulliger, untersetzter Kerl, mit Schultern, die seine grüne, hüftkurze Jacke zu sprengen drohten. Eine Waffe trug er nicht, jedenfalls nicht in der Hand, aber Sven hatte keinen Zweifel, dass der Kerl ihn binnen Sekunden hinter dem Lenkrad hervorzerren und ihm an drei verschiedenen Stellen die Wirbelsäule brechen konnte. Aus und vorbei. So schnell geht das. Scheiß Job.

Der Kahlköpfige pochte gegen die Seitenscheibe.

«Dreh mal runter», sagte er. Seine Stimme, durch das Glas gedämpft, klang für Sven, als sei er schon tot. Beinahe automatisch griff er nach der Kurbel, drehte die Scheibe runter und sah den Fremden an.

«Bist du Sven Brüning?»

Sven nickte.

«Schön. Mein Freund da vorn möchte mit dir sprechen. Ich mache dir einen Vorschlag zur Güte: Du folgst einfach dem Wagen, und wir fahren an ein ruhiges Plätzchen, wo wir ungestört miteinander quatschen können ... oder ich verpass dir gleich hier eine.»

Die rechte Hand des Kahlköpfigen tauchte an der Seitenscheibe auf. Sie hielt genau das, was Sven befürchtet hatte. Eine Kanone.

«Hey, Mann, was soll das? Ich ...»

Der Kerl wusste, wohin er schlagen musste, um ein Plappermaul zum Schweigen zu bringen. Der Hieb, schnell und heftig, traf Sven seitlich am Kopf. Augenblicklich sank er über dem Steuer zusammen.

Der Kahlköpfige öffnete die Tür und beförderte Sven auf den Beifahrersitz. Dann setzte er sich hinters Steuer. Als die Ampel auf Grün schaltete, folgte er dem Geländewagen.

«... bin gegen Mittag wieder hier ...»

Seine letzten Worte hingen wie der Geruch von Gebratenem noch ein Weilchen in der Luft oder vielleicht auch nur in ihren Ohren, aber sie konnte sie noch hören, als er bereits über den Hof stolzierte, den breiten Rechen auf der Schulter und eine Hand in der Tasche.

Sie stand am Fenster, am undichten und feuchten Fenster der Küche, an dessen Glas Wassertropfen abperlten. Sie hinterließen Spuren, durch die sie ihm nachschauen konnte. Ihrem Mann, der er noch nicht lange war. Auf dem Weg zum Feld hinaus, wo er durch seine Hände Arbeit die Familie versorgte. Eine Familie, die bald vollständig sein würde. Sie sah hinunter, strich über ihren noch flachen Bauch und sah wieder hinaus. Nun war das Fenster nicht mehr feucht, ungehindert konnte sie nach draußen sehen. Winzige Schneeflocken schossen vom Wind getrieben an den kahlen Pappeln vorbei. Still war die Welt; still und kalt.

Sie drehte sich geschwind um, denn auf dem Herd brutzelte das Omelett. In einer schweren gusseisernen Pfanne mit einem Griff aus Holz schwamm es in aufgelöstem Fett. Es roch gut. Sie nahm sie vom Feuer; ein geschickter Wurf, das Omelett drehte sich in der Luft und landete wieder in der Pfanne. Heißes Fett spritzte dabei auf und traf ihre Hände, doch sie spürte es kaum. Viele Jahre harter Erntearbeit auf dem Feld des Vaters hatten sie abgehärtet. Sie stellte die Pfanne auf das Feuer zurück und wischte ihre Hände am Überrock ab. Plötzlich legte sie die Stirn in Falten, strich eine widerspenstige Locke aus dem Gesicht und horchte. Hatte sie nicht etwas gehört? Ein leises Bimmeln, wie von einer kleinen metallenen Glocke? Mit zwei Schritten war sie beim Fenster und wischte mit der Hand das Wasser ab. Tom fuhr in ihrem dunkelgrünen Cherokee die Hofeinfahrt hinauf; er winkte ihr aus dem geöffneten Seitenfenster zum Abschied. Sie winkte zurück.

Das Omelett musste gewendet werden!

Sie ging zum Herd, warf das Omelett abermals in die Höhe, konnte es aber nicht auffangen. Mit einem lauten Platschen landete es auf der Spüle und glitt langsam in das Becken hinab. Der Seifenschaum des Spülmittels hüllte es sofort ein. Mit einem schnellen Griff – das Wasser war heiß und tat ihren zarten Händen weh – fischte sie es heraus, legte es in die Pfanne zurück und stellte sie auf das Ceranfeld. Es musste nun länger braten, denn die Bräune war abgewaschen.

Wieder das leise Bimmeln. Ganz deutlich konnte sie es hören. Abermals wischte sie ihre feuchten Hände im Überrock ab und trat ans Fenster.

Ein verschlagen wirkender Mann kam mit einem hölzernen Handwagen im Schlepptau ihre Einfahrt hinunter. Ein großer, eckiger Kasten war dieser Wagen, an einem metallenen Bogen hing die emsig bimmelnde Glocke. Seine Kleidung war dunkel, verschmutzt, zerrissen. Seinen Filzhut hatte er tief ins Gesicht gezogen, sodass sie es nicht erkennen konnte. Er hatte Mühe zu verhindern, dass ihm sein Wagen in die Hacken rollte, denn der Weg zu ihnen war steil und unbefestigt.

«Bringt heraus Messer und Scher, so sie schneiden wieder schwer. Ich schleif sie euch, schnell und gut, und führ sie vor an meinem Blut.» Zweimal rief er seinen Spruch. Sie konnte seine Worte verstehen, als stünde er neben ihr. Der Scherenschleifer war's, nur der Scherenschleifer! Diese verwahrlosten Männer wirkten stets wie gedungene Verbrecher, waren aber harmlos. Sie führten kein leichtes Leben, hatten kein Dach überm Kopf, kein wärmendes Feuer am Abend, keine Frau, die auf sie wartete. Nein, vor dem brauchte sie keine Angst haben. Außerdem kam er grad recht. Ihr einziges Messer war stumpf, schnitt nur noch, wenn sie sich anstrengte.

Sie nahm das Messer und lief auf den Hof hinaus. Scherenschleifer kamen niemals ins Haus. Zu leicht konnte man sie des Diebstahls bezichtigen, und niemand würde ihnen glauben, auch wenn sie die Wahrheit sprachen.

Der Scherenschleifer zog seinen schmutzigen Filzhut noch tiefer ins Gesicht, bevor er das Messer entgegennahm. So blieb er ein Fremder für sie. Er war wortkarg, doch sein Blick blieb länger als nötig auf sie gerichtet. Als er sich umdrehte, um mit der Arbeit an dem Messer zu beginnen, sah sie an sich herab. Sie erschrak. Die oberen drei Knöpfe ihres Kleides waren geöffnet. Der Ansatz ihrer vollen Brüste, vom Schweiß feucht schimmernd, schaute hervor – das schickte sich nicht, wenn Fremde kamen. Wie hatte sie das nur vergessen können? Ihr Mann würde sie schlagen, sollte er eines solchen Verhaltens gewahr werden – zu Recht! Rasch schloss sie die Knöpfe.

Der Scherenschleifer zog aus seinem Wagen einen kleinen Schemel hervor, stellte ihn auf den Boden und setzte sich mit dem Rücken zu ihr darauf. Dann öffnete er eine andere Lade und entnahm ihr zwei graue, längliche Stäbe, die so dick waren wie zwei Finger. Prüfend betrachtete er sie und legte einen schließlich wieder in die Lade zurück. Mit dem anderen begann er das Messer zu bearbeiten. Sie wollte sich abwenden, als er innehielt und sie ansprach, ohne sich umzusehen.

«Schlecht ist das Messer, Frau. Ihr bräuchtet ein neues. Ist der Herr zugegen?»

«Nein, und ein neues Messer wollen wir nicht. Das alte tut es noch eine Weile.»

Darauf zuckte er mit den Schultern und widmete sich wieder seiner Arbeit. Sie ging derweil zu der imposanten Kastanie, warf schon mal das kräftige Seil über den Ast und begann, eine Schlinge an das eine Ende zu legen. Während sie das tat, beobachtete sie aus den Augenwinkeln den Scherenschleifer. Er begann ein Lied zu pfeifen, dessen Melodie ihr merkwürdig bekannt vorkam. Alsbald sang er eine kurze Strophe dazu. Seine Stimme hatte tragenden Charakter und war zum Singen geeignet. Während ihre Finger geschickt arbeiteten, lauschte sie dem Gesang des Scherenschleifers.

«Ich bin wieder hier, in meinem Revier, war nie wirklich weg, hab mich nur versteckt.»

Immer nur diese eine Strophe, immer wieder. Schon nach kurzer Zeit fühlte sie, wie sich eine angenehme, schwarze Trägheit in ihrem Kopf ausbreitete. Das Lied gefiel ihr gut, es zog sie an, machte, dass es warm wurde in ihrem Inneren. Ihre Finger bewegten sich immer langsamer, und als der Scherenschleifer von seinem Schemel aufstand, hatte sie die Schlinge für seinen Hals noch nicht fertig. Trotzdem unterbrach sie ihre Arbeit und ging zu ihm.

Bevor er sich umdrehte, nahm er seinen Hut ab und legte ihn auf den Handwagen. Nun konnte sie sein Gesicht erkennen. Aber er sah ihr nicht in die Augen, sondern auf ihren Körper. Verwirrt blickte sie an sich herab, bemerkte, dass die obersten drei Knöpfe ihres Kleides wieder offen standen. Ihre Brüste hoben und senkten sich bei jedem tiefen Atemzug. Aber es war ihr egal. Gern hätte sie noch einmal die Melodie gehört, doch der Scherenschleifer sang nicht mehr.

Er hob die linke Hand und streckte den Daumen vor. Ein schmutziger, gelblicher Daumen mit langem Nagel, unter dem verkrustetes Erdreich schimmerte.

«Wie neu ist es jetzt ... wie neu ...», faselte er, setzte die Klinge des Messers mit der Spitze an die Kuppe seines Daumens, ließ es dort einen Augenblick verharren und starrte sie an.

«Und führ es vor an meinem Blut», raunte er.

Dann zog er das Messer langsam über die Kuppe seines Daumens. Geräuschlos schnitt es eine tiefe Wunde ins Fleisch, die sofort auseinanderklaffte. Blut quoll daraus hervor und lief an seiner Hand hinab. Fasziniert und angeekelt zugleich starrte sie darauf. «Ich geh ins Haus und hol das Geld», sagte sie mit matter, kraftloser Stimme, und als sie ging, fühlten sich ihre Beine an wie flüssiges Wachs. In ihrem Kopf war die Melodie und der Gesang des Scherenschleifers. Nur der Gesang des Scherenschleifers.

Sie ging in die Küche. Auf dem Herd verkohlte das Omelett, doch das störte sie nicht. Sie nahm die Fotografie von der Wand, welche ihr Haus von der Straße her zeigte. Von dem dicken Ast der alten Kastanie baumelte an einem Seil eine Gestalt mit langem Hals. Auch das störte sie nicht, es gehörte dazu. Sie öffnete die kleine hölzerne Tür, die sich hinter dem Bild in der Wand befand, und entnahm dem Versteck die Tonvase, in der sie ihr Geld verwahrte. Viel war es nicht, aber für den Scherenschleifer würde es schon reichen. Rasch holte sie einen zerknitterten Schein hervor und ging damit auf die Diele hinaus. Sie wollte nach draußen treten – und prallte erschrocken zurück.

Aus dem Gegenlicht trat der Scherenschleifer in die Diele. Eine schwarze Gestalt mit einem blitzenden, gut geschärften Messer in der rechten Hand. Scherenschleifer betreten niemals die Häuser, niemals!

«Nur mein Blut an der Klinge», sagte er, und hob das Messer, mit dem er sich in den Daumen geschnitten hatte. «Nur mein Blut!»

Sie wollte schreien, doch ihr Hals fühlte sich an, als würde er zugedrückt.

Plötzlich lag sie auf dem kalten Boden der Diele. Mit wilden Bewegungen zerriss er ihr Kleid, legte ihre Brüste vollends frei, schlug ihr ins Gesicht. Noch immer konnte sie nicht schreien. Ihre Augen zuckten hin und her auf der Suche nach Rettung. Dann fiel ihr Blick auf das kleine Regal über dem Heizkörper, auf dem sie immer ihr Schlüsselbund ablegte. Die Gartenhacke, die kleine Gartenhacke mit dem grünen Griff, die Lisa ihr zum Geburtstag geschenkt hatte, lag dort oben. Das noch unbenutzte Metall glitzerte im einfallenden Licht.

Sie streckte den Arm aus, wollte danach greifen, begriff instinktiv, dass dieses harmlose Gartengerät eine gefährliche Waffe war, mit der sie dem Scherenschleifer die Augen heraushacken konnte. Doch sie lag auf dem Boden, das Regal war hoch oben an der Wand – und es rutschte immer höher, befand sich schon bald unter der Decke. Die spitzen Zacken verschwammen vor ihren Augen, sie spürte kalten Stahl an ihrer Kehle.

«Nur mein Blut an der Klinge, nur mein Blut ...»

Endlich konnte sie schreien.

Sie schrie, schrie, schrie ...

So laut, dass sie am nächsten Tag heiser sein würde.

Am nächsten Tag ...?!

Kristin meinte ihre Augen öffnen zu müssen, doch sie waren bereits geöffnet. Bis an ihre Grenzen aufgerissen waren sie, starrten aber in eine perfekte Dunkelheit. Es dauerte einige Sekunden, ehe Kristin begriff, dass sie soeben aus einem Traum erwacht war. Noch immer heftig atmend, versuchte sie sich zu orientieren.

Draußen auf dem Flur machte jemand Licht. Als ein schmaler, langer Stab fiel es unter der Tür hindurch in ihr Schlafzimmer. Endlich konnte sie sich im Raum orientieren. Sie saß mit dem Rücken an das hölzerne Kopfende ihres Bettes gepresst, sämtliche Muskeln waren angespannt und verhärtet, krampfhaft klammerten sich ihre Finger um ein Stück Stoff, hielten es vor ihre Brust, als müsse sie sich vor irgendetwas schützen. Auf dem Flur trappelten nackte Füße; jemand flüsterte, klopfte an ihre Tür, wartete aber keine Antwort ab, sondern stürzte sofort herein und knipste das Licht an. Als würde ein Stern explodieren, stach es in Kristins Augen. Als sie wieder sehen konnte, standen Ilse und Lisa an ihrem Bett. Deutlich war ihnen anzusehen, wie sehr Kristin sie mit ihrem Geschrei erschreckt hatte.

«Kristin, um Gottes willen, was ist passiert?» Ilses Stimme zitterte vor Aufregung, ihre Augen waren dunkel verändert, die Pupillen geweitet.

Kristin blinzelte. Noch waren ihre Gedanken so träge, als würden sie in einem See aus Honig schwimmen. Allzu deutlich spukten die Traumbilder in ihrem Kopf, und sie meinte, kalten Stahl an ihrer Kehle zu spüren. Verwirrt blickte sie an sich herunter; ihr wurde bewusst, was für einen Eindruck sie auf Lisa und Ilse machen musste. Völlig verängstigt und verschwitzt an das Kopfende ihres Bettes gepresst, einen Zipfel der Decke als Schutz vor ihre Brust haltend, die sich noch immer unter hektischen Atemzügen hob und senkte.

«Ich ... ich habe geträumt ...»

Ilse trat einen Schritt vor, sodass Kristin Lisas Gesicht

sehen konnte. Das kleine, zarte Gesicht einer Vierjährigen, umrahmt von schlafzerzaustem, blondem Haar. Sie stand da, in ihrem blauen Nachthemd, und hielt mit beiden Armen ihren ockerfarbenen Teddy gegen ihren Brustkorb gedrückt. Drei Wochen nach ihrer Geburt waren sie zusammen zu einem Babymarkt gefahren, um ein paar notwendige Dinge zu besorgen. Es war ihr erster Einkauf als dreiköpfige Familie. Damals hatte Tom darauf bestanden, ebendiesen Teddy zu kaufen. Fünfzig Euro wollten sie dafür haben, doch Tom hatte gesagt, dass jedes Kind einen Lieblingsteddy bräuchte und dessen Qualität gut sein müsse, damit er ein ganzes Kinderleben lang hielt. Nicht für eine Sekunde hatte er über den Preis nachgedacht. In so vielen kleinen und unscheinbaren Dingen steckt die Erinnerung, in so vielen!

«Das muss ja ein schlimmer Traum gewesen sein, du hast uns mit deinem Geschrei zu Tode erschreckt!» Um ihren Schrecken zu untermalen, legte Ilse ihre flache Hand an die Stelle, an der sich ihr Herz befand. Lisa setzte sich auf die Kante des niedrigen Bettes.

«Geht's dir gut, Mama?»

«Es ist alles in Ordnung, wirklich ... nur ein blöder Traum, weiter nichts.»

Trotz dieser Bekundung hielt sie nach wie vor ihre Hand schützend vor ihre Brust, wo sie doch ebenso gut Lisa über den Kopf hätte streicheln können! Zum Trost, wie man das bei kleinen Mädchen eben macht.

Ilse schüttelte den Kopf. «Kindchen, Kindchen ... so hab ich dich noch nie schreien hören ... ich hab schon das Schlimmste befürchtet.»

«Mach bitte nicht so ein Drama daraus, Mama, es war wirklich nur ein Traum.»

«Trotzdem.»

«Mami, soll ich bei dir schlafen, damit du keine Angst mehr haben musst?», fragte Lisa. Ihre Augen waren wieder mehr müde als erschrocken.

Kristin zog ihre Decke zurecht und schlug sie zurück.

«Komm schnell drunter, hier ist es schön warm.»

Umständlich, da sie ja ihren Teddy auf keinen Fall loslassen durfte, krabbelte Lisa zu ihr.

«Und du geh bitte auch wieder ins Bett, Mama. Es ist alles in Ordnung.»

«Wenn du meinst ... aber ich weiß nicht, ob ich wieder einschlafen kann? Mein Herz rast noch immer!»

«Das tut mir leid. Trink ein Glas Milch, dann wird's schon gehen.»

«Also gut ...»

Ilse beugte sich herunter, gab Tochter und Enkelkind einen Kuss auf die Stirn und verließ zögernd den Raum. Als sie die Tür hinter sich zuzog, spürte Kristin noch die feuchte Stelle auf ihrer Stirn. Sie konnte sich beim besten Willen nicht mehr daran erinnern, wann ihre Mutter sie zum letzten Mal so geküsst hatte. Vielleicht als sie acht oder neun gewesen war? Es war einer dieser Küsse, die man nur bekam, wenn man kleiner war oder sich in einer tieferen Position befand als der Küssende. Ein Kuss, der ausdrückte, wie sehr man noch beschützt werden musste. Und genau so hatte Kristin sich dabei gefühlt. Für ein Kind mochte es in Ordnung sein, Kinder brauchten das Gefühl, beschützt zu werden. Kristin jedoch kam sich schlagartig in ihre Kindheit zurückversetzt vor, und das gefiel ihr nicht.

Lisa kuschelte sich an ihre Seite. Ihre kalten Füße kitzelten Kristin in den Kniekehlen.

«Schnell einmummeln, Träumerchen», flüsterte sie und verpackte sich und Lisa in die wärmende Decke. Dann löschte sie das Licht mit dem Schalter neben dem Bett. Eng aneinandergeschmiegt lagen sie in der Dunkelheit.

«Können Träume weh tun?», fragte Lisa flüsternd.

«Nein, aber sie können dich erschrecken. Aber das ist nicht so schlimm. Wenn du aufwachst, sind sie weg, und der Schreck ist vorbei.»

Das war glatt gelogen, aber mitunter war es besser, nicht die Wahrheit zu sagen. Nicht immer verschwand der Schrecken mit dem Aufwachen, das spürte Kristin gerade selbst. Die Geschichte ihres Traumes war wie ein Blitzlichtgewitter in ihrem Kopf abgespeichert.

Lisa war noch nicht überzeugt.

«Hast du vom großbösen Wolf geträumt? Ich hab nämlich schon mal vom großbösen Wolf geträumt. Da hat er mich im Wald verfolgt, und ich wollte so schnell rennen, wie ich konnte, aber ich konnte nicht.»

Es war ein atemberaubendes Gefühl, den kleinen warmen Körper mit dem leise pochenden Herzen im Arm zu halten. So atemberaubend, dass Kristin am liebsten in ihre Tochter hineingekrochen wäre. Sie drückte sie noch fester an sich.

«Das schöne an Träumen ist, dass einen der Wolf nie erwischt. Selbst wenn du denkst, dass er dich kriegt, wachst du auf, und schwups ... ist alles in Ordnung.»

«Und wenn er mich doch kriegt?»

«Davor brauchst du keine Angst haben, Träumerchen. Der Wolf erwischt dich nie, niemals. Das verspreche ich dir.»

«Hast du vom großbösen Wolf geträumt?»

«Ja, ich glaub schon. Aber ich weiß es nicht mehr so genau.»

Im Dunkeln konnte Kristin es zwar nicht sehen, doch sie ahnte, aus was für großen Augen Lisa sie ansah. Es tat gut, jemanden zu haben, um den sie sich kümmern musste. Jemanden, der bedingungslos auf ihre Hilfe, auf ihre Kraft angewiesen war.

«Schlaf jetzt», flüsterte sie.

Nach wenigen Minuten atmete Lisa ruhig und gleichmäßig. Kristin wartete noch eine Weile, bevor sie sich von ihr löste und in die Betthälfte rutschte, in der Tom geschlafen hatte. Dort war es kalt und irgendwie weit weg, und Kristin wäre gern in Lisas Nähe geblieben. Doch die Gefahr, ihr im Schlaf weh zu tun, war zu groß. Also lag sie in der anderen Hälfte und wartete mit offenen Augen darauf, dass die Kälte verschwand und der Schlaf kam. Sie wünschte sich, niemals von der Geschichte des Hauses und diesem unsäglichen Scherenschleifer gehört zu haben. Während ihre Augen zufielen und das Unterbewusste langsam die Oberhand gewann, tauchten die Bilder des Albtraumes wie verblassende Aquarelle nochmals in ihrem Kopf auf. Und auch der Gesang war wieder da. Der Gesang des Scherenschleifers. Er lullte Kristin in den Schlaf.

«Rektal, rektal, rektal ... das ist der Schwulen Qual.»

«Los, holen wir uns die Schwuchtel. Ich hab hier was, das will er bestimmt in seinem Arsch haben.»

Irres Lachen.

Es war ein ellenlanges Metallrohr, das Stefan Möller hoch über seinem Kopf schwang. Wenn sie ihn einholten, würde Möller ihm das Rohr hinten reinstecken. Ganz sicher! Möller machte solche Sachen.

Und sie holten ihn ein, denn sie waren schnell, spielten

alle Fußball in der B-Jugend. Nur er nicht; nein, er nicht. Und deshalb war er langsam, so verdammt langsam, sie lachten sogar noch, während sie ihm nachsetzten. Das Rohr, blank und innen hohl, kam näher, immer näher ...

«Los, wir kriegen ihn, diese verdammte Schwuchtel ... heute gibt's den Arsch voll ...»

Und sie lachten und lachten ...

Als Sven erwachte, spürte er sofort ein gemeines Wummern in seinem Schädel. Gleich darauf bemerkte er, dass er auf einem Stuhl saß und nichts bewegen konnte außer seinem Kopf. Einen Moment noch dauerte es, bevor die Bilder des Traumes verschwanden, seine Sinne wieder funktionierten und er den Mut aufbrachte, seine Augen zu öffnen. Das rechte Lid war verklebt, ließ sich nur schwer öffnen.

Mein Blut, das ist mein Blut!

Rektal, rektal, rektal ... das ist der Schwulen Qual ...

Er blickte an sich herunter, sah verschwommen, dass seine Arme und Hände an die Lehne, seine Füße an die Stuhlbeine gefesselt waren. Grelles Licht erhellte einen hohen, hallenartigen Raum. Staubiger Geschmack lag in der Luft. Außerdem roch es, als ob etwas in eine Ecke gekrochen und dort krepiert war. Das alles nahm Sven überdeutlich wahr, bevor die Stimme erklang.

«Sieh an, unser schwuler Freund ist wieder da», sagte sie von irgendwo aus dem Hintergrund. Für einen Augenblick war Sven sicher, dass es die von Stefan Möller war. Stefan Möller mit dem Metallrohr.

Rektal, rektal, rektal ... das ist der Schwulen Qual ...

Noch während die Worte geisterhaft nachhallten, erlangte Sven sein Sehvermögen gänzlich zurück. Und tatsächlich, der Stuhl, an den er gefesselt war, stand in einer Halle oder einem Keller. Es gab keine Fenster. Die Decke, mindestens vier Meter hoch, wurde abgestützt von Betonpfeilern, die bis zur Mitte grau und darüber weiß gestrichen waren. Der Boden war staubig, man sah ihm die schweren Fahrzeuge an, die viele Jahre lang darübergerollt waren. Sie hatten ihn in eine leerstehende Fabrikhalle gebracht, wie es sie in Hamburg zu Hunderten gab. Scheiße! Das war nicht gut. Das war ganz und gar nicht gut.

«Ird auch Zeit», sagte eine andere Stimme.

Sven drehte seinen Hals so weit er konnte. Damit änderte sich zwar sein Blickwinkel, jedoch nicht das, was er sah: ein scheinbar endloser staubiger Keller aus Beton und weißgrauer Ölfarbe. «Hee, was soll das?», hatte er laut rufen wollen, doch mehr als ein heiseres Krächzen brachte er nicht zustande. Als er wieder nach vorn sah, stand dort ein Mann. Es war nicht der, mit dem Sven am Lieferwagen gesprochen hatte. Der Statur nach konnte es Radduk sein. Das Gesicht konnte Sven erst erkennen, als der Mann aus dem Gegenlicht trat.

«Ie ühlst du dich, Kleiner? isschen Kokscherzen?»

Sein Herz setzte kurz aus. Das war kein Gesicht, sondern eine Fratze, eine Maske aus einem Horrorfilm. Das war nicht menschlich! Auf der linken Seite schien alles heruntergerutscht zu sein. Die Lippen waren zur Hälfte weg, Zahnfleisch lugte rötlich hervor. Irgendetwas hielt er zwischen seinen dicken Fingern und spielte damit. Sven konnte nicht erkennen, was es war.

«Was soll das alles?», fragte er heiser.

«Eißt du, ich hatte Kokscherzen. Höllische Kokscherzen.»

Während Radduk mühsam sprach, knibbelten seine Finger weiterhin an dem undefinierbaren Gegenstand, und Sven konnte nicht aufhören, dorthin zu starren. Zu gern hätte er gewusst, was es war. Er spürte, dass dieses kleine Teil wichtig war – oder noch werden würde.

«Ich ... ich weiß nicht, wovon du sprichst.»

Radduk kam zwei Schritte näher und beugte sich etwas herab. Sven wandte seinen Blick ab. Er konnte nicht in dieses verunstaltete Etwas blicken.

«Sieh nich an!»

Eine Hand packte hart in seinen Nacken und drückte seinen Kopf hoch. Svens Lider flatterten, als er Radduk ansah. Die Spuren des heißen Ofens, der Gestank nach verbranntem Menschenfleisch; jetzt kehrte die Erinnerung zurück.

«Das ist euer erk, also sieh es dir auch an. Ihr Idioten, ihr hättet i... ich kalt achen sollen ... fie kann an nur so dänlich sein?»

Radduk näherte sich Sven bis auf wenige Zentimeter. Süßlicher, alkoholgeschwängerter Atem schlug Sven entgegen.

«Fo ist Roert Stolz?»

Sven versuchte ihn fest anzusehen, doch seine Lider flatterten. «Wer?»

«Fang loß keine Schielchen an, du Schanzlutscher. Ich feiß, dass du dich it diesen Roert Stolz triffst, und du first mir jetzt sagen, wo ich ihn finde. Und zwar ein isschen schnell!»

«Ich kenne keinen –»

«Halt die Schnauze!», brüllte Radduk plötzlich. Sven fuhr zusammen, Speichel traf sein Gesicht. «Ich hak keine Seit und keine Lust, ir deine Lügenärchen anzuhören.» Und dann, wesentlich leiser, aber nicht weniger bedrohlich: «Kunkel, das hier fird nicht lustig für dich, afer wenn du dich ein fenig kookeratif gist, kannst du dir das eine oder andere ers... ers... aren.»

Beinahe hätte Sven ihm geholfen, hätte ihm gezeigt, wie man ersparen aussprach, wenn man Lippen hatte. Was ihn davon abhielt war, dass Radduk das Geheimnis des Gegenstandes in seiner Hand preisgab. Es war eine Büroklammer. Eine einfache, billige Büroklammer.

«Hör zu ...», begann er hastig, wollte retten, was noch zu retten war. Doch Radduk ließ ihn nicht weit kommen.

«Nein, du hörst su, londlöckchen. Hak ich dir eigentlich schon ersählt, dass ich fiel lese? Nein? Tue ich aer. Ist sosusagen ein Hoddy. Nicht so as Hochgeistiges, fo einen vor Langeweile die Füße einschlafen, sondern lutigen Horror. Es git da einen Schriftschteller ... Stefen King! Kennst du nicht, oder? Tunten fie du lesen doch nur Fichshefte, oder?»

Sven erwiderte nichts.

«Da git es eine Stelle in einen seiner Ronane, wo ein firklich föser Junge ... Aschine heißt der Kerl. Ist das nicht ein starker Nane? Der haut doch alles un, oder? Also, dieser Aschine ...», Radduk versuchte den Namen ohne Lippen mit amerikanischem Akzent auszusprechen, und trotz seiner angespannten Situation hätte Sven beinahe darüber gelacht, so blöd klang das, «... hat auch so eine stinknornale Üroklanner fie diese in der Hand und iegt sie langsan auseinander, so fie ich das jetzt nache.»

Als wäre es ein magischer Gegenstand, wurden Svens Augen von der Büroklammer angezogen. Panik stieg in ihm auf.

«Und dann hat er diesen dünnen Draht in das Auge seines Otfers geohrt. Ist das nicht firklich geein? Ich eine ... jenanden den Koff egschiessen oder ihn die Fresse folieren, okay, das gehört sozusagen zun guten Ton, aer dies hier ...?» Radduk hielt die nun vollends aufgebogene Klammer hoch und betrachtete sie. «Das ist schon ’ne echt harte Nunner. Was einst du, londlöckchen?»

«Das ... das wirst du doch nicht tun. Ich bitte dich, Mann, wir können doch über alles reden. Ich sag dir doch alles. Lass uns doch darüber reden, bitte!» Svens Stimme überschlug sich fast.

«Halt seinen Koff fest, Hardy.»

Hardys Hände legten sich wie die Backen eines Schraubstockes rechts und links an Svens Kopf. Sven versuchte sich zu wehren, doch bis auf seine Augenlider konnte er nichts bewegen. Er begann zu schreien, kämpfte mit aller Kraft gegen die Hände an seinem Kopf an. Hardy hatte Mühe, ihn in seinem Griff zu halten.

Radduk beugte sich vor. Er führte die Spitze der Büroklammer wie ein Betrunkener, der schon zwölfmal versucht hatte, seinen Schlüssel ins Schloss der Haustür zu stecken. Dabei verzerrte sich sein kantiges Gesicht, als litt er mit seinem Opfer. «Halt ihn stiller», zischte er seinem Helfer zu.

Sven schrie. Er kniff die Augen fest zusammen, doch das war natürlich kein Schutz. Mit dem Interesse eines Chirurgen bohrte Radduk die Spitze der Büroklammer in Svens rechtes Auge. Sie glitt hinein, ohne dass er auch nur das Gefühl hatte, auf Widerstand zu stoßen. Sofort quoll dickflüssiger, gelblicher Saft aus dem kleinen Loch.

«Ahnsinn!», sagte Radduk, «die Dinger scheinen richtig unter Druck zu stehen.»

Mit einer leichten Drehbewegung bohrte er den Draht noch etwas tiefer. Dabei zuckten Svens Augenlider wie verrückt. Beinahe hätte er es geschafft, sich aus Hardys Umklammerung zu befreien. Die Hände verstärkten ihren Druck noch. Svens Schreie wurden lauter, infernalisch geradezu. Radduks Ohren wurden taub. Das war der alleinige Grund, warum er die Klammer aus dem Auge zog und sich aufrichtete. Ohne den Draht im Loch quoll viel mehr von der gallertartigen Flüssigkeit heraus. Sie lief über Svens Wange und tropfte von dort auf seine Hose. Ein dunkler Fleck, der nicht richtig einziehen wollte.

Hardy ließ ihn los. Sofort begann er zu zappeln, sein Kopf schlug hin und her, seine Schreie wollten nicht abreißen.

Radduk grinste.

«Muss das sein?», fragte Hardy.

«Geh doch raus, wenn du zu eich ist.» Hardy blieb. Es war besser zu bleiben.

Plötzlich erstickten Svens Schreie in einem Blubbern, und er erbrach sich. Die Kotze schoss förmlich aus seinem Mund hervor. Radduk brachte sich mit einem schnellen Satz nach hinten in Sicherheit. Ein säuerlich stinkendes Chips-Cola-Gemisch ergoss sich über Svens Oberkörper, Hose und Schuhe und platschte auf den staubigen Boden. Angeekelt zogen Radduk und Hardy sich zurück.

«Ann, stinkt das.», sagte Radduk.

Sven wimmerte. Sein linkes Auge hatte er geöffnet, das rechte blieb geschlossen. Er riss an den Fesseln, wollte sein Auge anfassen, es festhalten, zurückhalten, was da so warm über seine Wange lief. Es lief aus! Sein Auge!

Radduk warf die Büroklammer weg und wischte seine Hand an der Hose ab.

«Fo finde ich Roert Stolz?», fragte er noch einmal.

Keine Antwort.

«Konn schon, Junge, dann lass ich dich in Ruhe.»

Sven spuckte und stotterte nur.

Radduk schüttelte den Kopf. «Gig nal die Latte da!», befahl er Hardy.

Hardy hob eine stabile Holzlatte vom Boden auf und gab sie ihm. Radduk wog sie in den Händen, trat vor den Stuhl, postierte sich wie ein Baseballspieler und holte weit aus. Dann schlug er sie mit Wucht vor Svens Kniescheibe, die sofort zersplitterte. Knochenfragmente schossen in das umliegende Gewebe, bohrten sich ins Muskelfleisch. Das Geräusch war entsetzlich, Hardy wandte sich ab. Sven schrie, aber nicht mehr so laut. Radduk stützte sich auf die Latte und wartete ein paar Minuten ab.

«Rede, und ich lass dich in Ruhe.»

Alles, was Sven noch herausbekam, war der Name der Straße, in der Robert Stolz wohnte. Dann drosch Radduk ihm die Latte ins Gesicht, und es wurde still in der Halle.

14

Dass der Tod auch eine finanzielle Seite hat, erfuhr Kristin am Tag nach ihrem Streit mit Ilse. Am kalten, grauen Morgen des 1. Dezember ging sie gegen zehn Uhr die Hofeinfahrt zur Straße hinauf. Dort oben hatte Tom einen hölzernen Briefkasten auf einem kurzen Pfahl angebracht. Lebhafter Ostwind, der die erste wirkliche Kälte mitbrachte, pfiff in den hohen Kronen der Silberpappeln. Ihre kahlen Äste zitterten im Wind. Das trockene, unansehnliche Laub raschelte unter Kristins Füßen. In den frühen Morgenstunden hatte es gefroren; gespinstiges Weiß lag auf Blättern und Gräsern und hatte den gepflügten Acker neben ihrem Grundstück mit einer samtenen Schicht überzogen, durch die hier und dort dunkles Erdreich lugte.

Wenn es Wind gab, so hatte Kristin festgestellt, war dies ein lautes Grundstück. Dann rauschte oder pfiff es in den Pappeln, je nach Jahreszeit, und die knorrigen, weniger biegsamen Äste der alten Kastanie neben dem Haus ächzten unter der Kraft der Natur. Ein fremdartiges Geräusch, das sie des Nachts bis ins Haus hören und sogar spüren konnte. Als würde die Kastanie ihr Knarren und Knarzen durch ihr tiefes Wurzelwerk an das Fundament des Hauses weitergeben.

Kristin öffnete das Schloss des Briefkastens, das sich anfühlte wie ein Stück Eis, und entnahm die tägliche Zeitung und einen Brief. Sie schob die Zeitung in ihre Jacke, behielt den Brief aber in Händen. Auf dem Rückweg zum Haus betrachtete sie ihn. Es war einer dieser Geschäftsbriefe, die sich schon durch ihre äußere Form verrieten: länglich, mit einem Sichtfenster aus milchigem Pergament. Er war dünn und leicht, der Absender stand im oberen Bereich des Fensters: die SA-WestBank in Hamburg.

In deren Schalterhalle war Tom erschossen worden.

Kristin wurde nachdenklich. Die Kälte spürte sie kaum noch, und als sie die Haustür aufschloss, fühlte sie sich unwohl. Sie zog Stiefel und Jacke aus und streifte die dicken Norwegersocken über, die sie im Haus stets trug. Da sie Ilse im Wohnzimmer rumoren hörte, verschanzte sie sich mit dem Brief in Toms Büro. Seit ihrem Streit betrat Ilse den Raum nicht mehr. Kristin setzte sich an den Schreibtisch, knipste die kleine Lampe an und starrte auf den

Brief. Schließlich nahm sie den Öffner aus Ebenholz, den Tom von seinem Chef zum Geburtstag bekommen hatte, und schlitzte den Umschlag auf. Darin befand sich nur ein Bogen Papier. Kristin zog ihn heraus und faltete ihn auseinander. Es war ein offizieller Briefbogen der Bank, in der oberen linken Ecke befand sich deren Firmensymbol in roter Farbe.

Kristin las. Dann las sie die wenigen gedruckten Zeilen noch einmal und noch einmal. Nicht weil sie sie nicht verstand, sondern weil sie etwas in Erinnerung riefen, was sie seit Toms Tod verdrängt hatte. Der Brief war von einem Thorsten Barnickel gezeichnet, dem für sie zuständigen Sachbearbeiter. Der Ton war höflich geschäftlich, und die wenigen Worte besagten nicht mehr, als dass er sich wegen des Darlehens für ihr Haus mit ihr unterhalten wolle. Kristin ließ ihre Hände mit dem Briefbogen auf die Schreibtischunterlage sinken und sah aus dem Fenster. Sie versuchte ihre Gedanken zu ordnen. Was konnte Barnickel von ihr wollen?

Eigentlich alles. Sie hatte sich einen vollen Monat nicht um ihre geschäftlichen Angelegenheiten gekümmert.

Plötzlich kam sie sich wie ein kleines Kind vor, das von der großen weiten Welt da draußen nichts verstand. Hatte Ilse letzlich doch recht, wenn sie sie ein kleines Fräulein nannte und ihr vorwarf, sie würde sich vor der Wahrheit verstecken? Mit den Augen eines Außenstehenden betrachtet, grenzte es ja schon an Dummheit, wie sehr sie sich in diesen Dingen auf Tom verlassen hatte. Und dabei hatte Ilse sie noch darauf aufmerksam gemacht! Drei Wochen nach der Beerdigung hatte Kristin mit ihrer Hilfe den Antrag auf Witwenrente ausgefüllt und eingeschickt und sich auch um die Auszahlung einer Lebensversicherung in Höhe von fünfzigtausend Euro gekümmert. Aber danach …? Sie wusste nicht einmal, ob die Rente oder die Versicherungssumme mittlerweile auf ihrem Konto eingegangen waren.

Und es war nicht das Konto allein, was sie in den letzten Wochen ignoriert hatte.

Kristin atmete tief ein und zog den blauen Ablagekorb heran. Der Postkorb! Die Briefe der letzten Wochen, die sie absolut nicht interessiert hatten. Viele waren es nicht. Sie fand einige verspätete Beileidsbekundungen, dazwischen jedoch auch mehrere dieser länglichen Briefe mit Sichtfenster. Sie nahm ihren Mut zusammen und schlitzte den erstbesten auf.

Es war die Rechnung vom Bestatter. Einschließlich Sarg und Dienstleistungen betrug die Summe fast viertausend Euro.

Kristins Wangen wurden heiß. Hatte sie den Betrag bereits überwiesen? Wohl kaum, der Umschlag war ja noch geschlossen gewesen. Sie wühlte in dem Ablagefach und förderte einen zweiten Brief der Bestattungsfirma zutage. Er enthielt eine freundlich formulierte Erinnerung, den längst fälligen Betrag doch möglichst bald zu überweisen. Laut Datum in der oberen rechten Ecke war diese Mahnung vier Tage alt.

Noch nie in ihrem Leben war Kristin etwas so peinlich gewesen. Mit zittrigen Händen heftete sie die beiden Briefe mit einer Büroklammer zusammen und öffnete den nächsten.

Auch das war eine Rechnung. Sie kam vom Besitzer der Gaststätte in Althausen, in der die Trauerfeier stattgefunden hatte. Für Kaffee, Tee, Butterkuchen und belegte Brötchen verlangte der Wirt dreihundert Euro. Außerdem war da noch ein Posten für Bier und Korn über zweihundertzwanzig Euro.

Trank man auf Trauerfeiern Alkohol? War das üblich? Kristin fand es eher abstoßend, doch war jetzt der falsche Zeitpunkt, sich darüber aufzuregen. Sie durchsuchte die Ablage, fand aber keine Mahnung der Gaststätte. Der nächste Brief war vom Steinmetz, bei dem sie das schlichte Holzkreuz bestellt hatte. Dafür, und für die Arbeiten an Fundament und Sockel, verlangte der gute Mann zweitausendsiebenhundert Euro.

Kristin sackte immer weiter zusammen. Trotzdem öffnete sie auch den vorletzten Brief. Die Hamburger Zeitung – dort hatte sie die Todesanzeige aufgegeben, da sie in Althausen noch kaum jemand kannte – stellte zweihundertzweiunddreißig Euro in Rechnung.

Seufzend legte Kristin die Rechnung zu den anderen und murmelte: «Hinten anstellen.»

Der letzte Brief verwirrte sie. Er war von einer Versicherung namens Securis, bei der Tom offensichtlich eine Risikolebensversicherung abgeschlossen hatte. Sie schrieben, die SA-WestBank habe sich mit ihnen wegen der fälligen Summe von fünfzigtausend Euro in Verbindung gesetzt, doch für die Auszahlung fehle ihnen noch die Sterbeurkunde. Das verstand Kristin nicht. Sie hatte eine Kopie der Sterbeurkunde an Toms Lebensversicherung geschickt, doch das war nicht die Securis gewesen. Hatte Tom noch eine zweite Versicherung abgeschlossen, von der er ihr nichts erzählt hatte? Oder hatte sie es nur vergessen? Aber warum fragte dann die Bank bei der Gesellschaft an? Nun, sie würde diesen Herrn Barnickel fragen, aber wenn ihr tatsächlich zweimal fünfzigtausend Euro zustanden, war sie gerettet – vorläufig jedenfalls.

Kristin zog den Taschenrechner heran und gab die verlangten Beträge ein. Dann drückte sie die =-Taste und wagte kaum auf das Display zu schauen. Insgesamt stand sie mit einer Summe von siebentausendvierhundertzweiundfünfzig Euro in der Kreide. Doch das war ja noch nicht alles. Die monatlichen Kosten waren von ihrem Konto abgegangen, ohne dass ein Gehalt eingegangen war. Sollte die Versicherung noch nicht überwiesen haben, stand ihr Konto mittlerweile hoffnungslos im Minus.

Sie schloss die Augen, stützte ihren Kopf in die Hände und rieb sich die Schläfen. Toms Tod war zu einem Geschäft geworden. Sie fand das mehr als makaber, aber so war es nun mal, und es brachte sie nicht weiter, sich darüber den Kopf zu zerbrechen. Was sie dagegen weiterbringen würde, war ein Anruf bei der Bank. Ob sie wollte oder nicht, sie musste diesen Barnickel anrufen, und zwar so schnell wie möglich.

Sollte sie jetzt gleich anrufen? Gab es einen Grund, es nicht sofort zu tun?

Wahrscheinlich nicht, aber mehrere tausend dafür. Sie hatte Angst und wünschte sich Tom an ihre Seite. Den zuversichtlichen, liebevollen Tom, mit dem sie durch dick und dünn hatte gehen wollen. Doch wie es aussah, musste sie diese Sache allein durchstehen, niemand würde ihr dabei helfen. Schließlich nahm sie den Hörer ab, weil sie ebenso Angst davor hatte, das Gespräch vor sich herzuschieben. Kristin kannte das; sie würde die nächsten Tage mit einem schlechten Gefühl und einem unangenehmen Drücken im Bauch herumlaufen, und das war noch schlimmer, als es sofort hinter sich zu bringen.

Im Briefkopf fand sie die Telefonnummer der Bank und tippte sie ein. Nach wenigen Sekunden war sie mit der zuständigen Sekretärin verbunden. Kristin verstand zwar deren Namen nicht, vereinbarte mit der freundlichen Frau aber einen Termin für den nächsten Tag um zehn Uhr.

Als sie den Hörer auflegte, war Kristin verblüfft. Sie wusste nicht, was sie erwartet hatte, aber ganz gewiss nicht dieses kurze, problemlose Telefonat. Eher war sie davon ausgegangen, dass Herr Barnickel bereits am Telefon einen riesigen Aufstand wegen ihres Kontos machen würde.

Vielleicht war alles doch nicht so schlimm, wie sie es sich ausmalte.

Das dachte sie auch noch am nächsten Tag, als sie vor dem Bankgebäude parkte. Um zwanzig vor zehn stieg sie aus dem Cherokee, schlug die Tür zu und verriegelte den Wagen. Starker Ostwind trieb ihr sofort schneidend kalte Luft ins Gesicht, in der wenige winzige Schneeflocken trieben. Trotzdem reckte sie ihr Kinn vor und atmete tief ein; die kalte Luft machte ihr nichts aus, nicht in diesem Moment. Sie genoss sie sogar; es war, als würde frischer Wind durch ihren Kopf wehen. Mit langen Schritten ging sie auf die Eingangstür des grauen Gebäudes zu.

Sie öffnete sich automatisch, und Kristin fühlte sich gefangen, als sich die beiden Scheiben hinter ihr wieder zuschoben. Rasch ging sie zu der großen Tafel neben den Fahrstühlen und suchte aus den vielen Namen und Nummern Barnickel heraus. Zweite Etage, Büro 223. Mit einer leeren Kabine fuhr sie nach oben. Als sie ausstieg, spürte sie so plötzlich und heftig ihre Blase, als habe ihr jemand eine Drei-Liter-Infusion verpasst. Unmittelbar vor den Fahrstühlen befand sich eine Ansammlung von Schreibtischen, die zu einem Oval zusammengestellt waren. Computer, Ablagen und Grünpflanzen standen darauf, dahinter saßen vier korrekt gekleidete Damen auf Drehstühlen und starrten auf ihre Monitore. Die Luft war zu warm und trocken und zusätzlich geschwängert von den unterschiedlichen Parfüms der Sekretärinnen.

Zögerlich ging Kristin auf das Oval zu. Ihre Blase schien platzen zu wollen. Die ihr am nächsten sitzenden Dame erhob sich und lächelte sie an.

«Wie kann ich ihnen helfen?»

Kristin räusperte sich. Wissen die hier, wie es auf meinem Konto aussieht?, dachte sie.

«Mein Name ist Kristin Merbold, ich habe um zehn einen Termin mit Herrn Barnickel.»

Die Dame wandte sich dem Terminplaner zu. «Ja, richtig, Frau Merbold ...», sie lächelte Kristin wieder an, «darf ich Sie bitten, dort vorn noch für ein paar Minuten Platz zu nehmen. Sobald Herr Barnickel frei ist, gebe ich Ihnen Bescheid.»

Kristin bedankte sich und ging zu der grauen Sitzgruppe. Kaum saß sie, rebellierte ihre Blase. Sie ahnte, dass sie das Gespräch so nicht durchhalten würde, also stand sie auf und ging noch einmal zu dem Oval.

«Entschuldigen Sie bitte, kann ich hier die Toilette benutzen?»

«Aber selbstverständlich. Den Gang runter und dann rechts.»

Kristin folgte dem langen Flur, kam dabei an der Tür 223 vorbei, neben der auf einem Plastikschild «Th. Barnickel» zu lesen war, und fand am Ende die Toiletten. Hastig schloss sie sich in einer Kabine ein, aber kaum hatte sie begonnen, ihre Blase zu entleeren, war auch schon Schluss. Sie hatte es geahnt: reine Nervosität.

Ein paar Minuten später nahm sie wieder auf der erniedrigend tiefen Sitzgruppe Platz. Von Th. Barnickel war noch nichts zu sehen. Die Uhr zwischen den Fahrstuhltüren zeigte fünf vor zehn an. Kristin war froh, sich nicht um Lisa sorgen zu müssen. Die Mutter des kleinen Tobias Mönck nahm sie vom Kindergarten mit, und Lisa würde dort den Nachmittag verbringen. Sie verstand sich gut mit Tobias, erzählte häufig von ihm und spielte gern dort. Ilse hatte sie nicht gesagt, wohin sie fuhr. Sollte es wirklich Probleme geben, könnte sie das noch immer tun, und bis dahin konnte Kristin gut auf ihre vorwurfsvollen Worte verzichten.

Um Viertel nach zehn ging auf dem Gang eine Tür auf, leise Schritte näherten sich auf dem Veloursteppich.

«Frau Merbold?»

«Ja, das bin ich.» Hastig stand Kristin auf.

«Schön, dass Sie es so schnell einrichten konnten, Frau Merbold. Ich bin Thorsten Barnickel. Ich bin zuständig für Ihre Kreditangelegenheiten.»

Der Mann, der ihr seine Hand entgegenstreckte, war vielleicht fünfundvierzig Jahre alt, etwas untersetzt, und sein dezent grünes Hemd spannte über einem kleinen Bauch. Er hatte volles, dunkles Haar und einen etwas helleren Oberlippenbart. Sein Händedruck war warm und kräftig. Kristin fand ihn nicht unsympathisch. Mit der Begrüßung wuchs ihre Hoffnung ein bisschen mehr.

«Kommen Sie, wir gehen in mein Büro.»

Barnickel schob sie mehr oder weniger vor sich her und bot ihr in seinem kleinen Büro einen Stuhl vor dem Schreibtisch an. Auch dort war es viel zu warm, außerdem roch es nach kaltem Zigarettenqualm. Thorsten Barnickel ließ sich auf seinen Drehstuhl fallen und sah sie an. Seine fleischigen Finger – er trug einen Ehering – ruhten auf dem Schreibtisch.

«Kann ich Ihnen einen Kaffee anbieten, Frau Merbold?»

«Danke, das ist nett, aber ich hatte heute schon Kaffee.»

«Dann vielleicht einen Tee?»

Mit dem Wissen um ihre nervöse Blase wollte Kristin eigentlich gar nichts trinken, weil es ihr aber unhöflich erschien, nahm sie einen Tee. Barnickel griff zum Telefon und orderte ihn, dann widmete er sich wieder ihr.

«Frau Merbold ...», er zögerte, schien nach den richtigen Worten zu suchen, und Kristin ahnte, was kommen würde. «Zunächst einmal möchte ich Ihnen mein Bedauern darüber aussprechen, was mit Ihrem Mann geschehen ist. Das ist wirklich eine schreckliche Tragödie.» Wie um das Gesagte zu untermalen, schüttelte Barnickel auf eine verständnislose Art seinen Kopf.

Kristin nickte nur und versuchte, ihm nicht in die Augen zu sehen. Eine Tragödie?, dachte sie. Im Zusammenhang mit Toms Tod höre ich das Wort zum ersten Mal. Eine Tragödie. ... vielleicht gar in drei Akten?

«Kommen Sie zurecht, da draußen auf dem Lande?»

«Ja, danke, es geht schon.»

Barnickel drehte sich auf seinem Stuhl nach hinten und holte eine dünne Akte aus dem Regal. Erster Akt beendet, kommen wir nun zum Geschäftlichen. Kristin wunderte sich über ihre bissigen Gedanken, aber irgendetwas am Benehmen des Mannes störte sie.

«Sie können sich wahrscheinlich denken, warum ich um ein Gespräch mit Ihnen gebeten habe, Frau Merbold. Sie haben lange nichts von sich hören lassen, und glauben Sie mir, ich habe volles Verständnis ... angesichts der Umstände. Leider kommen wir aber nicht daran vorbei, uns über Ihre finanzielle Situation zu unterhalten.»

Es klopfte an der Tür. Eine junge Frau brachte zwei Tassen Tee. Sie stellte sie lächelnd auf dem Schreibtisch ab und verschwand wieder, wogegen der leichte Duft ihres Parfüms noch ein Weilchen blieb.

Barnickel ließ zwei Stück Zucker in seine Tasse fallen und rührte langsam darin herum. Kristin führte die Tasse an ihre Lippen und trank. Der Tee war heiß, ein bitterer Geschmack legte sich auf ihre Zunge. Immerhin hatte sie nun aber etwas, womit sich ihre Hände beschäftigen konnten. Da Barnickel sie ansah, während er in seinem Tee rührte, hatte Kristin den Eindruck, er warte auf eine Antwort. Sie räusperte sich, blickte in ihre Tasse. Wo waren die Worte, mit der sie ihre Entschuldigung formulieren wollte? Vergessen. Sie waren weg, einfach so. Dabei waren sie auf der Fahrt ständig in ihrem Kopf gewesen und hatten sich so gut angehört.

Sie sagte, was ihr gerade einfiel: «In der letzten Zeit ... na ja, es ging eben alles drunter und drüber, und ... und es war nicht einfach, mich mit der neuen Situation abzufinden. Ich habe einfach vergessen, mich um die Dinge zu kümmern, um die sich sonst mein Mann gekümmert hat.»

«Jeder hier im Haus versteht Ihre Situation, Frau Merbold.»

«Danke.»

«Natürlich dürfen wir aber auch in solchen Situationen die ... nun, sagen wir mal, die finanzielle Entwicklung nicht aus den Augen verlieren. Das verstehen Sie doch sicher, nicht wahr?»

Kristin nickte. «Ich werde das alles wieder in Ordnung bringen.»

«Natürlich ...», sagte Barnickel trocken und klappte den Deckel des Aktenordners auf. «Aber ich sehe da auch gewisse Schwierigkeiten auf uns zukommen.»

Kristin starrte auf den dünnen Ordner. «Schwierigkeiten?», wiederholte sie, als ob sie nicht damit gerechnet hätte. Barnickel nickte und breitete die Unterlagen vor sich aus. Kristin strengte sich an, konnte aber nicht erkennen, was auf den Blättern stand.

«Kennen Sie Ihren derzeitigen Kontostand?»

«Nun ... nicht genau.» Verflixt, sie hätte vorher auf ihr Konto schauen sollen. Unruhig, als hätte Barnickel sie bei etwas Verbotenem erwischt, rutschte Kristin auf dem Stuhl hin und her.

«Derzeit sieht Ihr Konto noch gut aus, weil die Lebensversicherung Ihres Mannes fünfzigtausend Euro überwiesen hat. Das war am letzten Dienstag.» Barnickel nahm einen Kugelschreiber zur Hand und tippte damit auf eines der Blätter. «Doch wir müssen auch einen Blick in die Zukunft wagen, Frau Merbold. Weil ich es für sehr wichtig halte ... für Sie, und natürlich auch für die Interessen unseres Hauses. Ihre monatlichen Verpflichtungen, inklusive der Tilgung des Darlehens bei uns, liegen bei circa eintausendsiebenhundert Euro. Dazu kommen noch Ihre privaten Ausgaben, die ich natürlich nicht abschätzen kann. Dem gegenüber stehen derzeit Einnahmen ... Witwenrente und Kindergeld ... von eintausendvierhundertvierzig Euro.» Er sah sie an mit seinen braunen freundlichen Augen. «Verstehen Sie, was ich damit sagen will, Frau Merbold?»

Mehr denn je hatte Kristin das Gefühl, sich verteidigen

zu müssen, und da Barnickel scheinbar nichts von der Risikolebensversicherung wusste, sagte sie schnell: «Ich verstehe, aber demnächst bekomme ich aus einer zweiten Lebensversicherung meines Mannes noch einmal fünfzigtausend Euro.» Zu ihrer Überraschung nickte er nur schwach.

«Ja, dabei handelt es sich um die Risikolebensversicherung.» Er blickte sie von unten herauf an. «Sie wissen doch, was es mit dieser Versicherung auf sich hat, Frau Merbold, nicht wahr?» Was es damit auf sich hat? Was soll es damit auf sich haben? Zusammen sind das hunderttausend Euro! Damit komme ich gut und gerne zweieinhalb Jahre lang aus. Was soll es damit auf sich haben?

«Ich verstehe die Frage nicht.»

«Alle Kunden, die in unserem Haus ein Darlehen zum Zweck des Erwerbs einer Immobilie aufnehmen, verpflichten wir dazu, eine Risikolebensversicherung abzuschließen. Diese Versicherung dient allein dazu, im Falle des Todes des Darlehensnehmers das Risiko für unser Haus gering zu halten. Das Geld fließt in voller Höhe in die Tilgung des Darlehens für Ihr Haus, Frau Merbold. Über dieses Geld können Sie nicht frei verfügen. Wussten Sie das nicht?»

«Nein.»

«Nun, eben deshalb habe ich das Gespräch mit Ihnen gesucht, Frau Merbold. Schon jetzt ist unschwer zu erkennen, dass Sie Ihren Kapitaldienst langfristig nicht bringen können. Nach Verrechnung der RLV bleibt eine Restschuld von ...», er warf einen schnellen Blick in die Unterlagen, «... von knapp hunderttausend Euro, zuzüglich Zinsen.» Er seufzte und sah von seinen Unterlagen hoch. «Und genau das sind die Schwierigkeiten, von denen ich gesprochen habe, Frau Merbold.»

Mittlerweile war Kristins Kopf voller Rauch. Verschiedenes von dem, was Barnickel gesagt hatte, geisterte in dem Rauch umher, ohne jedoch einen klaren Sinn zu ergeben. Sie wusste nicht mehr, wo sie ansetzen sollte, war ihr doch die Grundlage ihrer Hoffnungen, jene fünfzigtausend Euro, über die sie nicht «frei verfügen» durfte, so rasant entzogen worden, dass sie es immer noch nicht ganz begriff.

Unangenehmes Schweigen entstand zwischen ihnen. Schließlich sagte Barnickel: «Verstehen Sie jetzt, in welcher Situation Sie sich befinden, Frau Merbold? Ich sage es nur ungern, aber es sieht nicht so gut aus.»

Zumindest das begriff Kristin voll und ganz. Der freundliche Herr Barnickel, ihr Kreditsachbearbeiter mit der gemütlichen Figur, der verheiratet war und vielleicht Kinder hatte, der sicher in einem solide finanzierten Eigenheim wohnte, versuchte ihr beizubringen, dass sie ihr Haus verlieren würde. Kristin spürte Wut in sich aufsteigen. Heiße, unberechenbare Wut. Auf den selbstgerechten Kerl, der ihr gegenübersaß und nichts anderes tat, als seine Unterlagen durchzublättern. Auf die ganze Bank, in deren Schalterhalle Tom erschossen worden war, und zuletzt auf sich selbst, weil sie dumm genug gewesen war, auf das Gute im Menschen zu hoffen. Und obwohl sie meinte, die Hitze dieser Wut würde ihr Gesicht bereits rot verfärben, versuchte Kristin sie zu unterdrücken. Ihre Stimme klang jedoch deutlich verändert.

«Und was genau wollen Sie damit sagen, Herr Barnickel? Ich weiß, dass meine finanzielle Situation nicht gut aussieht, aber das ist in meiner Lage ja wohl auch kein Wunder, oder? Trotzdem müssen wir ja nicht gleich in Panik ausbrechen. Es wird sich doch wohl ein Weg finden lassen, meinen Sie nicht auch?»

«Verstehen Sie mich bitte nicht falsch, Frau Merbold. Ich will Sie nur vor weiterem Schaden bewahren. Es ist nicht Ihre Schuld, das weiß ich. Gerade deshalb erachte ich es als meine Pflicht, schon jetzt mit Ihnen nach einer Lösung zu suchen. Damit wir frühzeitig gegensteuern können. Ich verstehe ja, in welchem Dilemma Sie stecken.»

Kristin sah in direkt an. «Ich glaube kaum, dass Sie auch nur annähernd nachvollziehen können, in was für einem Dilemma ich mich befinde.» Darauf antwortete Barnickel nicht. Er wich ihrem Blick aus.

«Hören Sie, Herr Barnickel, ich ... ich bin mir sicher, ich bekomme das irgendwie hin. Meine Mutter ist zu mir gezogen, ich kann wieder arbeiten gehen ... geben Sie mir nur etwas Zeit ... bitte!» Barnickel drehte den Kugelschreiber zwischen seinen Fingern und seufzte. Er blickte noch immer auf die Unterlagen und sagte: «Natürlich, Frau Merbold ... natürlich. Denken Sie in Ruhe über alles nach, worüber wir gesprochen haben. Aber scheuen Sie sich nicht, auch die letzte Konsequenz ins Auge zu fassen.»

Kristin erstarrte und verkrampfte ihre Finger ineinander. «Und die wäre?»

«Nun ... die in solchen Fällen übliche Vorgehensweise ...» Diese Formulierung wirkte bei Kristin wie ein Blasebalg, der die Glut ihrer Wut noch einmal kräftig entfachte. Barnickel ließ erschrocken seinen Kugelschreiber fallen, als Kristin plötzlich aufstand. Mit beiden Händen stemmte sie sich an der Kante des Schreibtisches ab, ihr Gesicht war nicht weit entfernt von dem des Bankers.

«Jetzt will ich Ihnen mal was sagen, Herr Barnickel ...

mein Mann ist zwei Etagen tiefer in diesem Haus erschossen worden, er ist auf dem Teppich verblutet, über den Sie jeden Tag laufen, und das ist gerade mal vier Wochen her ...», Kristin stockte, da ihre Worte sich zu überschlagen drohten. «Von dieser Bank habe ich eine formelle Beileidskarte bekommen, sonst nichts, und jetzt sitzen Sie hier hinter Ihrem Schreibtisch und kommen mir mit der üblichen Vorgehensweise –»

«Frau Merbold, bitte.»

«Lassen Sie mich ausreden. Ich will Ihnen nämlich noch sagen, was Sie mich mal können.» Kristin stockte abermals und holte tief Luft. Sie hatte Barnickel beleidigen wollen, verkniff es sich aber.

«Sie hören von mir.» Abrupt drehte Kristin sich um und ging zur Tür. Sie spürte heiße Tränen aufsteigen, und das Letzte, was sie wollte, war, vor diesem Kerl zu heulen. Sie schlug die Tür hinter sich zu und rannte zum Fahrstuhl.

Die adretten Damen im Oval sahen ihr erstaunt nach.

15

Ilse verharrte.

Was war das für ein Geräusch? Hatte da eine Glocke gebimmelt? Sie ging rasch zum Fenster und sah auf den Hof hinaus. Er lag still und einsam da, bedeckt von einer dünnen weißen Schicht, die über Nacht alles zur Leblosigkeit erstarrt hatte. Einen Augenblick blieb sie am Fenster stehen, wandte sich dann ab und zuckte mit den Schultern. Sie räumte weiter das Geschirr aus der Spülmaschine, verharrte kurz darauf aber erneut. Wieder eilte sie ans Fenster.

Nein, Kristin war noch nicht zurück. Dabei hatte sie gemeint, jemanden «Ich bin wieder hier» rufen gehört zu haben. Ilse schüttelte den Kopf und schalt sich in Gedanken eine Närrin.

Sie war nervös und angespannt. Vor einer Stunde hatte Kristin das Haus verlassen. Mit einem einsilbigen Gruß und ohne ihr zu sagen, wohin sie fuhr.

Die Welt ist ein Jammertal, dachte Ilse und räumte seufzend die letzte Tasse in den Schrank. So viel Unglück in einer einzigen Familie, das war einfach nicht fair. Ihre Tochter litt, und sie konnte ihr nicht helfen, hatte es an ihrem Geburtstag sogar noch schlimmer gemacht. Unbeabsichtigt zwar und ohne Frage schuldlos, trotzdem hatte der Streit Spuren hinterlassen. Ilse spürte sie deutlich in ihren Unterhaltungen, die hölzern und vorsichtig geworden waren.

Das hatte sie nicht gewollt. Dieses dumme Foto hatte offen auf dem Schreibtisch gelegen, wie konnte Kristin da behaupten, sie würde herumschnüffeln? Allein dieses Wort. Immerhin wohnten sie zusammen in diesem Haus, und wenn sie sich schon für die meiste Putzarbeit hergab, konnte sie sich doch wohl mal an den Schreibtisch setzen. Schließlich hatte sie nicht die Post geöffnet. Das war nämlich der eigentliche Grund gewesen, warum sie überhaupt ins Büro gegangen war: die vielen ungeöffneten Briefe, die Kristin nicht beachtete. Aber sie hatte sich nicht getraut, auch wenn es vielleicht besser gewesen wäre.

Wie kindisch das alles war. Aber so war ihre Kleine schon immer gewesen. Bagatellen konnten sie aus dem Gleichgewicht bringen. Unwillkürlich musste Ilse an das Bild denken. Dieses dumme Bild. Nach dem Desaster hatte sie es in der Speisekammer zwischen Kartoffeln und dem Vorrat an doppellagigem Klopapier versteckt. Das war nicht gut, Kristin konnte es dort jederzeit finden. Und solange sie dermaßen zart besaitet war, dufte das nicht passieren. Aber wohin damit? Gab es einen Raum, den ihre Tochter kaum betrat?

Nun, das Gästezimmer, in dem sie selbst schlief, doch mit dem Gedanken konnte Ilse sich nicht anfreunden. In ihrer Nähe wollte sie dieses blöde Bild nicht haben. Es musste eine andere Möglichkeit geben.

Und die gab es. Den Keller.

Das war auch wieder so eine ängstliche Marotte. Da war dieser kühle, dunkle Keller, in dem man wunderbar einen Vorrat an Winterkartoffeln einlagern könnte, aber er wurde nicht genutzt. Weil Kristin ihn nicht mochte, wahrscheinlich sogar Angst vor ihm hatte, kaufte sie jede zweite Woche einen Fünfkilobeutel dieser Dinger, die aus holländischen Gewächshäusern stammten und so schmeckten, als wolle man sich das Essen abgewöhnen. Sie betrat den Keller nicht, also war er bestens dazu geeignet, das unsägliche Bild eine Zeitlang dort verschwinden zu lassen.

Da Ilse nicht wusste, wann ihre Tochter zurückkehren würde, nahm sie es sofort in die Hand. Sie holte die gerahmte Fotografie aus der kleinen Speisekammer neben der Küche und ging damit auf die Diele hinaus. Dort war es merklich kühler. Die Diele war groß und hoch, und dank der alten Tür schaffte der einzige Heizkörper es kaum, sie warm zu halten. Ilse fror.

Die nach oben führende Treppe war mit Holz verkleidet, darunter befand sich eine Art Kammer, die den Abgang in den Keller bildete. Ilse öffnete die Tür. Sie quietschte in den Scharnieren. In Reichweite ihres Armes gab es einen altmodischen Drehschalter, der nur noch schwergängig funktionierte. Sie drehte ihn, die gelbliche, nackte Glühbirne unter der Treppe flammte auf. Sie war wohl so alt wie der Keller selbst und spendete gerade genug Licht, um die Stufen erkennen zu können. Eine steile Treppe aus rauem Beton, mit schmalen und ausgetretenen Trittflächen, von Wänden aus groben Natursteinen zusammengepresst, führte in die Tiefe.

Als Ilse mit dem Bild in der Hand oben an der Treppe stand, konnte sie ein klein wenig verstehen, warum Kristin den Keller nicht nutzte. Er war wenig ansehnlich, vor allem aber strahlte er eine kalte, merkwürdig leblose Atmosphäre aus.

Sie setzte den rechten Fuß auf die erste Stufe – und spürte einen eisigen Hauch. Er legte sich wie eine Totenhand um ihren Knöchel, der nur von einem Nylonstrumpf geschützt war. Ein von außen nach innen flutendes Frösteln erfasste ihren ganzen Körper; sie war versucht, ihren Fuß zurückzuziehen und die Tür zuzuschlagen. Was sollte auch der Unfug mit dem Bild? Waren sie beide nicht erwachsen genug, derlei Dinge mit vernünftigen Worten zu regeln? Musste sie wirklich in den Keller schleichen wie eine Mutter, die kurz vor Heiligabend Geschenke vor den Kindern zu verbergen sucht? Der Drang zur Flucht – und nichts anderes wäre es schließlich gewesen – war stark, doch Ilses Selbstbewusstsein war stärker.

«So ein Unfug!», schalt sie sich in Gedanken. Die Treppe war schmal und steil, es war kühl und roch muffig, das Licht war gelinde gesagt kümmerlich – aber es war nur ein Keller. Nichts weiter.

Ilse klemmte sich das Bild unter den rechten Arm und stützte sich mit der linken Hand an der Wand ab. Die Steine unter ihren Fingern waren so kalt wie ein metallener Pfosten in einer eisigen Winternacht. Ihre Füße musste sie schräg aufsetzen, da die Stufen zu schmal waren. Ein leises «Plink ... Plink ...» war zu hören. Wahrscheinlich hervorgerufen durch Kondenswasser, das von den Abwasserleitungen des Badezimmers, das über dem Keller lag, tropfte. Die leblose Kälte schien intensiver zu werden, je tiefer Ilse stieg. Angewidert rümpfte sie die Nase. Sie fragte sich, was um alles in der Welt in einem ungenutzten Keller solch einen Geruch von sich geben konnte? Der Geruch weckte Erinnerungen, die sie längst vergessen geglaubt hatte.

Kurts Tod lag bereits zwei Jahre zurück. Er war an einem ausgesprochen heißen Tag im Juli an Hirnschlag gestorben. Ilse hatte an jenem Samstag an einer Blutspendeaktion des Roten Kreuzes teilgenommen. Sie hatte nicht selbst gespendet, aber dafür gesorgt, dass alle Freiwilligen ihr Tellerchen Erbsensuppe bekamen. Kurt war allein zu Haus geblieben. Nach Aussage des Pathologen hatte er sich gegen zehn Uhr auf den Weg gemacht – wohin, hatte Ilse nie erfahren. Als sie gegen zwanzig Uhr nach Hause gekommen war, hatte sie ihn im Wagen sitzend gefunden. Der Zündschlüssel steckte, der Golf parkte in praller Sonne in der Auffahrt. Der Geruch, der ihr aus dem Inneren entgegengeschlagen war, glich diesem. Noch kein Verwesungsgeruch, aber auch nicht weit davon entfernt.

Ihr schauderte. Ihr Mund war mit schlechtem Geschmack belegt, als sie den Kellerboden erreichte. Er bestand aus gestampftem Lehm. Früher einmal mochte er steinhart, ausgetrocknet und rissig gewesen sein, doch die ständige Feuchtigkeit der Rohre, die nachträglich gelegt worden waren, hatten ihn im Laufe der Zeit weich werden lassen. Ilse konnte spüren, wie der Boden unter ihren Füßen ein wenig nachgab. Unschlüssig sah sie sich um.

Wo war der Lichtschalter? Wahrscheinlich auf der anderen Seite der Wand, in dem einzigen Kellerraum. Da sie noch vor der untersten Stufe der Treppe stand, musste sie, um das Licht einzuschalten, mit dem Arm um die Ecke greifen. In die Dunkelheit.

Langsam streckte sie ihre Hand aus. Als würde ein Film im Zeitlupentempo abgespielt, glitten ihre Finger auf die Dunkelheit zu, die wie ein fester Block hinter dem Durchbruch lag. Sie zitterte. Ilse hätte es gern abgestellt, doch sie konnte nicht. Auch lag es nicht in ihrer Macht, den Arm schneller zu bewegen. Ihre Finger erreichten das Mauerwerk, tasteten sich daran vorwärts. Noch befanden sich nicht einmal ihre Fingerspitzen in der Dunkelheit, doch sie rückte näher. Als sie schließlich darin eintauchten, hatte Ilse das Gefühl, sie würde etwas berühren. Als sei die Dunkelheit nicht einfach nur der Zustand fehlenden Lichts, sondern etwas Eigenständiges, entsetzlich Greifbares. Plötzlich schwitzte sie aus allen Poren. Trotzdem schob sie ihre Hand weiter vor, fand den Lichtschalter und drehte ihn herum.

Eine armselige, nackte Glühbirne, von deren Fassung Rost herunterlief, mühte sich redlich, den vier mal vier Meter großen Raum zu erhellen. Sie baumelte an einem kurzen schwarzen Kabel. Ilse starrte in die Mischung aus Licht und Dunkelheit und hatte den Eindruck, die Dunkelheit würde über kurz oder lang den Kampf gewinnen.

Es gab nichts, wo sie das Bild hätte verstecken können, nicht einmal eine vergammelte Kartoffelkiste. Nur ein Holzregal, das schief an der Wand lehnte und bald vollends verfaulen würde.

Das war seltsam. Noch nie war Ilse ein Keller untergekommen, in dem sich nichts befand. Vor allem solche wie dieser, die zu nichts anderem taugten, als darin Schutt, Schrott und Müll zu lagern, waren meist Gerümpelgruben sondergleichen. Soweit sie es nach wenigen Blicken beurteilen konnte, gab es nicht mal Spinnen. Wovon hätten die auch leben sollen?

Ilse warf einen Blick zur Decke. Dort verliefen die Leitungen und Rohre des Badezimmers. Das dicke Rohr musste die Abwasserleitung der Toilette sein. Nach einem kurzen Bogen verschwand es in der Betondecke, die gleichzeitig der Fußboden des Badezimmers war. Es war an mehreren Stellen unterteilt und mit Muffen verbunden. An diesen Stellen wies das ansonsten graue Kunststoffrohr Verfärbungen auf, die man mit einer gehörigen Portion guten Willens als Rost bezeichnen konnte. Plastik rostete zwar nicht, doch die gesamte Leitung war mittels Stahlklammern in der Decke verankert, und die rosteten, was das Zeug hielt.

Ilse wurde flau im Magen; der Geruch konnte durchaus der ihrer eigenen Exkremente sein, die in kleinen Dosen durch die undichten Rohrverbindungen quollen. Nein, dieser Keller war ganz sicher nicht zum Einlagern von Kartoffeln geeignet! Nicht einmal fest verschlossene Einmachgläser würde sie hier abstellen wollen.

Ilse ging zum Regal hinüber und legte die gerahmte Fotografie des Hauses auf dem oberen Brett ab. Auf dem Rückweg zur Treppe hörte sie die Worte.

«Ich bin wieder hier ...»

Laut und deutlich, aus allen Richtungen.

Panik übermannte sie von einer Sekunde auf die andere. Sie schrie auf, stürzte aus dem Raum, hetzte die Treppe hinauf, ohne auf die Stufen zu achten. Schmerzhaft stieß sie sich das rechte Schienbein, achtete aber nicht darauf.

War da nicht etwas hinter ihr? Verfolgte sie das, was unten im Keller neben ihr gesprochen hatte? Ilse meinte heißen Atem in ihrem Nacken zu spüren, so heiß, dass er unmöglich von dieser Welt sein konnte.

Eine Stufe noch, die letzte, die Rettung!

Schmerzhaft presste sich ihre Lunge gegen die Rippen. Mit verzerrtem Gesicht streckte sie die Arme aus, beugte den Oberkörper vor, wie es Läufer taten, die als Erste das Zielband zerreißen wollten. Schon befand sich ihre rechte Hand im Türrahmen. Sie hatte es geschafft, gleich, nur noch einen Schritt. Oben würde sie in Sicherheit sein. Nie wieder würde sie einen Fuß in diesen Keller setzen. Mehr noch, sie würde das Haus verlassen! Mit Lisa und Kristin, sie durften hier nicht bleiben. Hier ... stimmte etwas nicht.

Plötzlich schlug die Tür zu.

Sie krachte so heftig ins Schloss, dass vier Finger an Ilses rechter Hand brachen. Das Knacken war laut, der Schmerz enorm. Die Wucht schleuderte Ilse in den Keller zurück. Verzweifelt ruderte sie mit den Armen, versuchte irgendwo Halt zu finden, doch es gab keinen.

Es folgte ein unendlich langer Fall, der nur den Bruchteil einer Sekunde dauerte. Sie schlug mit der Brustwirbelsäule auf, zwei Wirbel brachen, doch sie blieb bei Bewusstsein. Der Himmel war der Boden, der Boden der Himmel, oben und unten gab es nicht mehr, alles war eine einzige Bewegung. Mit ihrem eigenen Körpergewicht fiel sie auf ihren rechten Arm, er brach an zwei Stellen. Ihr Kopf schlug gegen die Steinwand, einmal, dann noch einmal. Haut platzte auf, Blut schoss hervor.

Als der geschundene Körper am Ende der Treppe zu liegen kam, war Ilse bewusstlos. Ihr blutender Kopf lag auf dem Boden, ihre Beine auf den Stufen. Oben zitterte noch das alte Holz unter dem heftigen Schlag.

16

Es dämmerte bereits, als Johann den alten Daimler vor dem Sasslingerhaus ausrollen ließ. Die Scheinwerfer tauchten die Vorderfront in gelbliches Licht, Schatten huschten über den Boden wie nachtgraue Katzen auf der Flucht. Geduckt lag das Haus im Halbdunkel unter den kahlen Ästen der Kastanie.

Wie ein Tier auf dem Sprung, dachte Johann und stellte den Motor ab. In dem Moment, in dem die Scheinwerfer erloschen, wusste er, dass etwas nicht stimmte. Weder in der Küche, deren Fenster zum Hof hinausging, noch sonst irgendwo brannte Licht. Um siebzehn Uhr, so war es abgesprochen, sollte er Lisa zurückbringen. Er war auf die Minute pünktlich, doch das Haus wirkte, als sei es verlassen.

«Oma nicht da?», fragte Lisa, die scheinbar das Gleiche dachte wie er.

Johann lächelte, konnte aber seinen Blick nicht vom Haus nehmen. «Doch, deine Oma ist bestimmt da. Wahrscheinlich ist sie im Wohnzimmer und guckt Fernsehen.» Möglich war es. Die Fenster des Wohnzimmers lagen an der Rückseite des Hauses. Ja, es war durchaus möglich, doch warum beruhigte ihn diese Erklärung nicht? Eher im Gegenteil, löste der Anblick des einsam daliegenden Sasslingerhauses etwas in Johann aus, das ihn, wäre er nicht in Begleitung eines kleines Mädchens gewesen, sofort in die Flucht getrieben hätte. Er hatte plötzlich das Gefühl, eine Schraubzwinge presse sein Herz zusammen. Beinahe automatisch löste sich seine rechte Hand vom Lenkrad, seine Finger begannen, seine Brust zu massieren. In letzter Zeit hatte er häufiger dieses beklemmende Gefühl, doch so arg wie jetzt war es bisher noch nicht gewesen. Aber war das ein Wunder? In diesem Gebäude dort vorn, das in der zunehmenden Dunkelheit zu verschwinden drohte, hatte er damals Entsetzliches erlebt – wem würde bei einer solchen Erinnerung nicht das Herz eng werden?

«Wollen wir nicht aussteigen?», fragte Lisa und sah ihn aus großen Augen von der Seite an.

«Nein, wollen wir nicht. Wir bleiben schön sitzen und machen, dass wir davonkommen.» Diese Worte lagen ihm auf der Zunge, aber er sprach sie nicht aus. Der Verstand sagte ihm, wie töricht sie waren, doch sein Bauch sagte ihm, er solle sich besser an sie halten. Johann hörte jedoch nicht auf seinen Bauch.

«Klar wollen wir aussteigen, deine Oma wartet doch auf dich.» Das Gefühl in seiner Brust hatte noch nicht nachgelassen, trotzdem nahm er die Hand fort und schaltete die Scheinwerfer wieder ein. «Damit wir nicht stolpern», sagte er mehr zu sich selbst denn zu Lisa. Er schnallte die Kleine ab, öffnete seine Tür und stieg aus. Bevor er um den Wagen ging und Lisa herausließ, blieb er neben der Motorhaube stehen und sah zur Haustür.

Ilse hätte sie längst bemerken müssen. Das Knirschen des Schotters unter den Reifen seines Gelände-Daimlers war doch bestimmt bis in den letzten Winkel des Hauses zu hören. Vielleicht war sie auf der Couch eingeschlafen? Gern hätte Johann sich wieder in den Wagen gesetzt und so lange auf die Hupe gedrückt, bis Ilse die Tür öffnen würde. Doch das erschien ihm absurd – auch wenn sein Bauch anderer Meinung war.

Er ging zur Beifahrertür und holte Lisa aus dem Wagen.

«Uiii, richtig dunkel», sagte sie und wies auf die weiten Felder rechts des Grundstücks, über die sich bereits die Finsternis gesenkt hatte.

«Stimmt, aber du brauchst keine Angst haben, wir sind ja gleich drinnen.»

«Hab ich auch nicht.»

Johann nahm ihre winzige Hand in seine große. Sie gingen auf die Haustür zu. Noch immer rührte sich nichts.

«Oma schläft vielleicht schon», flüsterte sie.

«Ja, vielleicht. Wir werden wohl klingeln müssen.»

Das tat er. Drinnen ertönte deutlich hörbar ein melodischer Gong. Hand in Hand warteten die beiden und schauten auf ihren Atem, der in der kalten Luft sichtbar wurde. Als sich nichts tat, klingelte Johann ein zweites Mal – und ein drittes und viertes Mal. Die Tür wurde nicht geöffnet. Hinter seinen Schläfen begann es schmerzhaft zu pochen. Lisa sah zu ihm hinauf.

«Ist Oma weggefahren?»

Johann schüttelte den Kopf. Er wusste, dass Kristin mit dem Cherokee nach Hamburg gefahren war. «Nein, bestimmt schläft sie nur besonders fest. Ich klopfe mal, vielleicht hört sie das ja.»

Er ließ Lisas Hand los und hämmerte gegen das trockene Holz. Sogar draußen konnten er hören, wie sich der Schall seiner Schläge im Inneren des Hauses fortpflanzte. Davon musste sie einfach aufwachen – vorausgesetzt, sie schlief überhaupt. Diesen Gedanken wollte Johann lieber nicht zu Ende bringen, zu entsetzlich könnte die Konsequenz sein. Alles in ihm schrie nach Flucht, doch er musste sich zusammenreißen. Um des kleinen Mädchens willen, das ihn aus großen, fragenden Augen von unten herauf ansah. Augen, in die sich nun Furcht schlich. Johann spürte, dass sie sich an sein Bein klammerte. Er ging in die Hocke.

«Du brauchst keine Angst haben, Lisa.»

«Aber warum macht Oma uns nicht auf, wir haben doch geklingelt und geklopft?» Klang ihre Stimme bereits tränenerstickt? Johann wusste es nicht genau, aber weit war sie nicht mehr vom Weinen entfernt.

«Weißt du, deine Oma ist ja schon so alt wie ich, und wenn man so alt ist, dann schläft man manchmal so tief und fest, dass einen nichts aufwecken kann.» Das war von der Wahrheit zwar so weit entfernt wie es nur ging, aber was sollte er sagen?

«Von überhaupt gar nichts?», fragte Lisa. Scheinbar hatte seine Lüge ihre Neugier geweckt.

Mit geschlossenen Augen schüttelte Johann den Kopf, als sei er Merlin, der alte Zauberer. «Von überhaupt gar nichts. Nicht einmal von Blitz und Donner und tosenden Stürmen – und erst recht nicht von Klingeln und Klopfen.»

«Aber ... aber wie kann ich dann ins Bettchen gehen, wenn Oma uns nicht hineinlässt?»

«Wir finden schon einen Weg, mach dir keine Sorgen.» Johann strich über ihr glattes Haar, dann erhob er sich mühsam. Länger als ein paar Minuten in der Hocke zu bleiben war eine Qual für ihn. Die vielen Jahre harter Gartenarbeit hatten seine Knie ruiniert. «Wir finden schon einen Weg», wiederholte er leise, als müsse er sich selbst davon überzeugen.

Ins Haus zu kommen war kein Problem, nicht bei der alten Tür. Hinten im Kofferraum des Daimlers lagen Werkzeuge – unter anderem auch ein solides Brecheisen –, aber Johann sträubte sich dagegen, die Tür aufzubrechen. Das erschien ihm zu ... dramatisch. Es wäre ein Eingeständnis, dass dort drinnen etwas Schreckliches geschehen war. Lieber und wider besseren Wissens glaubte er an den von ihm erfunden Tiefschlaf alter Leute, bevor er die bösen Geister der Vergangenheit heraufbeschwor. Außerdem musste er Rücksicht auf Lisa nehmen. Die Kleine würden einen Schock bekommen, wenn er mit roher Gewalt die Tür aufbrach.

«Weißt du was», sagte er betont unternehmungslustig und sah mit zusammengekniffenen Augen in die Scheinwerfer. «Wir holen erst mal die Taschenlampe aus dem Auto, und dann schauen wir, ob hinten die Terrassentür aufsteht, okay?»

Lisa nickte tapfer, griff aber sofort wieder nach seiner Hand. Auf dem kurzen Weg zum Wagen dachte Johann darüber nach, was er mit der Kleinen machen sollte. Irgendwie würde er ins Haus gelangen, aber was sie dort drinnen erwartete, war für Kinderaugen vielleicht nicht geeignet. Ilse konnte einen Schlaganfall oder Herzinfarkt erlitten haben, möglicherweise war sie beim Fensterputzen von der Leiter gestürzt, das passierte alle Tage. Vor einem derartigen Anblick musste er Lisa schützen, aber er konnte sie nicht einfach im Wagen lassen. Mittlerweile war es stockduster, sie würde sich fürchten. Entweder sie begleitete ihn, oder er brachte sie vorher zu Maria. Aber wäre das nicht genauso schlimm, als wenn er vor ihren Augen die Haustür aufbrechen würde? Nein, sie musste ihn begleiten. Konnte es sein, dass er sich in Begleitung eines vierjährigen Mädchens besser fühlte bei dem, was ihn erwartete? Konnte es wirklich sein, dass diese kleine warme Hand seine Angst linderte?

Johann beugte sich in den Wagen und kramte die kräftige Halogentaschenlampe aus dem Handschuhfach. Für einen kurzen Moment überlegte er, ob er die Scheinwerfer abstellen sollte. Ewig würde die Batterie dieses Flutlichtspektakel nicht mitmachen. Aber in völliger Dunkelheit ums Haus schleichen, nein, das wollte er auf keinen Fall! Also ließ er sie an. Er kroch aus dem Auto hervor, schlug die Tür zu und überprüfte die Taschenlampe. Die Batterien waren noch gut. Ihr Licht wirkte klarer als das der Scheinwerfer. Als Johann sie einschaltete, reichte der Lichtstrahl bis weit aufs Feld hinaus. Lisa war begeistert.

«Ohhh, toll!», rief sie. «Darf ich halten, bitte?»

Johann gab ihr die schwere Stablampe, die sie mit beiden Händen halten musste. Lisa verfolgte mit großen Augen den scharfgeschnittenen, hellen Lichtstrahl, leuchtete hierhin, leuchtete dorthin, strahlte die Wand des Schuppens und des Hauses an und versuchte auch den Himmel zu erreichen. Johann war erstaunt; der Strahl erreichte tatsächlich die tiefhängende Wolkendecke. Plötzlich hatte er eine Idee.

«So, dann gib mir die Lampe mal wieder», sagte er und nahm sie ihr ab. Sie gingen erneut zur Haustür. «Kommst du schon an den Klingelknopf?»

Lisa nickte und zeigte es ihm. Zwar musste sie sich auf Zehenspitzen stellen, erreichte den Knopf aber.

«Gut, klingele bitte ganz oft hintereinander.»

Während Lisa das Haus und die Nacht mit dem sanften

Geläut eines Glockenspieles erfüllte, ging Johann zum Küchenfenster. Er presste sein Gesicht dagegen, schirmte sein linkes Auge mit der Hand ab und stellte die Taschenlampe aufs Glas. Wie er es sich gedacht hatte, konnte er auf diese Art den gesamten Raum ausleuchten. Sollte Ilse sich irgendwo im Erdgeschoss aufhalten, würde er sie sehen. In der Küche war sie nicht.

Johann kehrte zu Lisa zurück. «Gut, du kannst aufhören», sagte er, obwohl er sie lieber hätte weitermachen lassen. Nicht weil er hoffte, Ilse würde ob des Klingelsturms die Tür doch noch öffnen, sondern weil er sich besser fühlte, wenn es nicht so still war. «Lass uns ums Haus gehen.»

Dicht nebeneinander schlichen sie an der Ostflanke des Hauses entlang. An jedem Fenster blieben sie stehen, und Johann inspizierte mittels der Taschenlampe die Räume. Schließlich gelangten sie an die Rückseite. Johann leuchtete in den Garten. Dort hinten begann der Wald. Ein Käuzchen rief, ein kurzes, hartes Flattern war zu hören. Sofort spürte er Lisa an seinem Bein.

«Was ist das?», fragte sie flüsternd.

«Das war nur ein Käuzchen. Wir haben es mit der Taschenlampe erschreckt.»

«Was ist ein Keuchen?»

«Käuzchen, es heißt Käuzchen. Das ist ein Vogel, der nur nachts wach ist, weil er kein Licht mag.»

«Und weil er kein Licht mag, hat er sich erschreckt?»

«Genau ... komm jetzt.»

Sie betraten die Terrasse. Die Tür war verschlossen, das Fenster daneben schräg geöffnet. Johann spähte durch den Spalt und erkannte, dass der Griff zum Öffnen der Terrassentür durchaus erreichbar war – nur nicht für ihn. Der

Spalt war zu schmal, aber Lisa könnte es schaffen. Doch bevor er diesen letzten Schritt ging und in das Haus einbrach, leuchtete er unter der Gardine hindurch ins Wohnzimmer. Dabei war er so voller Hoffnung, Ilse auf der Couch liegen zu sehen, dass es ihm einen Schlag versetzte, als der Strahl der Taschenlampe wiederum nur durch einen verwaisten Raum glitt. Damit war die letzte Chance vertan. Dass sie schon ins Bett gegangen war, daran glaubte Johann nicht.

Enttäuscht und mit Angst im Bauch versuchte er, seine Hand durch den Spalt zu stecken, kam jedoch nicht weiter als bis zu den Knöcheln. Also steckte er sich die Lampe unter die Achsel, nahm Lisa auf den Arm und ließ sie es versuchen. Sie erreichte den Griff tatsächlich, konnte ihn aber nicht bewegen. Erst als Johann sie die andere Hand nehmen ließ, klappte es. Die Tür war offen, der Weg frei. Trotzdem ging Johann noch nicht hinein. Seine Angst lähmte ihn beinahe. Die vor ihm liegende Aufgabe verlangte vielleicht mehr, als er zu leisten imstande war.

Doch was blieb ihm übrig? Was konnte er anderes tun mit dem kleinen Kind neben sich und der Vergangenheit dieses Hauses im Nacken? Eine Vergangenheit, mit der er eng verbunden war. Enger als es ihm lieb war. Nichts, war die niederschmetternde Antwort, die Johann sich selbst gab. Er konnte nichts anderes tun, als hineinzugehen und nach dem Rechten zu schauen. Wieder einmal. Und wenn Gott es wollte, würde es ihn ...

Nein, das führte zu weit. Schnell bückte er sich und fasste Lisa bei den Schultern. Im Lichtstrahl der Taschenlampe wirkte ihr Gesicht wie aus Wachs gegossen. «Lisa, pass auf, wir gehen jetzt hinein und schauen nach, ob deine Oma da ist. Ich möchte, dass du dabei immer dicht hinter mir bleibst.

Wenn ich dir sage, du sollst stehen bleiben, dann bleibst du auch stehen, in Ordnung?»

Vielleicht hatte er zu fest, zu ernst gesprochen, vielleicht war die Dunkelheit zu viel für sie, vielleicht spürte Lisa aber auch seine Angst, jedenfalls schossen ihr plötzlich Tränen in die Augen, und sie begann laut zu schluchzen. Irgendwas sagte sie auch, doch Johann konnte es nicht verstehen.

«Nicht doch, nicht weinen ...», sagte er leise und nahm sie in die Arme. Es dauerte eine Weile, ehe sie sich wieder beruhigt hatte. In dieser Zeit tat Johann nichts anderes, als sie festzuhalten und zu streicheln. Dabei spürte er, wie gut es ihm tat, als Held gefordert zu werden. Eben noch hatte er die Hosen gestrichen voll gehabt, doch kaum beruhigte er dieses kleine, verängstigte Mädchen, war seine Angst nicht mehr so wichtig.

Als Lisa sich von ihm löste, lief Rotz aus ihrer Nase. Johann nahm sein Taschentuch und wischte es weg. «Hab keine Angst, Lisa, es wird alles gut. Bestimmt liegt deine Oma oben im Bett und schläft. Sie hat sich einfach hingelegt, ist eingeschlafen und hat ganz vergessen, wieder aufzuwachen.»

«Meinst du wirklich?», fragte sie schniefend. Ihre Augen waren groß und rot geweint. «Ich hab aber trotzdem solche Angst.»

«Du brauchst keine Angst haben, ich bin ja bei dir. Zusammen schaffen wir das schon. Du hilfst mir doch, oder? Ich brauch nämlich jemanden, der sich im Haus sehr gut auskennt. Kennst du dich gut aus?»

Lisa nickte. «Ich wohn doch hier.»

«Na prima, dann kann ja nichts mehr schiefgehen. Lass uns reingehen, ja?»

Mit der rechten Hand hielt Johann die Taschenlampe, an der linken zog er Lisa hinter sich her. Er stieß die Terrassentür vorsichtig mit der Fußspitze auf, dann traten sie ein. Der Raum war leer und kalt; Johann blieb kurz stehen, leuchtete und lauschte. «Ilse?», rief er halblaut, erwartete aber keine Antwort. «Oma?», tat Lisa es ihm nach, nur wesentlich kräftiger und klarer. Eine Antwort bekam auch sie nicht. Dann durchquerten sie den Raum und machten Licht. Wie eine Offenbarung kam es Johann vor, als der fünfflammige Leuchter unter der Decke den Raum bis in den letzten Winkel ausleuchtete. Lisa entspannte sich an seiner Hand und folgte ihm auf die Diele. Johann sah es sofort. Sein Herz setzte für ein oder zwei Schläge aus, er bekam keine Luft mehr. Er bekam wirklich keine Luft mehr! Das Schraubzwingengefühl war wieder da; er taumelte, rang um Atem, ließ Lisas Hand los, um seine Brust zu massieren.

Dabei sah er nichts weiter als einen schmalen Lichtstreifen. Ein schmaler Lichtstreifen versetzte den großen alten Johann Mönck in Panik. Matt und gelb quoll das Licht unter der geschlossenen Kellertür hindurch. Unter der Kellertür hindurch. Oh Gott, nein, das darf nicht sein. Nicht das. Nicht schon wieder! Nicht –

«Oma?», rief Lisa laut, die das Licht im Keller entweder nicht gesehen hatte oder ihm keine Bedeutung zumaß. Johann war darauf nicht vorbereitet – er zuckte zusammen, hätte beinahe selbst geschrien. Reiß dich zusammen, du hast ein kleines Mädchen bei dir, also reiß dich zusammen!

«Lisa ...», begann er und spürte, wie sehr seine Stimme zitterte. «Komm ... wir gehen in die Küche.»

«Ist Oma in der Küche?»

«Lass uns nachschauen, ja?»

Seine Beine zitterten, seine Muskeln waren weich wie Knetgummi, doch seine Atmung funktionierte wieder. Tief in seiner Brust spürte er einen leise wummernden Schmerz, ignorierte ihn aber. Er führte Lisa in die Küche. Natürlich war Ilse nicht dort, das hatte er ja schon von draußen gesehen. Johann glaubte jetzt zu wissen, wo Ilse war, und wenn er das überprüfen wollte, durfte er Lisa nicht bei sich haben. Auf keinen Fall! Die Kellertür war geschlossen, trotzdem brannte Licht – Johann wusste, was das bedeutete.

«Lisa, tust du mir einen großen Gefallen?»

Er hatte sie auf einen Stuhl am Tisch gesetzt und war in die Hocke gegangen. «Bleibst du bitte für einen Moment in der Küche. Ich schaue nur kurz in den Keller. Wir lassen die Tür offen, so wie jetzt, du kannst mich also die ganze Zeit sehen.»

«Ich hab aber Angst, ich mag nicht allein bleiben.»

«Du bleibst ja auch nicht allein. Ich gehe nur ein paar Schritte, nur bis zur Kellertür. Du kannst mich die ganze Zeit sehen. Okay?»

Sie nickte zaghaft. Johann konnte sehen, dass sie gegen ihre Tränen kämpfte. «Du bist ein ganz tapferes Mädchen. Viel mutiger als die meisten Jungs», lobte er sie. Dann strich er ihr übers Haar, stand auf und ging auf die Diele hinaus.

Wie viel Schritte mochten es bis zur Kellertür sein? Fünf oder sechs? Mehr sicher nicht Als Johann vor der Küche stehen blieb und den Lichtschein betrachtete, kam ihm diese Distanz unüberbrückbar vor. Und als er dann einen Fuß vor den anderen setzte, weil er keine andere Wahl hatte, raubten ihm diese fünf oder sechs Schritte so viel Kraft, als nehme er an einem Marathonlauf teil. Die Türklinke fühlte sich wie ein heißes Stück Eisen in seiner Hand an. Langsam drückte er sie runter, und alles, was er ab diesem Zeitpunkt tat, tat er in einer Art Trance, die ihn davor schützte, doch noch fortzulaufen.

Er brauchte die Treppe nicht zu betreten, ein Blick hinunter reichte. Ilse war tatsächlich im Keller. Sie lag mit merkwürdig verrenkten Gliedmaßen am Fuß der Treppe. Überall war Blut.

17

Robert spürte die Waffe, die sich aus dem Dunkel des Treppenaufganges auf ihn zuschob. Obwohl es kein Geräusch gab, richteten sich seine Nackenhaare auf, und seine Kopfhaut zog sich zusammen. Die Hände mit dem Dietrich bereits nach dem Türgriff ausgestreckt, verharrte er für den Bruchteil einer Sekunde – und handelte dann.

Er sackte in die Knie, drehte sich wie ein Kosak auf dem Hacken und streckte ein Bein von sich. Seine Fußknöchel trafen auf harten Widerstand. Er riss jemanden von den Beinen, den er in der Finsternis des Treppenhauses nicht sehen konnte. Die Person schrie überrascht auf und krachte zu Boden. Robert hob in sitzender Stellung den rechten Fuß und ließ den Stiefel dort niedersausen, wo er den Kopf vermutete. Er traf den Brustkorb. Der Angreifer röchelte und stöhnte. Robert wälzte sich herum. In dem Augenblick ging das Licht an. Robert hatte keine Zeit, darüber nachzudenken. Jetzt sah er den kräftigen Mann neben sich. Er hatte die Waffe noch in der Hand, war aber nicht in der Lage zu schießen. An den hervorquellenden Augen erkannte Robert, dass sein Tritt dem Mann den Atem genommen hatte. Mit dem Ellenbogen versetzte er ihm einen schnellen, harten Schlag gegen die rechte Schläfe. Augenblicklich erlosch sein Blick. Und nachdem Robert sich zwei Minuten still verhalten hatte, auch die Lichter des Treppenhauses. In dieser Zeit beruhigten sich sein Atem und seine Hände.

Das Türschloss zu Svens Wohnung hatte er binnen Sekunden mit dem Dietrich geöffnet. Er zerrte die schwere Gestalt in die Wohnung, verharrte an der Tür und lauschte. Nichts.

Robert schloss die Tür und verriegelte sie. Dann zog er die Vorhänge an den Fenstern zu. Erst jetzt machte er Licht, verdunkelte die Lampen aber mit Tüchern. Svens Zweizimmerwohnung verwandelte sich in eine düstere Höhle, in der es muffig roch. Robert rümpfte die Nase. Auf seiner schnellen Suche nach etwas, womit er den Mann fesseln konnte, kam er dem Zentrum des Gestanks näher. Eine Schale voller verwesender Bananen auf dem Küchentisch, von der ein beachtlicher Schwarm Fruchtfliegen aufstieg. Angewidert wandte Robert sich ab.

Er fand nichts zum Fesseln. Schließlich schob er den Wohnzimmertisch und einen alten Sessel von einem abgewetzten Orientteppich. Dann zerrte er den Mann auf diesen Teppich und rollte ihn mit auf den Rücken liegenden Armen darin ein. So eng und fest, dass er sich nicht würde bewegen können. Nur der Kopf und die Füße schauten noch heraus. Robert betrachtete das Gesicht des Kahlköpfigen eine Weile, konnte aber nicht sagen, ob er ihn schon einmal gesehen hatte.

Schließlich stand er auf und ging in die Küche. Das Regal, das Sven ihm beschrieben hatte, befand sich rechts neben der Tür. Es reichte vom Boden bis zur Decke und war angefüllt mit allem möglichen Krimskrams. Robert ging auf die Knie und sah unter das unterste Bord. Eine grüne Plastiktüte war mit Teppichklebeband darunter befestigt. Er entfernte sie und warf einen Blick hinein. So wie es aussah, hatte Sven nichts von dem Geld genommen. Er hatte also doch auf ihn gehört.

Aus dem Wohnzimmer erklang ein röchelndes Stöhnen. Mit der Tüte in der Hand ging Robert hinüber. Die Lider des Kahlköpfigen flatterten. Robert nahm einen Stuhl und stellte ihn mit den Beinen rechts und links neben die Teppichrolle über den Bauch des Mannes. Dann setzte er sich darauf. Es dauerte noch eine Minute, ehe der Kahlrasierte ihn aus halbwegs klaren Augen ansah. Er sagte nichts. Robert schüttete das Geld aus der Tüte über dessen Gesicht aus. Hunderttausend Euro. Dann nahm er die Waffe und ließ sie mit dem Lauf nach unten über dem Kopf des Mannes baumeln.

«Das suchst du doch, oder?»

Und als keine Antwort kam:

«Ich suche Sven Brüning. Kannst du mir weiterhelfen?»

Und als immer noch keine Antwort kam:

«Schickt Radduk dich?»

Die Augen des Mannes verrieten nichts, aber das brauchten sie auch nicht. Robert wusste, woran er war. Dass der Typ im Treppenhaus gelauert hatte, war Antwort genug. Radduk hatte Sven gefunden. Es blieb nur die Frage offen, ob Sven rechtzeitig Lunte gerochen hatte und untergetaucht war. Dagegen sprach allerdings, dass er sich seit zwei Tagen nicht mehr gemeldet hatte.

Robert stand vom Stuhl auf und ging in die Küche. Mit

drei der eklig verfaulten Bananen kam er zurück. Der Kahlköpfige wand sich in dem Teppich, kam aber nicht frei. Schweißperlen standen auf seiner Glatze.

«Hast du Hunger?»

Robert schälte eine Banane. Was unter der braunen, matschigen Hülle zum Vorschein kam, ließ ihn selbst fast erbrechen. Es war so flüssig, dass es sofort auf den Teppich klatschte und fauligen Geruch verbreitete. Die zweite Banane schälte Robert nicht. So, wie sie war, führte er sie an den Mund des Kahlköpfigen.

«Wo ist Sven Brüning?»

Der Mann presste die Lippen aufeinander und drehte den Kopf zur Seite. Robert hockte sich hinter ihn und klemmte seinen kahlen Schädel zwischen seinen Oberschenkeln fest. Der Mann versuchte sich zu wehren; kräftige Sehnen traten an seinem Hals hervor, sein Gesicht lief rot an. Letztlich konnte er aber nichts dagegen tun, dass Robert ihm die Banane an die Lippen hielt. Mit der freien Hand hielt er dem Mann die Nase zu. Es dauerte einige Sekunden, ehe er von Atemnot getrieben die Lippen öffnete. Sofort quetschte Robert die Banane zwischen seine Zähne. Er presste sie immer noch aufeinander, doch die Banane war dermaßen weich, dass Robert sie wie Butter durch ein Metallgitter drücken konnte. Das faulige, stinkende Fruchtfleisch und die vermoderte Schale füllten den Mund des Mannes. Robert ließ ihn los und trat einen Schritt zurück.

Der kahle Kopf flog von einer Seite auf die andere; der Mann spuckte und würgte, und Robert konnte sich vorstellen, dass er in seinem Leben keine Banane mehr essen würde. Wie lange mochte es dauern, bis dieser Geschmack wieder verschwand?

Als er die Banane größtenteils wieder ausgespuckt hatte, sah er wie ein Baby aus. Um seinen Mund herum und auf seiner Jacke klebte Fruchtbrei. Er starrte Robert an. Sein Blick war tödlich.

Mit einem Nicken deutete Robert zur Küche. «Da drüben liegen noch zehn, aber das weißt du sicher. Ich verfüttere eine nach der anderen an dich, wenn du mir nicht sagst, wo Sven Brüning ist.»

«Wo er jetzt ist, weiß ich nicht.»

Robert war beinahe überrascht, die Stimme des Kahlen zu hören.

«Aber du hast ihn gesehen?»

«Radduk hat ihn sich geholt.»

Robert schwieg einen Moment. Obwohl er es geahnt hatte, setzte die Nachricht ihm zu. Ihre Bedeutung war klar, er musste nicht fragen, tat es aber doch.

«Ist er tot?»

Der Kahle nickte.

«Was weiß Radduk von mir?»

«Wenn er etwas wüsste, müsste ich nicht die Nächte hier im Treppenhaus verbringen.»

Jetzt nickte Robert. Dann nahm er mit einer langsamen Bewegung die Betäubungspistole aus dem Achselholster. Die Augen des im Teppich eingerollten Mannes wurden groß.

«Ich hab deinen Freund nicht umgelegt. Radduk hat das getan.»

Robert ging in die Hocke, drückte den Lauf der Waffe an den Hals des Mannes und zog den Abzug durch. Es war ihm egal, ob die Dosis ihn töten würde oder nicht.

18

Schwere graue Wolken zogen am Fenster vorbei. Kräftiger Wind trieb sie von Ost nach West, und in der Luft lag eine Ahnung von baldigem Schnee. In dem kleinen Einzelzimmer war es düster und still. Zwar surrten und fiepten die medizinischen Geräte, doch diese Geräusche hörte Kristin nicht mehr. Im Laufe der vergangenen fünf Tage waren sie zu einer normalen Hintergrundmusik geworden.

Sie saß auf dem unbequemen Besucherstuhl, hielt ihre Hände im Schoß gefaltet und sah ihre Mutter an. Was sie sah, erschreckte sie jeden Tag aufs Neue. Nur der Kopf und die Arme schauten unter dem weißen Laken hervor; über Infusionsschläuche waren ihre Arme mit zwei großen Beuteln voller klarer Flüssigkeit verbunden, ein dünnes Kabel verschwand unterm Kinn und führte zum Brustansatz. Es registrierte die Herztöne.

«Koma», hatte der Chefarzt gesagt. Bis heute war ihr dieses Wort nicht aus dem Kopf gegangen. Obwohl der Arzt ihr Mut gemacht hatte, verband Kristin es mit dem Tod. Vielleicht, so dachte sie, können die Menschen während eines Komas ausprobieren, wie es ist, tot zu sein. Ganz unverbindlich, nur so zum Reinschauen. Und wenn es ihnen gefällt, dürfen sie bleiben. Und manchmal müssen sie bleiben, selbst wenn es ihnen nicht gefällt.

Ilse hatte beim Sturz auf der Kellertreppe neben einigen anderen Brüchen einen Schädelbasisbruch erlitten. Die Rippen, der Brustwirbel, Arm und Bein: All das würde früher oder später so gut wie neu sein, hatte der Chefarzt gemeint. Doch der Schädelbruch und das damit einhergehende Koma bereiteten ihm Sorge.

Ilses schlohweißes Haar ließ sie wie eine Geisteskranke aussehen. Über dem rechten Auge war die noch leuchtend rote Narbe zu sehen; Platzwunde, zwölf Stiche. Ihr Gesicht war in den letzten Tagen um viele Jahre gealtert. Ilse so zu sehen, versetzte Kristin einen Stich. Sie fühlte sich schuldig. Nur ihrem kindischen Verhalten war es zuzuschreiben, dass Ilse das Bild im Keller verstecken wollte. Sie würde jetzt nicht in diesem Bett liegen, wenn ...

Kristin schloss die Augen. Doch genauso, wie ihre Mutter sich nicht gegen die Medikamente aus den Infusionbeuteln wehren konnte, kam sie nicht gegen diese Gedanken an. Sie kamen und gingen, wie sie wollten. Hanna hatte versucht, ihr diese Schuldgefühle auszureden, doch es hatte kaum gewirkt. Sie waren noch da und brannten auf ihrer Seele, sobald sie das Einzelzimmer betrat. Diese Gedanken sorgten dafür, dass Kristin nur ungern ins Krankenhaus fuhr – und dafür schämte sie sich abermals. Mitunter erwischte sie sich sogar dabei, Lisa als Begründung vorzuschieben, um die Besuche so kurz wie möglich zu halten. Sie hatte Lisa bislang nicht mitgenommen, und sie hatte es auch nicht vor, solange Ilse im Koma lag. Ob sie es danach tun würde, hing von Ilses Zustand ab. Die Kleine hatte in der letzten Zeit ohnehin mehr mitmachen müssen, als für ein Kind in ihrem Alter gut war. Kristin wollte ihr wenigstens diesen Anblick ersparen. Wenn sie ihre Mutter besuchte – was sie in den vergangenen fünf Tagen jeweils für zwanzig Minuten getan hatte –, brachte sie Lisa zu den Möncks. Johann hatte ihr seine Hilfe angeboten. Lisa verstand sich noch immer gut mit seinem Enkel, doch selbst wenn das nicht der Fall gewesen wäre, hätte Kristin kaum eine andere Wahl gehabt. Sie war mehr als dankbar, Familie Mönck als Nachbarn zu haben.

Johann hatte sie an jenem Abend im Haus erwartet und mit seinem Wagen, in dem es nach feuchtem Boden und Gewächsen duftete, in die St.-Josephs-Klinik nach Barsenbrück gefahren. Johann war anscheinend immer zur Stelle.

Kristin seufzte, stand auf und streckte ihren Rücken durch. Sie ging zum Fenster. Die Dämmerung hatte eingesetzt. Große Buchen, die blattlos und nassschwarz die Straße vor der Klinik säumten, beugten sich leicht dem ersten Sturm des beginnenden Winters. Ein trübes Wetter. Sie stützte sich mit den Händen auf der Fensterbank ab, lehnte ihre Stirn an die kalte Scheibe. Die erste Berührung war unangenehm, dann schien die Kälte in ihren Kopf zu fließen und ihn zu reinigen. Als sie sich umdrehte und einen Blick auf ihre Armbanduhr warf, erschrak sie. Es war bereits kurz nach fünf. Um sechs, so hatte sie den Möncks versprochen, wollte sie Lisa abholen.

Die zwanzig Minuten, die Kristin sich zu bleiben vorgenommen hatte, waren um. Sie war deswegen nicht traurig, fühlte sich aber schlecht, weil sie es nicht war. Leise, so als wolle sie niemanden wecken, nahm sie ihre Handtasche von der Lehne des Stuhls und trat noch einmal an das Bett. Ein letzter Blick, ein letztes Mal die kalte Hand ihrer Mutter berühren. Der Arzt hatte Kristin darauf hingewiesen, dass man mit Komapatienten sprechen sollte. Es konnte durchaus möglich sein, dass sie die Worte trotz ihres Zustandes hörte. Kristin hatte es versucht, aber schon die erste Silbe war ihr im Halse steckengeblieben.

Was sollte sie sagen? Das alles wieder gut werden würde? Oder einfach nur übers Wetter sprechen? Sie konnte es nicht. Genauso wenig, wie sie an Toms Grab sprechen konnte. Kein einziges Wort, nicht einmal einen Abschiedsgruß brachte sie heraus. Ihr Abschied bestand aus einem langen Blick. So wie an den anderen Tagen auch, verließ sie danach zügig den Raum. Kaum hatte sie die schwere Tür hinter sich geschlossen, fiel etwas von ihr ab, das Tonnen wog. Draußen auf dem Gang fand ein völlig anderes Leben statt; dort gab es Geräusche, Bewegung und Licht. Dort lief die Zeit normal, nicht so unendlich langsam wie in dem Einzelzimmer ihrer Mutter.

Kristin atmete tief durch, verließ mit langen Schritten das Krankenhaus und fuhr zurück nach Althausen.

Es war kurz vor sechs, als sie den Cherokee auf den Hof der Mönck'schen Gärtnerei lenkte. In der pechschwarzen Dunkelheit des stürmischen Abends war das beleuchtete Haus ein schöner Anblick. Johann öffnete ihr die Tür.

«Wie geht es deiner Mutter?», fragte er.

«Unverändert, das Koma dauert noch an.»

«Und die Ärzte wissen auch nicht weiter, oder?»

Kristin zuckte mit den Schultern. «Sie können nicht mehr tun, als abzuwarten.»

Johann nickte, zögerte kurz und sagte: «Deine Tochter spielt grad mit Toni in seinem Zimmer. Komm doch für einen Moment herein, dann brauchen wir sie nicht so auseinanderzureißen.»

Kristin war dankbar für die Einladung, denn allmählich hatte sie das Gefühl, an ihren Worten zu ersticken. Ohne Ilse bekam das Alleinsein einen anderen, intensiveren Geschmack. Nach ihrem Streit hatte sie geglaubt, auf ihre Mutter verzichten zu können, nun war sie sich nicht mehr sicher. Unterhaltungen mit einem Kind waren kein Ersatz für Unterhaltungen mit einem Erwachsenen.

«Ich störe doch nicht?»

Johann schüttelte den Kopf. «Ach wo. Komm durch, Mädchen, wir gehen in die Küche. Wir haben noch einen anderen Gast.»

Als Kristin die große Küche der Möncks betrat, sah sie, wer damit gemeint war. In der Rundung der Sitzgruppe saß Hanna neben Maria Mönck.

Maria stand auf. «Schön, dass du hereinschaust. Hast du schon zu Abend gegessen?» Sie umarmten sich.

«Ich hab gar keinen Appetit.» Das stimmte nicht, und der angenehme Duft nach Gekochtem, der ihr schon im Flur aufgefallen war, reizte Kristins Magen, der seit Stunden nichts mehr bekommen hatte.

«So ein Unsinn. Du musst etwas essen. Setz dich zu Hanna.»

Maria sprach schnell und resolut, sodass man kaum die Möglichkeit hatte zu widersprechen. Wahrscheinlich hatte das Leben in einer großen Familie ihr diesen Ton angewöhnt. Kristin versuchte keinen Widerspruch mehr, sie setzte sich zu Hanna in die Rundecke.

«Geht es deiner Mutter besser?»

«Nein, noch immer unverändert.»

Hanna legte ihre Hand auf Kristins und tätschelte sie. «Es wird bestimmt alles wieder gut.»

Tausendfach gesagte Worte der Aufmunterung, die kaum noch wirkten. Kristin hatte sie in den letzten Wochen zu oft gehört, sie maß ihnen keine Bedeutung mehr zu. Hanna wollte freundlich sein, und so fasste sie es auch auf, aber dass alles wieder gut werden würde, nein, daran glaubte sie nicht. Seit sie das Haus bezogen hatten, war das Unglück aus Kübeln über sie gegossen worden. Tom war tot, Ilse würde vielleicht sterben, und es sah so aus, als würde sie in absehbarer Zeit das Haus verlieren. Wie sollte da alles gut werden?

Kristin überging die Floskel mit einem Nicken. «Hat Lisa sich benommen?», fragte sie an Johann gewandt. Er hatte ihr gegenüber auf einem Stuhl Platz genommen und stopfte seine Pfeife.

«Ach ...», winkte er ab, «du hast so ein liebes Mädchen, da brauchst du dir keine Sorgen machen. Und wenn sie da ist, stellt der Toni nicht halb so viel an wie sonst. Man sieht die beiden kaum. Sie hocken in seinem Zimmer und spielen die meiste Zeit so leise, dass Maria dauernd nachschauen geht, ob sie noch da sind.»

«Da hast du absolut recht.» Maria kam mit einem Teller Gemüseeintopf vom Herd zurück «Sie macht wirklich keine Arbeit. Sie ist sogar die Einzige, die beim Essen still sitzt.» Sie stellte den Teller vor Kristin ab und legte einen Löffel daneben. «So, und nun lass es dir erst mal schmecken. Ich kann mir vorstellen, dass du seit mittags nichts mehr gegessen hast.»

«Das stimmt, ich bin einfach nicht dazu gekommen. Danke.»

Kristin tauchte den Löffel in die vor Gemüse strotzende Suppe und probierte davon. Sie war nicht mehr ganz heiß, schmeckte aber unglaublich gut. Während sie aß, unterhielt Johann sie und Hanna mit Anekdoten aus seiner Baumschule. Kristin löffelte die Suppe, sah immer mal wieder hoch und hörte zu – anfangs jedenfalls. Dann allerdings bemerkte sie etwas, was ihr vorher nicht aufgefallen war. Vielleicht spielten ihre übereifrigen Sinne ihr nur einen Streich? Aber irgendwie kamen die drei ihr ... nun, angespannt vor. Nicht locker genug für einen normalen Feierabend. Das mochte an ihrer Gegenwart liegen, sehr wahrscheinlich sogar, schließlich konnte man mit einer Frau, die vor kurzem ihren Mann verloren hatte und deren Mutter nach einem schrecklichen Unfall mit dem Tode rang, kaum ein lockeres Gespräch führen. Aber trotzdem, dieses Abendessen wirkte auf sie wie ... na ja, wie bestellt. Als wäre es geplant. Kristin traute sich kaum noch von ihrem Teller aufzuschauen. Sie wünschte sich, Lisa möge hereinkommen und diese unangenehme Situation beenden, doch das geschah nicht.

Kaum war der letzte Löffel in ihrem Mund verschwunden, sprach Johann sie an. Er hatte seine Pfeife noch nicht angezündet und machte auch keine Anstalten, es gleich zu tun. Seine Finger, unter deren Nägeln Kristin dunkle Erde erkennen konnte, spielten damit, wendeten sie von einer Seite auf die andere, drehten, strichen und tasteten.

«Das ist schon eine schlimme Sache mit der Treppe», sagte er. Und nach kurzem Zögern: «Benutzt ihr den Keller eigentlich noch?»

«Den Keller? Nein, den benutzen wir nicht.» Kristin meinte, ein Déjà-vu zu erleben. Augenblicklich wusste sie, dass ihr diese Frage so ähnlich schon einmal gestellt worden war. Und zwar von Hanna.

«Ich war auch schon mal da unten», sagte Johann und griff nach seiner Teetasse. «Der Keller ist wirklich schlecht gebaut. Die Treppe ist zu steil und die Stufen viel zu schmal. Da kann man schnell stürzen. Aber früher wurde eben so gebaut. Da gab es noch keine strengen Vorschriften.» Er zuckte mit den Schultern und trank.

Maria trat an den Tisch, stellte eine Tasse und Würfelzucker vor Kristin ab und schenkte ihr ein. «Unser Keller sieht ganz ähnlich aus. Ich wäre beinahe auch schon auf der

Treppe gestürzt. Johann hat dann ein Geländer anbringen lassen.»

Kristin nickte nur, bedankte sich für den schwarzen Tee und trank davon. Auf irgendwas wollten die drei doch hinaus, oder bildete sie sich das nur ein? War ihre psychische Verfassung tatsächlich so schlecht, dass sie in allem und überall Bedeutung und Bedrohung sah?

«Vielleicht solltest du die Tür abschließen und den Schlüssel verstecken?», meinte Johann nachdenklich und rieb sich den Bart. «Damit so was nicht noch einmal passiert.»

«An der Tür ist kein Schloss», sagte Kristin.

Sie wusste das genau, weil sie auf diesen Gedanken auch schon gekommen war. Kurz nach ihrem Einzug hatte sie vor der geschlossenen Kellertür gestanden und Bilder vor ihrem geistigen Auge gesehen, die ihr einen Schauer über den Rücken gejagt hatten. Sie hatte sich ausgemalt, wie Lisa in ihrer kindlichen Neugier die Tür öffnete und in den Keller stürzte. Natürlich waren das nur übertrieben mütterliche Instinkte, die sie erst verdrängt und schließlich vergessen hatte.

«Das ist kein Problem», sagte Johann, «ich kann rüberkommen und ein stabiles Vorhängeschloss anbringen. Das geht schnell und macht fast keinen Dreck.»

Bevor Kristin etwas erwidern konnte, bekräftigte Hanna Johann in seinem Vorschlag. «Eine gute Idee. Wenn man ein kleines Kind im Haus hat, kann man nicht vorsichtig genug sein.»

Kristin blickte zwischen beiden hin und her. «Na ja, ihr habt wohl recht. Wenn es dir nichts ausmacht?»

«Überhaupt nicht. Ich komme gleich morgen vorbei. Ist denn sonst alles in Ordnung?»

«Was meinst du?»

«Nun, wenn kein Mann mehr im Haus ist, wirft das doch bestimmt Probleme auf. Wenn es irgendetwas gibt, was du allein nicht schaffst, sag Bescheid. Nur keine falsche Scham, hier auf dem Lande hilft einer dem anderen.»

Johann meinte es ernst, das wusste Kristin. Er war wohl das, was man einen Kerl vom alten Schlag nannte. Sie wollte sich eben bedanken, als es auf dem Flur laut polterte, und Sekunden später erschienen Toni und Lisa in der Küchentür. Lisa stürmte auf Kristin zu. Sie nahm ihre Tochter auf den Arm. Sie war warm, hatte ein gerötetes Gesicht und sah abgekämpft aus.

«Weißt du, was ich und Toni gemacht haben, Mama?»

«Nein, was denn?»

«Wir waren ganz lange draußen und haben bei der Arbeit geholfen. Ich durfte ganz ganz kleine Pflänzchen im Wachshaus gießen. Die sind so klein wie Babys.» Lisa war aufgeregt. Ihre Augen glänzten vor Abenteuerlust und Müdigkeit gleichzeitig. Mit ihren Händen zeigte sie Kristin, wie klein die Pflänzchen im Gewächshaus waren.

«Das hört sich ja toll an. Dann hat es dir ja richtig gut gefallen bei Toni, oder?»

Lisa nickte ernsthaft. «Morgen komme ich wieder her. Das habe ich mit Toni schon besprochen.»

«Ich glaube, da müssen wir erst mal Tonis Eltern fragen, ob das in Ordnung geht.»

Johann winkte ab. «Darum mach dir mal keine Sorgen. Die sind froh, wenn der kleine Wildfang beschäftigt ist. Die Lisa kann jederzeit wiederkommen. Nicht wahr, Toni?»

Toni nickte ebenso ernst. «Lisa ist jetzt meine allerbeste Freundin. Ich spiel sowieso nur noch mit sie.»

Johann wuschelte seinem Enkel durchs Haar. «Mit ihr.»

«Und, mein Schatz, wollen wir jetzt nach Hause fahren? Es wird Zeit fürs Bett.»

Lisa vergrub ihr warmes Gesicht am Hals ihrer Mutter, und Kristin spürte, wie der kleine Körper etwas schlaffer wurde und die Anspannung langsam nachließ. Sie hatte sich wirklich total verausgabt. Kristin bedankte sich noch einmal fürs Essen und dafür, dass sie Lisa unterbringen konnte. Dann verließen sie das Haus der Möncks. Nachdem sie die Kleine im Kindersitz festgeschnallt hatte, kehrte sie noch einmal an die Tür zurück.

«Vielen Dank, ich wüsste nicht, was ich ohne euch machen würde», sagte sie.

«Du bist in diesem Haus jederzeit willkommen, jederzeit, hörst du?» Der Nachdruck, mit dem Maria sprach, ließ Kristin stutzig werden, und sie wusste nicht, was sie erwidern sollte. Einen Moment lang sahen sie sich in die Augen.

«Gute Nacht», sagte sie schließlich und reichte beiden zum Abschied die Hand. Als sie den Cherokee zurücksetzte, sah sie im Spiegel, dass Maria und Johann ihr nachsahen.

Johann und Maria sahen dem Geländewagen noch nach, als seine Rücklichter längst in der Dunkelheit verschwunden waren. Hanna kam zu ihnen an die Tür. Eine kalte Böe ließ sie erschauern; sie verschränkte die Arme vor der Brust und zog die Schultern hoch.

«Wir hätten es ihr sagen sollen», sagte sie, ohne jemanden anzusehen.

«Und was hätten wir sagen sollen? Du hast doch gesehen, in welcher Verfassung sie ist. Außerdem ...» Johann warf einen langen Blick zum nächtlichen Himmel hinauf, als könne der ihm helfen. «Das Mädchen kommt aus der Stadt, die ist modern. Was meinst du? Was würde sie tun, wenn wir ihr die ganze Geschichte erzählen?»

In jener Nacht, als er sie ins Krankenhaus gefahren hatte, hätte er es beinahe getan – aber nur beinahe. Die Ruhe und Nähe im Wagen, das Gefühl der Sicherheit ... aber zwei Hiobsbotschaften an einem Abend, nein, das hätte das Mädchen nicht ertragen. Bei ihrer Ankunft hätte Ilse tot sein können. Wie, um alles in der Welt, hätte er Kristin in einer solchen Situation einweihen sollen?

Und jetzt? Jetzt lag das Unglück bereits fünf Tage zurück, und die Zeit brachte es mit sich, dass es ihm tatsächlich nur noch wie ein Unglück vorkam. Ein Zufall, nichts weiter.

Hanna zuckte mit den Schultern. «Ich weiß es nicht. Aber wir können sie nicht einfach ihrem Schicksal überlassen. Wenn wir uns nicht schuldig machen wollen, müssen wir es ihr sagen.»

«Dann tu du es bitte», sagte Johann.

«Sie tut mir so leid.» Maria lehnte sich an die Schulter ihres Mannes. Er überragte sie um mehr als Haupteslänge. «Sie steht jetzt mit ihrer Tochter ganz allein in der Welt, weiß weder ein noch aus. Wollen wir wirklich warten, bis auch der Kleinen etwas zustößt? Es wird nicht aufhören, das ist euch doch klar, oder?»

«Nein, das ist mir nicht klar», sagte Johann und wischte mit der Hand durch die Luft. «Wir wissen eigentlich gar nichts. Das sind doch alles nur Zufälle. Was damals mit den Nussmanns geschehen ist, muss sich nicht unbedingt wiederholen.»

«Nein, das muss es nicht. Aber willst du es darauf ankommen lassen? Ich kann verstehen, dass du es ihr nicht sagen willst, aber wenn es überhaupt jemand tun kann, dann du, und das weißt du auch. Dir vertraut Kristin. Wenn du mit ihr darüber sprichst, wird sie es nicht einfach als Spinnerei abtun.»

Johann Mönck seufzte tief, seine Finger spielten an der Türklinke. «Ich weiß nicht, ich weiß nicht ... wir sollten noch etwas abwarten. Ich meine –»

«Wie lange wollen wir warten?», unterbrach Maria ihn. «Bis Lisa etwas zustößt, oder Kristin?»

«Und wenn ich es ihr gesagt habe, was dann? Wenn sie mich ernst nimmt – was ich nicht glaube –, wird sie keine Sekunde länger in dem Haus bleiben wollen. Was machen wir dann? Willst du sie hier aufnehmen?»

«Wenn es keine andere Möglichkeit gibt, warum nicht? Sie ist eine nette Frau und hat eine reizende Tochter. Für eine kurze Zeit würde es ganz bestimmt gehen.»

«Für eine kurze Zeit, ja, und danach? Wir haben doch damals mit dem Makler gesprochen ... ich hab jedenfalls nicht vergessen, wie er uns ausgelacht hat. Er wird das Haus wieder und wieder verkaufen. Wir können doch nicht alle Leute retten, die dort einziehen.»

«Aber im Moment geht es doch nur um Kristin und Lisa. Was danach kommt, wer weiß das schon?» Maria zuckte mit den Schultern.

«Außerdem können wir noch immer tun, was wir schon vor Jahren hätten tun sollen», sagte Hanna.

Johann drehte sich zu ihr um und zog die Augenbrauen zusammen. «Und das soll ich dann auch wieder tun, oder wie? Dafür geht man ins Gefängnis, das ist dir doch hoffentlich klar.»

Hanna wich zurück. Selten hatte sie den gutmütigen Johann so aufgebracht gesehen. Maria hakte sich bei ihrem Mann ein und zog ihn auf den Flur zurück.

«Wir sollten nicht streiten, das bringt uns nicht weiter. Ich schlage vor, wir schlafen noch eine Nacht darüber. Vielleicht hat Johann recht, und es passiert wirklich nichts mehr. Besser wäre es, für uns alle. Lasst uns vor dem Einschlafen für die Merbolds beten ... es ist das Einzige, was wir im Moment für sie tun können.»

Das Haus lag wie eine zum Sprung geduckte Katze in der Dunkelheit. Und sie blinzelte mit ihren glühenden Augen, als die Lichtfinger der Scheinwerfer kurz im Glas des Küchenfensters aufblitzten. Zum ersten Mal hatte Kristin beim Anblick des Hauses ein schlechtes Gefühl. Sie würde Johann bitten, einen Bewegungsmelder zu installieren, der das Außenlicht einschaltete, sobald jemand die Einfahrt hinunterfuhr. Sie mochte Häuser nicht, die ihre Gäste mit Dunkelheit begrüßten. Aber lohnte sich der Aufwand überhaupt noch?

Kristin fuhr den Jeep in den Unterstand, stellte Motor und Scheinwerfer aber erst ab, nachdem sie ausgestiegen war und das Garagenlicht angeknipst hatte. Dunkelheit konnte sie an diesem Abend nicht ertragen. Sie schnallte Lisa los und hob sie aus dem Fond. Im sparsamen Licht der Sechzig-Watt-Glühbirne gingen sie auf die Haustür zu.

«Geht es Oma noch immer nicht gut?», fragte Lisa.

«Sie schläft noch tief und fest und darf nicht gestört werden. Deshalb dürfen ja auch keine Kinder ins Krankenhaus. Aber sobald Oma wach ist, nehme ich dich mit.»

«Ich möchte niemals in ein Krankenhaus, wenn da keine anderen Kinder hin dürfen. Das ist bestimmt furchtbar langweilig.»

«Ja, da hast du recht, das ist es.»

Sie erreichten die Haustür. Kristin schloss auf, machte Licht auf der Diele und führte Lisa zwei Schritt weit hinein. «Bleib einen Moment hier stehen, ich lauf schnell zurück und mach das Licht aus.»

Hastig rannte sie zum Unterstand, legte den Schalter um, rannte zurück zum Haus und verriegelte die Tür gewissenhaft. Dann machte sie Licht in Küche, Wohnzimmer und Treppenaufgang. Allmählich kehrte die gewohnte Behaglichkeit zurück. In der Küche stellt sie das tragbare Radio an, das sie von ihrem Vater zur Konfirmation bekommen hatte. Ein altes Gerät, das nur noch zum Ein- und Ausstellen geeignet war, doch Kristin mochte es. Es erinnerte sie an ihre Kindheit und an ihren Vater, den sie jetzt gern an ihrer Seite hätte.

«Möchtest du noch etwas essen, Lisa?»

«Ohh ... lieber nicht», stöhnte die Kleine. «Ich musste schon so viel von der Suppe essen.» Theatralisch hielt sie ihre Hände vor den Bauch.

«Okay, junge Dame, dann würde ich sagen, ab ins Bett.»

«Muss ich wirklich schon?»

«Ich fürchte ja. Es ist beinahe acht. Geh bitte ins Bad und putz dir die Zähne. Ich bereite schon mal dein Bettchen vor.»

«Okay.» Lisa fügte sich in ihr Schicksal und ging ins Bad. Während Kristin Lisas Bettzeug aufschüttelte und das Zimmer lüftete, hörte sie die Geräusche der Toilettenspülung und des Wasserhahns aus dem Raum nebenan. Kurz darauf kam Lisa mit vom Waschen rosigen Wangen herein.

«Alles sauber, kleine Maus?»

«Ja, alles sauber. Auch hinter den Ohren.»

Kristin zog ihr den Schlafanzug an. Lisa kroch unter die Bettdecke, zog die drei Stofftiere hinzu, mit denen sie zu schlafen pflegte, und blickte ihre Mama an. Ihre Augen waren klein vor Müdigkeit.

«Du, Mama?»

«Ja.»

«Wenn es Oma nie mehr bessergeht, kommt sie dann dahin, wo Papa jetzt ist?»

Die Frage war genauso logisch wie berechtigt, traf Kristin aber unvorbereitet. Es überraschte sie, wie Lisa diese Dinge miteinander verband.

«Ich weiß es nicht», sagte sie wahrheitsgemäß. «Weißt du, sie ist ganz böse gefallen und hat sich den Kopf gestoßen. Dort im Krankenhaus helfen ihr viele Ärzte, damit sie wieder richtig gesund wird. Und wenn sie das ist, kommt sie wieder nach Hause. Das kann aber noch eine Zeitlang dauern.»

«Wie lange? So lange bis Weihnachten?»

«Vielleicht. Vielleicht aber auch länger.»

«Hat Oma Schmerzen im Kopf?»

«Nein, sie schläft ja. Man wird am schnellsten gesund, wenn man viel schläft. Weißt du noch, du musstest auch im Bett bleiben, als du die Masern hattest?»

Lisa nickte. «Ja, da waren meine Beine so wackelig.»

«Siehst du, genauso geht es der Oma jetzt auch. Aber sie wird bestimmt wieder gesund. Alles wird wieder gut. Und jetzt schlaf ein, Träumerchen. Morgen ist ein neuer Tag.» Kristin drückte Lisa einen Kuss auf die Stirn. «Gute Nacht.»

«Gute Nacht, Mama.»

Sie schlich aus dem Zimmer, ließ die Tür aber halb geöffnet. In der Küche holte sie eine Tüte Milch aus dem Kühlschrank und goss sich ein Glas ein. Das Radio vertrieb die Einsamkeit. Während sie einen langen Schluck trank, wechselte die Musik. Schon an den ersten sanften Gitarrenklängen konnte Kristin erkennen, dass der Sänger gleich «Wieder hier» singen würde. Sie lehnte sich mit dem Rücken an die Wand, schloss die Augen und lauschte.

«... ich hab dich wirklich lieb, in meinen Träumen ...»

Ein Schauer lief ihren Rücken hinab. Das war es, was ihr geblieben war: Liebe, die nur noch in Träumen stattfand. Sie liebte Tom noch immer, und soweit sie das heute sagen konnte, würde sich das niemals ändern. Aber es war eine einseitige Liebe geworden, und sie machte keinen Spaß. Doch mehr hatte sie nicht. In ihrem Hals bildete sich ein Kloß, ihr Bauch zog sich zusammen. Sie spürte, wie die Tränen sich einen Weg an die Oberfläche erkämpften. Kristin wollte nicht weinen, doch sie konnte nichts dagegen tun. Die Musik wirkte wie eine Angel. Als die letzten Akkorde verklangen, merkte sie, dass sie die ganze Zeit an Toms Ring gedreht hatte.

Sie starrte ihn an. Was hatte Ilse gesagt? Töricht, naiv und selbstzerstörerisch sei es, den Ring zu tragen? Vielleicht hatte sie recht. Vielleicht war es nicht gut, ständig daran zu drehen und sich somit in die Vergangenheit zu befördern. Auf dem Weg ins Wohnzimmer nahm Kristin das Goldkettchen von ihrem Hals und zog den Ring darauf. Sie trat vor das Regal und legte die Kette dem größten der Pokale um die seitlichen Henkel. Einen Augenblick starrte sie ihn an und wandte sich dann ab.

Die kleine Tischlampe tauchte den Raum in diffuses Licht, ließ die Ecken jedoch im Schatten. Sie sank in den schwarzen Ledersessel, legte ihre Beine über die Lehne, starrte den kalten Kamin an und lauschte dem Wasser, das durch die Heizungsrohre rauschte. Das Geräusch wirkte einschläfernd, machte ihre Gedanken träge und unbeherrschbar. Sie musste nachdenken, musste eine Lösung für ihr Dilemma finden, das wusste Kristin. Aber sie wollte nicht, alles in ihr sträubte sich dagegen, alles erschien ihr sinnlos. Warum musste sie die Entscheidungen treffen, warum verlangte man das von ihr? Vorher war alles so einfach gewesen. Und jetzt? Sollte sie das Haus verkaufen, ehe es zu ihrem Ruin wurde? Durfte sie das? Es war doch auch Toms Traum gewesen. Aber was konnte sie dagegen tun? Auf Ilses Lebensversicherung hoffen? Kristin erschrak. Zu was für Überlegungen ließ sie sich hinreißen.

Als sie sich dabei ertappte, wieder an dem Ring drehen zu wollen, der nicht mehr da war, nahm sie die Fernbedienung vom Tisch. Um lästige Gedanken zu vertreiben, war Fernsehen das beste Mittel. Sie zappte durch die Kanäle, bis ihr die Augen zufielen. Es war zehn Uhr vorbei, als sie das Wohnzimmer verließ und überall das Licht löschte. Bis auf die Lampe im Treppenaufgang, die sollte ruhig die ganze Nacht brennen. Was machte schon das bisschen Strom, wenn sie sich dadurch besser fühlte? Vor der Kellertür blieb sie einen Moment stehen und starrte sie an. Sie war zu müde, um noch einen klaren Gedanken fassen zu können. Morgen, gleich morgen früh könnte sie sich Gedanken um den Keller machen, heute nicht mehr. Sie ging zu Bett und war wenige Minuten später eingeschlafen.

Sie ging durch einen Wald.

Vielleicht war es der Wald, der an ihr Grundstück grenzte, vielleicht aber auch nicht. Untergründig hatte sie jedoch das Gefühl, nicht allzu weit vom Haus entfernt zu sein. Das dichte Gestrüpp der Äste über ihr war wie die Kuppel eines gewaltigen Doms; nur ganz vereinzelt durchdrangen einsame Strahlen einer weit entfernten Sonne diese Kuppel. Der Wald verwandelte die goldenen Strahlen in mystisch grünes Licht, das vom weichen Nadelboden aufgesogen wurde.

Sie konnte nicht weit sehen, dicht an dicht standen die Bäume. Wahrlich dicke Stämme, hinter denen sich ausgewachsene Männer verstecken konnten. Aber auch alles andere konnte dahinter lauern, ohne gesehen zu werden. Sie sah an den urzeitlichen Stämmen empor, die mit feucht glänzenden Moosflechten bewachsen waren, legte den Kopf in den Nacken und versuchte, wenigstens einen kleinen Ausschnitt des blauen Himmels zu erhaschen. Aber es war, als sehe sie in die Unendlichkeit. Der Wald, die Bäume – sie schienen nicht zu enden. Wo war der Himmel? Woher kamen die Sonnenstrahlen? Dort oben gab es nur Baumkronen aus knorrigen Ästen und dunkelgrüne Nadeln.

Und sie rochen, diese Nadeln.

Auf dem Boden bildeten sie einen fließend weichen Teppich, in den sie mit jedem Schritt eintauchte. Wie frischer Pulverschnee sich über eine Landschaft legt, sie nach und nach lückenlos bedeckt, so hatten sich diese Milliarden von Nadeln über den unebenen Waldboden gelegt. Dort ließ die ständige Feuchtigkeit die Nadeln langsam zerfallen. Der Geruch, er war so ... betäubend ... so einschläfernd ...

Plötzlich das Gefühl, nicht mehr allein zu sein!

Irgendjemand – irgendetwas – hielt sich mit ihr zusammen im Wald auf. Und es war ihretwegen hier. Diese Erkenntnis rief eine tiefe Angst hervor, die seit Urzeiten in ihr gewesen war: die Angst vor der Hand in der Dunkelheit, die als Erstes am Lichtschalter ist; die Angst vor dem Ding im Schrank, vor dem, was existierte, um ihr Leid zuzufügen. Ohne dass sie es gesehen, gerochen oder gehört hatte, wusste sie, dass es da war. Hinter einem dieser dicken Stämme wartete es, würde sich erst im letzten Augenblick zeigen, hervorspringen, seine langen Klauen in ihren Hals schlagen. Sie durfte nicht weitergehen, auf keinen Fall! Sie musste zurück zum Haus. Im Haus würde sie in Sicherheit sein.

In der Erwartung eines Weges, der sie zum Haus führen würde, drehte sie sich um – doch da war nichts. Nur Wald, Wald, Wald. Auch dort konnte es stecken. Überall! Es gab keinen Ausweg.

Gab es wirklich keinen Ausweg? War ihr Schicksal schon beschlossene Sache? War es ab jetzt ganz egal, was sie tat? Nein, das konnte, das durfte nicht sein. Es gab immer eine Chance, immer einen Weg. Sie drehte sich im Kreis und suchte nach diesem Weg. Wie war sie nur in den Wald gekommen, wenn nicht auf einem Weg oder Pfad? Sie wusste es nicht mehr, aber es spielte auch keine Rolle. Ab dem Moment, wo sie den Gesang hörte, spielte nichts mehr eine Rolle.

«Ich bin wieder hier, in meinem Revier, war nie wirklich weg, hab mich nur versteckt.»

Es war zurückgekehrt, ihretwegen war es wieder hier. Es wollte sie!

Plötzlich hielt sie nichts mehr zurück. Ganz egal wohin, sie begann zu laufen. Der Waldboden unter ihren Füßen war weich und federnd, sie spürte ihn kaum, meinte zu fliegen. Sie lief schnell, sprang über alte, vermoderte Baumriesen hinweg, die der Sturm gefällt hatte, wich Stämmen aus, tiefhängende Zweige zerkratzten ihr Gesicht. Noch immer war nichts als Wald zu sehen, noch immer das grässliche Gefühl, verfolgt zu werden.

Der Gesang war verklungen. Jetzt hörte sie nur noch ihren eigenen hetzenden Atem und das laute Pochen des pulsierenden Blutes in ihren Ohren. Bald brannte Salz in ihren Augen. Sie lief schneller und schneller, versuchte, sich noch mehr zu beeilen, und spürte plötzlich, wie sie in eine starke Vorlage verfiel. Immer weiter beugte sich ihr Oberkörper vor. Sie ruderte mit den Armen, verzweifelt, nach Halt suchend, doch immer weiter kippte sie nach vorn. Sie verlor das Gleichgewicht, ihre Beine strauchelten, sie stürzte.

Dann lag sie im Schotter des Hofes unter der mächtigen Kastanie.

Sie stemmte sich auf Knie und Handballen hoch, legte den Kopf in den Nacken und sah zu den ausladenden, kahlen Ästen hinauf. Nur wenige Meter entfernt baumelte eine Gestalt an einem kurzen Seil. Leicht schaukelte sie hin und her, der Wind drehte sie langsam, sodass sie bald erkennen konnte, wer da hing. Johann! Es war Johann Mönck. Seine Augen waren weit aufgerissen, quollen hervor, seine Zunge hing heraus. Trotzdem hob er plötzlich den rechten Arm, zeigte in ihre Richtung und wies mit einem Finger auf sie, unter dessen Nagel dunkle Erde klebte. «Nur mein Blut an der Klinge», sagte er, «nur mein Blut.»

Sie rappelte sich auf, wollte weg, nur weg, lief ein paar Schritt und fiel wieder hin. Unter ihren Händen war plötzlich der feuchte Lehmboden des Kellers. Was auch immer sie im Wald verfolgt hatte – nun lauerte es im Keller. Die Dunkelheit bot ihm Schutz. Sie konnte es hören. Ein zunächst kratzendes, dann schlurfendes Geräusch, immer lauter – immer näher.

Sie wollte weg, konnte sich aber nicht bewegen. Da, wo sie hätten sein sollen, waren keine Beine mehr. Sie blickte an sich herunter und erkannte den Grund. Das Ding im Keller hatte sich von hinten angeschlichen. Es hatte ihre Beine gefressen. Oh Gott, es hatte ihre Beine gefressen. Sie waren einfach nicht mehr da. Zwei zerfranste Stümpfe ragten aus ihrer Hüfte. Weißes und rotes Fleisch, das nicht blutete.

Ihre Beine ... ihre Beine waren weg!

Sie wollte ihre Beine wieder ... sie ...

... erwachte mit einem Schrei auf den Lippen, den sie kaum zurückhalten konnte. Hastig machte sie Licht, schlug die Decke zurück, richtete sich auf und starrte wie gebannt auf ihre Beine. Sie waren noch da. Gott sei Dank! Für einen Moment hatte sie wirklich geglaubt, ihre Beine seien verschwunden.

Kristin atmete stoßweise aus. Ein Kichern begann sich von ihren Lippen zu lösen; es klang so irre, dass sie Angst bekam. Ein Blick auf den Wecker verriet es ihr: Sie hatte kaum länger als eine Stunde geschlafen. Eine Stunde voller Entsetzen. Großer Gott, was war nur mit ihr los? Hatte sie schon jemals solche Träume gehabt? Solche Angst empfunden?

Kristin stieg aus dem Bett. Auf nackten Füßen schlich sie aus dem Zimmer, hinaus auf den Gang, um nach ihrer Tochter zu sehen. Lisa lag auf dem Rücken, hatte den Kopf weit in den Nacken gelegt und schnarchte leise. Die Bettdecke hatte sie zur Seite gestrampelt. Kristin entwirrte sie und zog sie hoch bis zum Kinn.

Es war nicht gut, wenn etwas unter der Decke hervorschaute. Jemand könnte kommen und es mit einem Beil abschlagen. Der Kopf bildete eine Ausnahme, er durfte frei liegen. Der Kopf war tabu. Aber nur der Kopf.

Lisa stöhnte im Schlaf, warf sich auf die Seite – wobei sie geschickt zwei ihrer drei Stofftiere ergriff – und schmatzte sich in den Traum zurück. Kristin strich ihr mit dem Handrücken über die Wange. Sie betrachtete sie noch einen Moment, schlich dann leise in ihr Zimmer zurück. Dort kroch sie unter die noch warme Decke.

Sie konnte nicht sofort wieder einschlafen, versuchte zu ergründen, was an dem Traum sie so erschreckt hatte. Die Eindrücke waren schon verblasst, bis auf einen: Johann, der mit heraushängender Zunge am Ast der Kastanie im Wind baumelte. Johann, der offensichtlich tot war und doch mit dem Finger auf sie wies.

Plötzlich waren auch die Worte wieder da. Sie konnte sie hören und irgendwie auch sehen. Greifbare Wörter, die aus den Tiefen ihres Unterbewusstseins herübergeschwappt kamen.

Nur mein Blut an der Klinge, nur mein Blut.

Sie kannte diese Worte, hatte sie schon einmal gehört. Aber sie ergaben keinen Sinn, ebenso wenig wie der Reim aus dem Lied. Beides schien sie zu verfolgen. Aber warum?

Kristin entschied, dass es müßig war, sich Fragen zu einem Albtraum zu stellen. In Träumen konnte alles passieren, und nichts davon musste einen Sinn haben. Vielleicht ließen Träume sich manchmal deuten, aber gewiss nicht immer. Und dieser gleich gar nicht. Wirres Zeug, überreizte Nerven, weiß der Teufel. Sie griff nach rechts, schaltete die Nachttischlampe aus und versteckte sich sorgfältig unter der Decke. Trotz aller vernünftigen Erklärungen konnte es nicht schaden. Außerdem war es kalt da draußen.

Erneut lauschte sie der merkwürdigen Symphonie ihres Hauses. Es spielte dunkle, schlechtgelaunte Töne auf alten Eichenbalken, durchdringende, zerrende Laute auf langen Dachsparren, stimmte mit dem starken Ostwind ein Duett leiser, hingehauchter Töne an, dazwischen das Getrappel von irgendwas mit vielen Füßen in irgendwelchen Hohlräumen und das stetige Rauschen von Wasser in den Heizungsleitungen. Je länger sie lauschte, desto besser konnte sie das Haus verstehen.

19

«Mein Leben ... ist das der Preis?»

Es war nicht das erste Mal, dass Robert mit sich selbst sprach. Ob das bei Menschen, die viel Zeit mit sich allein verbrachten, normal war oder ob er bereits unter geistigem Verfall litt, war Robert egal. Mitunter half es einfach beim Denken. Es half, unkontrollierte Gedanken in grade Bahnen zu lenken.

Er faltete die alte Tageszeitung auseinander. Das Papier war mittlerweile vergilbt und fühlte sich wie alte, trockene Haut an. Warum hatte er das Geld darin eingewickelt? Warum? Vielleicht gab es eine Antwort, irgendeinen Grund musste er schließlich dafür gehabt haben. Aber er fand ihn nicht. Es war zu lange her.

Mit der Zeitung vor dem Gesicht rutschte er mit dem Rücken an der Wand hinab, bis er auf dem Boden saß. Zwischen seinen Füßen fehlten zwei Parkettstücke. Darunter war der dunkle Aufbau des Fußbodens zu sehen. Ein Fach, nicht höher als fünfzehn Zentimeter. Platz genug, um hunderttausend Euro zu verstecken.

Die Frau war noch immer eine Schönheit, auch auf vergilbtem Papier. Ihr Lächeln und das ihrer Tochter war noch immer strahlend. War es mittlerweile zu ihnen zurückgekehrt? Wahrscheinlich nicht. Wie viel Leid konnte man in ein paar Wochen schon verarbeiten?

Robert strich mit dem Daumen über das Bild. «Das könnte der Preis sein», sagte er leise. Diesen Zeitungsbericht ausgerechnet jetzt vorzufinden, verwirrte ihn. Mehr, als es ihm lieb war. Aus einer dunklen Stelle irgendwo in seinem Gehirn meldete sich Sven Brünings Stimme. Dieses Geld, es bringt Unglück. Vielleicht sollten wir es verschenken? Ja, vielleicht sollten sie das? Und vielleicht war das der Preis für sein Leben?

Dreimal war eine Waffe auf ihn gerichtet gewesen; dreimal war es der Vorsatz seiner Gegner gewesen, ihn zu töten. Und dreimal war er davongekommen. Das glich schon einem Lottogewinn. So viel Glück wurde einem nicht grundlos zuteil. Andererseits hatte er vielleicht einfach nur Schwein gehabt oder war besser gewesen als die anderen. Manchmal spielte das Leben eben so.

Robert ließ die Zeitung zwischen seine Knie sinken und sah auf das Loch im Boden. Dann wanderte sein Blick durch die Wohnung. Wie lange war er jetzt hier? Vier Jahre? Mindestens ebenso lange spielte er mit dem Gedanken, dieser Stadt den Rücken zu kehren. Weg von diesem Ort, an dem ihn überall die Vergangenheit einholen konnte. Bis heute hatte er es nicht geschafft. Und jetzt war scheinbar der Tag gekommen, an dem ihm die Entscheidung abgenommen wurde. Bis vor fünf Minuten hatte er geglaubt, dass es für ihn nur zwei Möglichkeiten gab: hierbleiben und sich auf einen Krieg mit Radduk einlassen oder weggehen und mit dem ganzen Geld ein neues Leben anfangen. In der Schweiz vielleicht?

Das war vor fünf Minuten gewesen. Jetzt gab es noch eine andere Möglichkeit. Eine, die der alte Zeitungsartikel ihm eröffnete. Und je länger er darüber nachdachte, desto mehr erschien es ihm, als sei dies der einzig gangbare Weg. Der einzig richtige. Es würde ein Abschluss sein, der es ihm ermöglichte, wirklich ein neues Leben zu beginnen.

20

Mit dem ersten Läuten des Telefons entglitt ihr die Teetasse. Sie zerplatzte auf dem Fliesenboden; Scherben schossen in alle Richtungen davon. Kristin blieb wie erstarrt stehen, hoffte, dass es bei einem Mal bleiben würde. Aber nein, das Klingeln wiederholte sich.

Kristin wollte nicht abnehmen. Die Bank könnte anrufen, oder das Krankenhaus. Sie wollte keine weitere schlechte Nachricht. Sie wischte eine widerspenstige Haarsträhne aus ihrer Stirn und starre den Handapparat an, der auf dem Küchentisch lag. Er hörte nicht auf zu klingeln. Schließlich nahm sie ihn hoch, drückte den Sprechknopf und presste ihn sich ans Ohr.

«Hallo?» Rauschende Stille. Der Anrufer schien mit jemand anderem als Hallo gerechnet zu haben.

«Mit wem spreche ich bitte?», tönte eine weibliche Stimme aus dem Hörer. Kristin meldete sich mit ihrem Namen.

«Ah, dann bin ich ja doch richtig. Hier ist das St.-Josephs-Krankenhaus Barsenbrück, Frau Merbold. Es geht um Ihre Mutter.»

«Meine Mutter? Was ist mit meiner Mutter? Hat sich etwas geändert?» Obwohl es nicht nötig war, steckte Kristin ihren Zeigefinger ins linke Ohr, damit sie auch nicht die feinste Regung in der Stimme der Frau überhörte.

«Ich kann Ihnen am Telefon nicht viel sagen, aber sie ist aufgewacht. Der zuständige Arzt möchte, dass Sie sofort kommen. Ist das möglich, Frau Merbold?»

«Ja, ja natürlich, ich fahre sofort los. Nein, halt, warten Sie! Wie geht es ihr? Kann ich meine Tochter mitbringen? Sie ist vier.»

Am anderen Ende entstand eine kurze Pause. Eine verdächtige, kurze Pause. Kristin runzelte die Stirn. Kleine Pausen während eines Telefonates waren doch normal, oder? Wer hatte schon immer gleich die richtige Antwort parat? Vielleicht wurde die Frau auch gestört. Jemand stellte ihr eine Frage, eine Kollegin hatte Feierabend und wünschte ihr einen schönen Tag. So eine kurze Pause konnte alle möglichen Gründe haben. Aber irgendwie war eine kurze Pause, wenn sie von einer Krankenschwester eingelegt wurde, die anrief und darum bat, so schnell wie möglich zu kommen, mehr als verdächtig. Sie war besorgniserregend.

«Es ist wohl besser, wenn Sie Ihre Tochter nicht mitbringen», sagte die weibliche Stimme. Und das auch noch in einer veränderten Tonlage. Kristin wusste schlagartig, dass ihre Sorge begründet war.

«Ja, ist gut, ich komme so schnell es geht», flüsterte sie in den Hörer und legte auf. Einen Moment starrte sie den Handapparat an, dann drückte sie den grauen Knopf erneut und wählte die Nummer der Möncks. Franziska Mönck, Tonis Mutter, meldete sich. Sie einigten sich darauf, dass Lisa vom Kindergarten mit zu ihr kommen und den Nachmittag dort verbringen würde. Fünf Minuten nach dem Anruf verließ Kristin das Haus.

Allzu schwer war es nicht herauszufinden, wo Kristin Merbold lebte. Über die Auskunft erfuhr er ihre Telefonnummer und stieß anhand der Vorwahl auf Althausen. Auf seiner Landkarte ein kleines Dorf am Rande der Lüneburger Heide. Gegen zehn Uhr tankte er seinen Wagen an der Ausfallstraße voll, kaufte im Kiosk drei Snickers und verließ Hamburg in Richtung Süden. In Richtung Ungewissheit.

Robert hatte sich entschlossen, jenes Geld aus dem Banküberfall Kristin Merbold zu überlassen. Natürlich nicht genau das Geld, denn die Noten wurden anhand der Seriennummern wahrscheinlich gesucht, nein, er würde ihr die gleiche Summe aus seinen legalen Beständen geben. Jetzt, nachdem er die Entscheidung getroffen hatte, war Robert klar, dass er sie die ganze Zeit mit sich herumgetragen hatte. «Sein Leben gegen meines, war es so?» Nun endlich ergab diese Frage, die ihn seit Erics Tod quälte, einen Sinn. Vielleicht gab es so etwas wie ein Schicksal, und er hatte den Coup damals nur dafür überlebt. Letztlich spielte es aber keine Rolle. Niemals war Robert etwas so richtig erschienen wie sein Entschluss, Kristin Merbold das Geld zu überlassen. Wenn es jemandem gehörte, dann ihr. Sofern sie es wollte – und damit war er bei seinem eigentlichen Problem.

Sie würde das Geld nur nehmen, wenn sie ihm vertraute. Aber konnte sie ihm vertrauen, ausgerechnet ihm, dem Bruder des Mörders ihres Mannes, der sein Geld mit Klauen verdiente? Seine Chancen standen nicht gut. Nichtsdestotrotz musste er es versuchen. Er kannte sich, hatte er diesen Zustand erreicht, gab es kein Zurück. Ganz egal, was ihn erwartete.

Nach einer halben Stunde Fahrt verließ er die Autobahn und durchquerte zwei kleine Dörfer. Ein kleines Schild am letzten Dorfausgang verriet ihm, dass er sich auf dem richtigen Weg befand: L23, die Landstraße, die geradewegs nach Althausen und hindurch führte. Was danach kam, konnte Robert nicht sehen, er hatte seine Karte dort abgeknickt, wo das Dorf endete. Was danach kam, interessierte ihn nicht, weder auf diese noch auf eine andere Art.

Nach einer weiteren halben Stunde Fahrt erreichte er Althausen. Er hielt in einer leeren Bushaltestelle und stieg aus. Es war still in dem kleinen Dorf. Böig kalter Wind trieb schwere, graue Wolken vor sich her. Im Radio hatten sie von einem Schneesturm gesprochen. Robert sah sich um. Da er nicht wusste, wo genau Kristin Merbold wohnte, musste er sich durchfragen. Gegenüber der Bushaltestelle befand sich ein kleiner Lebensmittelladen. Die Schaufensterfront war beleuchtet, also hatte er wohl geöffnet. Robert schloss seinen Wagen ab, überquerte die Straße und betrat den Laden.

Das Büro des Chefarztes der St.-Josephs-Klinik war nüchtern eingerichtet. Kristin saß auf dem Besucherstuhl vor dem Schreibtisch und spielte mit dem dünnen Lederriemen ihrer Handtasche. Sie hatte auf direktem Wege zu Ilse gehen wollen, war aber auf dem Gang von der Stationsschwester abgefangen und mit der Bitte, ein paar Minuten zu warten, in dieses Büro geführt worden.

Da saß sie nun und blickte abwechselnd von ihren Fingern zu dem zu groß geratenen Holzkreuz an der weiß getünchten Wand hinter dem Schreibtisch. Ihr Magen war ein lauernder Klumpen, ihre Blase quälte sie, jede Faser ihres Körpers schien unter Spannung zu stehen. Als die Tür endlich aufging, fuhr sie erschrocken zusammen, sprang im nächsten Augenblick aber auf.

«Frau Merbold ...» Dr. Kanamara kam mit ausgestreckter Hand auf sie zu. Der dunkelhäutige Arzt war klein; Kristin überragte ihn um Haupteslänge. Sein gestärkter Kittel hing an ihm wie ein Kleid. «Schön, dass sie so schnell kommen konnten.» Sie schüttelten sich die Hand. Dr. Kanamara hatte weiche, merkwürdig warme Hände, so als hätte er sie in heißes Wasser getaucht. «Setzen Sie sich doch bitte», forderte er sie auf und ließ sich selbst in den Drehstuhl fallen, dessen Lehne ihn weit überragte. Kristin folgte seiner Aufforderung.

«Wie geht es meiner Mutter?»

Kanamara faltete auf eine weise wirkende Art seine Hände. «Nun ... um es einmal so auszudrücken – den Umständen entsprechend. Sie ist aus dem Koma erwacht. Die äußeren Verletzungen verheilen so, wie man es bei einer Frau ihres Alters erwarten darf. Es ist natürlich noch entschieden zu früh, jetzt schon eine Prognose hinsichtlich der Langzeitfolgen des Schädelbasisbruchs zu stellen, aber ...»

Da, schon wieder eine Pause. Wieder so eine verdächtige kurze Pause. Kristins Magen krampfte sich zusammen.

Kanamara entwirrte seine Hände und beugte sich vor.

«Frau Merbold ... ich habe Sie zu mir gebeten, damit ich

Sie auf das Zusammentreffen mit Ihrer Mutter vorbereiten kann. Es wäre nicht gut, wenn Sie sich in ihrer Gegenwart erschrecken. Bitte achten Sie darauf, wenn Sie gleich zu ihr gehen. Tun Sie bitte so, als sei alles in bester Ordnung … auch wenn es Ihnen schwerfällt.»

Konnten Worte einem derart vor den Kopf schlagen, dass man sich wie betäubt fühlte? «Was … was ist mit ihr?», fragte Kristin. Ihr Stimme klang fremd, nicht wie ihre eigene.

«Nun … ihr Sprachzentrum hat, wie zunächst befürchtet, nicht gelitten. Sie kann einwandfrei sprechen. Allerdings, was sie sagt, klingt doch recht merkwürdig. Sie dürfen das aber auf keinen Fall überbewerten, Frau Merbold. Ihre Mutter hatte einen schlimmen Unfall, der ein Trauma hinterlassen hat. So etwas kommt recht häufig vor. Die logischen Strukturen ihres Hirns sind noch nicht wieder voll einsatzbereit, und in Erinnerung an das, was passiert ist, gibt sie dem Keller mehr oder weniger die Schuld für den Unfall. Aber das wird kein Dauerzustand bleiben. In ein oder zwei Tagen sieht das schon ganz anders aus, glauben Sie mir. Vergessen Sie bitte nicht, Frau Merbold, dass Ihre Mutter fast eine Woche in einer Welt gelebt hat, von der wir so gut wie nichts wissen. Stellen Sie sich vor, Sie erwachen aus einem intensiven Traum … so ähnlich ist es hier.»

Kanamara hatte eine Menge Worte benutzt, doch nur drei davon waren bei Kristin haften geblieben. «Glauben Sie mir», hatte er gesagt und damit einen Fehler begangen. Denn dieses «Glauben Sie mir» hatte sich für Kristin wie betteln angehört; als bettele er darum, dass sie ihm doch seine Unwissenheit oder vielleicht sogar seine fromme Lüge abnehmen solle. Ihre schlimmsten Befürchtungen waren eingetreten. Ilse ein Pflegefall! Ein Mensch, den man nicht mehr allein lassen konnte. Ihre Mutter zu pflegen war aber das Letzte, was Kristin wollte.

«Kann ... kann ich zu ihr?»

Kanamara nickte. «Natürlich, aber denken Sie bitte daran, was ich Ihnen eingangs sagte: Egal, wie sich Ihre Frau Mutter verhält, tun Sie bitte so, als sei es völlig normal. Für sie ist es das, und ihr geschwächter Verstand würde noch nicht damit zurechtkommen, wenn jemand sie für ... ich meine, wenn sich jemand vor ihr erschrecken würde.»

Sie standen auf und verließen gemeinsam das Büro. Dr. Kanamara führte Kristin in einen anderen Bereich des Krankenhauses, da Ilse nicht mehr auf der Intensivstation lag. Er geleitete sie bis vor die Zimmertür. Dort verabschiedete er sich mit dem Hinweis, es sei besser, sie spreche zunächst allein mit ihrer Mutter. Genau das wollte Kristin aber nicht. Sie wollte nicht allein sein mit einer geistig Verstörten. Was spielte es da für eine Rolle, dass es sich um ihre Mutter handelte? Natürlich traute sie sich aber nicht, das Kanamara gegenüber zuzugeben. Wortlos sah sie ihm nach. Als er an einer Ecke verschwand, wandte sie sich der Tür zu und nahm das zusammen, was von ihren Kräften noch übrig war. Viel war es nicht. Schließlich atmete sie tief ein, umklammerte mit der linken Hand den Riemen der Handtasche und klopfte mit der rechten gegen die Tür. Ohne eine Antwort abzuwarten, trat sie ein.

Das Zimmer war kleiner als das vorige, ockerfarbene Vorhänge verdunkelten es, und es roch unangenehm nach etwas Unidentifizierbarem. Leise schloss Kristin die Tür und trat ans Bett. Die meisten medizinischen Geräte waren verschwunden, nur der Infusionsständer mit einer halbleeren Flasche stand noch links neben dem Bett. Der Blumenstrauß, den Kristin vorgestern mitgebracht hatte, stand auf dem Beistellwagen. Seine ursprüngliche Pracht hatte er eingebüßt.

Erst als Kristin nah am Bett stand, konnte sie erkennen, dass Ilse sie aus weit aufgerissenen Augen anstierte. Das Weiße darin leuchtete so übertrieben wie die Zähne in Kanamaras Gesicht.

«Kristin ...», flüsterte sie heiser, «endlich ...»

Bein und Arm waren noch in Gips, und wegen des angebrochenen Brustwirbels lag Ilse in einem speziellen Korsett, in dem sie sich nicht bewegen konnte. Nur ihren Kopf und ihren linken Arm hatte sie unter Kontrolle. Kristin überwand sich und nahm ihre Hand. Sie fühlte sich ... alt an.

«Mama ...» Ein halb verschluckter Laut, kaum als ihre eigene Stimme zu erkennen. Sie räusperte sich. «Ich bin so froh, dass es dir wieder bessergeht.» Schon erstaunlich, wie ihr der Satz über die Lippen kam. Der Arzt hatte gesagt, geh rein und belüge deine Mutter ein bisschen, und sie ging tatsächlich hinein und belog ihre Mutter ein bisschen.

«Ich ... ich muss dir was sagen, mein Kind, es ist wichtig, sehr wichtig, aber ich bin so müde. Die haben mir ein Schlafmittel gegeben, aber ich muss es dir unbedingt erzählen, bevor ... bevor ich einschlafe ...»

Ihre Stimme wurde leise, ihre Lider flatterten. Kristin setzte sich vorsichtig auf die Kante des Bettes und beugte sich zu ihr hinunter. Dabei hielt sie ihre kalte Hand fest, auch wenn sie sie lieber losgelassen hätte.

«Du kannst mir doch später alles erzählen, Mama, jetzt ist es erst mal wichtig, dass ...»

«Nein!» Scharf unterbrach Ilse ihre Tochter. «Das ist wichtig, nichts anderes! Euer Leben ist in Gefahr!»

Ilses Finger gruben sich in Kristins Hand.

«Was sagst du da?»

«Ihr ... ihr müsst das Haus verlassen, unbedingt, ihr dürft nicht länger dort bleiben. Es ist zu gefährlich ... viel zu gefährlich ...»

«Mama, bitte drück meine Hand nicht so fest, du tust mir weh!»

Der Griff wurde noch fester. «Du musst mir glauben. Verlasst das Haus. Es ist böse!»

Das letzte Wort spuckte Ilse so giftig aus, wie man es von einer zahnfaulen Hexe in einem Grimm'schen Märchen erwartet hätte. Kristin erschrak, erinnerte sich aber an Kanamaras Worte. Sie riss sich zusammen, obwohl sie beinahe aufgesprungen und vor ihrer Mutter zurückgewichen wäre. Sie machte ihr Angst; nicht mit dem, was sie sagte, sondern wie sie es sagte. Wie eine Verrückte. «Mama ... bitte!»

«Nimm Lisa und zieh in ein Hotel. Geht nicht wieder dorthin zurück, nicht einmal zum Kofferpacken. Es ist im Keller ... und bald kommt es herauf. Dann müsst ihr fort sein ... weit ... so weit es nur geht.»

Während sie sprach, flackerte in Ilses Augen etwas, das Kristin bei einem gesunden Menschen als Enthusiasmus bezeichnet hätte, doch wie sie so dalag, mit ihrem struppigen weißen Haar und der kahlen Stelle in der Mitte des Schädels, sah Kristin in dem Flackern nichts anderes als beginnenden Irrsinn. Das tat ihr weh, sehr weh, und es kostete sie Mühe, ihre Tränen zurückzuhalten.

«Mama ... bitte, sag so etwas nicht. Du machst mir Angst.»

«Du sollst auch Angst haben», schrie Ilse, «zum ersten Mal in meinem Leben will ich, dass du Angst hast. Flieh aus diesem verfluchten Haus ... Nimm deine Tochter und flieh ... Es ist im Keller ... im Keller ... Es hat mich ... mich ...»

Abermals flatterten Ilses Lider. Sie kämpfte dagegen an, doch die Dosis des Schlafmittels war zu großzügig bemessen, als dass sie den Kampf gewinnen konnte. Die Schwester, die es ihr verabreicht hatte, war absichtlich nicht sparsam gewesen. Die Station war voll; sie hatte schon mehr als genug zu tun und brauchte nicht noch eine geifernde alte Frau, die viel zu früh erwachte und ihre Horrorgeschichten zum Besten gab. Der Doktor hatte viel Schlaf verordnet, Schwester Katrin hatte viel Schlaf verabreicht.

«... im Keller ...», hauchte Ilse noch einmal, bevor ihre Lider zufielen. Der schmerzhafte Griff ihrer Hand ließ nach. Kristin wollte sich ihm entwinden, als Ilse ihre Augen plötzlich wieder aufriss und den Griff nochmals verstärkte.

«Versprich es mir», forderte sie herrisch. «Du musst mir versprechen, dass ihr beiden sofort das Haus verlasst. Es ist im Keller!»

Kristin erinnerte Kanamaras Worte. Zeigen Sie ihr, dass alles ganz normal ist. Also nickte sie, versuchte sich in einem beruhigenden Lächeln und sagte: «Ich verspreche es dir, Mama.»

Einen Moment sah Ilse sie schweigend an. Das Flackern in ihren Augen war verschwunden, sie wirkte nur noch müde – und verängstigt. Ihre Hand sackte auf das Laken zurück, dann fielen ihre Lider endgültig herunter. Zutiefst verunsichert blieb Kristin am Bettrand zurück.

Seine Lippen schmerzten. Diese verfluchte Kälte schien in das verbrannte Fleisch hineinzukriechen und es erneut zum Brennen zu bringen. Kleine hässliche Stiche schossen bis ins Gehirn. Längst wummerte eine Legion Hämmer in seiner rechten Augenhöhle. Diese Kopfschmerzen! Sie kamen immer wieder, seit seine linke Gesichtshälfte an dem Ofen verbrannt war.

Radduks Hand schloss sich um den Griff seiner Waffe. Die Knöchel traten weiß hervor, die Gelenke knackten. Es fiel ihm schwer, sich zu konzentrieren. Alles in ihm schrie danach, auszusteigen, sich den Kerl zu kaufen und ihm das Leben aus dem Leib zu prügeln. So wie diesem schwulen Wichser. Aber das ging nicht. Dann würde er sein Geld niemals bekommen. Und offensichtlich ging sein Plan ja auf. Warum wohl fuhr Robert Stolz so fluchtartig in diese Einöde? Hier irgendwo war das Geld versteckt. Sie hatten es gar nicht in der Stadt. Logisch, natürlich nicht. War ja auch viel zu heiß.

Er musste warten. Musste einfach nur warten, bis dieser Scheißkerl ihn zu seinem Geld führte. Dann konnte er ihm immer noch jeden Finger einzeln mit der Rosenschere abkneifen. Was für ein Spaß!

Aber diese Warterei ... verdammt, das war nicht sein Ding. Schon die endlosen Stunden in Hamburg, am Straßenrand im Wagen sitzend. Eine einzige Qual. Und dabei hatte er noch Glück gehabt. Ohne den Tipp von Kalle Stolz wäre er Erics Bruder nicht so schnell auf die Schliche gekommen. Oh Mann, was für eine Familie. Die Brüder hassten sich, und der Vater verriet den Sohn an jemanden, der eindeutig Mordgedanken mit sich trug. Was für ein Spaß!

Radduk beugte sich vor, als Robert Stolz den kleinen Dorfladen verließ. Auf seinem Weg zum Wagen schaute er sich aufmerksam um. Ja, dachte Radduk, guck ruhig, du Penner. Mich wirst du erst entdecken, wenn es zu spät ist.

Ich bin nicht so dämlich wie Hardy. Dieser Idiot. Ließ sich erwischen wie ein Anfänger und machte damit alles kaputt. Jetzt war er selbst kaputt, mehr oder weniger.

Zeitgleich mit Robert Stolz startete Radduk den Motor seines Wagens. Als er sicher war, nicht gesehen zu werden, fuhr er vom Vorplatz des Gasthauses, wo er verborgen hinter einer immergrünen Hecke geparkt hatte, und verfolgte den BMW. Stolz fuhr zurück. Was sollte das? Wusste der Kerl nicht, wohin er wollte?

Ungefähr zwei Kilometer außerhalb des kleinen Kaffs bog er plötzlich ab. Radduk fuhr an der Einfahrt vorbei und sah die Bremslichter des BMW vor einem tiefliegenden Fachwerkhaus aufleuchten. Nicht weit entfernt führte ein Wirtschaftsweg in einen Kiefernwald. Dort parkte Radduk seinen Wagen. Am Rand der einsamen Landstraße lief er zurück. Das Pochen seines Blutes und die schneidende Kälte des Windes ließ sein Gesicht schmerzen, als wäre die Verbrennung erst einen Tag alt. Dafür würde Stolz büßen. Schlimmer, als er es sich je vorgestellt hatte.

Gegenüber des Hauses drückte Radduk sich ein paar Schritte in den Wald hinein und beobachtete. Da keine Blätter mehr an den Pappeln und Büschen waren, konnte er das Grundstück gut einsehen. Und was tat Stolz da? Er schlich um das Haus und sah in die Fenster.

Dort musste sein Geld sein. Was für ein Interesse konnte er sonst daran haben? Hier lebte jemand, dem er vertraute und der seine Beute für ihn aufbewahrte. Vielleicht war dieser Jemand nicht da? Vielleicht kam Stolz unangemeldet, weil der Tod der kleinen Schwuchtel und Hardy ihn aufgescheucht hatten? Vielleicht sollte er einfach da rübergehen und dem Kerl eine Kugel verpassen?

Radduk kroch aus dem Wald, hielt sich aber im Schutz der Böschung. Erst als Robert Stolz hinter dem Haus verschwand und er sich davon überzeugt hatte, dass rechts und links kein Auto zu sehen war, spurtete Radduk über die Straße. Er nutzte jedoch nicht die mit Schotter belegte Hofeinfahrt, sondern schlug sich durch die Büsche auf das Stallungsgebäude zu. Er hatte es fast erreicht, da tauchte Stolz neben der Hausecke auf. Radduk ließ sich auf die Knie fallen. Hinter einem unordentlichen Haufen alter Bretter ging er in Deckung. Durch eine Lücke in dem Wirrwarr beobachtete er Stolz.

Der ging auf die Haustür zu und las offensichtlich den Namen auf der Klingel. Dann drückte er ein paarmal den Knopf und wartete. Schließlich wandte er sich ab und ging zu seinem Wagen. Radduk richtete sich ein wenig auf und brachte seine Waffe in Anschlag.

Robert Stolz blieb einen Moment in der geöffneten Tür seines Wagens stehen und betrachtete das Haus. Dabei stand er mit dem Rücken zum Holzhaufen. Radduk zielte und zog den Abzug durch. Nichts!

Als er endlich entsichert hatte, war Robert Stolz längst eingestiegen.

«Verdammte Scheiße», flüsterte Radduk und sah dabei zu, wie der Blödmann rückwärts die Einfahrt hochfuhr.

Während der Fahrt zurück nach Althausen glich Kristins Kopf der Drehtür eines stark besuchten Kaufhauses. Verschiedene, nicht immer zusammenhängende Gedanken kamen und gingen hinein und wieder hinaus, beschäftigten sie für eine Sekunde, um dann zu verschwinden und den nächsten Platz zu machen. Nach und nach schien sich dabei jedoch etwas herauszubilden. Ungefähr so, als säße sie vor einem Puzzle mit dreitausend Teilen: Sie nahm dieses und jenes Teil, versuchte es einzupassen, legte es wieder weg, nahm ein neues, versuchte es wieder und wieder, und tatsächlich, zunächst ohne dass sie es wirklich bemerkte, entstand ein Bild.

Als sie den Cherokee vom Parkplatz des Krankenhauses lenkte, war sie noch gewillt, Dr. Kanamara uneingeschränkt recht zu geben. Ihre Mutter gab tatsächlich dem Haus die Schuld an ihrem Unfall. Sie war ... verwirrt. Verwirrt war genau das richtige Wort, denn verwirrt ging noch in Ordnung. Wer nur verwirrt war, für den bestand durchaus noch Hoffnung. Für Verrückte leider nicht. Doch während Jeepi unter dem bleigrauen Dezemberhimmel Kilometer um Kilometer fraß, sorgten verschiedene Puzzleteile dafür, dass Kristin immer unsicherer wurde.

Flieh aus diesem verfluchten Haus ... es ist im Keller ... im Keller.

Ilse hatte das aus tiefer Überzeugung gesagt. Das mochte an ihrem Zustand liegen, doch da gab es etwas, was Kristin stutzig und misstrauisch werden ließ: Es ist im Keller. Was auch immer Ilse mit «Es» meinte, sie war der Überzeugung, dass es im Keller war. Im Keller!

Am Abend zuvor, das merkwürdig gespannte Gespräch in der Küche der Möncks. Johann hatte gefragt, ob sie den Keller noch benutzten. Und dann war er zusammen mit Hanna und Maria praktisch über sie hergefallen, um sie davon zu überzeugen, den Keller zu verschließen. Kristin brauchte nicht lange in ihrem Inneren zu wühlen, um sich an jene Gefühle zu erinnern, die sie beim ersten Betreten des Kellers gehabt hatte. Tot war ihr das Loch vorgekommen, tot und unheimlich. Und in ihrem letzten Albtraum hatte sie dort unten gelegen und gefühlt, dass etwas in der Dunkelheit lauerte. Etwas ... Unbeschreibliches, Undenkbares! Was stimmte nicht mit dem Keller? Warum war Ilse die Treppe hinuntergestürzt? Weil sie steil und schmal und Ilse eine alte Frau war? Oder weil irgendetwas sie erschreckt hatte? Aber, mein Gott ... was sollte das sein? Über was dachte sie hier nach?

Über das, was mich in meinen Träumen quält, über den Reim, der mich in meinen vier Wänden wie ein böses Omen verfolgt; über die merkwürdigen Worte, über Johann, Maria und Hanna, die fast umkommen vor Sorge – und über diese schreckliche Sache mit dem Scherenschleifer.

Oder war das alles nur Zufall?

Ilse war auf den Kopf gefallen, sie war verwirrt, und ... ja, vielleicht war sie auch verrückt? Wie sollte sie das wissen, wenn es nicht einmal Dr. Kanamara wusste? Und überhaupt, hatte sie nicht Probleme genug? Der Nachschub klappte wie geschmiert, da brauchte sie sich wirklich nicht drum kümmern. Kristin wollte sich gar nicht kümmern, um überhaupt nichts. Sie hatte es ganz einfach satt, sich kümmern zu müssen. Ohne Tom war alles so schwierig, und weil der Teil ihres Verstandes, der sich nur ungern kontrollieren ließ, Schwierigkeiten gern vermied, ließ Kristin sich von der still gefrorenen Landschaft einfangen, lauschte dem Autoradio und ließ ihren Kopf machen, was er wollte. Und der hatte überhaupt kein Interesse daran, sich mit etwas zu befassen, was im Keller war.

Im Zustand der Gedankenlosigkeit rauschte sie über die Landstraße und verpasste sogar die Abfahrt nach Althausen. Auf der Einfahrt eines Bauernhofes wendete sie den Cherokee und fuhr zurück. Sie wollte einfach nur nach Haus und vom Rest der Welt in Ruhe gelassen werden. Zumindest für heute. Irgendwann reichte es nämlich.

Gegen halb drei erreichte sie den Hof der Möncks. Als sie aus dem Wagen stieg, fielen erste kleine Schneeflocken. Sie erinnerte sich an die Prophezeiung der Wetterfrösche, dass es einen Schneesturm geben würde. Jetzt schien es tatsächlich loszugehen.

Lisa wollte noch nicht nach Hause. Kristin setzte sich für ein paar Minuten in die Küche der Möncks und berichtete Johann und Maria von ihrem Krankenhausbesuch. Ohne zu zögern, belog sie ihre einzigen Nachbarn. Sie sagte nichts von den Hirngespinsten, die Ilse so giftig ausgestoßen hatte, erzählte ihnen nur, dass sie erwacht sei, sich aber noch in einem schlechten Zustand befand. Die Möncks schauten betroffen drein, und wieder hatte Kristin den Eindruck, sie wollten unbedingt etwas loswerden. Sie sagten jedoch nichts, und Kristin fragte nicht nach. Es interessierte sie nicht. Nicht heute ... und morgen wahrscheinlich auch nicht.

Nach einer Tasse Tee wollte Lisa noch immer nicht mit. Es fiel Kristin nicht leicht, den bittenden Augen ihrer Kleinen zu widerstehen, doch sie wollte nicht allein nach Hause fahren. Nichts wollte sie weniger, als dort drüben allein sein. Johann bot an, Lisa später mit dem Wagen rüberzubringen, doch Kristin lehnte dankend ab. Sie packte ihre widerwillige Tochter ein und fuhr mit ihr nach Haus. Auf dem kurzen Weg dorthin log sie auch sie an, versprach, dass mit Oma alles wieder gut werden würde.

Lisa war aufgedreht von dem ungeplanten Besuch bei Toni. Sie plapperte über dieses und jenes, und obwohl es nervte, war Kristin froh, sie bei sich zu haben. Aus den ersten kleinen Schneeflocken war bereits richtiger Schneefall geworden, als sie den Cherokee im Unterstand parkten und aufs Haus zugingen. «Wenn morgen früh viel Schnee liegt, machen wir eine Schlittenfahrt durch den Wald und bauen vor dem Küchenfenster einen Schneemann», versprach Kristin, während sie die Haustür aufschloss.

Einen Moment blieben sie in der geöffneten Tür stehen und betrachteten die fallenden Flocken, die durch kräftige Windstöße immer wieder zum wilden Tanz verführt wurden.

Dann bugsierte Kristin ihre Tochter hinein. Auf der fensterlosen Diele war es schummrig. Kristin wollte Licht machen, doch dazu kam es nicht mehr. Irgendwas traf sie hart an der linken Seite und schleuderte sie so heftig zu Boden, dass ihr schwarz vor Augen wurde.

Während sie fiel, hörte sie Lisa schreien.

21

Lisa verstummte abrupt, als eine kräftige Hand ihr ins Gesicht schlug. Ihr Kopf wurde zur Seite geschleudert, sie stolperte rückwärts in die Ecke zwischen Dielenschrank und Wand, rutschte zu Boden und kauerte sich wie ein panisches Kaninchen zusammen.

«Einen Ton! Fenn du noch einal schreist, rügle ich dich rün und lau!» Drohend wies der Mann mit seinem Zeigefinger in ihre Richtung.

Kristin versuchte sich aufzurappeln, doch noch bevor sie

wirklich stand, wurde sie an den Oberarmen gepackt, unsanft hochgerissen und mit dem Gesicht gegen die kalte Eingangstür gepresst. Das alles ging sehr schnell, sie begriff nicht, was geschah, hatte nicht mal Zeit zu schreien. «Das Gleiche gilt für dich», raunte der Mann ihr ins Ohr. Sein Atem roch nach Fisherman's Friend. «Fenn du genau tust, fas ich dir sage, üerlest du vielleicht. Und denk an deine Tochter. Ist doch deine Tochter, oder?»

Kristin reagierte nicht. Der Mann riss ihren rechten Arm schmerzhaft nach oben. «Ist sie deine Tochter oder nicht?»

Schnell nickte Kristin. Sprechen konnte sie nicht, da ihre Lippen unnachgiebig gegen die Tür gepresst wurden.

«Na also, geht doch. An deine Tochter solltest du denken. Fenn du irgendfelche Dunnheiten anstellst, fird es ihr schlechtgehen. Das verstreche ich dir. Hast du nich verstanden?»

Kristin verstand gar nichts, nickte aber. Plötzlich zog der Mann sie von der Tür weg und stieß sie zum Dielenschrank. Sie ließ sich auf die Knie fallen, zog Lisa aus der Nische und presste sie an ihre Brust. Die Kleine begann zu wimmern, ihr Herz wummerte laut und schnell. «Schscht schscht», machte Kristin und strich ihr übers Haar.

Ein schwarzer Schatten ragte drohend vor ihr auf. Der Scherenschleifer ist zurück, schoss es Kristin durch den Kopf. Selbst als das Deckenlicht aufflammte, wollte diese verrückte Erkenntnis nicht weichen. Zu furchteinflößend und abscheulich war der Anblick, der sich ihr bot. Aus ihrer hockenden Stellung wirkte der Mann überdimensional groß. Sein kantiger Schädel war von Haaren und Bart überwuchert, wilde Augen stachen aus dem Urwald hervor. Eine verzerrte Fratze war dieses Gesicht; eine Fratze, in der vieles nicht zu stimmen schien. Die Lippen! Sie waren so merkwürdig verschoben.

«Fas für ein schönes Dild», sagte er. «Utter und Tochter klammern sich aneinander.» Er blickte auf sie hinab. «Ihr eiden geht jetzt in die Küche und setzt euch an den Tisch.»

Kristin hörte es zwar, rührte sich aber nicht. Sie wollte fragen, was das sollte, hatte die Worte auch schon auf der Zunge, wurde aber rüde daran gehindert.

«Geht in die Küche, sonst assiert was!», brüllte der Mann.

Lisa zuckte zusammen und vergrub ihr Gesicht an ihrem Hals. Kristin konnte die warme Feuchtigkeit der Tränen an ihrer Haut spüren. Langsam stand sie mit der Kleinen auf dem Arm auf, behielt den Fremden dabei im Blickfeld. Er strahlte eine fühlbare Aura der Gewalt aus. Rückwärts ging sie in die Küche. Wir werden überfallen, dachte sie dabei.

«Hinsetzen, jeder au einen Stuhl!»

Lisa klammerte sich noch fester. «Aber sie hat Angst», sagte Kristin. Die wenigen Worte brannten in ihrem Hals.

«Ist nir scheißegal. Neinetfegen setzt euch neneinander, jeder auf einen Stuhl. Wird's ald.»

Die letzten beiden Worte brüllte er so laut, dass Kristin zusammenfuhr und sofort ausführte, was ihr befohlen wurde. Sie setzte sich auf einen Stuhl und zog einen zweiten ganz nah zu sich heran. Lisa wollte sich nicht von ihr lösen. Kristin beruhigte sie flüsternd, mühte sich ab, die kleinen, aber erstaunlich kräftigen Finger von ihrem Hals zu lösen. Als sie auf dem anderen Stuhl saß, vermied Lisa es, den Mann anzusehen, blickte starr nach unten. Kristin legte den linken Arm um ihre zitternde Tochter und zog sie so weit zu sich heran, wie es nur ging. Dabei sah sie den Fremden unentwegt an.

Er hatte Lisa geschlagen, das wurde ihr erst jetzt bewusst. Kristin hatte Angst, aber sie spürte auch Wut. Längst nicht genug, um auf den Mann loszugehen, aber sie reichte, die Angst auf ein erträgliches Maß zu dämpfen. Instinktiv spürte sie, wie gefährlich es war, ihn zu reizen. Eine falsche Bewegung, ein falsches Wort, und er würde explodieren, daran zweifelte Kristin nicht. Sie schaffte es nicht, seinem Blick länger als ein paar Sekunden standzuhalten, zu stechend, zu aggressiv war er.

Auf der Arbeitsplatte der Küche entdeckte sie eine zur Hälfte geleerte Flasche Mineralwasser und eine geöffnete Dose Würstchen. Trotz des überhasteten Aufbruchs am Vormittag war sie sicher, jene Dinge nicht dort stehengelassen zu haben. Folglich hatte der Einbrecher von ihren Vorräten gegessen und getrunken. Kristin war zunehmend verwirrt, konnte sich nicht vorstellen, was das alles sollte.

«Fie heiß du?»

Kristin räusperte sich. «Kristin Merbold.»

«Und fas fill Stolz von dir?»

Kristin begriff nicht. Was sollte ihr Stolz von ihr wollen? Was war das für eine merkwürdige Frage? Ein erschreckender Verdacht stellte sich plötzlich ein. War der Mann kein gewöhnlicher Einbrecher, sondern ein Geistesgestörter? Ein ausgebrochener Irrer?

«Ich ... ich verstehe nicht», sagte sie. Lisa zitterte in ihrem Arm.

«Hör nal, Nädchen, nach nir nichts vor, ja. Ich hag noch von jeden erfahren, fas ich fissen follte. Esser, du gist mir die richtigen Antforten, sonst nehne ich nir deine Kleine for. Also, fas fill Roert Stolz von dir?»

Jetzt fiel der Groschen bei Kristin. Es handelte sich um

einen Namen. Wenngleich auch um einen, den sie noch nie gehört hatte. «Ich kenne keinen Robert Stolz. Was soll das alles?!»

Der Mann ging zwei Schritte auf sie zu, stützte sich mit beiden Händen auf der Tischplatte ab und beugte sich hinunter. Wieder schlug ihr der Geruch scharfer Bonbons entgegen.

«Erzähl keinen Scheiß. Ich hag ihn un dein Haus schleichen sehen. Ihr fart doch veratredet, oder? Konnt er noch nal her oder hat ihr euch foanders getroffen?»

Jemand war um ihr Haus geschlichen? Kristin verstand immer weniger. In ihrem Kopf rasten die Gedanken, es fiel ihr schwer, sich zu konzentrieren. Was war das nur für ein Geplapper? Wie sollte sie auf solche Fragen Antworten geben, die den Fremden zufriedenstellten? Sie wollte ihn nicht reizen, konnte aber nicht mehr sagen als: «Ich ... ich weiß wirklich nicht, was Sie von uns wollen. Wenn Sie Geld wollen ...»

«Siehst du, Nädchen, da konnen wir der Sache doch schon näher. Hat er es hier ei dir versteckt? Färe doch genial, hier draußen auf den Lande! Und inner fenn dieser Arsch ein taar Scheine traucht, konnt er raus, vögelt dich und fährt mit den Geld zurück. Ich fill für dich hoffen, dass ihr noch nicht zu viel Geld ausgege... ausgege... hat.»

Er grinste Kristin mit seinen halben Lippen an. Unwillkürlich zog sie Lisa noch ein Stück näher zu sich heran.

«Also, fo ist nein Geld?»

«Ich ... ich weiß wirklich ...»

Die Hand des Fremden schoss nach vorn, griff in Kristins Haar und riss daran. Ruckartig wurde ihr Kopf nach vorn gezogen. Kristin schrie, ebenso Lisa.

«Schnause halten», schnauzte der Einbrecher sie an, riss noch heftiger an ihrem Haar. Kristin wusste nicht, was sie zuerst tun sollte. Es tat weh, doch ihre Gedanken galten Lisa. Sie musste sich zusammenreißen, um nicht ihren Arm von der Kleinen zu nehmen. Als er wieder sprach, befand sich sein Mund ganz dicht an ihrem Ohr.

«Zun letzten Nal. Fo ist das Geld?»

Knapp und tonlos war die Frage gestellt. Kristin war sofort klar, dass eine falsche Antwort schlimme Konsequenzen haben würde. Sie rang nach Worten, konnte aber letztlich nichts anderes tun, als die Wahrheit zu sagen. Sie wusste nichts von irgendwelchem Geld.

«Bitte ... bitte, tun Sie uns nichts ... ich hab kein Geld im Haus, vielleicht fünfzig Euro in meiner Tasche, mehr nicht ... bitte, lassen Sie uns doch in Ruhe.»

Der Mann ließ ihr Haar los und richtete sich auf. «Schön, ich kann auch anders. Fenn du es unedingt auf die harte Tour fillst, einetegen.»

Kristin erstarrte. Sie konnte dem Mann nicht geben, wonach er suchte, doch er glaubte ihr nicht. Schlagartig wusste sie, dass dies ein schlimmes Ende nehmen würde. Wer sollte ihnen helfen? In diesem Haus waren sie auf sich allein gestellt, es gab niemanden, der hin und wieder nach dem Rechten sah.

«Die Kleine soll herkonnen», sagte der Fremde.

Kristin umklammerte ihre Tochter nun auch noch mit dem zweiten Arm. Tränen schossen ihr in die Augen und machten sie fast blind, sie konnte es nicht verhindern. «Nein, nicht, bitte ... nicht meine Tochter ...»

Er griff über den Tisch, packte Lisa bei den Schultern und entriss sie ihr mit einer Kraft, der sie nichts entgegenzusetzen hatte. Von einer Sekunde auf die andere waren ihre Arme leer. Lisa schrie.

«Neiiiiiin!!!» Kristin sprang vom Stuhl auf, wollte sich auf den Kerl stürzen, ihm die Augen auskratzen, in die Eier treten, was auch immer: Sie wollte Lisa wiederhaben! Sein schneller Schlag traf sie auf Nase und Mund. Er schleuderte sie gegen die Anrichte, warmes Blut quoll aus ihrer aufgeplatzten Lippe. Benommen rutschte sie mit dem Rücken an der Anrichte herunter. Das weitere Geschehen bekam sie nur nebulös aus Entfernung mit. Der Mann packte die schreiende Lisa am Arm, zwang sie mit brutaler Gewalt in die Speisekammer, knallte die Tür zu und schloss ab. Dann wandte er sich ihr zu. Zwar gewann Kristin ihre Besinnung wieder, doch seine Worte klangen merkwürdig verzerrt.

«Ist für die Kleine vielleicht nich so gut, fenn sie alles it ansehen uss, fas einst du?»

Kristin schüttelte den Kopf, wollte etwas sagen, spürte den Geschmack ihres eigenen Blutes im Mund. Sie wischte mit dem Handrücken über ihre angeschwollene Lippe. Fassungslos starrte sie auf das verschmierte Rot, das von den Knöcheln bis zum Ansatz des Handgelenks reichte. Der Schock ging so tief, dass sie den Einbrecher für einen Augenblick vergaß. Aber nur, bis er sie an der blutverschmierten Hand nach oben riss.

Er schleuderte sie herum und drückte sie mit dem Rücken gegen den Türrahmen. Hart schlug die Kante gegen ihre Wirbelsäule. Er umklammerte ihre beiden Handgelenke mit einer seiner großen Pranken und hielt sie über ihren Kopf gegen die Wand gepresst. Seine freie Hand grub sich in ihren Hals und drückte zu. Immer fester. Kristin bekam keine Luft, begann zu würgen.

«Öchtest du Staß haden, Süße?»

Seine Hand verschwand von ihrem Hals, wanderte abwärts, schob die Jacke auseinander, grabbelte an ihrer Brust. Kristin rang nach Atem, spürte, wie er versuchte, die Bluse aus dem Hosenbund zu zerren.

Als ihr Bauchnabel frei lag, wurde die Panik zu groß. Kristin reagierte einfach nur hoch, ohne an die Folgen für Lisa oder sich selbst zu denken. Sie wand sich hin und her, stieß sich mit dem Becken vom Türrahmen ab, und es gelang ihr, die Hände freizubekommen. In dem Gerangel rutschte sie in die offene Tür und stolperte auf die Diele hinaus. Der Fremde versetzte ihr einen harten Schlag in den Nacken, sie wurde nach vorn geworfen, stürzte auf den gefliesten Boden. Dann war er über ihr, riss sie herum und gleichzeitig ihre Bluse auseinander. Die kleinen Knöpfe sprangen davon. Mit beiden Händen versuchte der Mann ihr Unterhemd zu zerreißen, dabei stand er gebückt und breitbeinig über ihr.

Und plötzlich erschien Kristin die Situation sehr klar; als ob sich an einem wolkenüberzogenen Himmel ein Loch auftat und ein heller Strahl Sonnenlicht einen scharf umrissenen Fleck auf dem Boden ausleuchtete. In diesem hellen Licht erkannte sie, dass der Weg zwischen die Beine des Fremden frei war. Ohne noch einmal das Wenn und Aber zu bedenken, riss sie ihr rechtes Bein hoch. Ihre Schuhspitze grub sich in die Genitalien des Mannes. Augenblicklich waren seine Hände von ihrer Brust verschwunden. Stöhnend taumelte er beiseite und ging in die Knie.

Unsicher kam Kristin auf die Beine, sah sich auf der Diele nach etwas um, das sie als Waffe benutzen könnte. Sofort blieb ihr Blick an der kleinen Gartenhacke hängen, die Lisa ihr zum Geburtstag geschenkt hatte. Seit jenem Sonntag lag sie neben der Gießkanne auf der Ablage über dem Schlüsselbrett. Silbrig glänzend blitzte sie Kristin an. Sie stolperte darauf zu, nahm sie in die rechte Hand, wog sie, wie ein Mann einen Baseballschläger wiegen würde.

Der Mann hockte noch immer am Boden, drehte ihr den Rücken zu und war mit sich selbst beschäftigt. Eine gute, wahrscheinlich einmalige Gelegenheit, ihm die Hacke in den Schädel zu schlagen. Das brachte Kristin jedoch nicht fertig. Mit der vermeintlichen Waffe in der Hand wollte sie sich an ihm vorbei zur Speisekammer schleichen. Sie hatte die Küchentür beinahe erreicht, da sprach er sie an.

«Das ... first du ... üßen», stieß er hervor. Kristin konnte sehen, dass er Höllenqualen litt, trotzdem kämpfte er sich schwerfällig hoch und starrte sie mit verzerrtem Gesicht an. Kristin streckte den Arm mit der Gartenhacke aus, um ihm zu zeigen, dass sie eine Waffe besaß. Es schien ihn nicht zu beeindrucken.

«Fas fillst du it den Ding?»

Er griff danach, erreichte es aber nicht. Kristin führte einen schnellen Schlag durch die Luft. Sie hatte nicht vorgehabt, ihn zu treffen, wollte ihn nur warnen. «Lass uns in Ruhe», rief sie.

Dann überschlugen sich die Ereignisse.

«Wird wohl einen Schneesturm geben.»

Der hagere Wirt stellte den Teller vor Robert auf den Tisch. Augenblicklich stieg ihm der Duft der Pommes in die Nase, und sein Magen erinnerte ihn daran, dass er schon seit Stunden nichts gegessen hatte.

Robert nickte. «Ja, ist ziemlich kalt da draußen.»

Der Wirt legte ein in eine Serviette eingewickeltes Besteck neben den Teller. «Im Radio warnen sie schon den ganzen Tag. Ich hab's ja nicht geglaubt, aber mittlerweile ...»

Der Wirt ließ den Satz unvollendet und machte sich auf den Rückweg zum Tresen. Robert sah ihm nach. Er war der einzige Gast in dem schummrig beleuchteten Gastraum der «Wilden Sau». Hier war es so gepflegt wie in jeder anderen Dorfkneipe auch, und so wie die Pommes mit Jägerschnitzel aussahen und rochen, war auch das Essen in Ordnung. Nur die Ruhe irritierte Robert. Er fühlte sich nicht sonderlich wohl als einziger Gast. Zumal der Wirt ein gesprächiger Mensch zu sein schien.

Hinter dem langgestreckten Tresen bereitete er den Kaffee zu, den Robert bestellt hatte. Das gelbe Licht der tiefhängenden Lampen warf lange Schatten in sein hageres Gesicht, aus dem die Wangenknochen und die Nase wie Felsvorsprünge hervorstanden.

«Sie kommen nicht aus der Gegend, oder?»

Mit einigen Pommes im Mund schüttelte Robert nur den Kopf.

«Hier kann man nirgends übernachten. Bevor es losgeht, sollten Sie zusehen, dass Sie wegkommen.»

«So schlimm wird es wohl nicht werden.»

Der Wirt kam mit der Tasse Kaffee. «Wer weiß das schon? Hier bei uns gibt es keinen Räumdienst. Wenn die Straßen zu sind, sind sie zu.»

Er stellte die Tasse auf den Tisch, machte aber keine Anstalten, wieder hinter seinem Tresen zu verschwinden. Robert kaute und versuchte ein Lächeln. Jetzt bereute er es, überhaupt eingekehrt zu sein. Aber bei den Merbolds war niemand zu Hause, und bei der Kälte hätte er kaum im Wagen warten können. Hinzu kam sein Magen, der schon seit geraumer Zeit knurrte. Er hatte keine Wahl gehabt, und das war immer schlecht.

«Suchen Sie hier jemanden?»

«Bitte?»

Zu Roberts Entsetzen zog der Wirt einen Stuhl vom Tisch und setzte sich. «Na, ich meine, sonst verirrt sich doch keiner hierher.»

«Ich bin geschäftlich unterwegs.»

«Versicherungen, was?»

Robert versuchte gleichgültig zu wirken, während er nickte. «So was Ähnliches.»

«Hab ich mir schon gedacht. Ihr seid ja immer im Rudel unterwegs.»

«Wie bitte?»

«Na, Ihr Kollege. Der hat vorhin hier geparkt, ist aber nicht reingekommen. So ein dunkler Geländewagen. Ist doch Ihr Kollege, oder?»

Robert verharrte beim Kauen und sah den Wirt an.

«Mein Kollege?»

«Ja, vor einer Stunde vielleicht. Ist aber nicht ausgestiegen. Hat ein paar Minuten geparkt und ist dann wieder gefahren.»

«Was war das für ein Wagen?»

Der Wirt zuckte mit den Schultern. «Ich weiß nicht, so ein Geländewagen eben. Dunkle Farbe.»

«Und das Kennzeichen?»

«Hamburger Nummer. Hab ich mir aber nicht gemerkt. Hören Sie, stimmt was nicht? Hab ich ...»

Robert ließ das Besteck fallen und sprang auf. «Was schulde ich Ihnen?»

Der Wirt stand ebenfalls auf. Entgeistert blickte er von dem noch halbvollen Teller zu Robert. «Aber … aber, Sie haben doch gar nicht …»

Robert zog sein Portemonnaie aus der Tasche, klaubte hastig einen Zwanziger hervor und warf ihn auf den Tisch. «Das wird wohl reichen.»

Dann schnappte er sich seine Jacke und stürzte zur Tür hinaus. Draußen fegten kleine Schneeflocken über den Parkplatz.

Lisa schrie in der Speisekammer nach ihrer Mutter. Instinktiv tat Kristin einen Blick zur Küche – und der Mann stürzte auf sie zu. Blindlings riss sie den Arm mit der Hacke durch die Luft und spürte den Aufprall. Der Mann schrie auf, taumelte zurück, presste eine Hand gegen seine rechte Wange. Blut quoll zwischen seinen Fingern hervor. Kristin taumelte ebenfalls ein paar Schritte zurück und ließ die Gartenhacke fallen.

Mit einem ohrenbetäubenden Knall sprang plötzlich die Haustür auf und schlug wuchtig gegen die Wand. Unter tanzenden Schneeflocken stürzte ein weiterer Mann in die Diele. Er bewegte sich schnell, brachte eine Waffe in Anschlag, zielte auf den Einbrecher.

Kristin hielt verkrampft ihre Fäuste vor ihre zerrissene Bluse, blickte hektisch von einem zum anderen. Der, nach dem sie mit der Hacke geschlagen hatte, nahm seine Hand aus dem Gesicht, um unter seine Jacke zu greifen. Kristin sah, wie das Fleisch seiner Wange unter dem Vollbart dort auseinanderklaffte, wo ihn die Hacke getroffen hatte. Blut pulsierte aus der Wunde.

Plötzlich krachten zwei Schüsse, unglaublich laut hallten

sie auf der Diele wider. Kristin sah die Lichtblitze und die beiden aufplatzenden Löcher in der Brust des Einbrechers gleichzeitig, begriff zunächst aber nicht, was das eine mit dem anderen zu tun hatte.

Der Getroffene wurde zurückgeworfen, prallte gegen die Wohnzimmertür, riss die Augen auf und stolperte zwei Schritte vor. Dabei versuchte er abermals, seine eigene Waffe in Anschlag zu bringen. Der Mann an der Tür zögerte nicht. Er feuerte einen dritten Schuss ab, den Kristin kaum noch hörte, da ihre Ohren fast taub waren. Das dritte Projektil traf den Einbrecher in den Kopf. Seine rechte Gesichtshälfte verschwand plötzlich, und etwas spritzte gegen die Wohnzimmertür hinter ihm. Er drehte sich, taumelte einen Schritt zur Seite, sackte auf die Knie und schlug auf den Boden.

Stille. Als wäre die Zeit eingefroren. Niemand bewegte sich. Schneeflocken wurden vom Wind in die Diele getrieben.

Kristin konnte nicht anders; sie starrte auf die sich rasch ausbreitende Blutlache, die unter dem Körper des Mannes hervorgekrochen kam und sich wie eine dicke Bugwelle voranschob. Er lag auf dem Bauch. Sie konnte die unversehrte Hälfte seines Gesichtes sehen. Noch atmete er, seine Augen waren geöffnet, aber sein Blick wirkte der Welt entrückt. Schließlich zitterte sein Oberkörper ein letztes Mal.

Auch Kristin zitterte. Noch immer die Fäuste vor der Brust verkrampft, war sie nicht fähig, sich zu bewegen. Der schwere Duft des Blutes stieg ihr in die Nase. Als der andere Mann, der die Tür aufgebrochen hatte, sich bewegte, blickte sie zu ihm hinüber. Schnell steckte er seine Waffe weg, zeigte ihr seine Handflächen und kam auf sie zu.

«Geht es Ihnen gut? Sind Sie verletzt?»

Kristin starrte ihn an.

Er fasste sie vorsichtig bei den Schultern. «Wo ist Ihre Tochter?»

Da fiel die Starre von ihr ab. Sie riss sich los und stürzte in die Küche. Mit zitternden Fingern schloss sie die Tür zur Speisekammer auf. Lisa fiel ihr entgegen. Kristin fing sie auf, ging in die Knie und schloss das heulende Bündel in ihre Arme.

«Es ist alles in Ordnung, weine nicht mehr, Träumerchen ... der böse Mann ist weg. Er kann uns nichts mehr tun.»

22

Robert betrat die Küche, schloss die Tür hinter sich, damit das kleine Mädchen den Toten nicht sehen konnte, und ging vor den beiden in die Knie.

«Sie kennen mich nicht», begann er langsam und um Atem ringend, «aber Sie brauchen vor mir keine Angst haben. Ich werde Ihnen und Ihrer Tochter nichts tun. Vertrauen Sie mir. Später werde ich Ihnen alles erklären. Bleiben Sie mit Ihrer Tochter hier, bitte. Ich muss mich ... um den da draußen kümmern.»

Die Frau sah ihn aus großen Augen an, während sie ihrer Tochter über den Rücken strich. «Haben Sie mich verstanden?», fragte Robert sie so nachdrücklich, wie man jemanden fragt, der unter Schock steht. Sie nickte nur.

«Gut», flüsterte Robert, stand auf und ging zur Küchentür. Bevor er sie verließ, sah er die beiden noch mal an. Verängstigt hockten sie auf dem Fußboden, aneinandergekauert wie in die Enge getriebene Tiere. Sie brauchten Hilfe, jemanden, mit dem sie sprechen konnten, der sie tröstete, sie in diese Welt zurückholte. Nur widerwillig schloss Robert die Küchentür. Er hätte sich gern um sie gekümmert, doch da gab es etwas, das im Moment wichtiger war.

Auf der Diele sah es entsetzlich aus – und es roch auch so. Robert war den Anblick und Geruch von frischem, warmem Blut ebenso wenig gewohnt wie die meisten anderen Menschen. Sein Magen zog sich zusammen, und er bekam einen Nachgeschmack dessen, was er vorhin in der Gaststätte zu sich genommen hatte. Doch es half nichts – diese Aufgabe blieb an ihm hängen. Die Leiche konnte nicht auf der Diele liegen bleiben. Sie musste verschwinden, und zwar schnell. Es bestand die Möglichkeit, dass jemand die Schüsse gehört hatte. Die Leiche musste weg. Das Blut musste weg.

Um einen klaren Gedanken ringend, stand Robert auf der Diele und starrte auf die Leiche hinab. Wie hatte er nur so unvorsichtig sein können? Wieso hatte er ihn auf dem ganzen Weg von Hamburg hierher nicht bemerkt? Ganz kurz tauchte Sven in seinen Gedanken auf. Robert fragte sich, was geschehen war? Hatte Sven ihn an Radduk verpfiffen? Er verfolgte diesen Gedanken nicht weiter, widmete sich stattdessen dem Chaos auf der Diele. Er ging zur Haustür und drückte sie zu. Da er sie aufgetreten hatte, schloss sie nicht mehr. Er nahm eine alte, mit bunten Blumen bemalte Milchkanne, die wohl als Regenschirmständer diente, und stellte sie davor. Der kräftige Wind würde die Tür irgendwann aufdrücken, doch fürs Erste musste es reichen. Später würde er sich darum kümmern. Später, nachdem er aufgeräumt hatte.

Radduks Waffe lag unweit der sich noch immer ausbreitenden Blutlache auf den Fliesen. Robert nahm sie an sich, überprüfte den Ladezustand und legte sie auf den Dielenschrank. Das war eine vertraute Tätigkeit, die ihm etwas von der alten Selbstsicherheit zurückgab. Dabei fiel sein Blick auf die hölzerne Tür unter der Treppe. In respektvollem Abstand zur Blutlache ging er hinüber und öffnete sie.

Er musste die Leiche vorläufig verstecken, wenigstens so lange, bis er sie unbemerkt abtransportieren und irgendwo entsorgen konnte. Die Möglichkeit, die Polizei zu rufen und sich damit zu rechtfertigen, einen Einbrecher in Notwehr erschossen zu haben, zog Robert nicht für eine Sekunde in Betracht. Zu viele Fragen hätte das nach sich gezogen, und er hätte Dinge erklären müssen, die sich nicht ohne weiteres erklären ließen.

Er schaltete das Licht ein. Eine steile Treppe führte in die Tiefe. Robert betrachtete noch einmal die Leiche. Der Kerl war groß und massig, ganz so, wie er ihn in Erinnerung hatte. Weniger als hundertzwanzig Kilo wog er sicher nicht, zudem lag er in seinem eigenen Blut. Wie sollte er den schmierigen Körper ohne Hilfe die steile Treppe hinunterbekommen? Noch wichtiger war aber die Frage, wie er ihn später wieder hinaufbekam? Kristin Merbold konnte er dafür sicher nicht einplanen.

Nun, darüber würde er sich den Kopf zerbrechen, wenn es so weit war. Zunächst einmal war nur wichtig, dass Radduk so schnell wie möglich aus der Diele verschwand. Bevor ein neugieriger Nachbar auftauchte, um nach einer Tüte Mehl zu fragen.

Da Robert sich nicht über und über mit Blut einsauen

wollte, machte er sich auf die Suche nach etwas, worin sich die Leiche einwickeln ließ. An der Tür zum Wohnzimmer bemerkte er kleine weiße Knochensplitter und anderes aus Radduks Kopf, dass daran klebte. Angeekelt und nahe daran, sich zu übergeben, öffnete er die Tür, machte Licht und sah sich um. Auf der Couch entdeckte er eine große bunte Wolldecke. Damit bewaffnet kehrte er in die Diele zurück – der Geruch war unerträglich. Sollte innerhalb der nächsten Stunde jemand zu Besuch kommen, würde dieser Jemand schon vor der Tür riechen, dass etwas nicht in Ordnung war.

Robert überwand seinen Ekel, packte Radduks Füße und zog ihn, so weit es ging, aus der Blutlache in Richtung Kellertür. Er musste heftig schlucken, um die aufsteigende Übelkeit zu unterdrücken, als er den leblosen Körper in die Decke einrollte. Der Kerl war schwer, unglaublich schwer. Robert keuchte und schnaufte, geriet ins Schwitzen und konnte nicht verhindern, dass seine Finger mit dem Blut in Berührung kamen.

Nach einer kurzen Pause packte er erneut die Füße und ging rückwärts die schmalen Stufen hinunter. Dabei bemerkte er, dass Radduks Blut nicht das Einzige war, was stank. Übler, modriger Geruch stieg aus dem Keller empor.

«Wie geschaffen für dich», flüsterte Robert und zog an der Leiche. Auf der nächsten Stufe rutschte er aus. Die Kante war hart, der Schmerz trieb ihm Tränen in die Augen. Fluchend zerrte er Radduk weiter. Unten angekommen ließ er die Beine fallen, stützte sich auf seine Oberschenkel ab und rang nach Luft. Der penetrante Gestank erschwerte das Atmen. Schweiß tropfte von seiner Stirn.

Schließlich machte er sich auf die Suche nach dem Lichtschalter für den einzigen Kellerraum. In der Dunkelheit tastend fand er ihn auf der anderen Seite der Wand. Er schaltete das Licht ein und sah sich um.

Außer einem hölzernen Regal, in dem ein flacher Gegenstand lag, gab es weiter nichts in dem rechtwinkligen Raum. Offenbar wurde der Keller nicht benutzt. Umso besser, dachte Robert. Somit gab es hier unten nichts, was Kristin oder ihre Tochter in den nächsten Stunden brauchten. Oder in den nächsten ein bis zwei Tagen, schließlich war es nicht abzusehen, wann er die Leiche würde entsorgen können.

Er packte noch einmal deren Füße, zerrte sie in den niedrigen Raum und ließ sie in der Mitte liegen. Ihm fiel auf, dass der Kellerboden aus gestampftem Lehm bestand. Mit dem Hacken seines Stiefels bohrte er eine Vertiefung in den feuchten Boden. Mit einiger Anstrengung war es durchaus möglich, dort ein Loch zu graben, tief genug, um ... Robert verwarf den Gedanken. Eine Leiche im Keller stand bestimmt nicht auf Kristin Merbolds Wunschzettel für Weihnachten. Er warf einen letzten Blick auf die eingewickelte Leiche, von der nur noch die Füße und Unterschenkel zu sehen waren, löschte das Licht und stieg hinauf.

Bevor er mit der Arbeit begann, wollte er nach Kristin und ihrer Tochter sehen. Er ging in die Küche. Die beiden saßen noch immer am Boden, eingezwängt in die Ecke zwischen Tisch und Wand. Kristin flößte der Kleinen etwas ein, das wie Orangensaft aussah. Sie sah ihn aus geröteten Augen an, als er vor ihnen in die Hocke ging. Robert versuchte sich in einem Lächeln. «Wie geht es ihr?»

«Wer sind Sie?» Barsch und abweisend war die Frage, aber etwas anderes konnte Robert wohl nicht erwarten. Revolverschwingende Türauftreter waren nicht in jedem Haus willkommen, nicht einmal, wenn sie eine Vergewaltigung verhinderten. Und schon gar nicht, wenn sie Blut und Gehirn in der Diele verspritzten.

«Das zu erklären dauert eine Weile, und ich bin da draußen noch nicht ganz fertig. Mein Name ist Robert Stolz, und ...»

Er bemerkte, wie Kristins Augen sich weiteten. «Was ist?»

«Der ... der Mann, er war auf der Suche nach Ihnen.»

Robert nickte. «Ja, und es tut mir leid, dass Sie da mit hineingezogen wurden, das müssen Sie mir glauben. Ich bin hier, um Ihnen zu helfen. Bleiben Sie bitte noch eine halbe Stunde in der Küche, dann erkläre ich Ihnen alles.»

«Sie müssen die Polizei rufen», sagte Kristin, doch es hörte sich mehr wie ein Vorschlag denn wie ein Befehl an. Robert zögerte kurz, bevor er antwortete. «Ich halte das nicht für eine gute Idee», sagte er vorsichtig. «Lassen Sie mich bitte erst alles erklären. Wenn Sie dann immer noch die Polizei rufen wollen, was ich nicht glaube, werde ich Sie nicht davon abhalten. Okay?»

Während er sprach, sah er Kristin in die Augen. Sie sollte erkennen, dass er sie nicht belog, dass keine Gefahr von ihm ausging und er es ernst meinte mit seiner Hilfe. Augen konnten vieles verraten, und Robert hoffte inständig, dass Kristin in den seinen wenigstens ansatzweise seine Absichten sah. Sie antwortete jedoch nicht sofort, starrte ihn nur an, als wolle sie sein Innerstes nach außen kehren, jene Wahrheit hervorholen, die sich hinter dem Deckmantel des Sichtbaren versteckte. Viel zu lange dauerte Robert dieser Blick, viel zu nervös machten ihn diese Augen. Seine Hoffnung, sie würde ihm vertrauen, schwand dahin, und er suchte schon nach anderen, überzeugenderen Worten, als sie endlich nickte.

«Okay», flüsterte sie.

Robert nickte und streckte seine Hand aus. Er wollte Lisa über den Kopf streicheln, so wie man es bei kleinen Kindern nun mal tat, doch die Kleine zuckte zurück, und auch Kristin verspannte sich. Schnell nahm Robert seine Hand zurück.

«Ich passe auf, dass euch nichts mehr passiert, dir und deiner Mama. Hab keine Angst mehr, alles wird wieder gut.»

Zusammengekauert beobachteten die beiden ihn beim Aufstehen.

«Wo finde ich einen Eimer und Sachen zum Putzen?»

«Im ... im Bad, vorn in der Diele.»

Robert nickte und verließ die Küche. Im Badezimmer fand er in einem Eckschrank einen roten Plastikeimer, Lappen, Schrubber und einige Putzmittel. Er schraubte den Deckel einer gelben Flasche ab und roch daran. Der intensive Zitronenduft würde vielleicht den schweren Geruch des Blutes vertreiben. Zunächst aber füllte er den Eimer mit heißem Wasser aus dem Duschkopf, ging damit in die Diele, tauchte den großen Feudel ein und begann, dass Blut nach und nach aufzuwischen. Schnell war das Wasser dunkelrot. Nach dem zehnten Mal wechseln – er goss die Brühe in die Toilette und spülte jedes Mal kräftig nach – hörte er zu zählen auf. Seine Finger waren vom heißen Wasser gerötet, Schweiß tropfte von seiner Stirn, als er eine Stunde später das Blut aus der Diele und die Fragmente aus Radduks Kopf von der Wohnzimmertür entfernt hatte. Nur noch Reste waren in den Fugen zwischen den hellen Fliesen zu sehen. Robert goss eine ganze Flasche Reinigungsmittel in den Eimer und füllte ihn mit heißem Wasser auf. Mit dieser Mischung schrubbte er den Boden so lange, bis auch die letzte Spur des

Blutes verschwunden war. Der Zitronengeruch war intensiv und tat gut.

Schließlich war er fertig. Erschöpft räumte er die Putzsachen in den Schrank zurück. Im Waschbecken wusch er sich die ohnehin schon porentief sauberen Hände und warf sich kaltes Wasser ins Gesicht. Das erfrischte und vertrieb die Müdigkeit etwas. Nachdem er sich abgetrocknet hatte, ging er auf die Diele. Noch immer spiegelten die Fliesen feucht. Nichts außer seiner unauslöschlichen Erinnerung wies darauf hin, dass vor etwas mehr als einer Stunde ein Kampf um Leben und Tod auf dieser Diele stattgefunden hatte.

Robert ging zur Haustür, schob mit dem Fuß die Milchkanne beiseite, öffnete sie einen Spalt weit und spähte hinaus. Dort wartete die nächste Überraschung. Während er Radduk von diesem Planeten getilgt hatte, war draußen ein wahrer Schneesturm losgebrochen. Kleine Flocken fielen dicht wie ein Nebelvorhang, wurden von kräftigen Windböen zerzaust, mal hierhin, mal dorthin getrieben, hatten sich bereits zentimeterhoch aufgeschichtet, und es sah nicht so aus, als ob bald Schluss sein würde.

Robert trat einen Schritt vor. Die Luft war schneidend, die heftig getriebenen Flocken zwangen ihn, seine Augen zusammenzukneifen. Nichts regte sich auf dem Hof, auch die Landstraße war verwaist. Fast schien es, als gebe es kein weiteres Leben auf der Erde, als seien sie die letzten Überlebenden einer göttlichen Reinigungsaktion. Und der Schnee bedeckte in seiner gleichmütigen Art alles mit einer wattigen Schicht des Schweigens.

23

Lisa schlief schon eine ganze Weile in ihren Armen, als Robert Stolz die Küche betrat. Kristins Muskeln schmerzten, sie hatte nicht gewagt, sich zu bewegen, hätte es wahrscheinlich auch nicht gekonnt. Zwischendurch, eingelullt durch Lisas Herzschlag an ihrer Brust, war sie des Öfteren in einen Sekundenschlaf gefallen und jedes Mal daraus aufgeschreckt, weil er mit Bildern gespickt war, die selbst ihr Unterbewusstsein nicht ertragen konnte. Bilder, an die sie sich eine Sekunde später schon nicht mehr erinnerte, die aber einen fahlen Nachgeschmack der Angst hinterließen. Kristin ahnte, dass sie nur die vergleichsweise harmlosen Vorboten größerer Brüder waren, die sich, sobald sie richtig schlief, mit der Brillanz eines Polaroids zeigen würden.

In eine Wolke Zitrusduft gehüllt (während Kristin ihn in der vergangenen Stunde draußen in der Diele hatte rumoren hören, hatte sie versucht, sich nicht vorzustellen, was er da tat) kniete Robert Stolz sich vor ihnen hin.

«Wie geht es ihr?», fragte er kaum hörbar.

«Sie ist eingeschlafen. Ich kann sie nicht mehr lange halten. Würden Sie mir helfen, sie ins Wohnzimmer zu bringen?»

Kristin wollte sie auf keinen Fall in ihr Zimmer bringen, das wäre entschieden zu weit weg, beinahe wie am anderen Ende der Welt. Der Mann hatte ihr sicher eine Menge zu erzählen, und mittlerweile wollte sie auch eine Menge wissen, doch er würde es in Lisas Beisein tun müssen oder gar nicht. Und solange sie tief und fest schlief, ging das wohl in Ordnung.

Kristin übergab ihm ihre Tochter, sie hatte keine andere

Wahl. Aus eigener Kraft wäre sie mit ihr auf den Armen nicht vom Boden hochgekommen. Vorsichtig schob Robert seine Arme unter den kleinen, warmen Körper und stand auf. Lisa grunzte, wackelte mit dem Kopf, schlief aber weiter. Mit behutsamen Schritten trug er das Mädchen zum Wohnzimmer.

Kristin kämpfte sich mühsam auf die Beine. Alle Muskeln waren verspannt, weigerten sich, ihren Dienst zu tun. Außerdem spürte sie blaue Flecken von den Schlägen und der Herumschubserei des Einbrechers. Als sie stand, überfiel sie ein starkes Schwindelgefühl. Hätte sie sich nicht am Tisch abstützen können, wäre sie wieder zu Boden gesunken. Einen Moment blieb sie mit geschlossenen Augen vornübergebeugt stehen, wartete, dass ihr Kopf sich beruhigte. Plötzlich tauchten die Worte auf. Alte Bekannte, die nur mal vorbeischauten, um nicht in Vergessenheit zu geraten.

... ich bin wieder hier, in meinem Revier, war nie wirklich weg, hab mich nur versteckt ...

Sie huschten vorbei wie eine leichte Brise an einem lauen Sommerabend; zeigten sich kurz, und waren verschwunden, ehe Kristin die Augen öffnete. Bevor sie noch dazu kam, erschrocken zu sein, huschten schon die nächsten vorbei. Ebenfalls alte Bekannte, ebenfalls auf der Durchreise ... nur mein Blut an der Klinge ... nur mein Blut ...

Kristin stöhnte, schüttelte den Kopf und presste sich die Handballen an die Schläfen. Mein Gott, wen würde es noch wundern, wenn ich jetzt langsam durchdrehe? Wenn überhaupt jemand das Recht hat, Stimmen zu hören, dann wohl ich.

Sie war überlastet, einfach nur überlastet – und außerdem musste sie zu Lisa. Sie raffte ihre zerrissene Bluse vor der Brust zusammen und folgte den beiden. Als sie die Diele betrat, traute sie ihren Augen nicht. Da war nichts. Nichts außer glänzenden Fliesen und dem Geruch des Putzmittels. Keine Leiche, kein Blut; als wäre all das nur ein schlechter Traum gewesen, aus dem sie soeben erwacht war. Kristin tastete mit dem Zeigefinger ihre Lippe ab, spürte das verkrustete Blut und die Schwellung und wusste, dass sie nichts davon geträumt hatte.

Immer noch leicht benommen stolperte sie ins Wohnzimmer. Robert Stolz bettete Lisa auf die Couch. Suchend sah Kristin sich um. Die Patchworkdecke war verschwunden. Er bemerkte ihren Blick.

«Haben Sie noch eine Decke? Die andere habe ich ... gebraucht», flüsterte er. Damit wurde der Albtraum wieder zur Realität. Kristin konnte sich nur zu gut vorstellen, wozu er ihre alte Lieblingsdecke gebraucht hatte.

«Oben», flüsterte sie mit einer Stimme, die nicht ihre eigene zu sein schien. «Ich hole ihre Decke von oben.»

So schnell es ging lief sie in den ersten Stock, schnappte sich Lisas Bettdecke und Kopfkissen, zog im Schlafzimmer rasch einen grauen Rollkragenpullover anstelle der zerrissenen Bluse an und eilte wieder nach unten. Robert Stolz hockte neben der Couch und wartete. Er hatte die kleine Lampe am Kamin angeschaltet. Sie spendete gerade genug Licht, um nicht gegen die Möbel zu laufen, verlieh aber den Ecken und Nischen ein schattiges Dasein – genau wie seinem Gesicht. Kristin sah, dass er besorgt war, und etwas flatterte nervös in ihrem Bauch, als sie ihn so neben ihrer Kleinen hocken sah. Er trat zur Seite. Sie bedeckte Lisa sorgfältig, strich ihr über die Stirn, stand schließlich auf und wandte sich ihm zu.

«Was … was haben Sie mit dem Mann gemacht?»

Er deutete mit einem Blick auf die schlafende Lisa. «Wollen wir das hier besprechen?»

«Ich lasse meine Tochter nicht allein … nicht nach all dem. Solange sie schläft, können wir sprechen … und ich denke, Sie haben mir einiges zu erklären.»

«Gut … natürlich, ganz wie Sie wollen. Aber ich muss vorher die Haustür reparieren. Sie schließt nicht mehr richtig. Ich brauche ein Brett, Hammer und Nägel. Haben Sie so etwas im Haus?»

«Nein … nein, das ist alles draußen, im Stall.»

«Gut, bleiben Sie bei Ihrer Tochter, ich kümmere mich darum. In einer halben Stunde bin ich wieder bei Ihnen.»

«Nein! Warten Sie. Da … da gibt es noch kein Licht, da finden Sie im Dunkeln nichts.»

Das stimmte, aber es war nicht der Grund, warum sie ihn zurückhielt. Sie wollte nicht allein im Haus bleiben, nicht jetzt. Er sah sie einen Moment lang an.

«Okay», sagte er leise, «dann stelle ich einen der Küchenstühle vor die Tür, damit der Wind sie nicht aufdrückt, in Ordnung?»

Kristin nickte.

Aus der Küche holte er einen Stuhl, trug ihn zur Haustür und klemmte ihn unter die Klinke. Mit dem Fuß trat er ein paarmal kräftig gegen die hinteren Beine, bis der Stuhl verkeilt war. Dann nahm er die Milchkanne und stellte sie so auf der Sitzfläche des Stuhls ab, dass sie herunterfallen würde, sobald die Tür aufging. Das metallene Geschepper auf den harten Fliesen würde im ganzen Haus zu hören sein. Kristin stand mit vor der Brust verschränkten Armen im Türrahmen zum Wohnzimmer und beobachtete ihn. Sie war sich nicht sicher, was sie von ihm halten sollte, ahnte aber, dass er ihr und Lisa nichts tun würde. Sie wollte noch immer die Polizei rufen, mehr denn je, aber erst würde sie sich seine Erklärung anhören.

Sie gingen zurück ins Wohnzimmer. Kristin setzte sich in Toms schwarzen Ledersessel, Robert daneben auf die Zweiercouch. Nur die beiden Armlehnen der Möbelstücke trennten sie voneinander.

«Der Mann ... er liegt im Keller», beantwortete Robert Kristins Frage von vorhin. «Es war die einzige Möglichkeit, ihn schnell verschwinden zu lassen. Und es musste schnell gehen, schließlich hätte jemand die Schüsse hören und die Polizei verständigen können.»

Kristin schüttelte den Kopf, rieb sich in den Augen, als hätte sie Kopfschmerzen, und sah ihn wieder an. «Ich ... ich verstehe das alles nicht. Wieso müssen wir ihn vor der Polizei verstecken? Er ist doch hier eingebrochen. Sie haben doch in Notwehr gehandelt. Und ... und wieso hat er nach Ihnen gesucht, bei mir? Was soll das alles?»

Auf der Couch gegenüber bewegte sich Lisa unruhig im Schlaf. Für einen Moment verharrten die beiden still, hörten dabei den Wintersturm mit seiner unheimlichen Stimme ums Haus toben. Schließlich begann Robert seine Geschichte zu erzählen. Er holte weit aus, begann an jenem Tag, als Tom ermordet worden war.

24

Obwohl Hanna Wittmershaus bis unmittelbar vor dem Zubettgehen das Gefühl gehabt hatte, heute gut schlafen zu können, war sie hellwach, als sie unter der warmen Daunendecke lag. So wach, dass ihre Gedanken sich nicht von den zwei Millionen Schafen beeindrucken ließen, die zu zählen sie drohte. Aus Erfahrung wusste sie, wie wenig Sinn es hatte, den Schlaf herbeizuzwingen. Sie stand auf, warf sich den weißen Bademantel über, knotete ihn an der Taille zusammen und trat ans Fenster. Mit der Routine von Jahrzehnten zog sie die hakenden Vorhänge und die alte Gardine beiseite und sah hinaus. Ihre Wohnung lag über dem Laden; von ihrem Schlafzimmerfenster aus konnte sie die gegenüberliegende Bushaltestelle, einige Häuser und ein gutes Stück der Straße überblicken. Ein Platz, von dem aus sie vieles mitbekam vom Leben in diesem Dorf. Manche Nächte hatte sie vor dem Fenster sitzend verbracht und herausgefunden, welche Ehemänner mitten in der Nacht von weiß Gott woher kamen.

So dicht, wie sie es noch nie erlebt hatte, stoben in dieser stillen Nacht, drei Wochen vor Weihnachten, die Schneeflocken an ihrem Fenster vorbei. Heftige Böen drückten gegen die Scheiben, ließen die alten Fenster erzittern. Als Hanna ihre Hand zwischen die beiden Flügel hielt, spürte sie den kalten Luftzug. Draußen war wie von Geisterhand alles gleich geworden. Kein Unterschied war mehr zu erkennen zwischen Straße und Bürgersteig. Vor dem Holzhäuschen, das als Bushaltestelle diente, türmte sich eine Schneewehe auf, die wie ein kleiner Deich anmutete. Unberührt schimmerte die Schneedecke im Licht der Straßenlaternen. Der

Räumdienst hatte sich noch nicht blicken lassen, doch das war nicht ungewöhnlich. In Althausen gab es niemanden für diese Aufgabe, und bevor der Schneepflug der Samtgemeinde den Weg hier heraus fand, würde es wieder hell sein. Ein ausgewachsenes Unwetter.

Hanna freute sich trotzdem. Genau konnte sie sich nicht erinnern, meinte aber, höchstens zwei- oder dreimal in ihrem Leben kurz vor Weihnachten so viel Schnee gesehen zu haben – irgendwann in ihrer frühen Kindheit. Schon damals wollte sie immer die Erste sein, die ihre Fußabdrücke in dem unberührten Schnee hinterließ. Ein Spaziergang zu dieser Zeit war für sie nicht ungewöhnlich, vielmehr war es eine der vielen Methoden, die Nacht zu überstehen, ohne dem Wahnsinn zu verfallen.

Ihre auf Schlaf eingestellten Gelenke schmerzten, als sie in die Hosen stieg. Seit drei Monaten spürte sie öfter dieses Stechen, das von ganz tief drinnen zu kommen schien. Hauptsächlich in den Knien, Schultern, Ellenbogen und Händen. Hanna ahnte, was da auf sie zukam, und gerade deswegen hatte sie einen Arztbesuch bislang vermieden. Sie war nicht sonderlich erpicht darauf, aus dem Munde eines Mannes, mit dem sie die Schulbank gedrückt hatte, zu hören, dass die Gicht sich wie ein schleichendes Gift über ihren Körper hermachte.

In Jeans und Norwegerpulli schlich sie die knarrende Holztreppe hinunter. Die Notbeleuchtung aus dem Laden warf ein mattes Lichtfeld auf das abgewetzte Linoleum des Flures, das mechanische Surren des Kühlaggregates erfüllte das Erdgeschoss. Hanna hörte es nicht mehr; nach so vielen durchwachten Nächten war es für sie zu einem Bestandteil der Stille geworden. Sie nahm ihren gefütterten Mantel vom Haken, zog ihn an, band sich den selbstgestrickten Schal um, stieg in Stiefel und Handschuhe und öffnete die Haustür. Sofort stoben Schneeflocken in den Flur. Hanna kniff die Augen zusammen, trat in die Nacht hinaus und zog die Tür hinter sich zu.

Der dichte Schneefall war wie Nebel. Hanna verharrte, fragte sich, ob es nicht schlauer wäre, wieder ins Haus zu gehen. Da sie aber schon einmal angezogen war und in ihren vier Wänden nichts anderes wartete als die üblichen schweigenden Schatten und still glotzenden Möbel, verwarf sie den Gedanken. An der Dorfstraße würde sie sich trotz des dichten Schneetreibens kaum verlaufen. In Althausen kannte sie sich besser aus als in ihrer sprichwörtlichen Westentasche.

Da der Eingang an der von der Straße abgewandten Seite lag, musste sie ums Haus herum, über den Parkplatz und erreichte dann den Parkstreifen vor dem Laden. Während sie durch den knarzenden Schnee ging, fiel ihr ein, dass sie Heinrich würde anrufen müssen. Diesmal würde es ein hartes Stück Arbeit werden, den Eingangsbereich vom Schnee zu befreien – und es würde lange dauern. Es war ja nicht so, dass sie Heinrich das Geld nicht gönnte, doch sie wusste auch, wie gern er es in der Kneipe gegen Alkohol tauschte.

An der Dorfstraße blieb Hanna stehen. Aus zusammengekniffenen Augen blickte sie nach links und rechts die einsame weiße Straße hinunter, die sich schon nach wenigen Metern im Wirrwarr aus Flocken verlor. Es schien, als führe sie geradewegs in eine andere Welt.

Die Nacht war erschreckend still, nicht einmal ein Hund bellte. Hanna konnte den Schnee fallen hören; ein leises, ständiges Flüstern, sanft und beruhigend. Vor ihrem Laden und schräg gegenüber an der Bushaltestelle ragten zwei

Bogenlampen empor und verteilten mattes, rötliches Licht. Es waren die einzigen im Dorf, die die ganze Nacht durchbrannten. Stoßweise peitschte der böige Wind die Flocken durch den Lichtkegel, in dem sie sich rötlich verfärbten.

Gedankenverloren betrachtete Hanna das Schauspiel. Dann vergrub sie ihre Hände tief in den Taschen des Mantels und zog los. Sie nahm sich vor, bis zum Feuerwehrgerätehaus zu gehen und dort kehrtzumachen. Bei dem Wetter würde sie dafür vielleicht zwanzig Minuten brauchen. Das musste reichen. Spätestens dann würde sie völlig durchnässt und hoffentlich müde genug zum Schlafen sein. Während sie durch den Flockenwirbel ging, der sie wie ein Kokon umgab, kehrten ihre Gedanken unwillkürlich zu dem zurück, was sie in den letzten Tagen die meiste Zeit beschäftigt hatte: Kristin und Lisa. Das Haus. Das verfluchte alte Sasslingerhaus.

Indirekt war es schuld an Gerds Tod, auch wenn er die Weinbrandflaschen selbst an seine Lippen geführt hatte. Aber so einfach waren die Dinge nun mal nicht, nicht hier in Althausen.

Natürlich ist es einfach. Du musst nur zu ihr gehen und ihr die ganze Geschichte erzählen. Nicht diese abgespeckte Version, die sich bei Kaffee und Kuchen auf mädchenhafte Weise gruselig anhört. Was hält dich davon ab? Hast du Angst, dich damit zu beschäftigen? Meinst du, es könnte ...

Schluss damit, unterbrach Hanna ihre Gedanken. Sie würde nicht durch die Gegend ziehen und haarsträubende Horrorgeschichten erzählen. Johann hatte schon recht, letztlich waren das nur alte Geschichten. Und Zufälle, nichts als Zufälle. Aber was, wenn nicht?

Was, wenn das Leben der beiden da drüben im Sasslingerhaus tatsächlich auf dem Spiel stand und sie nichts dagegen unternahmen, weil ... na ja, weil es so etwas eben nicht gab? Nicht einer von ihnen würde mit dieser Schuld leben können, das wusste Hanna. Weder Johann noch Maria – und sie selbst schon gar nicht. Wir hätten das verfluchte Haus abbrennen sollen, als noch Zeit dafür war. Jetzt ist es zu spät ... und vielleicht fängt durch unser Zögern alles wieder von vorn an.

Sie erreichte das Gerätehaus der Freiwilligen Feuerwehr von Althausen. Ein schmuckloser, viereckiger Bau, mit einem fünfzehn Meter hohen Schlauchturm, der wegen Einsturzgefahr aber schon seit Jahren nicht mehr benutzt wurde. Auf dem Vorplatz des Gerätehauses machte sie kehrt und ging neben ihren eigenen Fußstapfen zurück. Versuchte sogar, genau darin zu gehen, was nicht einfach war, aber die düsteren Gedanken vertrieb. Beschäftigung war noch immer das beste Mittel gegen Grübelei.

Ungefähr nach der Hälfte des Rückweges blieb sie plötzlich stehen. Eine eisige Hand fuhr ihr tief ins Gedärm. Was sie da sah, konnte nicht sein. Durfte einfach nicht sein! Mit zu Boden gerichtetem Blick stand sie inmitten des Schneesturms und begann zu zittern. Nicht wegen der Kälte; entsetzliche Angst löste den ersten Schock ab. Dort, im tiefen, frischen Schnee, waren ihre eigenen Spuren zu sehen. Ganz normale Spuren von schweren Winterstiefeln mit Rillenprofil. Zum Teil schon wieder zugeschneit. Und daneben ... Hanna wagte kaum zu atmen. Neben ihren eigenen Spuren ...

Nein, das kann nicht sein, ich hab nichts bemerkt, dafür muss es eine andere Erklärung geben, irgendeine, das kann einfach nicht sein!

... tauchte eine zweite Fährte aus dem Dickicht des Schneetreibens auf, näherte sich ihren Spuren bis auf wenige Zentimeter, folgte ihr fünf oder sechs Schritte, um dann wieder zu verschwinden. Große Schuhe, tief in den Schnee eingesackt. Die Fußabdrücke eines Mannes. Jemand war hinter ihr gegangen!

Hektisch drehte Hanna sich um, kniff die Augen zusammen, versuchte die dichte Wand aus Schnee zu durchdringen. Mehr als zwei Meter weit konnte sie jedoch nicht sehen. Plötzlich erschien ihr der Schnee bedrohlich. Noch vor wenigen Minuten hatte sie sich daran erfreut, hatte dem leisen Flüstern gelauscht, sich beinahe einlullen lassen. Alles fort. Er behinderte ihre Sicht. Irgendjemand versteckte sich darin. Lauerte, beobachtete sie.

Hanna wollte rufen, etwas in der Art von «Ist da jemand?», doch ihr Hals war zu trocken. Stattdessen lauschte sie angestrengt, hörte aber nur das stetige Rieseln der Flocken.

Bleib ruhig, ermahnte sie sich, bleib ruhig und denk nach. Irgendjemand konnte vielleicht ebenfalls nicht schlafen und hat sich, genau wie du, zu einem nächtlichen Spaziergang durch den frischen Schnee aufgerafft. Ein Scherzbold.

Das wäre eine vernünftige Erklärung. Vor allem aber eine, wegen der sie keine Angst haben musste. Aber Hanna wusste, dass es nicht so war. Sie spürte etwas. Sie ...

... und führ es vor an eurem Blut ... an eurem Blut ...

Das hatte sie doch nicht wirklich gehört, oder? Das waren doch nichts weiter als Hirngespinste, ein Produkt ihrer überreizten Nerven. Gut, da war jemand neben ihr im Schnee gegangen, aber wer sagte ihr denn, dass die Spuren nicht schon vorher da gewesen waren? Sie hatte es einfach nicht bemerkt, weil sie in Gedanken gewesen war. Genau! Aber müssten sie dann nicht längst wieder zugeschneit sein?

Das Gefühl, beobachtet zu werden, verstärkte sich noch. Ein Schauer nach dem anderen jagte Hanna über den Rücken. Sie musste zum Haus zurück, dort würde sie in Sicherheit ...

... und führ es vor an deinem Blut ...

Sie begann zu laufen.

Die Worte waren so dicht neben ihr erklungen, dass sie das feine männliche Timbre der Stimme gespürt hatte. Nichts hielt sie mehr. Ihre Gedanken, ihr logischer Verstand wurde von einer Sekunde auf die andere durch reine Panik abgelöst. Doch es war glatt, kaum war sie vier Schritte gelaufen, rutschte sie aus, geriet ins Straucheln, ruderte mit den Armen. Instinktiv packte sie den Mast einer Straßenlaterne, klammerte sich daran fest, wie man sich an einem Baumstamm festklammern würde, der auf reißenden Stromschnellen ritt. Ihr Atem ging heftig, ihr Herz schlug hart in ihrer Brust.

Er ist wieder hier ... Es fängt alles wieder an ... Oh Gott, ich hab's gewusst ... Oh Gott ...

Hanna gönnte sich nur eine Sekunde, dann stieß sie sich von dem eiskalten Laternenmast ab und lief weiter. Etwas vorsichtiger zwar, aber noch immer zu schnell für eine derartige Witterung. Der Schnee fiel so verflucht dicht. Als wolle er ihre Flucht verhindern, zog und rüttelte der schneidende Wind an ihr, trieb ihr die scharfen Flocken in die Augen.

War da nicht etwas hinter ihr? Schwere Schritte und schnaufender Atem?

Nicht umdrehen, nur nicht umdrehen! Wer sich umdreht, verliert. Hanna war nicht mehr gerannt seit ... seit ewigen Zeiten. Trotzdem erinnerte sie in diesem Moment die Worte ihres Sportlehrers an der Grundschule. Der hatte während des Hundertmeterlaufs stets am Rande der Aschenbahn gestanden und seinen Schülern zugebrüllt, sie sollen sich nicht nach ihrem Verfolger umdrehen. Wer sich umdreht, verliert.

Hanna wollte sich nicht umdrehen, wirklich nicht, sie wollte nur nach Haus. Die Tür hinter sich zuziehen, abschließen, Johann anrufen. Ja, sie musste Johann anrufen. Auf gar keinen Fall wollte sie sich umdrehen. Aber da waren diese Geräusche hinter ihr, die Angst krallte sich in ihren Nacken. Schließlich warf sie doch einen Blick zurück, einen kurzen schnellen Blick, sie musste einfach Gewissheit haben.

Als sie den Kopf drehte, verlor sie ihr Gleichgewicht und geriet abermals ins Straucheln. Diesmal gab es nichts, woran sie sich hätte festklammern können. Wild um sich schlagend stürzte sie nach vorn und schlug vor dem Schaufenster ihres Ladens auf den Boden. Der Schnee dämpfte ihren Fall. Mit der rechten Hand geriet sie in eine schmale Vertiefung, in die sonst die Vorderreifen von Fahrrädern versenkt wurden. Ihre Finger blieben darin stecken, während die Masse ihres Körpers nach vorn drängte. Mit einem einzigen, schnellen Ruck brachen bis auf den Daumen alle Finger ihrer rechten Hand an den Knöcheln ab.

Hanna schrie hell und markerschütternd. Doch nur wenige Schritte weiter nahm die wattige Wand des Winters ihren Schrei auf und ließ ihn verstummen. Niemand im Dorf hörte ihn. Irgendwie bekam sie ihre anschwellenden, nutzlos baumelnden Finger aus dem Spalt, umklammerte mit der linken Hand ihr Handgelenk und wälzte sich auf den Rücken. Trotz des lähmenden Schmerzes war da noch immer die Angst vor dem, was ihr folgte. Sie hatte es gehört, es war da.

Hanna riss die Augen auf, versuchte, die weiße Wand zu durchdringen. Plötzlich sprang ein grauer Schatten auf sie zu. Instinktiv zuckte sie zurück. Das Messer, an dessen langer, geschärfter Schneide die Flocken abperlten, zog elegant und schnell von links nach rechts an ihrem Hals entlang. Mühelos durchdrang es den selbstgestrickten Schal. Sofort klaffte das Fleisch auseinander und entließ Hannas Blut aus ihrem Körper. Der Schal verhinderte, dass es sich in wilden Fontänen in den Schnee ergoss.

All das geschah binnen einer Sekunde und ohne dass Hanna es wirklich begriff. Noch einmal hörte sie ihren alten Lehrer.

Wer sich umdreht, verliert.

25

Irgendwann in der Nacht schreckte Robert auf.

Es war nicht völlig dunkel, die kleine Lampe am Kamin verteilte ihren matten Schein, trotzdem wusste er zunächst nicht, wo er sich befand. Mehr liegend als sitzend war er tief in den schwarzen Sessel gesunken. Sein Rücken schmerzte. War er deshalb aufgewacht? Einen Moment blieb er noch in dieser unmöglichen Haltung, wartete ab, bis Körper und Kopf wieder zur Zusammenarbeit bereit waren. Dabei betrachtete er Kristin und Lisa. Sie lagen eng beieinander auf der Couch. Er hatte sie zugedeckt, nachdem Kristin sich zu ihrer Tochter gelegt hatte und eingeschlafen war. Sie hatte sich seine Geschichte angehört, hatte darauf verzichtet, die Polizei zu rufen, ihn aber nicht wissen lassen, ob sie ihm glaubte. Würde sie das Geld nehmen? Nach all dem?

Draußen heulte der Wind ums Haus. Irgendetwas klapperte metallen auf der Terrasse vorm Wohnzimmer, doch das hatte es bereits getan, als er das Rollo heruntergelassen hatte. Warmes Wasser rauschte durch die Heizkörper, von Zeit zu Zeit gab das alte Dach Geräusche von sich, die man getrost besorgniserregend nennen konnte. Es ächzte unter der stetig schwerer werdenden Schneelast. Die Geräusche hatten ihn vorhin müde gemacht; er war eingenickt, obwohl er sich vorgenommen hatte, Wache zu halten.

Mühsam drückte er sich in eine normale Sitzposition. Dabei knarzte das Leder laut. Kristin bewegte sich, öffnete aber nicht die Augen. Robert wartete, bis er sicher war, dass sie tief und fest schliefen, schlich dann aus dem Wohnzimmer und zog die Tür hinter sich zu. Schon bevor er sich umdrehte, spürte er, wie ungewöhnlich kalt es in der Diele war.

Schneeflocken wirbelten herein.

Die Haustür stand weit offen, der Stuhl mit der Milchkanne darauf ein Stück weit in der Diele. Er ist nicht umgekippt, war das Erste, was Robert durch den Kopf schoss, dann folgten tausend Gedanken, die alle keinen Sinn ergaben, und er holte seine SIG-Petter aus dem Holster und entsicherte sie.

Dem Schnee nach zu urteilen, der sich bereits auf der Diele angesammelt hatte, stand die Tür schon länger auf. Mit der Waffe in Schusshaltung ging Robert auf die Eingangstür zu. Kalter Wind und Schneeflocken stoben ihm entgegen. Er ging bis zur Schwelle und starrte in die weiße, wirbelnde Wand. Vor der Tür war eine Schneeverwehung gewachsen, und was Robert darin sah, verstand er nicht.

Fußspuren. Sie führten vom Haus weg in die Nacht.

Das war nicht logisch. In dem Augenblick, als er die offene Tür und den nicht umgekippten Stuhl gesehen hatte, hatte sein Verstand damit begonnen, Erklärungen zu suchen. Sie reichten vom Sturm, der es irgendwie geschafft hatte, die Tür aufzudrücken, bis hin zu einem Kumpan, mit dem Radduk unterwegs gewesen sein könnte. Der könnte sich ins Haus geschlichen haben, um nach ihm zu suchen. All das war nun hinfällig. Die Spuren, beinahe schon wieder zugeschneit, führten vom Haus weg. Dafür gab es nur eine Erklärung: Jemand hatte den Stuhl fortgenommen, die Tür geöffnet und war hinausgegangen. Aber wer?

Da noch immer Schnee in die Diele trieb, schloss Robert die Tür. Er schob den Stuhl wieder davor, ließ aber die Milchkanne, wo sie war. Unschlüssig sah er sich um. Niemand konnte das Haus verlassen haben, weil es außer den Merbolds und ihm hier niemanden gab. Oder? Unwillkürlich ging sein Blick zu Kellertür. Da nur wenig Licht aus dem Wohnzimmer auf die Diele drang, konnte Robert es nicht wirklich sehen, glaubte aber, die Tür würde sich bewegen. Ganz leicht. Hatte er sie vorhin nicht zugedrückt, nachdem er Radduk da hinuntergeschafft hatte? Was ging hier vor?

Nein, daran brauchst du nicht mal ansatzweise denken. Sein Gehirn ist an der Wohnzimmertür heruntergelaufen, sein Blut eimerweise in der Toilette verschwunden. In dem Zustand steigt niemand eine steile Kellertreppe empor, um einen Spaziergang im Schneegestöber zu machen. Niemand!

Robert schüttelte den Kopf und strich sich nervös über die Augen. Das war doch Schwachsinn. Niemand überlebt einen solchen Kopfschuss, darüber hinaus war Radduk verblutet. Er selbst hatte sein Blut von den Fliesen aufgewischt. Mindestens fünfzehn Eimer. Das Schneegestöber schien sich in Roberts Kopf eingenistet zu haben, ein einziges Durcheinander. Er wusste nicht, wo er mit einem logischen Gedanken ansetzen sollte. Jede Erklärung warf unlösbare Fragen auf, und außerdem –

Er zuckte zusammen. Ein Geräusch. Mit der Waffe in beiden Händen drehte Robert sich und zielte auf die Küchentür. Er hatte ein Geräusch gehört, so etwas wie ein langgezogenes Seufzen. Woher war es gekommen? Aus dem Keller, aus der Küche? Sicher war er nicht, meinte aber, es sei aus der Küche gekommen.

Die Tür war ebenfalls nur angelehnt, Robert zog sie mit der linken Hand auf, tat einen schnellen Schritt nach vorn und fuchtelte mit der SIG im Raum herum. Auf den ersten Blick war nichts zu sehen. Mit der linken Hand hinter sich tastend, suchte er den Schalter, fand ihn und machte Licht. Es war unordentlich. Der Tisch stand schräg, die Stühle irgendwo. Auf dem Boden das Glas, aus dem Lisa Saft getrunken hatte. Radduks Spuren waren noch nicht entfernt, aber das war auch schon alles, was es zu sehen gab. Um sicherzugehen, sah Robert auch in der Speisekammer nach, fand dort aber nichts als Vorräte und einen Staubsauger. Als er wieder herauskam, fiel sein Blick auf die magnetische Messerleiste an der Wand über der Arbeitsplatte. Sauber aufgereiht von klein bis groß hingen dort zehn Messer, doch am Ende, zwischen einem Steakmesser und einem Knochenbeil, klaffte eine Lücke. War das vorhin auch schon so gewesen? Vorhin hatte er die Messerleiste nicht einmal wahrgenommen, und das, so glaubte Robert, hatte einen Grund gehabt: Ohne Lücke war sie perfekt und damit unauffällig. Nun aber nicht mehr. Etwas fehlte.

Genauso gut könnte er sich aber auch täuschen. Und vielleicht war es auch gar kein Seufzen gewesen? In einem alten Haus wie diesem gab es alle möglichen und unmöglichen Geräusche. Der Sturm tobte ums Haus, heulte an Ecken und Kanten, das Dach beschwerte sich über die Schneelast, Balken knarrten, Fenster vibrierten. Im Wohnzimmer schliefen zwei Menschen, vielleicht hatten Kristin oder Lisa im Schlaf geseufzt, vielleicht träumten sie schlecht? Wäre ja kein Wunder, bei dem, was sie erlebt hatten. Robert verließ die Küche und ging zum Wohnzimmer. Bevor er die Tür aufzog, versteckte er die Waffe hinter seinem Rücken. Es war nicht nötig. Beide schliefen tief und fest. Ob eine von ihnen das Geräusch gemacht hatte, ließ sich natürlich nicht sagen.

Aber das Geräusch war nicht so wichtig. Viel wichtiger war, herauszufinden, wer den Stuhl weggeschoben, die Haustür geöffnet und die Spuren im Schnee hinterlassen hatte. Robert ging mit vorgehaltener Waffe auf die Kellertür zu. Dort unten in diesem übelriechenden Loch lag ein Toter. Sein Gehirn hatte an der Wohnzimmertür geklebt, sein Blut war in der Toilette verschwunden; nicht einmal im Film überlebte jemand solche Verletzungen. Und obwohl Robert all das wusste, obwohl er es sich wieder und wieder sagte, zog er doch mit spitzen Fingern die Tür zum Keller auf.

Sofort schlug ihm der Geruch entgegen. Und zwar so ekelerregend intensiv, dass er nicht nur die Nase beleidigte, sondern augenblicklich auch auf den Magen schlug. Robert verzog das Gesicht. Mit Leichen und Verwesungsprozessen kannte er sich nicht aus, aber dass ein Toter nicht nach wenigen Stunden schon so entsetzlich stank, das wusste er. Einem solchen Geruch war er in seinem bisherigen Leben noch nicht begegnet. Es überstieg seine Vorstellungskraft, sich auszumalen, wie er entstehen konnte.

Mit angehaltenem Atem trat er einen Schritt vor und drehte den Lichtschalter herum. Er wollte nicht dort hinuntergehen, alles in ihm sträubte sich, sogar seine Nackenhaare stellten sich auf. Dort unten erwartete ihn etwas Unerklärliches, das ahnte Robert, und er wollte es nicht sehen. Trotzdem ging er runter. Er musste Gewissheit haben.

Der Gestank oben am Treppenabsatz war schlimm, je weiter Robert jedoch in die Erde stieg, desto stechender, ja beißender wurde er. Es roch, als habe sich die Erde aufgetan, um die Fäulnisgase der Hölle zu entlassen. Unten angekommen wünschte Robert sich nichts sehnlicher als ein Tuch, das er vor Nase und Mund pressen könnte. Doch er hatte keines. Also blieb ihm nichts anderes übrig, als flach durch den Mund zu atmen und den Gestank als pelzigen Geschmack am Gaumen zu spüren. Der Brechreiz war nicht mehr weit entfernt.

Den Lauf der Waffe zur Decke gerichtet, griff Robert ins Dunkel des einzigen Kellerraums und tastete an der kalten Wand nach dem Lichtschalter. Er drehte ihn herum, zielte in den Raum und trat einen schnellen Schritt vor. Im selben Augenblick hörte er die Stimme.

Sie stand vom Tisch auf, nahm die Holzbretter, trug sie zum Spülbecken und spürte dabei die Blicke ihres Mannes. Sie öffnete die oberen drei Knöpfe ihres Kleides. Ihre Finger waren flink und geschickt. Sie hörte das Schaben der Stuhlbeine auf dem hölzernen Fußboden, drehte sich um, stützte sich mit den Händen am hüfthohen Spülbecken ab und erwartete ihn lächelnd. Lockend blitzte das weiche, weiße Fleisch ihres Brustansatzes aus dem geöffneten Kleid hervor. In ihren Lenden begann es zu pochen.

Seit wenigen Wochen erst waren sie verheiratet, noch kürzer war die Zeit, seitdem sie das gemeinsame Haus bewohnten. Beide wünschten sich so rasch wie möglich Kinder, und damit es auch geschah, schliefen sie jeden Tag miteinander. Sie taten es voller Leidenschaft vor dem Aufstehen, wild und ungezügelt zur Nacht und kurz, aber nicht weniger verlangend zwischendurch.

«Ich muss meine Kraft für die Feldarbeit sparen», flüsterte ihr Mann, stellte sich vor sie, legte seine harten Hände an ihre Hüften und presste sein Becken gegen das ihre.

Sie strich ihr langes, dunkelblondes Haar zurück, legte den Kopf in den Nacken und verführte ihn mit der jugendlich gespannten Haut ihres Halses. Er hatte recht, er brauchte seine Kraft für die Arbeit auf dem Feld, von dessen Erträgen sie lebten. Doch an diesem Morgen würde sie ihn nicht einfach so gehen lassen. Viel zu schmerzhaft war schon das Pochen in ihren Lenden.

«Dann mach es schnell», flüsterte sie heiser.

Er senkte seinen Kopf zwischen ihre Brüste, begann zu lecken und zu saugen, während ihre Finger in seinem vollen Haar wühlten. Bereitwillig ließ sie sich von ihm auf den Rand des Spülbeckens heben, half dabei, Unterrock, Rock und Schürze zu lüften. Darunter trug sie nichts. Ihre geschickten, flinken Finger öffneten den Ledergürtel seiner Hose, nestelten die Knöpfe auf und schoben sie über seine

Backen hinunter. Dann nahm er sie auf dem Spülbecken und hielt sich an ihre Worte. Nur kurz war es, sehr kurz.

«Ich muss aufs Feld», hechelte er, zog sich an und ging hinaus.

Mit geschlossenen Augen, wummerndem Herzen und ungestilltem Verlangen blieb sie auf dem Rand des Spülbeckens sitzen. Sie spürte seinen lebenschaffenden Saft an ihren Schenkeln herunterlaufen, nahm ein Tuch und presste es zwischen ihre Beine. Zwar hatte sie seit einer Woche das unbestimmte Gefühl, etwas würde in ihr heranwachsen, doch sie wollte keinen Tropfen verschwenden. Ihr Wunsch nach Kindern war ebenso brennend wie ihr Verlangen. Während sie auf der Spüle saß und wartete, dass ihr Herz sich beruhigte, hörte sie ihren Mann draußen auf dem Hof die Pumpe betätigen. Vor ihrem geistigen Auge sah sie, wie er das klare Wasser in seine Hände laufen ließ, sein Gesicht benetzte, über sein Haar strich. Er hatte volles, braunes Haar.

«Ich gehe jetzt», rief er schließlich.

Sie nahm das Tuch zwischen ihren Beinen weg, warf es ins gefüllte Spülbecken, zog ihre Röcke zurecht und eilte zur Tür. Im ersten warmen Licht der Sonne blieb sie unter dem Balken stehen. Beide Hände in die Taille gestemmt, sah sie ihren Mann mit gespieltem Ernst an.

«Dafür wird der Abend umso härter werden», sagte sie.

Er kam auf sie zu, küsste sie mit Lippen und Zunge und hauchte ihr ins Ohr: «Am Abend, mein süßer Engel, wird alles härter.» Dann drehte er sich rasch um, schnappte sich den Rechen, der am Brunnen lehnte, und ging fort. Er ließ sie mit einem Schauer zurück, der sich rasch über Kopf und Nacken bis zu den Zehen ausbreitete und erneut weckte, was noch nicht befriedigt worden war. Bis zum Abend würde sie warten müssen, aber dann ...

Schnell ging sie in die Küche um sich mit der Arbeit auf andere Gedanken zu bringen. Einen Moment noch blickte sie ihrem Mann durch das beschlagene Fenster nach, an dem Wassertropfen herabperlten. Dann begann sie mit verbissener Emsigkeit das Haus zu säubern und das Essen für den Abend zu bereiten.

Allzu viel Zeit war nicht vergangen, als sie das leise, melodische Bimmeln einer feinen Glocke hörte ...

Kristin erwachte ruckartig. Hatte sie etwas gehört? Ein Bimmeln? Sie spürte Lisa warm an ihrer Seite, sah nichts als schummrige Dunkelheit und sehnte sich in ihren Traum zurück. Es gab da einen Ort, zu dem sie unbedingt zurückmusste, etwas Wichtiges wartete dort auf sie. Es war so schön gewesen ... da war Liebe, Wärme, Verlangen ...

«Bringt heraus Messer und Scher, so sie schneiden wieder schwer. Ich schleif sie euch, schnell und gut, und führ sie vor an meinem Blut.»

Es war ein Scherenschleifer. Zweimal rief er seinen Spruch, und seine Worte drangen zu ihr, als könne weder Wind noch Wand sie aufhalten. Sie beobachtete den dunkel wirkenden Mann, der langsam auf ihr Haus zukam. Seine Kleidung war alt und schmutzig, sein Haar lang, sein Bart ungepflegt. Von seinem Gesicht konnte sie nichts sehen, der Rand des Filzhutes verdeckte es.

Es war nur der Scherenschleifer, und auch wenn er aussah wie ein gedungener Mörder, brauchte sie sich vor ihm nicht fürchten, das wusste sie. Schon als kleines Mädchen hatte sie diese vagabundierenden Männer auf Vaters Hof kennengelernt. Ihr Leben war hart und voller Entbehrungen, doch sie nahmen es hin, taten das Einzige, was sie konnten: Sie schliffen Messer und Scheren. Und dieser kam wie gerufen. Ihr gutes Messer war stumpf geworden, schnitt nur noch, wenn sie sich tüchtig anstrengte. Sie nahm es aus der Lade und eilte damit hinaus.

Mit gesenktem Kopf, sodass die Krempe seines Hutes sein Gesicht verdeckte, stand der Scherenschleifer neben seinem Wagen in der Mitte des Hofes. Sie trat aus der Tür in die Sonne, hielt ihr Messer hoch und rief: «Es schneidet kaum noch, könnt Ihr es mir schärfen, Scherenschleifer?»

«Gebt es nur her», nuschelte der Mann, «im Nu ist es wie neu.»

Als sie einen Schritt vor ihm stand, hob der Mann langsam den Kopf. Sie konnte seine Nasenflügel beben sehen, ganz so, als nehme er Witterung auf. Von unten wanderte sein Blick herauf und blieb an ihrem Hals haften. Erst jetzt erinnerte sie, dass die oberen drei Knöpfe ihres Kleides geöffnet waren. Ihr Mann hatte den Stoff beiseitegeschoben und an ihren Brüsten gesaugt. Nun stand sie diesem wildfremden Mann mit halb entblößten Brüsten, verschwitzter Stirn und dem sicher noch an ihr haftenden Geruch des Beischlafs gegenüber.

Er offenbarte ihr seine Augen.

Blau waren sie, und tiefer als jeder Ozean. In diesen verschlagenen, unergründlichen Augen sah sie ihr eigenes Spiegelbild. Was im Kopf des Scherenschleifers vorging, konnte sie nicht wissen, aber sie spürte es. Ihr Anblick, unzüchtig wie sie war, hatte etwas in ihm geweckt. Blut schoss ihr in den Kopf und ließ ihre Wangen erröten. Sie wollte das nicht, konnte aber nichts dagegen tun. Und auch nichts dagegen, dass plötzlich der Teufel sie zu reiten begann. Als hätte nicht die strenge und harte Hand ihres Vaters ihre Erziehung in die rechten Bahnen gelenkt, vergaß sie in diesem Augenblick sich selbst. Das Pochen in ihren Lenden nahm wieder zu, und obwohl sie wusste, wie schamlos es war, genoss sie doch die begehrenden Blicke des Scherenschleifers. Sie war eine junge, schöne Frau. Schon immer hatten die Männer ihr lange Blicke nachgeworfen. Sie hatte nie etwas dagegen gehabt. Schließlich konnte sie nicht dafür, dass Gott ihr diesen Körper gegeben hatte. Sie hätte sich abwenden, ins Haus eilen und züchtig zurechtmachen müssen. Sie war verheiratet! Zu Recht würde ihr Mann sie prügeln, wenn er eines solchen Verhaltens gewahr würde. Aber sie tat es nicht.

Sie fand dieses Spiel erregend, schließlich hatte ihr Mann sie unbefriedigt auf dem Rand des Spülbeckens zurückgelassen. So schlimm war es nun auch wieder nicht, sich durch die Blicke des Scherenschleifers das Pochen zurückzuholen. Zu mehr, daran bestand kein Zweifel, wollte sie es nicht kommen lassen.

Ihre Finger zitterten, als sie dem Scherenschleifer das Messer übergab. Einen Moment hielten sie es beide fest, er an der Klinge, sie am Griff, und sie glaubte, etwas zu spüren, das sich durch das Messer auf sie übertrug. Dann wandte er sich ab, ging zu seinem Handwagen, zog einen dreibeinigen Hocker hervor und setzte sich darauf. Sie blickte auf seinen Rücken, während er eine Lade öffnete und einen Schleifstein herausnahm. Prüfend hielt er den länglichen grauen Stab ins Licht der Sonne. Es schien nicht der richtige zu sein. Er legte ihn zurück, kramte einen anderen hervor, prüfte ihn auf die gleiche Art und begann, damit ihr Messer zu schleifen.

Sanfte Bewegungen, ein leichtes Wiegen des Oberkörpers, dem Rhythmus des Schleifens angepasst, schabende Geräusche. Plötzlich begann er zu singen. Als der erste Ton sich von seinen Lippen löste, fuhr sie zusammen. Ihr Herz pochte, sie presste ihre rechte Hand gegen das nackte Fleisch ihrer Brust. Ein großer schwarzer Vogel, der in der Ruhe des sonnigen Vormittags gedöst hatte, flatterte aus der jungen Kastanie neben dem Haus davon. Der Scherenschleifer schliff und sang.

«Ich bin wieder hier, in meinem Revier, war nie wirklich weg, hab mich nur versteckt.»

Eine wunderschöne Stimme, die sich wie das leichte Vibrieren eines schweren Wagens oben auf der Straße in ihren Körper stahl. Sie hörte seine Stimme nicht nur, nein, sie spürte sie auch. In jede Faser ihres Fleisches glitt sie mühelos hinein. Nur diese eine Strophe sang der Scherenschleifer, ruhig und gleichmäßig verrichtete er dabei seine Arbeit. Immer wieder diese eine Strophe, immer wieder. In ihrem Kopf breitete sich eine Decke aus, legte sich über ihr Bewusstsein. Ihre Lider sackten hinab, sie konzentrierte sich nur noch auf das feine Timbre in der Stimme. Eine kurze Zeit nur, doch sie reichte aus, ihren Atem zum Rasen zu bringen.

Plötzlich hörte der Scherenschleifer zu singen auf.

Hastig öffnete sie ihre Augen; das Sonnenlicht blendete, sie fühlte sich nackt und ausgeliefert. Ihr Busen hob und senkte sich unter ihrem heftigen Atem. Schweißperlen glitzerten auf ihrer Stirn. Der Scherenschleifer stand auf, drehte sich zu ihr um und hob das Messer.

«Und führ es vor an meinem Blut ...»

Dann hob er seine linke Hand, streckte den Daumen aus und legte die geschliffene Klinge auf die Kuppe. Kalt lief es ihr den Rücken hinunter. Sie wusste, was jetzt kam. Gesehen hatte sie diese Prozedur noch nie, die ein Beweis für gute Arbeit war, aber davon gehört. Eine wirklich scharfe Klinge verursacht keinen Schmerz.

Der Scherenschleifer behielt seinen starren Gesichtsausdruck bei, während er das Messer mit einer sanften Bewegung über den Daumen zog. Scheinbar ohne jeglichen Widerstand schnitt es eine Wunde in die Kuppe, die sofort auseinanderklaffte. Blut quoll daraus hervor.

In ihrem Hals stieg das Frühstück empor, ihre Kopfhaut zog sich zusammen. Blut mochte sie nicht sehen, noch nie. Rasch wandte sie sich ab.

«Ich hol das Geld», rief sie und lief ins Haus. Ihr Herz pochte, ihr Atem ging schnell, von dem Ziehen in den Lenden war nichts mehr zu spüren. Sie ekelte sich vor dem, was der Scherenschleifer getan hatte.

In der Küche stand auf einem hohen Regalbrett eine Tonvase. Sie nahm die Vase herunter, steckte ihre schlanke Hand hinein, tastete mit den Fingern am Boden, fand das Geld und nahm es heraus. Mit zitternder Hand stellte sie das Gefäß an seinen Platz. Als sie auf die dunkle Diele trat, stand ein schwarzer Schatten im Gegenlicht der Sonne unter dem Türbalken. Der schwarze Mann, von dem Mutter so oft gesprochen hatte.

Scherenschleifer betraten niemals die Häuser, niemals! Allzu leicht wurden sie des Diebstahls bezichtigt, und niemand glaubte einem Vagabunden. Vom Schritt über die Schwelle eines Hauses bis an den Galgen war es nicht weit.

Scherenschleifer kamen nicht in die Häuser, nie! Dieser aber tat zwei Schritte und stand auf der Diele.

«Das ... das Geld ...», stotterte sie und streckte ihre Hand aus.

Er griff nicht nach dem Geld, sondern nach ihrem Handgelenk. Sein Griff war hart und fest wie ein Stahlring, selbst wenn sie es gewollt hätte, sie hätte sich nicht dagegen wehren können. Sie ließ sich heranziehen. Ganz dicht befand sich sein vom Bart verwuchertes Gesicht vor dem ihren. Sein Atem war warm und roch unangenehm.

Dann griffen seine Hände blitzschnell in den geöffneten Ausschnitt ihres Kleides, zerrten daran, rissen es bis zum Bauchnabel auseinander. Die Knöpfe sprangen davon und landeten geräuschlos auf dem Lehmboden der Diele. Der Griff seiner Hände an ihrer Brust tat weh, doch der stechende Schmerz holte sie in die Wirklichkeit zurück. Vergessen war plötzlich sein einschläfernder Gesang und seine wohltuende Stimme. Da war nur noch Schmerz.

Sie schrie, trat, schlug mit den Fäusten und befreite sich von ihm. Aber sie stolperte rückwärts, verlor das Gleichgewicht, fiel auf den Rücken. Bis über die Knie rutschte ihr Kleid hoch, und der Scherenschleifer konnte sehen, dass sie nichts darunter trug ...

Kristin erwachte. Sie spürte Lisas Herz gleichmäßig pochen, ein beruhigendes Gefühl. Ihr eigenes Herz raste. Das Wohnzimmer lag still im Halbdunkel, nur dürftig erhellt von der kleinen Kaminlampe. Sie sah sich um. Toms Sessel war leer. Wo war Robert Stolz? Wie lange hatte sie geschlafen?

Weil sie Lisa nicht wecken wollte, bewegte Kristin sich zunächst nicht, schlief aber auch nicht wieder ein. Viel zu aufgewühlt war sie von ihrem Traum. Noch immer hatte sie das Gefühl, im Körper dieser Frau gewesen zu sein. Sie hatte die Schwangerschaft gespürt, hatte die Nasenflügel des Scherenschleifers beben sehen, als nehme er Witterung auf. Kristin war überzeugt, sich bis ans Ende ihres Lebens daran erinnern zu können. An die geöffneten Knöpfe des Kleides, das unerträglich rote Blut aus der klaffenden Daumenwunde. Sie war verwirrt. Schon einmal hatte sie davon geträumt, ungleich wirrer und mit eigenen Erlebnissen gespickt, aber doch von der jungen Frau, die in diesem Haus getötet worden war.

Es ist böse, verlasst sofort das Haus!

Waren das nur Worte einer alten Frau, die auf den Kopf gefallen war, oder hatte ihre Mutter sie vor etwas warnen wollen, was sie ... nun, vielleicht gesehen oder gespürt hatte? Im Keller vielleicht? Was stimmte nicht mit diesem Haus? So vieles war geschehen, seitdem sie hier eingezogen waren. So viel Unerklärliches.

Über das leise Schnarchen ihrer Tochter hinweg hörte Kristin plötzlich Geräusche – und erkannte sie sofort. Das Klacken des Drehschalters oben an der Kellertreppe, dann das Scharren von Sohlen auf den Betonstufen. Jemand ging in den Keller. Das konnte nur Robert Stolz sein. Kristin löste sich vorsichtig von ihrer Tochter und stand auf.

Ich muss ihn warnen, dachte sie. Sie wusste nicht, vor wem oder was, hatte aber das dringende Bedürfnis, Robert von dem zu berichten, was sie über das Haus wusste. Über das, was hier geschehen war, auch wenn es lange zurücklag. Es schien wichtig zu sein. Überlebenswichtig.

Leise zog sie die Wohnzimmertür auf und wunderte sich über die Kälte und den Schnee im Eingangsbereich. Sie ging auf die offen stehende Kellertür zu. Bei den Geräuschen hatte sie sich nicht getäuscht; das Licht brannte tatsächlich. Die Vorstellung der Leiche im Keller hielt sie davon ab, hinunterzugehen. Auf der obersten Stufe blieb sie stehen, und im selben Moment, als sie «Robert» rief, fragte sie sich, ob das klug war. Schließlich wusste sie nicht wirklich, wer da unten war.

Aber er war es. Und als sie ihn die Treppe hochsteigen sah, wusste sie, dass etwas nicht stimmte. Er trug seine Waffe in der rechten Hand und einen Gesichtsausdruck zur Schau, der nichts mit der Entschlossenheit von vorhin zu tun hatte. Deutlich konnte Kristin sehen, dass seine Selbstsicherheit ins Wanken geraten war. Irgendwas schien ihn mehr als irritiert zu haben. Irgendwas im Keller.

Erst als er oben angekommen war, bemerkte er selbst die Waffe in seiner Hand. Schnell steckte er sie in die Tasche unter seiner linken Achsel.

«Habe ich Sie geweckt?», fragte er flüsternd. Seine Stimme zitterte. Sie schüttelte den Kopf. «Nein, ich habe schlecht geträumt. Was haben Sie im Keller gemacht?»

Sie konnte sehen und spüren, wie sehr ihre Frage ihn in Verlegenheit brachte. Er wusste nicht, was er antworten sollte, und bevor er es tat, sah sein Gesicht wie das eines gequälten Kindes aus, von dem man wissen wollte, warum es den Schokoriegel aus dem Laden gestohlen hatte.

«Ich, ich hab nur nachgesehen», druckste er herum.

«Wonach? Nach einer Leiche?»

Das kam scharf und wie aus einer Pistole geschossen. Kristin überraschte sich damit selbst und, wie sie in seinen Augen sah, auch Robert. Er suchte nach Worten. «Wie geht es Ihrer Tochter?», fragte er ausweichend.

«Sie schläft. Also, was wollten Sie im Keller? Da liegt doch nur eine Leiche. Oder gibt es etwas, das ich wissen sollte?» Erneut schlug sie diesen scharfen Ton an.

«Ich meinte ein Geräusch gehört zu haben. Also habe ich nachgesehen.»

«Nach einer Leiche?» Kristin glaubte ihm nicht. Sie hatte dieses weißliche Zeug an der Wohnzimmertür herabrinnen sehen.

Robert trat einen Schritt vor, drängte sie damit in die Diele zurück und schloss die Kellertür. «Kommen Sie», sagte er und ging voran ins Wohnzimmer. «Wir müssen reden.»

Kristin folgte ihm. Lisa hatte sich nicht gerührt. Sie lag auf dem Rücken, das Kinn weit nach oben gereckt, ihr Mund stand auf. Noch immer schnarchte sie leise. Kristin ging zu ihr, um unnötigerweise die Decke noch mal fest zu stopfen.

«Sie ist süß», sagte Robert, der sie dabei beobachtete.

Kristin drehte sich zu ihm. «Ja, süß und ohne Vater. Und alles, was mir geblieben ist. Ziemlich große Last für eine Vierjährige, finden Sie nicht auch?» Wieder sprach sie mit dieser scharfen Stimme, die ihr selbst wie ein Eindringling in ihrem Körper vorkam. Sie wollte das eigentlich nicht, konnte aber nichts dagegen tun. In ihr schien eine andere Kristin zu sein, die endlich wissen wollte, was mit ihrem Leben geschah, die sich nicht mehr nur auf andere verlassen wollte.

«Tut mir leid», sagte sie, «ich wollte Sie nicht ...»

«Sie brauchen sich nicht entschuldigen, wirklich nicht.» Er kam einen Schritt auf sie zu. «Ich kann Sie verstehen. Ich wünsche Ihnen beiden, dass es bald vorbei ist und Sie ein normales Leben fuhren können.»

Sie sahen sich einen Moment länger an, als nötig gewesen

wäre. Kristin empfand es als intim, einem Menschen so lange in die Augen zu sehen. Sie fühlte sich unwohl, begann zu blinzeln und wandte den Blick ab.

«Wir müssen reden, haben Sie gesagt.» Die Schärfe in ihrer Stimme war verschwunden.

Sie setzten sich. Robert holte die Waffe aus dem Schulterhalfter und legte sie neben sich. In Griffweite.

«Warum tun Sie das?», fragte Kristin.

Er zuckte mit den Schultern, «Ich weiß nicht, wie ich es Ihnen erklären soll.»

«Etwas stimmt nicht mit dem Keller, oder?» Kristin schüttelte den Kopf, ihr Blick ging ins Leere. «Sie hat recht gehabt, großer Gott, sie hat doch recht gehabt.»

«Wer hat recht gehabt und womit? Und was ist mit dem Keller?»

«Meine Mutter, sie hat ...», Kristin zögerte, sah ihn an. «Ich erzähle es Ihnen gleich, aber sagen Sie mir bitte erst, was Sie im Keller gesehen haben.»

Also erzählte Robert Kristin, was er im Keller vorgefunden hatte, oder besser, nicht vorgefunden hatte. Radduk war verschwunden. Dort unten lag keine Leiche mehr, nur noch die blutgetränkte Wolldecke. Und draußen im Schnee waren frische Spuren.

Noch während Robert sprach, zählte Kristin eins und eins zusammen. Die merkwürdigen Worte, Hannas Horrorgeschichte, Johanns überbordende Besorgnis, ihre Träume, der Reim – und zu guter Letzt die deutlichen Worte ihrer Mutter. Plötzlich fügte sich alles zusammen. Mit dem Haus stimmte etwas nicht. Mit dem Keller stimmte etwas nicht.

Nimm Lisa und zieh in ein Hotel ... Geh nicht wieder ins Haus, nicht einmal zum Kofferpacken ... Es ist im Keller.

Aber sie war doch wieder ins Haus gegangen, hatte Ilse nicht geglaubt, hatte sie lieber für verrückt gehalten, weil es ja so viel einfacher war. Und jetzt war es zu spät. Jetzt sah es ganz so aus, als sei es nicht mehr im Keller. Als sei es nun ...

Kristin mochte nicht zu Ende denken. Sie erzählte Robert davon, hatte aber Mühe, ihre Befürchtungen in Worte zu fassen. Wie konnte man etwas Unfassbares formulieren, ohne verrückt zu klingen?

Als sie fertig war, nahm Robert seine Waffe in die Hände, spielte mit dem Entsicherungshebel und sagte schließlich mit rauer Stimme: «Kristin, wissen Sie eigentlich, worauf das hinausläuft?»

Sie nickte nur. Es auszusprechen war nicht nötig. Vielleicht war es sogar gefährlich? Gedanken waren geheim, aber Worte konnten alles Mögliche auslösen. Und vielleicht auch alles Unmögliche.

Robert schien derselben Meinung zu sein, denn auch er sprach es nicht aus. «Was machen wir jetzt?», fragte er stattdessen. Er klang, als stolpere er geradewegs auf einen Abgrund zu, unfähig, die Richtung zu ändern. Und als wolle er diesen Klang bestätigen, lachte er plötzlich hölzern. «Ich ... ich kann das nicht glauben. So etwas gibt's doch gar nicht. Verdammte Scheiße!»

«Pssst», machte Kristin und hielt ihren Zeigefinger an die Lippen. Lisa grunzte, drehte sich von einer Seite auf die andere, schlief aber weiter.

Robert schloss die Augen, drückte seine Handballen darauf und wischte sich mit den Händen durchs Gesicht, als müsse er die Müdigkeit vertreiben. «'tschuldigung», flüsterte er, «aber ich bekomme das nicht in meinen Kopf.»

«Schon gut, mir geht es doch genauso.»

Er stand auf, ging zum Fenster, das durch die heruntergelassenen Rollos verdunkelt war, und kam wieder zurück. «Gut, also gut. Ich will gar nicht wissen, ob so was möglich ist. Nehmen wir einfach an, wir haben uns getäuscht. Nehmen wir an, Radduk lebte noch, als ich ihn in den Keller geschafft habe. Lassen Sie uns darüber nachdenken, was wir jetzt tun können, okay?»

«Okay», sagte Kristin wider besseres Wissen.

Sie hatte den Puls des Einbrechers nicht gefühlt, aber sie hatte eine Hälfte seines Gesichts unter dem Schuss zerplatzen sehen. Doch genauso wie Roberts Verstand wollte auch der ihre lieber an eine Täuschung glauben als an irgendwas anderes.

Robert setzte sich in den Sessel, behielt die Waffe aber in der rechten Hand. «Sie hat nichts mitbekommen», sagte er mit einem schiefen Lächeln und deutete mit dem Kinn auf Lisa.

«Sie hat einen guten Schlaf. Als Baby hat sie die ganze Nacht geweint. Ich glaube, was sie damals versäumt hat, holt sie jetzt nach.»

«Ja ... wahrscheinlich ...»

Sie schwiegen. Kristin drückte sich in die Ecke der Couch, schlug die Beine unter und verschränkte die Arme vor der Brust.

«Ist Ihnen kalt?»

«Etwas schon, ja.»

Robert stand auf. «Gibt es noch eine Decke im Haus? Ich hole sie Ihnen.»

«Nein, danke, es geht schon.»

«Wirklich?»

Sie nickte. «Setzen Sie sich bitte wieder, Robert ... ich möchte hier nicht allein bleiben, nicht mal für einen kurzen Moment, also setzen Sie sich bitte wieder.»

Sie hatte ihn zum ersten Mal mit Vornamen angesprochen. Das vorhin an der Treppe zählte nicht, da hatte sie nach ihm gerufen. Ihre Blicke begegneten sich im Halbdunkel des Raumes, wiederum länger als nötig. Schließlich nickte Robert und ließ sich in den Sessel fallen.

«Solange es dunkel ist und der Schneefall nicht aufhört, können wir wenig machen», sagte er. «Im Haus sind wir sicher, ich hab die Tür mit dem Stuhl verrammelt. Da kommt niemand herein. Wir bleiben hier sitzen, warten, bis es hell wird, und trennen uns auf keinen Fall. Nicht einmal, wenn jemand auf die Toilette muss. In Ordnung?»

«In Ordnung.»

Was er vorschlug, war Kristin nur recht. Zwar war es ein aus Hilflosigkeit und Angst geborener Vorschlag, doch was blieb ihnen anderes übrig? Für den Augenblick fühlte sie sich wohl in seiner Gegenwart, war froh, dass er da war. Das überhaupt jemand da war.

26

Samstag gegen sechs in der Früh begann der heftige Schneefall nachzulassen, um sieben fielen die letzten Flocken. Damit hatte es beinahe zwölf Stunden ununterbrochen geschneit, und Althausen glich einem gespenstischen Ort, der ebenso gut in Grönland hätte liegen können.

Heinrich Sammer machte sich die Mühe nachzumessen.

Als es hell wurde, stapfte er mit einem Zollstock in der Hand hinaus. In dem kleinen Gartenstück vor seinem Haus stand eine Vogeltränke aus Beton auf einem gut einen Meter hohen Sockel. Er selbst hatte das Ding gegossen, damals, als die Zeiten noch besser gewesen waren. «Katzensicher», verriet er jedem, der es wissen wollte, «das Ding ist katzensicher. Die verfluchten Mörder kommen einfach nicht über den glatten Rand!» Dann lachte er stets, und jeder konnte seine Zähne sehen, die streng genommen keine mehr waren.

Heinrich furzte in die kalte Morgenluft, klappte den Zollstock auseinander und steckte ein Ende in die unberührte Schneehaube auf dem Vogelbad. Dann las er ab und pfiff laut durch seine gelben Stumpen. Fast fünfzig Zentimeter! Hol's der Teufel, er konnte sich nicht erinnern, dass in Althausen jemals so viel Schnee gefallen war. Und er hatte sein Leben in diesem Dorf verbracht – nur die Wehrpflicht hatte ihn damals für zwei Jahre in die Fremde verschlagen.

Trotz seines nicht unbeträchtlichen Alkoholkonsums war von seinem Verstand noch genug übrig, um sich an den letzten Winter zu erinnern. Da hatte es vor Weihnachten überhaupt nicht geschneit. Erst im neuen Jahr, nachdem der Kahlfrost das Land wochenlang in seiner Gewalt gehabt hatte, war etwas Schnee gefallen. Fünf Zentimeter vielleicht, mehr auf keinen Fall. Und jetzt das.

Heinrich kratzte sich im Schritt und ließ seinen Blick über die Felder hinter seinem Grundstück gleiten. Die weiße Fläche trieb ihm Tränen in die geröteten Augen. Früher hatte man sich darauf verlassen können, dass der Winter Ende November begann und nicht vor März endete. Und früher hatte es regelmäßig Schnee gegeben, so viel, dass die Leute ihn mitunter verflucht hatten. Heute war das anders.

Die im Fernsehen sagten dauernd, der Treibhauseffekt sei schuld daran. Heinrich Sammer wusste nichts von solchen Effekten, doch er war lange genug auf der Erde – im nächsten Februar würden es vierundsechzig Jahre sein, wenn er sich nicht vorher zu Tode soff –, um aus Erfahrung behaupten zu können, dass das Wetter nicht mehr wie früher war. Dazu brauchte er kein scheiß Studium. Alles in allem war es zu einem ganzjährigen, miesen Einheitsbrei verkommen. Es gab keinen wirklichen Sommer und schon gar keinen Winter mehr.

Darum war der Schneesturm der vergangenen Nacht schon ungewöhnlich. Und er würde ungewöhnlich viel Geld in seine stets leere Haushaltskasse bringen. Bei Hanna vorm Laden musste geräumt werden, damit die Leute einkaufen konnten, ohne sich Arme und Oberschenkelhälse zu brechen. Angesichts der eigenhändig gemessenen fünfzig Zentimeter fühlte Heinrich sich zwar nicht wohl, doch das Geld lockte. Richtig schwere Arbeit war das; diese Massen konnte man nicht einfach beiseiteschieben, da musste man mit der Schippe ran.

Abermals kratzte er sich im Schritt, zog die Nase hoch und spuckte in den Schnee. Besser, jetzt gleich damit anzufangen, bevor irgendjemand auf die Idee kam einzukaufen. Es lag ihm nicht viel daran, diesen neugierigen Tanten zu begegnen, die schon von weitem schnüffelten, ob er getrunken hatte.

Heinrich ging ins Haus, zog sich warm an, schnappte sich Schaufel und Schneeschippe aus dem Geräteschuppen und machte sich auf den Weg zum Edeka. Weit hatte er es nicht. Sein Haus lag in einer Sackgasse, kaum zweihundert Meter vom Laden entfernt. Auf dem Weg dorthin begegnete ihm niemand. Er war an diesem Morgen der Erste, der seine Spuren im Schnee hinterließ. Bei jedem seiner schwerfälligen Schritte sackte er tief ein. Seine Hosenbeine waren feucht, als er die Landstraße vorm Laden erreichte. Dort stützte er sich auf die Schneeschippe ab und sah sich um. Er wusste natürlich, dass er an der Straße stand, doch zu sehen war sie nicht. Alles war ein weites weißes Feld.

Heinrich schüttelte den Kopf. So etwas hatte er lange nicht mehr gesehen. Bis der Räumdienst es nach Althausen schaffen würde – was ohne weiteres bis zum Mittag dauern konnte –, war die Straße praktisch nicht passierbar. Ein Wagen mit Vierradantrieb könnte es schaffen, alle anderen würden sich hoffnungslos festfahren.

Was für ein Sturm!

Er spuckte aus und wappnete sich mit der Vorstellung eines Fünfzigers in seiner Tasche gegen die Arbeit. Die Plattschaufel stellte er gegen die Eingangstür des Ladens, versuchte sein Glück zunächst mit der Schneeschippe. Von der Tür aus legte er los, stach die Schippe in den lockeren Schnee, hob sie heraus und warf ihn zur Seite. Als er das vier- oder fünfmal getan hatte, aber noch nicht viel weiter als zwei Schritte gekommen war, merkte er, auf was er sich da eingelassen hatte. Aber angefangen war angefangen, und für einen Fünfziger konnte er ... nun, jedenfalls mehr als genug Flaschen Weinbrand kaufen.

Eine halbe Stunde intensiver Arbeit später und unter den warmen Wintersachen völlig verschwitzt, näherte Heinrich sich mit seinem schmalen freigeräumten Weg den Fahrradständern. Die konnte er unter der Schneedecke nicht sehen, dafür aber den weiß bedeckten Huckel. Er stützte sich auf die Schippe, nahm die alte Bundeswehrfellmütze ab und kratzte sich im feuchten Haar. Stand da ein Blumenkübel, oder was?

Genau wusste er es nicht. Er kam alle zwei bis drei Tage in den Laden, doch auf dergleichen Dinge achtete er kaum. War auch egal. Wo etwas stand, konnte niemand gehen, und wo sowieso niemand gehen konnte, brauchte er nicht freizuräumen. Und mit dem Fahrrad würde die nächsten Tage keiner zum Einkaufen kommen. Da er schon nicht mehr wusste, wohin mit dem vielen Schnee, beschloss Heinrich, den Huckel noch zu vergrößern. In der nächsten Stunde räumte er ein ordentliches Stück des Platzes vor dem Laden frei und türmte den meisten Schnee auf den Huckel. Ein beträchtlicher Berg kam zustande, der, sollte Tauwetter einsetzen, sich noch eine ganze Weile halten würde. Zwischendurch klopfte Heinrich den Haufen immer wieder fest, damit er noch mehr Schnee draufschaufeln konnte.

Bald machten seine Finger und sein Rücken sich schmerzhaft bemerkbar, er spürte, dass seine Kraft nachließ. Er hatte noch nicht gefrühstückt, und gegen neun Uhr war immer die erste Flasche Karlsquell fällig. Warum kam Hanna nicht heraus? Immerhin war es Viertel vor neun. Um Punkt neun öffnete sie für gewöhnlich den Laden. Hanna war bekannt für ihre Pünktlichkeit. Wo blieb sie also?

Da Heinrich nicht ums Haus laufen und klingeln wollte, arbeitete er weiter. Bald hatte er einen quadratischen Schneeberg geschaffen, der sich an die Wand des Hauses lehnte. Von Hanna war noch immer nichts zu sehen.

Missmutig lehnte er die Schippe gegen den Schneehaufen und machte sich auf den Weg nach hinten. Ob der Laden öffnete oder nicht, war ihm egal, aber ohne seinen

Fünfziger wollte er nicht gehen. Gutes Geld für gute Arbeit! So war das nun mal, und Kredit gab er nicht.

Ihm war nicht wohl dabei, und sein Finger zuckte ein paarmal von dem Klingelknopf zurück, schließlich drückte er ihn aber doch. Drinnen auf dem Flur schellte es laut. Schnell trat Heinrich zwei Schritte zurück und verschränkte seine Arme hinter dem Rücken. In der Stellung verharrte er beinahe zwei Minuten. Dann sagte er leise «Scheiße», trat vor, klingelte noch mal, und etwas später noch ein drittes Mal und etwas länger. Es kam trotzdem keine Hanna Wittmershaus mit einem Fünfziger in der Hand.

Heinrich Sammer wurde nachdenklich. Neben dem Hunger und seinem Verlangen nach Alkohol machte sich ein weiteres Gefühl in seinem Bauch breit. Eines, das er nicht zu deuten vermochte, aber es machte ihn ... nun, zumindest nervös. Hanna war immer in ihrem Laden, wo sollte sie auch sonst sein? Hier war was nicht in Ordnung. Vielleicht war es besser, Johann anzurufen? Johann würde schon wissen, was zu tun war. Das hatte er immer gewusst.

Heinrich machte sich auf den Weg nach Haus – und er ging schnell.

27

Johann Mönck starrte den Telefonhörer an, bevor er ihn zurück auf die Gabel legte.

«Wer war das?», fragte Maria. Sie stand hinter ihm im Türrahmen zur Küche.

«Heinrich.» Tonlos und weit entfernt klang seine Stimme. Johann drehte sich um, ließ die Arme kraftlos hängen und sah seine Frau an. «Hanna hat den Laden nicht aufgemacht. Heinrich hat Schnee bei ihr geräumt und geklingelt. Sie hat nicht geöffnet.»

«War er betrunken?»

Johann zuckte mit den Schultern. «Noch nicht so früh am Morgen. Du kennst ihn. Ein, zwei Bier vielleicht. Längst nicht genug, ihn Blödsinn quasseln zu lassen.»

«Ruf an.»

Johann nickte und tippte jene Nummer ein, die er im Schlaf aufsagen konnte. Er spürte den Atem seiner Frau im Nacken, während er es klingeln ließ. Hanna nahm nicht ab. Vor seinem geistigen Auge sah er den alten Telefonapparat in ihrem Wohnzimmer auf dem Sekretär, wie er bei jedem Klingeln zappelte. Und als bediene er eine ferngesteuerte Kamera, wanderten seine Gedanken von dort zum dunklen Flur, auf die geöffnete Tür des Schlafzimmers zu, über den Boden zum Bett, und dann ...

«Gut, wir fahren sofort rüber und sehen nach. Du hast doch den Schüssel noch, oder?» Maria ging zur Garderobe und nahm ihren Mantel vom Haken.

Johann nickte, legte den Hörer auf, rührte sich aber nicht von der Stelle. Sie konnten natürlich tun, was seine Frau vorschlug. Er hatte einen Schlüssel zu Hannas Haus, und ihr alter Daimler mit Vierradantrieb würde sich wahrscheinlich durch den Schnee fressen. Sie konnten hinfahren und nachsehen, so wie es sich für gute Nachbarn und alte Freunde gehörte. Die Frage war nur, ob er wollte? Johann wollte sich einfach nur wieder an den Küchentisch setzen und seinen Kaffee zu Ende trinken. Einen Samstag ohne Arbeit genießen, es den Kindern überlassen, den Hof zu räumen, die

Füße hochlegen und den Sportteil der Zeitung von gestern noch einmal lesen. All das wollte er – aber nicht rüberfahren, die Tür aufsperren und Hanna mit weit aufgerissenen Augen in ihrem Bett liegend vorfinden. Dahingeschieden an Herzversagen, jenem grausamen Kameraden alter Tage, der auch bei ihm schon angeklopft hatte.

«Ist gut, wir nehmen den Daimler», hörte er sich sagen und zog seine Jacke an.

Maria gab den Kindern Bescheid. Als sie drei Minuten später zu ihrem Mann in den alten Geländewagen der Baumschule stieg, hatte Johann den Diesel schon vorgeglüht. Beim fünften Versuch sprang er an, stieß eine blaugraue Qualmwolke aus, die den ganzen Unterstand vernebelte, stotterte, entschied sich aber fürs Arbeiten.

«Das ist ’ne ganze Menge Schnee», gab Johann zu bedenken. «Vielleicht sollten wir die Ketten anlegen?»

«Dazu ist keine Zeit. Fahr einfach los. Wir haben doch Winterreifen.»

Damit hatte sie recht. Nagelneue sogar. Johann hatte sie vor vier Wochen selbst aufgezogen. Nicht weil er mit Schnee gerechnet hatte, sondern weil er mit ihnen auf dem matschigen Gelände der Baumschule am besten vorankam. Er seufzte, schaltete den Vierradantrieb zu, legte den ersten Gang ein und fuhr los. Als die Vorderräder aus dem trockenen Unterstand auf die Schneedecke rollten, stieg der Wagen vorn ein gutes Stück hoch. Die Reifen wühlten, schaufelten, bekamen Unterstützung von hinten und gruben sich in den Schnee. Das tiefe Profil fasste, der Daimler bockte kurz, dann war er raus. Behutsam gab Johann Gas. Sie konnten von Glück sagen, dass der Schnee trocken war und sich darunter keine Eisschicht befand. Als er spürte, wie zuverlässig die neuen Reifen sich durch die hohe Schneedecke wühlten, begann Johann den Optimismus seiner Frau zu teilen – zumindest, was die Fahrtstrecke zum Laden anging.

Mit vorsichtigen Bewegungen bog er auf die Landstraße ein, die noch nicht geräumt war. Orientieren konnte er sich nur an den Leuchtpfählen. Ihr Daimler war das erste Fahrzeug, das an diesem Morgen seine breiten Spuren in den Schnee zeichnete.

«Vor Mittag kommen die sicher nicht hier raus», sagte Johann und deutete mit dem Kinn auf die Straße.

Maria nickte nur. Verkrampft hielt sie sich am Griff der Tür fest. Den Rest der Strecke schwiegen sie. Johann konzentrierte sich, Maria sorgte sich, und ihr Schweigen konnte als Pfand gelten für ihrer beider Ahnung, dass etwas Schlimmes sie in der Wohnung über dem Laden erwartete.

Schon von weitem konnten sie die von Heinrich freigeschaufelte Fläche vor dem Eingangsbereich sehen. Johann parkte den Daimler ein paar Zentimeter vor dem hohen Schneehaufen. Der Laden war dunkel. Aus dem separaten Tchibo-Schaufenster strahlte ihnen eine junge Brünette entgegen, die sich über warme Sersucker-Bettwäsche in herbstlichen Farben freute. Neunundzwanzig fünfundneunzig, das dreiteilige Set.

«Heinrich hat recht», sagte Johann dumpf. Seine imaginäre Kamerafahrt durch die Wohnung da oben wollte ihm nicht aus dem Kopf gehen. Er wusste genau, was er gesehen hätte, hätte Maria ihn nicht unterbrochen. Hanna, mit weit aufgerissenen Augen in ihrem Bett liegend, das Laken im Todeskampf um ihre Beine gewickelt, einen Arm mit verkrampften Fingern ausgestreckt zum zweiten Telefon, das auf dem Nachttisch stand. Johann ahnte, dass er diesen

Anblick nicht ertragen würde, sollte er ihm tatsächlich begegnen.

Sie stiegen gleichzeitig aus und stapften wortlos durch den hohen Schnee ums Haus. Maria kam als Erste an der Tür an und klingelte. Einmal, zweimal, dreimal – ohne Ergebnis. Johann nestelte den Schlüssel aus seiner Jackentasche und führte ihn mit unsicherer Hand ins Schloss. Hanna hatte ihm den Schüssel und die Erlaubnis, ihn zu benutzen, vor sechs Jahren gegeben, nachdem sie auf der Treppe ausgerutscht war und sich den Knöchel des linken Fußgelenks gebrochen hatte. Sie hatte sich damals noch zum Telefon schleppen können, doch war ihr klargeworden, dass das nicht immer so sein würde.

Warum er seine Frau ansah, bevor er die Tür aufsperrte, wusste Johann nicht. Er folgte einem inneren Drang, sich von Maria per Blickkontakt die Erlaubnis dafür zu holen. Vielleicht, und in seinem tiefsten Inneren entsprach das wohl eher der Wahrheit, war es auch der klägliche Versuch, jemandem die Verantwortung zu geben. Jemandem die Leitung der kleinen Expedition anzuvertrauen.

Sie nickte ihm zu, er drückte die Tür auf.

Hanna stand nicht mit Wattebäuschchen in den Ohren und verdattertem Gesicht auf der Treppe. Damit war auch die letzte Hoffnung auf ein gutes Ende verschwunden. Johann ging voran.

«Hanna?», rief er in den stillen Flur, der ihm schon jetzt, obwohl noch nichts feststand, für immer verlassen vorkam. Sein Blick ging zur Garderobe. Er bemerkte, dass dort kein Mantel, kein Schal, keine Mütze und auch keine Handschuhe waren. Hatte das etwas zu bedeuten? Johann überging die Frage, spürte aber, dass er in seinem Unterbewusstsein eine

Tür aufgestoßen hatte, die Zugang bot zu einer ganz anderen Erklärung für Hannas Verschwinden als ein Herzinfarkt.

«Hanna?», rief Maria, lauter und fordernder als zuvor ihr Mann. Eine Antwort bekam auch sie nicht. Obwohl aus dem Laden das Surren eines Kühlaggregates zu hören war, schien die Stille undurchdringlich und erdrückend.

«Gehen wir nach oben», schlug Johann vor.

Bei jedem vorsichtigen Schritt knarzten die trockenen Balken und Bretter der alten Treppe. Johanns Atem ging heftig, und er spürte sein Herz unangenehm pochen, als sie die erste Etage erreichten. Vor der geschlossenen Schlafzimmertür blieben sie stehen.

«Geh du bitte vor», bat er Maria noch immer um Atem ringend. Es war schummrig auf dem oberen Flur. Sie hatten kein Licht gemacht, trotzdem konnte sie die Angst im Gesicht ihres Mannes sehen. Sie trat an die Tür, holte tief Luft und klopfte. Man trat nicht einfach in andre Leute Schlafzimmer, ohne zu klopfen, selbst dann nicht, wenn man darin eine Tote erwartete. Natürlich gab es keine Reaktion, aber Maria hatte auch keine erwartet. Sie drückte die Klinke nieder und trat ein.

Das Zimmer war leer. Überraschenderweise war es leer.

Zwar hatte Maria keine geistige Kamerafahrt erlebt wie ihr Mann, trotzdem aber dasselbe Bild erwartet: Hanna, tot und eingehüllt in ihre dicken Daunenbetten. Die Daunenbetten waren da, und augenscheinlich hatte jemand darin gelegen, doch von Hanna keine Spur.

«Wo kann sie sein?», fragte Johann, in seiner Stimme klang eine Spur Hoffnung mit. Sein Wachtraum hatte sich nicht erfüllt, vielleicht war Hanna doch nichts zugestoßen!

«Vielleicht im Wohnzimmer, vor dem Fernseher.»

Er machte kehrt und ging zum Wohnzimmer. Er ahnte, dass er dort nichts finden würde, und so war es auch. Das Wohnzimmer war verwaist. Johann kehrte zu Maria zurück, die noch immer neben dem Bett stand. Tiefe Falten zerfurchten ihre Stirn.

«In der Stube ist sie nicht.»

«Sieh dich hier mal um», sagte Maria leise und machte eine Handbewegung durch den Raum. «Fällt dir was auf?»

«Ich weiß nicht ... entweder hat sie schon geschlafen, oder sie macht ihr Bett nicht regelmäßig.»

«Ich glaube, sie hat schon geschlafen. Da drüben auf dem Stuhl liegt ihr Nachthemd, und am Haken hängt der Bademantel. Was aber fehlt, ist ihre Kleidung. Wenn sie sich auszieht, legt sie ihre Sachen bestimmt auf den Stuhl. Wie beinahe jeder Mensch.»

«Was willst du damit sagen?»

«Ich weiß nicht, aber es sieht doch so aus, als habe sie nicht einschlafen können. Sie ist aufgestanden und hat sich angezogen. Aber wo ist sie hingegangen?»

Johann nickte zustimmend. «Unten im Flur habe ich an der Garderobe ihre Wintersachen vermisst.»

Die beiden sahen sich an. Seitdem sie das Haus betreten hatten, nein, noch weiter zurück, seitdem Heinrich angerufen hatte, war langsam, aber unaufhaltsam etwas in ihnen aufgestiegen, und während sie sich nur mit dem Wahrscheinlichen beschäftigt hatten, hatte sich das andere, das Unwahrscheinliche, manifestiert. Allerdings barg es ein so abgründiges Grauen, dass sowohl Johann als auch Maria es zunächst vermieden, darüber zu sprechen. Stattdessen schlug Johann vor, die komplette Wohnung und den Laden zu durchsuchen. Bis in den letzten Winkel, auch die Toilette.

Zehn Minuten später standen sie vorn im Laden an der Kasse und gaben sich geschlagen. Nebeneinander lehnten sie an dem kurzen Förderband und starrten durch die verglaste Eingangstür hinaus in die Winterlandschaft. Vereinzelt trudelten schon wieder Flocken aus dem dunkler werdenden Grau des Himmels. Vorboten oder Nachzügler, wer konnte das schon sagen? Sie landeten auf der noch warmen Motorhaube des Daimler und schmolzen sofort. Rechts vom Eingang lehnte der große Schneehaufen an der Wand, den Heinrich so sorgfältig platt geklopft hatte. Johann wünschte, dort hineinkriechen zu können und die Welt für eine Weile zu vergessen. Vielleicht auch für immer.

«Ob es was damit zu tun hat?», fragte Maria leise und eröffnete offiziell den Jahrmarkt des Grauens. Wieder mal war sie die Erste, wieder mal hatte Johann sich nicht getraut. Er zuckte mit den Schultern und seufzte. «Woher soll ich das wissen? Ich hoffe nicht, aber ich kann mir ihr Verschwinden nicht erklären.»

Maria legte ihre Hand auf die ihres Mannes. «Wir sollten nach Haus fahren. Und vielleicht sollten wir Kristin anrufen.»

Er sah sie an. Mit tief in den Höhlen liegenden Augen und einer Verzweiflung darin, die ihr körperlichen Schmerz zufügte. «Ich steh das nicht noch einmal durch.» Seine Stimme zitterte, klang überhaupt nicht nach dem Johann Mönck, der über Jahrzehnte hinweg geholfen hatte, ein grausiges Kapitel des Dorfes zu verbuddeln. Maria nahm ihm nicht übel, dass er geschwiegen und alles ignoriert hatte, dass er gezögert und gezaudert hatte. Sie war damals nicht dabei gewesen im Sasslingerhaus. Sie war die Letzte, die jemanden verurteilen durfte. Und wenn Hanna etwas zugestoßen war, war ihr Mann der Letzte aus dem Kreis jener Personen, die alles mit angesehen hatten. Maria verschränkte ihre Finger zwischen den seinen. «Wir halten zusammen, wie immer. Zusammen werden wir es schon schaffen, ich bin ganz sicher.»

Johann drückte ihre Hand und nickte schwerfällig.

«Hoffentlich!»

Dann erhoben sich beide von dem Förderband und gingen durch die schmale Tür zwischen den Regalen für Dosengemüse und Haushaltsartikel in den Flur zurück. Johann warf noch einen Blick in das fensterlose Lager. Ihm war plötzlich eingefallen, dass er eine bestimmte Sache im Laufe des Tages vielleicht brauchen würde. Zwischen den eng stehenden Regalen fand er es nach kurzer Zeit: zwei Literflaschen Brennspiritus.

28

Sie verließen das Haus.

Es schneite wieder. Längst nicht so stark wie in der vergangenen Nacht, doch Kristin erinnerte sich, dass der Sturm genau so angefangen hatte: mit kleinen feinen Flocken. Der Himmel zeigte sich noch immer in einem dunklen, verwaschenen Grau, weder schön noch hässlich, aber erdrückend. Kristin war von der Schneemenge genauso überrascht wie Lisa. Dass er so hoch lag, hatte sie nicht erwartet. Direkt vor der Tür stapften sie in eine Wehe, die Kristin bis zu den Knien und Lisa bis zur Taille reichte. Sofort stürzte sich die Kleine lachend hinein.

«So viel Schnee, Mami, so viel!»

Kristin betrachtete sie. Ein erstaunlicher Gedanke ging ihr durch den Kopf. Kinder sind beinahe wie Tiere. Von einem Augenblick auf den anderen können sie ihre Gemütslage ändern und alles vergessen, was vorher war. Wie die Kuh auf der Weide, die weder Vergangenheit noch Zukunft, sondern nur das Jetzt kennt. Mit etwas Glück war die Erinnerung an den gestrigen Tag bald völlig aus Lisas Kopf verschwunden. Sie war noch niemals geschlagen worden, diese Form von Jungfräulichkeit hatte sie am gestrigen Tage verloren. Die ganze Nacht hatte Kristin sich vor dem Moment gefürchtet, wenn Lisa erwachen würde, hatte sich von Heulkrämpfen bis hin zu einer apathisch traumatisierten Tochter alles ausgemalt. Nichts davon war eingetreten. Nachdem Onkel Robert ihr versichert hatte, dass er den bösen Mann für immer verjagt hatte, war der Schnee für sie wichtiger gewesen. Sie so ausgelassen darin tollen zu sehen, tat gut. Gern hätte Kristin die Zeit angehalten, doch Johanns Worte am Telefon klangen noch immer in ihren Ohren nach.

Kommt so schnell ihr könnt.

«Komm jetzt, Lisa, du kannst gleich mit Toni im Schnee spielen.» Sie zog ihre Tochter am Ärmel aus der Schneewehe und folgte Robert, der vorausgegangen war. Er suchte die Spur, die er in der Nacht vorm Haus gesehen hatte, fand sie jedoch nicht. Zu viel Schnee war seitdem gefallen. Vor dem Unterstand blieb er stehen und sah sich um, kniff dabei die Augen zusammen, weil der Schnee blendete. Kristin bemerkte seinen argwöhnischen Blick, als sie ihn erreichte.

«Hast du was gesehen?» Mit beiden Händen presste sie Lisa fest gegen ihre Beine.

«Nein, nichts, gar nichts. Lasst uns trotzdem einsteigen und schnell hier verschwinden.»

Er setzte sich ans Steuer des Cherokee. Kristin ließ ihn fahren, weil sie es sich bei den Straßenverhältnissen nicht zutraute. Sie schnallte Lisa auf dem Kindersitz im Fond fest, setzte sich daneben und legte ebenfalls den Gurt an.

«Alles klar?», fragte Robert.

«Wir können.»

«Hoffen wir, dass der Wagen es schafft.»

Er schaffte es. Schwierigkeiten gab es nur bei der ansteigenden Auffahrt zur Landstraße, doch da der Schnee trocken und die Reifen des Cherokee gut waren, fraß er sich mit Hilfe des Vierradantriebes langsam hinauf. Die Landstraße war als solche kaum zu erkennen. Kein Fahrzeug war seit Beginn des Sturms darauf gefahren. Sie war nur an den Bäumen und Begrenzungspfählen rechts und links auszumachen. Der heftige Wind hatte den Schnee von Nordosten durch die Luft gepeitscht. Dadurch waren die Stämme der Pappeln von einem weißen Mantel eingehüllt, der sie wie riesige Schneemänner wirken ließ, die ihre knochigen Krallen gen Himmel streckten. Außerdem hatte er den lockeren Schnee über die freien Felder getrieben und am Waldrand zu einem kilometerlangen, mannshohen Wall aufgetürmt, dessen obere Kante scharf umrissen war wie bei einer Eisscholle. Wie ein Wegweiser zeigte sie Richtung Westen. Auf den dunkelgrünen Ästen der Tannen war wegen des Sturms nicht viel Schnee liegen geblieben. Der Wald wirkte im Kontrast zur weißen Landschaft abgründig dunkel.

Robert fuhr langsam, mit beiden Händen hielt er das Lenkrad fest umklammert. Kristin konnte von hinten sehen, wie schwer es ihm fiel, den Wagen in der Spur zu halten. Die breiten Reifen mahlten durch den Schnee und machten knarzende Geräusche, die auch im Inneren des Cherokee zu hören waren.

«Ist Jeepi kaputt?», fragte Lisa.

«Nein, Jeepi geht es prima. Das ist der Schnee, der macht solche Geräusche, wenn man darüberfährt», klärte Kristin ihre Tochter auf. Die Kleine schien ihre Anspannung zu spüren, denn die meiste Zeit schwieg sie. Vielleicht war sie aber auch nur sprachlos vor Begeisterung. Zehn Minuten dauerte die Fahrt, und in dieser kurzen Zeit wurde der Schneefall wieder stärker. Ohne vom Wind gescheucht zu werden, trudelten die Flocken gemächlich zu Boden. Aus dem Kamin des Hauses der Möncks quoll grauer Rauch, der sich nur undeutlich vom wolkenverhangenen Himmel abhob. Die erleuchteten Fenster wirkten einladend und beruhigend in der Dunkelheit des Tages, trotzdem verschwand das drückende Gefühl in Kristins Bauch nicht. Dafür hatte Johann am Telefon zu eindringlich, zu verängstigt geklungen. Etwas war passiert, und Kristin ahnte, dass es mit ihr, Lisa und dem Haus zu tun hatte.

Das Haus ist böse ... verlasst es ... sofort!

Gern wäre sie jetzt bei ihrer Mutter. Was für Ängste musste sie im Krankenhaus ausstehen? Mit diesem Wissen, ohne die Möglichkeit zu helfen.

Johann öffnete die Haustür und winkte ihnen zu, als Robert den Cherokee in der Spur zum Unterstand ausrollen ließ. Kristin half Lisa aus dem Kindersitz. Sofort eilte sie durch den tiefen Schnee auf Johann zu. Robert hielt Kristin am Arm zurück.

«Vergiss bitte nicht, lass ihn erst reden. Am besten wäre

es, wenn niemand den Grund erfährt, warum ich zu dir gekommen bin.»

Vor ihrer Abfahrt, als Lisa außer Hörweite gewesen war, hatte Robert vorgeschlagen, mit ihrer Geschichte vorerst hinterm Berg zu halten. Wenn es ihr ratsam erschien, könnte sie Johann später davon erzählen, vorerst blieb er jedoch Lisas Onkel und Toms Bruder. Kristin hatte den eigentlichen Grund seines Kommens beinahe vergessen. Sie hatte noch nicht mal über das Geld nachgedacht, das er ihr angeboten hatte.

«Ich bin bei euch zu Besuch, von Beruf bin ich Kripobeamter, deshalb trage ich eine Waffe. So können wir auch erklären, warum wir nicht sofort die Polizei gerufen haben.»

«Ich weiß nicht ...?», sagte Kristin. Sie bezweifelte, dass Johann ihr eine solche Geschichte abnehmen würde. Aber klang die andere, die wahre Geschichte nicht noch unglaubwürdiger?

Robert drückte ihre Hand. «Nur wenn es nötig ist, okay?»

«Okay.»

Dann stapften sie auf die Haustür zu, und an Johanns Gesicht konnte Kristin von weitem erkennen, dass die Wahrheit an diesem Morgen das einzig Glaubhafte sein würde. Auch wenn sie sich noch so phantastisch anhörte.

29

Sie saßen in der Küche; Johann, Maria, Kristin und Robert. Toni und Lisa spielten unter Franziskas Aufsicht im Spielzimmer, wozu sie nur unter Protest zu bewegen gewesen waren, da sie lieber Schlitten fahren wollten. Maria hatte Tee gemacht. Schwarzen Tee mit Zitrone. Sie saßen um den großen Tisch, die tiefhängende Lampe legte einen schützenden Lichtschein um sie, und Kristin fühlte sich, als seien sie eine verschworene Gruppe, die sich gegen eine kalte, feindliche Welt behaupten musste. Vielleicht hatten Johann und Maria ihr die Erklärung, was Robert betraf, abgenommen, vielleicht aber auch nicht. Sie wussten jetzt, dass er Toms Bruder war und gestern Abend zu Besuch gekommen war. Und ganz sicher wunderten sie sich darüber, dass er seine Jacke nicht auszog. Noch wussten sie nicht, dass er eine Waffe trug.

Johann wirkte wie ein Schatten, beinahe schon wie eine Leiche, die wieder zum Leben erwacht war. Tief lagen seine Augen in den Höhlen, er saß gekrümmt, die Schultern nach vorn gezogen. Eine unendlich schwere Last schien auf ihnen zu liegen; viel schwerer, als er zu tragen vermochte. Und augenscheinlich konnte Maria ihm nichts davon abnehmen. Auch sie wirkte bedrückt, aber längst nicht so wie Johann. Was auch immer vorgefallen war, sie hatte noch längst nicht aufgegeben. Johann hingegen schien seine Hoffnung verloren zu haben.

Er stellte seine Tasse ab, spielte mit seiner Pfeife und sah niemanden an, als er zu sprechen begann.

«Hanna hat ihren Laden nicht geöffnet. Wir waren schon drüben, in ihrer Wohnung ... sie hat mir vor Jahren mal den Schlüssel gegeben. Aber sie ist nicht da. Hanna geht niemals weg. Solange ich denken kann, hat sie den Laden pünktlich geöffnet, selbst wenn sie die Grippe hatte.»

«Wo könnte sie denn sein?», fragte Kristin.

«Ich weiß es nicht.» Johann schüttelte bedächtig seinen

großen Kopf, blickte von seinen Händen auf und sah Kristin eindringlich an. Ein feuchter Schleier lag in seinem Blick. «Aber es könnte etwas mit dir zu tun haben.»

«Mit mir?»

Er machte eine hilflose Handbewegung, die alles bedeuten konnte. Mit dieser Handbewegung zerschmolz der große alte Mönck vor ihren Augen zu einem kleinen Jungen, der vor irgendetwas so große Angst hatte, dass ihm die Worte fehlten, es zu beschreiben. Kristin empfand Mitleid. Sie wollte ihm zu Hilfe kommen und sagte, was ihr als Erstes einfiel.

«Was stimmt nicht mit dem Haus?»

Johanns Augenbrauen rutschten in die Höhe.

«Hast du etwas ... ist etwas passiert?»

Kristin wechselte einen schnellen Blick mit Robert. Es schien ihr, als schüttelte er kaum merklich den Kopf. Nein, erzähl noch nichts, lass ihn den Anfang machen. Vielleicht war es auch nur eine Täuschung.

«Ich weiß nicht, vielleicht.» Sie beugte sich vor und legte ihre Hand auf die des alten Gärtners. «Johann, wenn du etwas über mein Haus weißt, dann erzähl es mir bitte.»

Er blickte zu seiner Frau und nickte dann.

«Dein Haus ... das alte Sasslingerhaus, dort drüben ...»

Er zögerte, blinzelte zur Decke hinauf. Kristin sah, dass er gegen seine Tränen kämpfte. Ihre Hand lag noch immer auf der seinen, sie strich über die trockene, alte Haut. Es war nicht nur Angst, die ihm zu schaffen machte, sondern auch Trauer.

«Ich muss etwas weiter ausholen ... es ist nicht so einfach, und vielleicht wirst du mir nicht glauben ...»

«Ich werde dir ganz bestimmt glauben.» Kristin sah zu

Robert hinüber; Robert in seiner dicken Jacke mit der Waffe darunter; Robert, der auf ihrer Diele einen Menschen erschossen hatte. «Ganz bestimmt! Und ich habe euch auch was zu erzählen.»

Johann füllte seinen großen Brustkorb mit Luft. Tief da drinnen konnte Kristin es pfeifen und rasseln hören. Auf eine ungesunde Weise.

«Nun ... als deine Mutter den Unfall hatte, als sie die Kellertreppe hinuntergestürzt war, da ahnten wir, dass es wieder begonnen hat. Weißt du, Hanna hat dir damals nicht alles erzählt über die Sache mit dem Scherenschleifer. Sie hat es nicht getan, weil sie dich nicht beunruhigen wollte, und eigentlich ... na ja, eigentlich wussten wir ja auch nichts. Alles nur Vermutungen und Vorahnungen, verstehst du?»

Kristin sah ihn nur an. Jetzt bekam sie bestätigt, was sie spätestens seit ihrem letzten Traum gefühlt hatte: Das alles hatte mit dem Scherenschleifer zu tun. Mit der unheilvollen Geschichte, die sich einst in ihrem Haus zugetragen hatte.

«Damals, nachdem der Scherenschleifer die junge Frau getötet hatte, fand eine richtige Hetzjagd statt. Man kann das ja auch verstehen, der Kerl hatte das Mädchen grausam zugerichtet, und der junge Sasslinger hatte wohl nur noch Hass und Rache im Kopf. Sie fanden ihn sehr schnell. Seine Schuld war so sicher wie das Amen in der Kirche. Hanna hat dir erzählt, dass sie den Scherenschleifer an dem Kastanienbaum neben dem Haus aufhängten, und das stimmt auch. Aber das ist nicht alles ... längst nicht alles.»

Er trank von seinem Tee und warf einen langen Blick zum Fenster. Schneeflocken trudelten vorbei. In dieser schweigenden Pause hörten sie alle den stärker werdenden

Sturm ums Haus toben. «Manche Geschichten», setzte Johann dann fort, «sollten besser nicht erzählt werden. Was ich euch jetzt sage, wissen nur wenige Menschen hier im Dorf. Und die schweigen. Niemand erzählt so etwas gern oder zum Spaß.»

Johann warf einen Blick in die Runde, der bei Kristin endete, bog den Rücken durch und begann.

«Sechs Männer erklärten sich damals spontan bereit, dem Sasslinger bei der Jagd nach dem Mörder seiner Frau zu helfen. Er brauchte wohl nicht lange bitten. Anna-Maria Sasslinger war ein hübsches Mädchen. Sie stammte aus dem Dorf, die mochten sie. Sie müssen voller Zorn gewesen sein, als sie davon hörten.

Der Vater meines Vaters war dabei, Hannas Urgroßvater und auch der von Gerd, ihrem verstorbenen Mann. Zwei von den drei anderen sind namentlich nicht bekannt, wahrscheinlich waren es Erntehelfer von auswärts. Der sechste hieß Björn Thorvaldsen, ein Däne. Von seiner Familie lebt niemand mehr hier. Soweit ich weiß, sind sie in ihr Land zurückgekehrt.

Sie bewaffneten sich mit dem, was sie hatten. Messer, Mistgabel, Sensen. Für Schusswaffen hatte damals niemand Geld. Sie folgten den deutlich sichtbaren Spuren eines Handwagens.»

Johann brach seine Erzählung ab, als er das Verstehen in Kristins Augen aufleuchten sah. «Ja, du hattest recht mit deiner Vermutung. Hanna hat mir natürlich erzählt, was du im Stall gefunden hast.»

«Es war sein Wagen, nicht wahr?»

«Ja, ich denke schon. Aber niemand von uns wusste, dass der Wagen noch existiert.»

«Warum habt ihr es mir nicht gesagt?»

Johann sah sie an, zuckte mit den Schultern und warf Maria einen hilfesuchenden Blick zu. Sie antwortete anstelle ihres Mannes.

«Du musst das verstehen, Kristin. Wir waren uns einfach nicht sicher und ... na ja, du musstest so viel erleiden, wir wollten dich nicht noch zusätzlich belasten.»

Kristin nickte. In Gedanken war sie aber nicht wirklich bei Marias Entschuldigung. Vor ihrem geistigen Auge war plötzlich das Messer aufgetaucht. Das alte Messer mit dem Holzgriff, in dessen Poren irgendwas eingezogen war. Sie hatte es angefasst, dieses Messer, mit dem ...

Nur mein Blut an der Klinge ... nur mein Blut ...

Kristin stöhnte auf und schlug die Hände vors Gesicht.

«Mädchen ... was ist mit dir? Ist alles in Ordnung?» Johann beugte sich zu ihr rüber und faste sie an den Schultern.

«Ja ... ja, es geht schon, ich war nur ...»

«Das ist alles zu viel, nicht wahr?»

«Es geht schon, wirklich.» Kristin bog den Rücken durch und versuchte sich in einem Lächeln. Was aufmunternd und stark aussehen sollte, wirkte mitleidig und hilflos. «Erzähl weiter, bitte.»

«Sie haben ihn gefoltert, oder?», fragte Robert.

Johann, der seine Erzählung eben hatte fortsetzen wollen, sah ihn erstaunt an, bevor er nickte.

«Ja, das haben sie. Sie gebärdeten sich wie wilde Tiere ... nicht wie zivilisierte Menschen.»

Er stockte und strich sich über die Augen, als wolle er einen Eindruck vertreiben.

«Sie erwischten ihn in einem Flusstal, keine sechs Kilometer von hier entfernt. Er mühte sich damit ab, seinen schweren Handwagen durch den morastigen Boden zu ziehen.»

«Warum hat er ihn nicht zurückgelassen?», unterbrach Robert Johann.

«Den Wagen?»

«Ja, er muss doch geahnt haben, dass sie die Spuren verfolgen würden.»

«Das hab ich mich auch oft gefragt. Ich kenne die Antwort nicht. Vielleicht war alles darin, was er besaß?»

Robert nickte. «Aber er starb nicht in dem Flusstal, oder?»

Johann hob seine Schultern und ließ sie wieder sinken.

«Nein. Aber man kann einem kräftigen Mann schlimme Verletzungen zufügen, ohne ihn zu töten. Und das taten sie. Sie zerstachen ihm die Füße, damit er nicht mehr flüchten konnte. Sie schnitten ihm die Kleider vom Leib, bis er nackt war, und schlugen ihn, traten ihn in den Fluss, der in jenem Sommer kaum tiefer als zwanzig Zentimeter war.

Mein Urgroßvater konnte zeit seines Lebens den Anblick des Blutes nicht vergessen, das den Flusslauf über eine lange Strecke rot färbte. Er quälte ihn jede Nacht ... und war wohl auch der Grund, warum er zum Alkoholiker wurde und früh an einem Schlaganfall starb.»

Kristin starrte Johann an, sie konnte nicht anders. Mit jedem seiner Worte wurde ihr bewusst, wie absurd das alles war. Da saß ein alter Mann, ein Opa, ein richtiger Bilderbuchopa sogar; groß von Gestalt, ergrautes Haar, im Gesicht wie auf dem Kopf, wache, wässrige Augen und ein Charakter, der Kinder magisch anzog. Um dieses Bild zum Klischee zu machen, rauchte er auch noch Pfeife. Dieser Opa saß an einem großen Küchentisch in einer gemütlichen Küche, während draußen die Welt im Schnee versank, und erzählte von Mord, Totschlag und Vergewaltigung, mit der Option auf Spuk und Grusel.

Johann bemerkte ihren Blick. «Geht's dir gut, Mädchen?» Er legte seine Hand auf ihre und löste damit eine ganze Welle von kalten Schauern bei ihr aus. Der Gruselopa fasste sie an. Kristin nickte. «Es geht schon.»

«Sicher?»

«Es geht schon, wirklich, aber das alles ist ...» Weil ihr das richtige Wort fehlte, weil es das richtige Wort vielleicht gar nicht gab, schüttelte Kristin nur den Kopf.

Maria, die rechts neben ihr saß, strich ihr über den Rücken. «Ich kenne diese verfluchte Geschichte beinahe so lange, wie ich Johann kenne, und immer wieder könnte ich mich übergeben, wenn ich sie höre. Ich verstehe dich, Kind, sehr gut sogar.»

Johann wartete. Erst als Kristin ihm versicherte, dass es ihr wirklich gutging, machte er weiter.

«Sie legten den halbtoten Mann auf den Handwagen und zogen ihn zum Haus zurück. Anna-Maria lag noch immer in ihrem Blut auf der Diele. Niemand war gekommen, sich um sie zu kümmern. Mein Vater erzählte mir, der junge Sasslinger habe ins Haus gemusst, um ein Seil zu holen, und niemand ging für ihn oder mit ihm. Die sechs anderen bewachten den halbtoten Scherenschleifer, setzten sich lieber dem Anblick seiner zerhackten Füße aus, als noch einmal die Frau, die sie alle gemocht hatten, so zu sehen. Sasslinger blieb lange in der Diele. Niemand schaute nach. Als er wieder herauskam, war seine Kleidung blutverschmiert. Ich kann mir vorstellen, dass er seine junge Frau zum letzten Mal in die Arme genommen hat. Sich verabschiedet hat.

Und dann …», Johann räusperte sich, «dann kam er heraus, und mein Urgroßvater beharrte zeit seines Lebens darauf, dass nichts mehr von dem Sasslinger an ihm gewesen sei, den er gekannt hatte. Heraus kam jemand anderer, und der tat etwas Ungeheuerliches.

Die anderen hatten den Scherenschleifer losgebunden und vom Handwagen genommen. Sasslinger ging zu ihm, riss den Kopf des Scherenschleifers an den Haaren hoch und starrte ihn lange an. Dann beugte er sich über den Unterleib des Scherenschleifers, schnitt ihm das Geschlecht ab und … stopfte es ihm in den Mund.» Johann hielt inne. Die letzten Sätze hatte er schnell gesprochen, wie jemand, der etwas Unangenehmes erledigen musste. Nun war er außer Atem, und in der Zeitspanne, in der sich sein Puls beruhigte, schwiegen die anderen. Was konnten sie auch sagen?

«Wahrscheinlich war er schon tot, bevor sie ihn aufhängten», fuhr er mit leiser Stimme fort. «Sie hängten ihn an einen dicken Ast der Kastanie, und während er dort baumelte, ließ die Wirkung, die Hass und Wut auf die Männer gehabt hatte, wohl nach. Sie gingen fort, flüchteten, ließen den jungen Sasslinger allein. Später erfuhren sie, dass Sasslinger die Leiche noch am selben Tag vergraben hatte.»

Johann sah Kristin an. «Er begrub sie im Keller deines Hauses. Warum ausgerechnet dort, konnte sich niemand erklären.»

30

Mit dem Tageslicht nahm auch der Wind wieder zu. Der Sturm setzte ein weiteres Mal an, Schnee in wilden Schüben übers Land zu treiben, ihn hier und dort aufzutürmen und fremdartige Formen zu schaffen. Jenes dunkle Grau am Himmel des frühen Morgens hellte sich zu marmoriertem Silber auf, unter dem rauchfahnige Fetzen schwarzer Wolken entlangtrieben, gehetzt und zerrissen vom eisigen Nordwind. Ein Vakuum der Stille legte sich über das vereiste Land, in dem nur der Wind zwischen den kahlen Ästen und erstarrten Tannenwipfeln raunte und Flocken sich flüsternd auf den weißen, alles erstickenden Teppich legten. Dicht und gleichmäßig fielen sie, und wenn der Wind seine Stimme erhob und zwischen sie fuhr, verwirbelten sie zu unheimlichen Gestalten, die einen kalten Tanz aufführten. Unter diesen Gestalten bewegte sich etwas auf die Baumschule Mönck zu. Ein dunkler Schatten im Schnee.

Nichts ahnend saß die kleine Gruppe um den Tisch in der warmen Küche. Trotz der Wärme waren sie weit davon entfernt, sich sicher und geborgen zu fühlen. Sie fühlten sich im Gegenteil auf eine Art ausgeliefert, die sie bisher nicht gekannt hatten. Das bedrohliche Gefühl von Gefahr im Nacken, aber nicht in der Lage, sie genau bestimmen oder gar bekämpfen zu können, zehrte an ihren Nerven.

«Drei Tage nach der Beerdigung Anna-Marias brannte das Sasslingerhaus nieder», fuhr Johann fort, nachdem er eine Weile geschwiegen hatte. «Da der junge Sasslinger nicht gefunden wurde, nahmen alle an, er habe das Feuer gelegt und sei in den Flammen umgekommen. Damals gab es noch keine Experten wie heute, die die Asche sieben und jedes noch so kleine Futzelchen eines Menschen finden. Nichts blieb von dem Haus übrig – nichts außer dem Stall und dem Keller.»

«Warum wurde es wieder aufgebaut?», fragte Robert.

«Warum, warum ...? Ich weiß es nicht! Das hätte nicht passieren dürfen. Und nach der schrecklichen Sache mit den Nussmanns hätten wir es abbrennen müssen, endgültig ... aber wir waren zu feige. Und nun ...»

«Was ist mit den Nussmanns passiert?», fragte Kristin.

Zu einer Antwort kam Johann nicht mehr. Ein gellender Schrei ließ sie zusammenfahren.

Noch während die anderen wie erstarrt waren, zog Robert seine Waffe und lief zur Tür. Eines der Kinder hatte geschrien. Dass es sich um ein Spiel handelte, schloss Robert aus. Der Schrei war ihm durch Mark und Bein gefahren. Mit vorgehaltener Waffe lief er über den Flur. Die Tür zum Kinderzimmer war geschlossen. Robert stoppte davor, hörte die anderen aus der Küche kommen und gab ihnen mit einem Handzeichen zu verstehen, dass sie hinter ihm bleiben sollten. Dann drückte er die Klinke runter und sprang in den Raum.

Lisa, Toni und dessen Mutter hockten eng beieinander neben einer Holztruhe links von ihm. Das Zimmer wirkte wie ein Schlachtfeld, überall lagen Spielsachen verteilt. An der gegenüberliegenden Wand befand sich eine zweiflügelige Terrassentür. Es gab keine Gardine vor dieser Tür. Was Robert dort für den Bruchteil einer Sekunde sah, ließ ihn fast taumeln.

Eine Gestalt; eine große, fast schon riesige Gestalt. Sie hielt beide Hände flach gegen die Scheibe gepresst, wo sie deutliche Blutspuren hinterließen. Die linke Gesichtshälfte fehlte, aber das war auch schon alles, was Robert in der kurzen Zeit erkennen konnte. Trotzdem war er sicher: Es war Radduk!

Ohne Zögern schoss Robert dreimal hintereinander. Er konnte nicht anders. In dem engen Raum war der Lärm ohrenbetäubend. Die Kinder schrien, die Mutter schrie, und Robert meinte, auch Kristin schreien zu hören. Da die Thermoscheiben der Terrassentüren augenblicklich zerplatzten, konnte er nicht sehen, was mit der Gestalt geschah. Zwei Sekunden später, nachdem der Glasregen sich gelegt hatte, war sie verschwunden. Schnee stob ins Zimmer.

Robert blieb reglos stehen. Ohne sich umzusehen schrie er: «Los, die Kinder hier raus, schnell, na los, macht schon! In die Küche. Und achtet auf das Fenster!»

Fußgetrappel, Kinderweinen, Tuscheln – dann Stille. Der Wind heulte durch die zerstörten Scheiben herein und häufte Schnee auf den Laminatboden. Sämtliche Muskeln angespannt, blieb Robert stehen. Wartete. Beobachtete. Die Gestalt lag nicht im Schnee vor der Tür. Er hatte sie getroffen, da war Robert sicher. Sie hatte gar nicht die Zeit gehabt, vorher zu reagieren. Trotzdem lag sie nicht im Schnee vor der Tür.

Langsam, ohne den wirbelnden und tanzenden Schnee aus den Augen zu lassen, ging Robert rückwärts. Nach der Gestalt zu suchen war sinnlos. Da draußen, wo er keine zwei Meter weit sehen konnte, war es unmöglich, jemanden zu verfolgen – selbst anhand der Spuren. Radduk könnte einen Haken schlagen, ihn von hinten anfallen, und noch bevor er es begriff, würde er erledigt sein. Außerdem gab es im Haus eine Gruppe Menschen, die mehr oder weniger auf ihn und seine Waffe angewiesen war.

Er verließ das Zimmer und schloss die Tür ab. Dann steckte er die Waffe weg, sah sich um und rief nach Johann.

«Helfen Sie mir mal», sagte er und deutete auf den Garderobenschrank, der unweit des Spielzimmers an einer langen graden Wand stand. So wie er war, mit Mänteln, Hüten, Schals, Handschuhen und dem Telefon, schoben sie ihn zur Tür, rissen dabei das Kabel aus der Dose. Der Schrank war aus massivem Holz und gute zwei Meter hoch. Die Tür zum Spielzimmer deckte er gänzlich ab.

Schwer atmend verharrten sie einen Augenblick.

«Auf was ... auf was haben Sie geschossen?», fragte Johann um Atem ringend. Eine Hand hielt er an seine Brust gepresst.

«Robert, war er das?» Kristin stand mit Lisa auf dem Arm in der Tür zur Küche. Marias Kopf schaute hervor und ein Stück weiter unten auch der des Jungen. In den Augen der Kinder glitzerten Tränen.

Robert nickte. «Ja.»

«Oh Gott ...» Kristin presste sich eine Hand auf den Mund.

Johann packte Robert am Oberarm, «Wer war das, auf wen haben Sie geschossen? Sagen Sie es mir!»

«Später. Wo ist der Vater des Jungen?»

«Drüben im Haus.»

«Rufen Sie an! Sagen Sie, er soll auf jeden Fall im Haus bleiben. Wir kommen rüber.» Franziska nickte, griff zum Telefon und erstarrte. «Die Schnur», sagte sie tonlos.

Johann ging vor der Telefondose in die Knie. «Mist», fluchte er. «Wir haben mit dem Schrank das Kabel raus gerissen. Ist nicht zu reparieren.»

«Okay, macht nichts, wir gehen sofort zu Ihrem Mann hinüber. Zieht euch an.»

Johann kam aus der Hocke hoch und hielt Robert auf. «Warten Sie ... auf wen haben Sie geschossen? Ich muss es wissen.» Sein Blick wechselte zwischen Kristin und Robert. Kristin sah Robert an. Er nickte.

«Nicht hier», sagte Johann und deutete mit einem Kopfnicken auf die Kinder. «Gehen wir in die Küche.»

«Maria, Franziska, zieht die Kinder an», befahl Johann, ging voran und zog die Tür hinter ihnen zu.

Kristin bemerkte seine zitternde Hand und sein aschfahles Gesicht. Er ist krank, schoss es ihr durch den Kopf.

«Du hast gesagt, ihr hättet das Haus abbrennen sollen, warum?», fragte sie ihn, ahnte aber bereits, was er antworten würde.

«Um es unbewohnbar zu machen.»

Kristin hörte die Worte ihrer Mutter. Das Haus ist böse ... verlasst es sofort ... geht nicht wieder dorthin zurück, es ist böse. Ja, sie hatte recht! Dieses Haus war kein Ort zum Wohnen. Während sie Johann anstarrte, in Wirklichkeit aber das angsterfüllte Gesicht ihrer Mutter sah, traf Kristin ihre Entscheidung.

«Lasst es uns jetzt tun.»

Sie wusste, dass es keinen anderen Weg gab, und sie wusste auch, dass es für sie und Lisa keinen Weg zurück in ihr Haus gab. In der letzten Nacht hatte es sich verändert, hatte sein wahres Gesicht gezeigt. Nie wieder würde sie mit denselben Gefühlen im Bauch durch die Zimmer gehen, nie wieder ohne Angst die Nächte verbringen. In einem solchen Haus konnte sie Lisa unmöglich großziehen.

Johann nahm ihre Hand. «Bist du sicher?»

Sie nickte, krampfhaft bemüht, ihre Tränen zu unterdrücken.

«Was ist da drüben passiert? Auf wen haben Sie eben geschossen?», fragte Johann nochmals an Robert gewandt.

Robert klärte ihn in kurzen Sätzen auf. Er stockte oft, wusste nicht, wie er seine Gedanken in Worte fassen sollte. Was er sagte, hörte sich für ihn selbst unglaublich an.

31

In der rechten Hand hielt Robert die entsicherte Waffe, mit der linken zog er die Tür auf. Dichtes Schneegestöber empfing sie. Die Sicht betrug weniger als zwei Meter. Der Wind war kalt und schneidend.

Robert hielt seine freie Hand hoch, signalisierte den anderen, dass sie warten sollten, und trat hinaus. Ein schneller Blick nach rechts und links, der Weg war frei. Mit einem Finger an den Lippen warnte Robert nochmals davor, Geräusche zu machen, dann winkte er sie zu sich. Wie eine lebendige Traube schlichen sie dicht aneinandergedrängt durch den hohen Schnee. Robert ging vorn, die Kinder in der Mitte, die Frauen an den Seiten, Johann hinten. Er blickte sich immer wieder um. Den Kindern hatten sie eingeimpft, nichts, absolut nichts zu sagen, und sie waren alt genug und hatten Angst genug, sich daran zu halten. Trotzdem waren sie nicht lautlos. Das Nylonmaterial ihrer Jacken scheuerte laut bei jeder Bewegung.

Sie schlichen auf das neue Haus im hinteren Teil des Gartens zu, konnten aber nicht mehr erkennen als die Schatten der Gebäude rechts und links. Binnen einer Minute waren sie alle weiß wie Schneemänner. Zwanzig Meter über den

Hof, hatte Johann gesagt, mehr nicht. Wie viel hatten sie geschafft? Zehn Meter? Robert konnte es nicht sagen. Der dichte Schneefall raubte ihm seinen Orientierungssinn. Aus zusammengekniffenen Augen versuchte er, vor sich die Umrisse des Hauses auszumachen.

Plötzlich blieb er stehen. Die anderen liefen gegen ihn.

Er hatte etwas gesehen, eine Bewegung, einen Schatten. Auf sein Zeichen, Daumen runter, das sie vorher abgesprochen hatten, hockten die anderen sich nieder. Maria, Kristin und Johann beugten sich mit ihren Körpern schützend über die Kinder. Robert blieb stehen und starrte in die weiße Wand. Hatte er sich getäuscht?

Und wenn nicht, wenn Radduk sie tatsächlich angriff, konnte er die anderen dann beschützen? War er durch Kugeln noch zu stoppen? Diese Unsicherheit machte ihn nervös. Und sie machte ihm Angst.

Eine Gestalt. Jetzt sah er sie deutlicher. Ein verschwimmender Schemen in der weißen Wand, groß, dunkel, wankend – und er kam geradewegs auf ihn zu. Robert ging in Stellung, zielte auf den Schemen. Er musste sich beruhigen, musste seine zitternden Finger unter Kontrolle bekommen. Und vor allem musste er abwarten. Munition zum Verschwenden hatte er nicht. Ein Ersatzmagazin steckte in dem Holster unter seiner Achsel, die anderen sechs waren im Kofferraum des BMW versteckt.

Er blinzelte, um die Flocken von seinen Augen fernzuhalten. Sein Zeigefinger krümmte sich langsam um den Abzug, vorsichtig ertastete er den Druckpunkt, fand ihn – und erstarrte.

Der Schemen war ein großer Mensch mit grauer Steppjacke und über dem Kopf zusammengeschnürter Kapuze. Mit den Händen in den Taschen und gesenktem Kopf stapfte der Mann auf sie zu. Als er seinen Kopf hob, wahrscheinlich um sich zu orientieren, sah er Robert und die zusammengekauerte Truppe. Diesen Anblick vergisst er sein Leben lang nicht, dachte Robert und nahm die Waffe runter. «Ihr könnt hochkommen, alles in Ordnung», raunte er den anderen zu.

Wie vermutet war der Mann Tonis Vater. Johann nahm ihn beiseite, deutete ihm an, ruhig zu sein. Da sie jetzt nicht mehr zum Wohnhaus mussten, steuerten sie den Unterstand an, in dem der alte Daimler parkte. Etwas Schnee wehte auch dort hinein, doch als sie unter das schützende Dach traten, war es ein Gefühl, als wechselten sie zwischen zwei Welten. Alle fühlten sich mit der Holzwand im Nacken wesentlich sicherer als auf dem freien Hof. Johann redete leise auf seinen Sohn ein.

«Okay, ich hol deinen Wagen», sagt Robert zu Kristin. «Schrei, falls etwas passiert.»

Der Cherokee stand keine zehn Meter entfernt vor dem Unterstand in der Spur des Daimler, die immer noch als seichte Vertiefung zu erkennen war, sehen konnten sie ihn nicht, dafür war der Schneefall zu dicht.

Er zog die Schultern hoch und stapfte los. Von einer Sekunde auf die andere wechselte er erneut zwischen den Welten. Der weiße Umhang nahm ihn auf, ließ alles um ihn herum verschwinden. Rechts, links, vorn, hinten, alles verschwamm. Hätte er nicht die Spur des Daimler zur Orientierung gehabt, wäre es ihm schwergefallen, den Cherokee zu finden. Nach zehn Schritten erreichte er den zugeschneiten Kühlergrill an der linken Seite. Eine kräftige Böe trieb ihm eine Ladung Schnee ins Gesicht.

Er schloss kurz die Augen und zog den Kopf noch weiter zwischen die Schulterblätter. Dann tastete er sich mit der linken Hand am Kühler entlang bis zur Fahrertür. Als er dort ankam und den Schüssel einführen wollte, war Robert plötzlich sicher, nicht mehr allein zu sein. Er verharrte und horchte.

«Scheiße», fluchte er und rammte den Schlüssel ins Schloss. Im selben Augenblick strich etwas an seinem Knöchel entlang; er schrie auf. Wie ein Blitz schoss ihm der Gedanke in den Kopf, wie einfach es war, sich unter dem hohen Cherokee zu verstecken. Er sah hinunter und gerade noch die schwarze Katze verschwinden, die es sich im Schutze des Wagens gemütlich gemacht hatte.

«Robert», hörte er Kristins gedämpfte Stimme.

«Alles klar, ich komme.» Er öffnete die Tür, setzte sich hinters Steuer und zog sie wieder zu. Sein Herz pochte in wilden Schlägen. Als die Katze ihn am Knöchel berührt hatte, war er für den Bruchteil einer Sekunde sicher gewesen, es sei Radduk, der unter dem Wagen lag und nach ihm griff. Mit zittrigen Händen startete er den Motor und fuhr den Cherokee neben den Daimler in den Unterstand.

Kristin öffnete die Tür. «Ich hab dich schreien hören.»

«Alles in Ordnung, da war nur eine Katze unter dem Wagen.»

Er stieg aus. Kristin setzte sich auf den Fahrersitz. Während die anderen einstiegen, sah er sie an und fragte: «Bist du sicher?»

Kristin nickte wortlos.

«Den Ordner aus dem Büro, Lisas Teddy und den Schmuckkasten ... mehr willst du wirklich nicht?»

«Alles andere ist ersetzbar.»

«Okay, sei vorsichtig. Wenn alles erledigt ist, kommen wir zum Laden. Wartet auf jeden Fall dort auf uns.»

Er sah den Zweifel und die Angst in ihren Augen. Robert hätte gern etwas gesagt, etwas Aufmunterndes oder Persönliches, doch ihm fehlten die Worte. Stattdessen nickte er ihr zu und schlug dann die Autotür zu. An Johanns Seite sah er den Cherokee im Schneegestöber verschwinden. Die weiße Wand schluckte ihn lautlos.

In dem alten Daimler roch es nach Erde, Pflanzen und Diesel. Johann saß am Steuer, Robert auf dem Beifahrersitz. Während sie auf das Vorglühen des Motors warteten, beugte Johann sich nach hinten, holte die zwei Flaschen Brennspiritus und gab sie Robert.

«Die habe ich heute Morgen aus dem Laden mitgebracht.»

Robert sah ihn an. «Sie haben schon heute früh daran gedacht?»

«Ich weiß nicht, vielleicht ...» Johann zuckte mit den Schultern, «aber allein hätte ich es wohl doch nicht getan.» Dann startete er den Motor, legte den ersten Gang ein und fuhr aus dem Unterstand. Erst als sie sich auf der Landstraße befanden, sprach Robert ihn wieder an.

«Ihr habt so etwas erwartet, oder?»

Johann hielt das Lenkrad umklammert, starrte durch die Windschutzscheibe in den Flockenwirbel und orientierte sich an der Spur, die der Cherokee vor wenig mehr als einer Stunde in den Schnee gewalzt hatte. Sie war gerade noch zu erkennen.

«Erwartet?», wiederholte er und zögerte kurz. «Nein, erwartet ist nicht das richtige Wort. Wir haben es befürchtet, aber gehofft, dass wir uns irren. Und jetzt ...» Er ließ den Satz unvollendet und schüttelte den Kopf.

Robert sah ihn von der Seite an. Der alte Mann wirkte, als könne er sich kaum noch aufrecht halten. Die Angst musste ihm mehr zusetzen, als Robert sich vorstellen konnte.

«Was ist damals passiert, als die Nussmanns in das Haus zogen?»

Johann sah ihn kurz an, konzentrierte sich aber sofort wieder auf die Straße. Es ließ sich Zeit mit der Antwort, und Robert meinte schon, dass er keine bekommen würde. Schließlich setzte der alte Mann mit brüchiger Stimme an.

«Wegen der Sache hat sich Hannas Mann zu Tode gesoffen. Er konnte damit nicht leben. Mir fiel es anfangs auch schwer, aber Maria war mir eine große Hilfe. Sie ist als Einzige nicht dabei gewesen, vielleicht lag es daran, ich weiß es nicht.»

Eine Sturmböe traf den Wagen, als sie aus einem Waldstück auf offenes Gelände kamen. Johann klammerte sich ans Lenkrad, konnte aber nicht verhindern, dass der Daimler nach links auf die andere Fahrbahn gedrängt wurde. Ein paar Meter fuhren sie in der alten Spur des Cherokee, dann schaffte er es zurück auf die rechte Fahrbahn.

«Wir sind gleich beim Haus. Die Zeit reicht nicht, um die ganze Geschichte zu erzählen. Aber eines will ich noch loswerden, bevor wir da reingehen.»

Robert sah Johann aufmerksam an. «Und das wäre?»

«Machen Sie sich auf alles gefasst. Ich seh Ihnen an, dass Sie noch immer nach einer logischen Erklärung suchen. Die werden Sie nicht bekommen.»

Links tauchten die dunklen Schemen des Sasslingerhofs und der hohen Bäume auf. Johann ließ den Wagen ausrollen, steuerte ihn vorsichtig in die Einfahrt und stoppte, als sie noch ein gutes Stück vom Haus entfernt waren. «Näher fahr ich nicht ran», sagte er und stellte den Motor ab.

Schweigend saßen sie nebeneinander, lauschten dem Sturm und beobachteten das Haus. Friedlich lag es vor ihnen, geduckt und zugeschneit, eine hohe Schneewehe vor der alten Tür. Die dunklen Fenster wirkten unheilverkündend, die Äste der gewaltigen Kastanie schienen nach dem Haus zu greifen.

«Was wir jetzt tun, können wir niemals erklären», sagte Robert schließlich.

«Ja, aber es muss trotzdem getan werden. Ich bin es Hanna schuldig ... und Kristin und ihrer Tochter auch. Das muss jetzt ein Ende haben, ein für alle Mal.» Johann zögerte einen Moment und sagte dann leiser: «Es tut mir leid für die beiden. Sie verlieren ihr Zuhause.»

«Aber sie werden leben. Und ich werde dafür sorgen, dass es ihnen an nichts fehlt.»

Johann nahm seinen Blick vom Haus und sah Robert an. «Sie sind kein Polizist, oder?»

«Sieht man mir das an?»

«Ich weiß nicht, es ist nur so ein Gefühl.»

«Ich werde Ihnen mein kleines Geheimnis später verraten, aber Sie dürfen es an niemanden weitergeben.»

Johann lachte rau. «Ich denke, wenn das hier vorbei ist, haben wir alle unser kleines Geheimnis, nicht wahr?»

Robert stimmte ihm zu. Dann drückte er ihm eine Flasche Brennspiritus in die Hand. «Wollen wir?»

Johann nickte. Sie stiegen aus.

32

Jeepis Handschuhfach bot eine erstaunliche Auswahl an Hörspielkassetten. Von Ronja Räubertochter über Benjamin Blümchen bis hin zu Bibi Blocksberg war alles vertreten.

«Wollt ihr eine Kassette hören?», fragte Kristin, holte eine aus dem Fach, schob sie in den Schlund des Radios und drehte es laut genug, damit die Kinder alles verstehen konnten. Die Kassette war nicht zurückgespult, sofort legte Benjamin Blümchen los. Lisa und Toni, die zwischen Maria und Franziska im Fond saßen, wurden zunehmend unruhig und weinerlich; die Geschichte würde sie ablenken.

Außerdem bot die laute Geräuschkulisse und das betretene Schweigen der Erwachsenen Kristin die Chance, ihre Gedanken zu ordnen. Seit der Unterhaltung in der Küche der Möncks hatte sie Kopfschmerzen. Sie wurden schlimmer, breiteten sich von ihrer rechten Augenhöhle über den ganzen Kopf aus. Es war die Art von Kopfschmerzen, die sie bekam, wenn sie Gedanken wälzte, die zu keiner Antwort führten. In diesen Minuten machten sich zwei Männer daran, ihr Haus anzuzünden – und sie hatten ihre Erlaubnis dafür. War ihre Entscheidung richtig? Durfte sie das zulassen? Sie wollte es nicht mit ansehen müssen, zog es vor, mit Lisa und den anderen in Hannas Laden zu flüchten und dort zu warten, bis alles vorbei war.

Es ist böse ... geht nicht wieder dorthin zurück ...

Ich werde es vermissen, dachte Kristin und spürte dabei ein Ziehen im Bauch. Vieles würde sie vermissen, vor allem aber Toms alten Ledersessel. Sie hätte Robert gebeten, ihn aus dem Haus zu holen, doch es ging nicht, das wusste Kristin. Fing sie mit dem Sessel an, müssten viele andere Dinge ebenfalls gerettet werden. Es schmerzte, sehr sogar. Doch als sie in den Rückspiegel blickte und dort Lisa sah, wurde der Schmerz erträglicher. Mit Lisa hatte sie mehr als genug Erinnerungen an Tom. Sie war seine Tochter, wurde ihm immer ähnlicher. Sie musste nur gut auf sie aufpassen, sie beschützen, niemals diesen hässlichen Kleinkrieg beginnen, den Ilse mit ihr begonnen hatte.

Benjamin Blümchen stieß sein Posaunen aus und riss Kristin aus ihren Gedanken. In ihr blieb das Gefühl, etwas Wichtiges vergessen zu haben. Etwas immens Wichtiges. Doch es wollte ihr nicht einfallen, und da linker Hand bereits Hannas Laden aus dem Schneegestöber auftauchte, hatte sie keine Zeit mehr, darüber nachzudenken.

Sie nahm den Fuß vom Gas und ließ den Wagen auf der Landstraße ausrollen. Ihr fiel der große eckige Berg vor der Eingangstür auf. Da sie den Parkstreifen auf ungefähr der Höhe vermutete, parkte sie den Cherokee dort. Sie stellte den Motor in dem Augenblick ab, als Benjamin seine Erzählung um die Pleite seines Zoos mit einem lauten Posaunen beendete.

Und plötzlich wusste sie, was sie vergessen hatte.

Sie stiegen über die Schneewehe hinweg, in der Lisas Spuren kaum noch zu sehen waren. Knietief versackten sie darin. Die Haustür stand einen Spaltbreit offen. Hoffentlich war es der Wind, dachte Robert. Er stieß mit den Fuß gegen die Tür, blieb mit zu Boden gerichteter Waffe auf der Schwelle stehen und sah sich um.

«Ist da jemand?», rief er in die Diele, bekam als Antwort aber nichts weiter als ein Echo. Was anderes hatte er auch nicht erwartet. Im Schnee waren keine frischen Spuren zu sehen, also war Radduk entgegen seiner Befürchtung nicht zum Haus zurückgekehrt.

«Bleib hinter mir und sieh dich um.»

Warum flüsterte er? Sie waren doch allein. Robert streckte seine Hand mit der Waffe vor und betrachtete sie. Sie zitterte nicht. Er war vielleicht nicht die Ruhe selbst, von einer Panik aber weit entfernt. Trotzdem hatte er das Gefühl, leise sein zu müssen, vor allem aber, sich beeilen zu müssen.

Gemeinsam wollten sie erst die von Kristin gewünschten Sachen in den Wagen schaffen. Aus dem Büro im Erdgeschoss holte Robert den Ordner, den Kristin ihm beschrieben hatte. Er war dick und schwer. Dann stiegen sie die Treppe hinauf, wiederum bemüht, leise zu sein, doch bei dem Gewicht zweier Männer ließ sich das laute Knarzen des Holzes nicht vermeiden. In Lisas Zimmer nahm Johann den ockerfarbenen Teddy an sich, in Kristins Zimmer das hölzerne Schmuckkästchen.

Noch auf dem Rückweg, oben an der Treppe, hörten sie plötzlich ein lautes Poltern und im selben Atemzug die Stimme.

«Ich bin wieder hier, in meinem Revier, war nie wirklich weg, hab mich nur versteckt.»

Keine Sekunde später krachte die Schmuckschatulle zu Boden. Sie polterte die Stufen hinunter und verstreute ihren Inhalt auf der Treppe. Robert sah, wie Johann seine Augen weit aufriss, eine Hand um den Teddy verkrampfte und sich mit der anderen an den Brustkorb fasste. Dann geriet es ins Taumeln, stolperte auf ihn zu.

«Johann, nein!»

Der schwere alte Mann fiel ihm in die Arme. Da Robert

auf der Treppe stand, konnte er das Gewicht nicht ausgleichen. Er versuchte Johann aufzufangen, wurde dabei selbst von den Füßen gerissen und gegen die Wand gedrückt. Aneinandergeklammert polterten sie wie zuvor die Schatulle die Treppe hinunter. Jede einzelne Stufe spürte Robert irgendwo an seinem Körper, ein spitzer Gegenstand, wohl ein Schmuckstück, stach ihm schmerzhaft in den Rücken. Der Sturz war schnell vorbei. Neben Johann kam er am Fuß der Treppe zu liegen. Ihm war für einen kurzen Moment schwarz vor Augen, er wusste nicht, wo oben und unten war, blieb aber bei Bewusstsein. Den Ordner, die Flaschen Brennspiritus und seine Waffe hatte er verloren.

Seine Waffe!

Robert richtete sich halb auf, schüttelte benommen den Kopf und sah im nächsten Moment den riesigen schwarzen Schatten in der geöffneten Eingangstür.

«Und führ sie vor, an deinem Blut», hallte eine Stimme durch die Diele.

33

Toms Ehering.

Sie hatte Toms Ehering vergessen.

Die Dinge, die sie Robert zur Rettung aufgetragen hatte, waren wichtig, doch keines davon auch nur annähernd so wie Toms Ehering. Ilse hatte unrecht gehabt; es war weder töricht noch naiv und schon gar nicht selbstzerstörerisch, den Ring zusammen mit ihrem zu tragen, das wusste Kristin jetzt. Es war ein Zeichen ihrer tiefen Verbundenheit. Sie hätte ihn niemals abnehmen dürfen. Sie wollte ihn wiederhaben.

Zusammen mit den anderen stieg sie aus, ließ aber den Zündschlüssel stecken. Sie wusste jetzt, was sie zu tun hatte, und niemand würde sie davon abbringen. Und sie wusste auch, dass sie es Lisa nicht verständlich machen könnte. Die Kleine würde sie nicht gehen lassen, würde heulen, schreien und sich an ihren Hals klammern. Deshalb entschloss sich Kristin, es ihr nicht zu sagen.

Schweigend stapften sie durch den immer noch dichten Schneefall über den Parkplatz zur Hinterseite des Hauses. Maria hatte von Johann den Schlüssel bekommen. Sie öffnete die Tür und ließ alle eintreten. Kristin blieb bei ihr stehen, beugte sich zu ihr und flüsterte:

«Ich habe etwas Wichtiges im Haus vergessen. Bitte pass auf Lisa auf, ich bin bald wieder da.»

Ohne Marias Reaktion abzuwarten wandte Kristin sich um und ging davon. An der Ecke des Hauses blieb sie stehen und blickte zurück. Maria stand noch in der Tür; sie sah verängstigt und klein aus, aber sie nickte ihr zu. Es ist in Ordnung, viel Glück, so verstand Kristin das Nicken. Sie lächelte flüchtig, dann lief sie zum Cherokee und fuhr los. Hoffentlich, dachte sie dabei, haben sie es noch nicht angezündet.

Sie fuhr schnell. Der Cherokee tanzte auf der tiefverschneiten Straße hin und her. Nur dank der grobstolligen Reifen und des Vierradantriebs landete sie nicht schon nach wenigen Metern im Graben. Kristin wusste, dass sie langsamer fahren müsste, konnte den Fuß aber nicht vom Gas nehmen. Sie durfte nicht zu spät kommen. Der Wind rüttelte heftig am Wagen, als sie an eine freie Fläche kam. Dicht stoben ihr die Schneeflocken entgegen. Was dann geschah, begriff sie erst im Nachhinein, und sie sollte sich später noch oft fragen, ob es Zufall gewesen war. Ob es solche Zufälle überhaupt gab?

Benjamin Blümchens Geschichte war zu Ende gewesen, als sie vor dem Edeka geparkt hatte, nicht jedoch die Kassette. Diese Dinger hatten die Eigentümlichkeit, dass am Schluss noch ein paar Zentimeter Band folgten, auf denen nichts außer Rauschen war. Jetzt sprang die Kassette heraus, und automatisch setzte das Radio ein. Die Lautstärke war noch hochgedreht, die plötzlich einsetzende Musik hämmerte auf Kristin ein.

Sie verriss das Lenkrad, der Wagen scherte nach rechts aus, sie kurbelte in die andere Richtung, der Wagen kehrte in die Spur zurück, schoss aber nach links, wedelte mit dem Heck, rutschte, drehte sich um die eigene Achse und schlitterte weiter wie ein Kreisel auf einer blankpolierten Eichenholzplatte. Kristin klammerte sich ans Lenkrad und schrie. Schrie so lange, bis der schwere Wagen mitten auf der Landstraße, mit der Schnauze Richtung Althausen, zum Stehen kam. Erst da brach ihr Schrei ab – und sie hörte den Song im Radio:

«... in meinen Träumen ... Ich bin wieder hier, in meinem Revier, war nie wirklich weg, hab mich nur versteckt.»

Den Rest des Textes nahm sie nicht mehr wahr, nur noch die ihr so gut bekannte Melodie. Von irgendwo weit außerhalb drang mit diesen Worten etwas in ihren Kopf ein. Es kam von überall und nirgends, war zu Haus im Äther, im Universum, in einer Welt neben dieser, in ihrem Kopf. Vielleicht war es immer schon in ihrem Kopf gewesen, verschüttet, aber vorhanden.

«Bringt heraus Messer und Scher, so sie schneiden wieder schwer. Ich schleif sie euch, schnell und gut, und führ sie vor an meinem Blut.»

Der Gesang des Scherenschleifers mischte sich unter den Song im Radio, durchdrang ihn, löste die Worte auf, zerfloss mit ihnen, trennte sich wieder, wurde leiser, lauter, klang bald wie aus einer tiefen Höhle kommend, bald so, als hocke der Sänger auf dem Beifahrersitz. Kristin hörte beides zur gleichen Zeit, nebeneinander, und doch zusammen.

«Nur mein Blut an der Klinge ... nur mein Blut.»

Dann kamen die Bilder. Eins nach dem anderen.

Der Scherenschleifer zieht seinen Handwagen die Hofeinfahrt zum Sasslingerhaus hinunter. Verschlagen wirkt er, dunkel und bedrohlich. Er singt sein Lied, und das Glöckchen an seinem Wagen bimmelt eifrig. Die Frau erscheint auf dem Hof. Sie ist jung und wunderschön, ihr langes Haar fällt ihr auf die Schultern, die obersten Knöpfe ihres Kleides sind geöffnet. Der Brustansatz schaut weiß schimmernd hervor. An der Stirn und der Brust glitzert es feucht, ihre Wangen sind gerötet. In der rechten Hand hält sie ein langes Messer, welches sie dem Scherenschleifer überreicht.

Sich im Takte seiner Arbeit wiegend, hockt der Scherenschleifer auf einem Schemel, den Filzhut tief ins Gesicht gezogen. Die Frau steht hinter ihm, dicht, viel zu dicht. Sie öffnet einen weiteren Knopf, streicht sich über Busen und Haar. Im Hintergrund wiegen sich die Äste der Kastanie im leichten Sommerwind.

Scherenschleifer und Frau sind auf der Diele. Sie hält den Lohn für seine Arbeit in der Hand, geht auf ihn zu, bewegt sich langsam dabei, streckt ihre Hand aus und gibt es ihm.

Er ergreift sie beim Handgelenk und zieht sie zu sich heran. Die Frau wehrt sich nicht.

Ihr Mann kommt von der Arbeit auf dem Felde nach Haus. Er trägt einen Rechen auf der Schulter. Als er sich seiner Hofeinfahrt nähert, sieht er, wie der Scherenschleifer mit seinem Handwagen in einiger Entfernung in einem Waldweg verschwindet. Die Spuren des Wagens führen bis auf den Hof. Am Brunnen stellt der Mann seinen Rechen ab und schleicht auf die Tür zu. Er ruft nicht, denn er will seine Frau überraschen, will dort weitermachen, wo er in der Frühe aufgehört hat. Er steht auf der Türschwelle und sieht seine Frau. Sie liegt auf dem Rücken in der Diele, ihre Brüste sind entblößt, der Rock bis weit über die Knie hochgeschoben, sie trägt nichts darunter. Heftig geht ihr Atem, sie bemerkt ihren Mann erst, als sie sich aufrichtet. Sie erstarrt. In ihren Augen sieht ihr Mann alles. Der Geruch in der Diele spricht von der Wahrheit. Er nimmt jenes Messer, das der Scherenschleifer so vortrefflich geschärft hat, tritt hinter seine Frau, reißt an ihrem langen Haar ihren Kopf zurück und schneidet ihr den Hals auf. Dann steht er einfach da und sieht zu, wie sie röchelnd und zuckend verblutet.

Kristin umklammerte Jeepis Lenkrad so fest, dass die Knöchel ihrer Finger weiß hervortreten. Es schien ihr, als sei es die einzige Verbindung zur Realität, und wenn sie es losließ, würde sie fortgerissen werden in andere Sphären. Sie war wie versteinert, spürte ihren Nacken schmerzhafte Stiche in ihren Kopf senden. Heftig ging ihr Atem, ihr Herz raste, drohte zu zerspringen.

Noch Minuten nachdem die Bilder längst verschwunden waren, saß sie da, stierte durch die Windschutzscheibe, ohne etwas zu sehen, dachte nicht einmal daran, dass sie mitten auf einer Landstraße parkte. Der Radiosong klang gerade aus, umspielte ihre Gedanken und zog sie sanft wieder zurück in diese Welt.

Tatsächlich kam es Kristin so vor, als sei sie weit weg gewesen. Ihr Körper war im Wagen, die ganze Zeit, doch alles andere, der unsichtbare Teil von ihr, hatte sich getrennt und eine Reise durch die Zeit angetreten. Als er sich wieder mit ihrem Körper vereinigte, verstand Kristin es nicht wirklich, doch später wurde ihr bewusst, dass sie die Rückkehr nur mit Hilfe des Liedes aus dem Radio geschafft hatte. Wäre es schon zu Ende gewesen, als die Bilder aufhörten ... nun, vielleicht wäre sie dann eine Gefangene geblieben. Lebenslang. Man hätte sie irgendwann gefunden, in ihrem Wagen mitten auf der Landstraße, nicht ansprechbar, apathisch, abwesend. Nur noch der Körper, die Hülle, alles andere verschwunden.

Aber sie schaffte es. Und endlich kannte sie die Wahrheit, kannte den Sinn der Worte, die sie in den letzten Wochen verfolgt hatten.

«Nur mein Blut an der Klinge.»

Robert wollte aufstehen, wollte nach seiner Waffe suchen, doch als er sich auf die Knie setzte, wurde ihm schwindelig, und er sackte zurück gegen die Treppe. Vor seinen Augen begann alles zu verschwimmen. Er sah nur noch das helle Viereck der geöffneten Tür und den großen Schatten in der Mitte.

Der schwarze Mann, dachte er. Dann bewegte sich der Schemen und kam auf ihn zu. Robert wischte sich mit der Hand über die Augen, und tatsächlich ließen Schwindel und Sichteinschränkung nach. Hatte er eine Gehirnerschütterung? Er musste dagegen ankämpfen, sonst würde er in diesem Haus sterben. Er tastete nach hinten, fühlte das Treppengeländer, griff zu und zog sich daran hoch. Übelkeit stieg in ihm auf, sein Kopf pochte schmerzhaft, trotzdem schaffte er es, auf die Beine zu kommen.

Die Gestalt tauchte vor ihm auf, er spürte die Kälte, die sie verströmte. Es war Radduk; die linke Gesichtshälfte war zerstört, doch es bestand kein Zweifel. Er bewegte sich langsam, merkwürdig hölzern, und das eine geöffnete Auge blickte starr. Robert wusste, dass er keine Zeit verlieren durfte. Er wich nach rechts aus, ließ sich fallen und rollte über die Schulter ab. Neben Johann kam er auf die Knie.

Der alte Mönck lehnte mit dem Rücken an der Wand vor der Treppe und starrte ihn aus geweiteten Augen an. Eine Hand verkrampfte sich noch immer um den Teddy. Sein Mund war geöffnet, er schien um Atem zu ringen und konnte nicht sprechen.

Robert schnappte sich eine Flasche Brennspiritus und sprang auf. Wo war die verfluchte Waffe? Suchend blickte er sich auf der Diele um. Aus den Augenwinkeln sah er Radduk auf sich zukommen. Und er sah auch das lange Messer in dessen Hand. Robert wich zurück, schraubte dabei den Verschluss von der Kappe und verspritzte den Spiritus. Der Strahl reichte bis zu Radduk und an die Treppe. Beim Rückwärtsgehen übersah Robert die Milchkanne, stolperte und fiel nach hinten. Noch bevor er sich wieder aufrappeln konnte, war Radduk da. Das Messer zischte durch die Luft, verfehlte nur knapp sein Gesicht. Robert rollte sich auf die Seite, kam aber nicht weg und spürte plötzlich einen scharfen Schmerz im unteren Rücken. Radduk stach ihm das Messer in die Niere.

Er schrie auf, wurde nach vorn geschleudert und landete im hereinfallenden Schnee an der Haustür. Der Schmerz war enorm, raubte ihm die Sinne und die letzte Kraft. Er schaffte es nicht, kam nicht hoch. Seine Arme versagten den Dienst, seine Ellenbogen gaben unter seinem Gewicht nach. Als er sich auf den Rücken drehen wollte, spürte er, wie Radduk seine Füße griff. Robert wollte sich befreien, doch jede Bewegung ließ eine heiße Welle des Schmerzes durch seinen Körper fahren. Radduk hielt ihn eisern an den Fußgelenken gepackt und zog ihn von der Haustür weg. Zunächst begriff Robert es nicht, doch dann merkte er, dass er zum Keller gezogen wurde.

Rechts saß Johann und starrte zu ihm hinüber. Der alte Mann öffnete und schloss den Mund wie ein Fisch auf dem Trockenen. Robert versuchte, sich mit den Händen an der Treppe festzuhalten, erreichte sie aber nicht. In den Fugen der Fliesen brachen seine Fingernägel ab. Unbeirrt zog Radduk ihn weiter auf die Kellertür zu. Bevor Johann hinter der Treppe aus seinem Sichtfeld verschwand, sah Robert, dass er eine Schachtel aus seine Jacke gezogen hatte. Er hielt sie in kraftlosen Fingern. Es waren die langen Streichhölzer, die er zum Anzünden seiner Pfeife benutzt hatte.

Plötzlich wurden seine Füße losgelassen. Mühsam drehte Robert sich um, sah, wie Radduk die Kellertür öffnete. Er riss sich zusammen und robbte vorwärts. Irgendwo musste doch die Waffe liegen. Die Waffe war seine Rettung, er musste sie nur finden. Kaum einen Meter weit war er gekommen, als Radduk abermals nach ihm griff. Robert wehrte sich trotz der heftigen Schmerzen, doch der Sturz von der Treppe und der Blutverlust hatten ihn geschwächt. Er konnte gegen Radduk nichts ausrichten. Unaufhaltsam wurde er auf die geöffnete Kellertür zugezogen. Auf den hellen Fliesen der Diele sah Robert eine blutige Schleifspur.

Sein eigenes Blut.

34

Kristin trat auf die Bremse. Mit Johanns Wagen so hoch oben in der Einfahrt hatte sie nicht gerechnet. Das ABS sorgte zwar dafür, dass die Räder nicht blockierten, auf der abschüssigen Einfahrt begann der Wagen aber trotzdem unaufhaltsam zu rutschen, wurde schneller und schneller. In ihrer Panik verriss Kristin das Steuer. Langsam brach das Heck nach rechts aus, und während Kristin schrie und sich erneut am Lenkrad festklammerte, krachte Jeepi mit der linken Tür in das Heck des Daimlers.

Kristin war nicht angeschnallt. Sie schlug mit der Stirn auf den Rand des Lenkrads, die Haut platzte über der rechten Augenbraue auf. Als sie sich aufrichtete, lief das Blut ihre Wange hinab. Trotzdem stieg sie aus, taumelte und fiel mit dem Gesicht in den Schnee. Mühsam drückte sie sich wieder hoch und sah den leuchtend roten Fleck ihres Blutes im herrlichen Weiß. Sie rappelte sich hoch und stolperte an den ineinander verkeilten Autos aufs Haus zu. Als sie bei der Schneewehe ankam, roch sie Feuer.

Ein paar Schritte weiter, sie hatte die Diele noch nicht betreten, sah sie die Flammen an der Treppe. Wild flackernd fraßen sie sich an dem trockenen Holz ins Obergeschoss.

Kristin stolperte vorwärts, konnte sich aber mit beiden Händen am Türrahmen festhalten. Der Anblick in der Diele erschreckte sie zutiefst.

Sie sah Johann bewegungslos am Fuße der Treppe, viel zu nahe bei den Flammen. In seinen Händen hielt er eine Packung Streichhölzer. Noch fraßen sich die Flammen am Holz empor, doch sie versengten schon jetzt sein Haar. Kristin konnte nicht erkennen, ob Johann noch lebte. Sie lief zu ihm, ging in die Hocke und schüttelte ihn bei den Schultern.

«Johann ... Johann, was ist? Wo ist Robert?»

Die Hitze der nahen Flammen brannte auf ihren Wangen.

Johann Mönck antwortete ihr nicht, doch in seinen Augen erkannte Kristin eine Bewegung. Sie beugte sich nah an seinen Mund, spürte die warme Atemluft, konnte aber nichts verstehen. Viel zu laut war das Geprassel der Flammen. Als Kristin sich aufrichtete und dem Blick des alten Mönck folgte, entdeckte sie die blutige Schleifspur.

Zwei Streifen nebeneinander, wie von Fingern gezogen – und sie führten zur offen stehenden Kellertür!

Feuer leckte bereits über der Tür. Kristin drückte Johann die Hand, dann richtete sie sich auf. Ihr Blick fiel auf die Waffe auf der Anrichte. Sie nahm den schweren Revolver und ging gebückt und einen Arm schützend vor ihr Gesicht haltend auf den Keller zu. Oben auf der Treppe war niemand, aber die blutige Spur führte in die Tiefe. In die dunkle Tiefe.

Kristin machte Licht. Im selben Moment brach das Geländer der Treppe. Es hätte sie am Kopf getroffen, wäre nicht das obere Stück hängen geblieben. Instinktiv duckte Kristin sich noch etwas weiter und flüchtete nach vorn auf die Kellertreppe. Das Prasseln wurde leiser. Von unten drangen Geräusche herauf, die wie Stöhnen und Keuchen klangen.

«Robert ... bist du da unten?», schrie Kristin gegen die Flammen an.

«Kristin ... ich bin hier.»

Die Worte, die schwach und gebrochen von unten heraufklangen, sorgten bei Kristin für ein Déjà-vu. Plötzlich fühlte sie sich an jenen Tag zurückversetzt, als sie zum allerersten Mal dieses Haus betreten hatte, als sie Tom gefolgt war, der vor ihr den Keller verlassen hatte. Mit einem kribbelnden Gefühl im Nacken war sie die Stufen hochgehastet und hatte Tom dieselben Worte rufen hören.

Es gibt keine gruseligen Keller ... es gibt überhaupt keine gruseligen Räume ...

Wie sehr er sich doch getäuscht hatte.

Kristin überwand das Gefühl der Starre und ging hinunter. Sie hielt die Waffe weit vor sich, den Zeigefinger am Abzug. Dass sie daran ziehen musste, war ihr klar, mehr aber nicht. Hatte die Waffe eine Sicherung? Wenn ja, wo? Sie hatte keine Zeit, danach zu suchen. Oben polterte es auf der Treppe, Funken stoben zur Tür hinein. Die letzten zwei Stufen überwand Kristin springend. Im Kellerraum war kein Licht. Sie zielte in das Halbdunkel. Da war eine Bewegung, etwas Großes. Ihr Finger zuckte am Abzug der Waffe, doch sie schoss nicht. Die Gefahr, Robert zu treffen, war zu groß. Stattdessen trat sie einen schnellen Schritt vor, griff um die Ecke und tastete nach dem Lichtschalter.

Sie hatte ihn kaum erreicht und herumgedreht, da griffen harte Finger nach ihrem Handgelenk, umklammerten es schmerzhaft und rissen Kristin mit einem kraftvollen Ruck in den Kellerraum. Sie stolperte vor und stürzte. Sah im letzten Augenblick Robert auf dem Boden liegen, bevor sie auf ihn fiel. Der Aufprall war hart, doch sie verlor die Waffe nicht. Vor ihr ragte die riesige Gestalt auf.

Für einen Augenblick war Kristin wie gelähmt. Was sie sah, ließ ihren Verstand rebellieren und nah an einem Abgrund balancieren, aus dem es keine Rückkehr geben würde. Es war der Einbrecher, das halbe Gesicht fehlte, die Wunde, die die Gartenhacke gerissen hatte, klaffte deutlich. Aber es war auch der Scherenschleifer. Diese dunkle, kaum fassbare Gestalt aus ihren Träumen. Zwei Welten schienen sich in der hoch aufragenden Gestalt zu vereinigen.

«Schieß», rief Robert schwach und riss sie aus ihrer Starre.

Kristin zielte nicht, sie zog einfach den Abzug durch. Die Distanz war zu klein, sie konnte gar nicht danebenschießen. Sie zog so oft am Abzug, bis es nur noch metallen klickte. Unter jedem donnernden Schuss stolperte die Gestalt rückwärts, wurde gegen die Kellerwand gedrückt und stürzte schließlich mit dem Gesicht voran zu Boden.

Kristin warf die Waffe beiseite. Neben ihr stöhnte Robert.

«Raus ... wir müssen raus ... das Feuer.»

Sie half ihm auf die Beine. Aneinandergestützt stolperten sie auf die Treppe zu. Von oben stoben gelborange Funken zur Tür herein, durch das Holz der Stufen leckten die ersten Flammen. Eine unglaubliche Hitze flirrte ihnen entgegen, während sie die Stufen emporklommen. Kristin ging hinter Robert und drückte ihn vorwärts. Sorgte dafür, dass er nicht nach hinten kippte. Er schien sehr schwach, konnte sich kaum noch auf den Beinen halten. Die Tür kam immer näher, und mit ihr auch die sengende Hitze. Ihr Haar, die Augenbrauen – Kristin spürte, wie es sich kräuselte und verbrannte.

Als sie nach Robert greifen und ihn die letzte Stufe hochschieben wollte, spürte sie den Griff an ihrem Knöchel. Zum Schreien fehlte ihr die Zeit und Kraft. Der Griff war lange nicht mehr so hart wie der, der sie eben in den Kellerraum gezerrt hatte, reichte aber aus.

Sie fiel auf die Stufen, klammerte sich instinktiv an den rauen Stein und brach sich die Fingernägel ab. Die Hand zerrte an ihrem Knöchel und zog sie in die Tiefe. Über ihr krabbelte Robert auf den Kellerausgang zu. Er sah nicht, was hinter ihm passierte.

Kristin hatte sich zu keiner Sekunde Gedanken darüber gemacht, was sie mit ihrem neu erlangten Wissen anfangen sollte, ob es ihr überhaupt von Nutzen sein könnte, doch als diese Hand sie in den Keller zurückzog, wusste sie es.

«Du bist unschuldig», schrie sie gegen die immer lauter tosenden Flammen an. «Du hast die Frau nicht getötet. An der Klinge war nur dein Blut!»

Plötzlich ließ der Zug an ihrem Knöchel nach. Die Hand war noch da, nach wie vor umklammerte sie ihr Fußgelenk, doch sie zog nicht mehr. Dann sah sie Roberts Bein neben sich auftauchen und gegen den verunstalteten Kopf treten. Der Griff löste sich, die Gestalt verschwand im Keller. Und Kristin war, als hörte sie einen langgezogenen nach Erlösung klingenden Seufzer. Aber vielleicht waren es auch nur die Flammen.

35

Die Flammen waren unersättlich und gierig. Mit ihren roten Zungen fraßen sie sich an der Treppe empor, schnellten auf dem Teppich des oberen Flures entlang und verteilten sich über die hölzernen Türrahmen in allen Zimmern. Das trockene Holz, der Teppich, die Möbel und Stoffe boten ausreichend Nahrung. Das Feuer wuchs und wuchs. Seine zuerst sanft raunende Stimme wurde zu einem lodernden Brüllen und Fauchen. Es zerstörte, was es fand, und bekam niemals genug, schien nur noch zorniger zu werden mit jedem Opfer.

Das Obergeschoss war bereits ein Flammeninferno, als Robert Kristin auf die Diele zerrte. Blut lief aus seiner Jacke und tropfte auf den Boden.

«Kristin ... schnell, wir müssen Johann hier rausschaffen.»

Mit dem heißen Atem des Feuers auf ihren Wangen krochen sie auf den bewegungslos daliegenden alten Mönck zu. Robert wollte seinen Puls fühlen, doch ein Teil des Treppenhauses brach funkenstiebend in den Keller. Sie fuhren zusammen, schützten ihre Köpfe. Heiße Glut brannte auf ihren Händen.

«Raus hier!», rief Robert durch das gleißende Fauchen. Unter Schmerzen packte er Johann unter den Achseln, Kristin nahm die Füße. Gemeinsam erreichten sie den Ausgang und schleppten ihn bis hinter die Schneewehe. Dort brach Robert zusammen.

Kristin sah zum Haus zurück.

«Ich muss noch was holen», sagte sie, rappelte sich auf und lief zurück.

Sie hörte Robert «Nein» rufen, ignorierte ihn aber. Ihr

Haus würde ihr nichts tun. Nicht, solange sie nicht damit fertig war.

Die Arme schützend vors Gesicht haltend, lief sie zum Wohnzimmer. Oben brach etwas mit lautem Krachen zusammen, eine Feuerflut ergoss sich die Treppe hinunter. Die Hitze war so enorm, dass es Kristin die Haare versengte. Im Wohnzimmer war es besser, dorthin war das Feuer noch nicht gelangt. Jedoch quoll bereits Rauch durch die Balkendecke. Hustend und keuchend ging Kristin auf das Regal zu, nahm die Kette mit dem Ehering vom Hals des Pokals und legte sie um ihren eigenen. In ihrer Lunge brannte ein eigenes Feuer, als sie sich auf den Rückweg machte. Dass sie das Haus auch über die Terrasse hätte verlassen können, kam ihr nicht in den Sinn.

Sie trat in dem Moment aus dem Wohnzimmer, als oben ein Dachbalken auseinanderbrach und dessen Ende durch die Decke schlug. Er traf Kristin nicht, blieb mit seinem spitzen, gezackten Ende in der Treppe hängen, doch der Funken- und Feuerregen erreichte sie. Geistesgegenwärtig riss sie die Arme hoch. Hätte sie es nicht getan, wäre anstatt ihrer Jacke ihr Haar in Brand geraten. Blitzschnell drang das Feuer durch den Kunststoff und verschmolz ihn an ihren Unterarmen mit ihrer Haut. Kristin schrie, versuchte die Jacke loszuwerden, doch in ihrer Panik gelang es ihr nicht. Schreiend und um sich schlagend stolperte sie aus dem Haus.

Dort fing Robert sie auf, riss sie zu Boden und wälzte sich mit ihr im Schnee, bis die Flammen erstickt waren. Er riss den Reißverschluss ihrer Jacke auf und zerrte sie ihr vom Körper. Mit ihr zog er ein großes Stück Haut von Kristins Unterarm ab. Sie schrie, und nur die Kälte des Schnees verhinderte eine Ohnmacht. Robert hob sie auf und stützte sie bis zum Cherokee.

«Kristin, bleib wach ... du musst wach bleiben.»

«Was ... was ist mit ... Johann?» Kristin konnte kaum sprechen. Ihr Hals war ebenso wund wie ihr Arm.

Robert schüttelte den Kopf. «Ich weiß nicht», log er. Johann lag im Heck des Cherokee, und soweit er es feststellen konnte, war er tot. Weil die Beifahrertür sich nicht öffnen ließ – das Heck des Daimlers hatte sich in sie gebohrt –, bugsierte Robert Kristin über den Fahrersitz. Sie half ihm dabei so gut sie konnte, doch jede Bewegung ließ eine neue Schmerzwelle durch ihren Körper schießen. Als sie es geschafft hatte, sah sie Flammen aus dem Dach des Hauses geifern. Dicker, schwarzer Rauch quoll in den Himmel.

Das Haus brannte.

Ihr Haus.

Robert ließ sich stöhnend auf den Fahrersitz fallen. Er startete den Motor, legte den Rückwärtsgang ein und gab Gas. Mit heftigem Rucken und einem ohrenbetäubenden Knirschen und Quietschen schrammte der Cherokee am Heck des Daimlers entlang. Dann war er frei, und Robert setzte rückwärts die Einfahrt hinauf.

Kristin starrte durch die Windschutzscheibe. Die Flammen spiegelten sich in ihren feuchten Augen. Tränen rannen ihre Wangen hinab.

Dort verbrannten Traum und Albtraum zugleich.

EPILOG

Der Duft und die Ahnung des Frühlings lagen seit ein paar Tagen in der Luft. Zwar war es noch kühl, besonders in den Nächten, und morgens lag Tau wie eine Imitation von Frost auf Feldern und Wiesen, doch ließ sich nicht leugnen, dass sich etwas änderte. Ob es eine Änderung zum Besseren sein würde? ... Nun, was das Wetter betraf, konnte Kristin dies aus Erfahrung mit Ja beantworten. Alles andere stand in den Sternen.

Sie hockte auf Knien im feuchten Gras vor dem Grab ihres Mannes. Sie spürte die Nässe an ihren Beinen, doch es störte sie nicht. Nicht im Geringsten. Etwas zu spüren bedeutete, dass man lebte. Sie trug den zweiten Ehering wieder am Mittelfinger der linken Hand und drehte ihn, während sie die eingebrannten Buchstaben in dem schlichten Holzkreuz betrachtete.

Tom Merbold.

Fünf Monate waren seit seinem Tod vergangen, und heute hatte sie es geschafft, sich zu verabschieden. Sich wirklich zu verabschieden. Was sie damals im Aufbahrungsraum der Kapelle nicht gekonnt hatte, war ihr an diesem dunstig-sonnigen Vormittag erstaunlich leichtgefallen.

Kristin warf einen Blick über ihre Schulter. Auf dem Parkplatz hinter der niedrigen Mauer des Waldfriedhofes konnte sie Jeepis Lack in der Sonne funkeln sehen. Lisa und Robert warteten darin. Die Kleine wäre gern zum Grab ihres Vaters mitgegangen, doch diesmal wollte Kristin allein sein. Allein mit Tom. Es war kein Abschied für immer, aber für eine sehr lange Zeit würde sie nicht mehr herkommen. Wie lange, konnte sie nicht sagen. Eine Veränderung stand ins Haus; sie war tiefgreifend, auch ein wenig beängstigend, aber vor allem war sie erwünscht.

Kristin wandte sich dem Holzkreuz zu und drehte an dem Ring.

«Ich weiß, dass du es verstehst», flüsterte sie und strich mit den Fingern über den kühlen Marmor der Grabumrandung. «Du hast mich immer verstanden.»

Schließlich stand sie auf, schüttelte den feuchten Stoff der Hose von ihren Beinen und warf einen langen Blick über die weite Fläche des Friedhofes. Sie würde zurückkehren, wenn auch in langen Abständen. Nicht nur Tom, auch Johann und Hanna lagen hier begraben. Mochte die Veränderung auch noch so viel Neues bringen, so kappte sie doch nicht sämtliche Fäden ihres bisherigen Lebens. Mit langen Schritten ging sie zum Ausgang. Eine Verabschiedung hatten sie noch vor sich.

Maria öffnete ihnen die Tür. Ihr Lächeln war ermutigend und kraftvoll. Eine Zeitlang hatte sie kein Lächeln mehr gehabt.

«Wie geht es deiner Mutter?», fragte sie, als sie in der Küche saßen, Tee tranken und Lisa ein letztes Mal mit Toni spielte.

«Gut, sie fühlt sich wohl dort. Der Arm wird für immer steif bleiben, deshalb ist es wirklich die beste Lösung. Sie hat dort alles, was sie braucht, auch ihren Freiraum.»

«Sie bereut ihre Entscheidung nicht?»

Kristin schüttelte den Kopf. «Ich glaube nicht. Mir gegenüber hat sie jedenfalls nichts gesagt, und sie macht einen zufriedenen Eindruck. Sie hat sich seit damals sehr verändert.»

Maria nickte. «Ja, wir alle haben uns verändert. Nichts ist mehr wie vorher.» Mit einem sichtbaren Ruck schüttelte sie ihre Erinnerung ab und sah Kristin und Robert an. «Ich wünschte, ich könnte noch mal von vorn anfangen, so wie ihr beiden. Fahrt ihr noch heute los?»

«Am Nachmittag», antwortete Robert. «Die Fahrt dauert zehn Stunden, dann kann Lisa die meiste Zeit schlafen. So gegen Mitternacht wollen wir dort sein.»

«Freust du dich?», fragte Maria und legte eine Hand auf Kristins Unterarm.

«Ja, sehr. Ich habe ein bisschen Angst und bin aufgeregt, aber die Freude überwiegt.»

Kristin zögerte einen Moment, bevor sie ihre Frage stellte. Sie und Robert hatten lange nachgedacht, ob sie es überhaupt wissen wollten. Schließlich hatten sie eingesehen, dass die Ungewissheit sie ewig quälen würde.

«Kann ich dich was fragen, Maria?»

Maria lächelt als wüsste sie schon, was sie erwartete. «Nur zu.»

«Macht es dir etwas aus, uns zu erzählen, was mit den Nussmanns geschehen ist?»

Maria zog die Augenbrauen zusammen. «Und ihr wollt das wirklich wissen? Jetzt noch?»

Kristin und Robert nickten gleichzeitig. «Wir liegen oft bis spät in die Nacht wach, denken darüber nach, fragen uns, was wir gesehen haben. Es ist quälend, keine Antwort auf seine Fragen zu kennen.»

«Ich weiß, mein Kind, ich weiß ...» Maria seufzte. «Also gut, ich werde euch erzählen, was Johann mir damals erzählt hat. Ich selbst bin ja nicht dabei gewesen ... und dafür danke ich Gott heute noch.»

Maria verfiel einen Moment in Schweigen, bevor sie tief einatmete und dort weitermachte, wo ihr Mann vor seinem Tod aufgehört hatte.

«Die Sache mit dem Scherenschleifer geschah 1911. Drei Jahre später brach der Krieg aus, und die Geschichte geriet in Vergessenheit. Natürlich gab es noch das Gerücht. Das war wohl auch der Grund, warum niemand aus dem Dorf Hand an die Ruine legte. Es hieß, dort würde es spuken. Aber die Kastanie, die bei dem Brand zerstört worden war, wuchs wieder.

1935 wurde auf den Grundmauern des Kellers ein neues Haus errichtet. Von einer jüdischen Familie. Johanns Vater gründete damals die Gärtnerei. Vier Jahre später wurde Johann geboren, und der Zweite Weltkrieg brach aus. Niemand weiß, was aus der jüdischen Familie geworden ist, aber zum Ende des Krieges stand das Haus leer. Na ja, fast, die Möbel waren noch da. Wahrscheinlich sind sie vor den Nazis geflüchtet, vielleicht aber auch nicht.

Die Alliierten benutzten es einige Zeitlang als Unterkunft, und nachdem sie abgezogen waren, diente es als Gemeindehaus. 1978 wurde Althausen eingemeindet und brauchte keine eigene Verwaltung mehr. Das Haus wurde zum Verkauf angeboten, doch niemand wollte es haben.

Niemand aus dem Dorf. Und von außerhalb verirrte sich niemand hierher. Alle wollten in die Stadt. Erst als die Stadt zu teuer, zu laut, zu schmutzig und zu gefährlich wurde, kam es in Mode, aufs Land zu ziehen. Fünfzehn Jahre stand das Haus derweil leer und verfiel.

1983 kauften es Otto und Helga Nussmann. Sie hatten in Hamburg ein Geschäft für Haushaltsartikel und offenbar genug Geld, um das verfallene Sasslingerhaus zu renovieren. Die Renovierung dauerte ein Jahr. Sie wohnten noch keine drei Monate dort, als es ... passierte.

Es war, glaube ich, an einem Montag im Spätherbst 1984, als gegen Mittag das Telefon klingelte. Johann war allein zu Haus. Ich war mit den Jungs nach Hamburg zum Großmarkt gefahren. Helga Nussmann rief an, völlig aufgelöst. Otto Nussmann spielte verrückt und bedrohte sie. Johann konnte es nicht glauben, hörte aber an ihrer Stimme, dass ihre Panik echt war. Er sagte mir später, dass ihm in diesen wenigen Sekunden am Telefon die ganze scheußliche Geschichte vom Scherenschleifer wieder eingefallen ist. Wisst ihr, dass alles lag ja schon lange zurück, und bis auf die üblichen Schauermärchen, die man den Kinder erzählte, sprach niemand darüber. Johann hatte es schlicht vergessen. Bis zu diesem Anruf.

Da ich den Wagen mitgenommen hatte, rief er Gerd und Hanna an. Damals hatten sie noch über Mittag geschlossen. Sie setzten sich sofort in den Wagen, holten Johann ab und hielten keine zehn Minuten später auf dem Hof des Sasslingerhauses. Die Haustür stand offen, schon von draußen konnten sie Helga schreien hören. Auf der Diele bot sich ihnen ein entsetzliches Bild. Helga lag am Boden, blutig im Gesicht, ihre Kleidung zerrissen. Otto stand hinter ihr, zerrte sie an den Haaren auf die Kellertür zu, und als er die drei bemerkte, drückte er ihr ein Messer an die Kehle.

Johann sagte, es war nicht der Otto Nussmann, den er bis dahin gekannt hatte. Otto war ein stiller, liebenswürdiger, kleiner Mann mit Halbglatze, der tagsüber Porzellan in Regale sortierte und alte Damen beim Einkauf beriet. Da auf der Diele stand zwar sein Körper, doch darin …? Das war nicht Otto. Er brüllte sie an, sie sollten verschwinden, sie befänden sich in seinem Revier.»

Hätte Maria nicht in ihre Teetasse geschaut, hätte sie Kristins Reaktion auf diese Worte bemerkt. Sie zuckte wie unter einem Peitschenhieb zusammen. Robert bemerkte es. Er nahm ihre Hand.

«Gerd wollte Otto beruhigen, doch der war nicht ansprechbar. Er wiederholte immer wieder, dass sie aus seinem Revier verschwinden sollten, und zerrte seine Frau weiter auf die Kellertür zu. Was Gerd dann getan hat, war vielleicht dumm, aber irgendwas mussten sie ja tun. Gerd war sportlich, immer schon, spielte seit seiner frühesten Jugend Fußball. Er hat sich wohl Chancen ausgerechnet. Er sprang auf Otto zu, doch bevor er ihn erreichte, schnitt Otto seiner Frau die Kehle auf. Johann meinte, es sah aus, als habe er jahrelange Übung im Umgang mit einem Messer. Gerd riss ihn von den Beinen und stürzte mit ihm zusammen die Kellertreppe hinunter.»

Maria hielt inne, blinzelte zur Decke hinauf und atmete schwer ein. «Sie kamen zu spät, sie konnten es nicht mehr verhindern. Es wäre besser gewesen, sie wären überhaupt nicht hingefahren.»

Nach einer kurzen Pause erzählte sie weiter.

«Helga Nussmann verblutete auf der Diele, Otto brach

sich das Genick. Gerd erlitt einen Schädelbasisbruch und verletzte sich das Knie derart, dass er dreimal operiert werden musste und nie wieder Fußball spielen konnte. Er war danach nicht mehr der Alte. Er wurde unzufrieden, missmutig und verfiel dem Alkohol. Drei Jahre hing er an der Flasche, bevor er starb. Es war eine schlimme Zeit für Hanna.

Danach stand das Haus zwanzig Jahre leer. Wir alle dachten nicht im Traum daran, dass es noch einmal verkauft werden könnte. Johann hatte immer vor, es anzuzünden, doch je länger es leer stand, umso weniger Sorgen machte er sich. Und dann seid ihr eingezogen.»

Kristin sah Tränen an Marias Wangen hinablaufen. Sie setzte sich zu ihr auf die Bank und umarmte sie. «Er hat es getan. Bevor sein Herz ihn aufgab, hat er es angezündet. Dank Johann wird es niemals wieder geschehen.»

Sie schwiegen, als sie die Baumschule verließen. Lisa beschäftigte sich auf der Rückbank mit einem Spiel. Kristin war nicht nach Sprechen. Sie schob die Kassette in den Schlund des Radios, die sie extra für die lange Fahrt nach Österreich bespielt hatte. Auch ihr Lied war darauf, gleich zu Beginn. Trotz allem, was geschehen war, würde es immer «ihr» Lied bleiben, und jetzt, mit genügend Abstand betrachtet, war sie sich sicher, dass ebendieses Lied ihre Rettung gewesen war, damals im Schneesturm auf der Landstraße.

Der Sänger sang «Wieder hier», während sie am Grundstück des ehemaligen Sasslingerhauses vorbeirollten. Ein letzter Blick nach links. Sie hätte die Ruine so gelassen, wie sie war, doch die Gemeindeverwaltung hatte darauf bestanden, dass die Trümmer entfernt werden müssten. Heuer war das Grundstück zwar verwildert, aber aufgeräumt. Ein Haus gab es nicht mehr. Nur der Keller hatte den Brand überstanden. Ein Radlader hatte Erde darübergeschoben. Das Grundstück gehörte ihr noch, und solange das so war, würde niemand auf den alten Grundmauern ein Haus errichten.

Niemals.